夏天有用不完的暑假，
　　有充沛的精力，
　　有无限的希望，
当然，也有无穷无尽的烦恼。

李尾 著

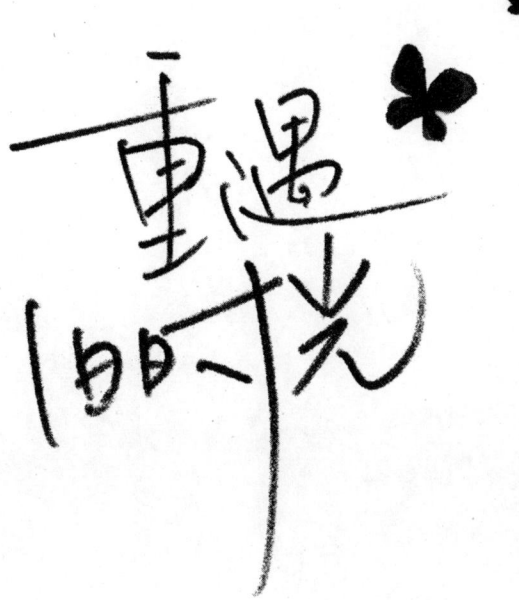

天地出版社 | TIANDI PRESS

目录

第一章　无声的告别
001

第二章　旧雨重逢
073

第三章　对酒当歌
309

445　尾声

第一章

无声的告别

第一章　无声的告别

1

周景明是在初二这一年的暑假决意要跟她们划清界限的。

这个念头从小学六年级就有了，初一他就开始有意识地疏远她们。不为别的，他也觉得自己跟一帮女生玩，有点儿丢人。也许是他受够了同学们的嘲笑，受够了被人喊"韦小宝"，受够了大人说跟在女孩屁股后跑的男生没出息——总之，他心意已决，开始谋划着怎么不动声色地脱离小团体。

小团体有六个人：江明珠、万清、张澍、徐佳佳、周景春，以及他自己。他们读过同一所幼儿园、同一所小学，目前读同一所初中，如果不出意外，将来也会读同一所高中，没完没了。

窗外的洋槐树上蝉声此起彼伏，落地扇在一旁呼呼地吹着，他趴在书桌上写暑假作业，先听见一阵叽叽喳喳的交谈声由远及近，接着就有人喊："周小明？周小明！"

他把笔一扔，烦死了，不应。

可他家是一楼，外面的人不会善罢甘休，就在他闭眼装睡的这一刻，窗口冒出几个脑袋朝他房间看，见他趴在书桌上，便敲着窗户此起彼伏地喊："周小明！周小明！"

他不装睡了，认真看那几颗凑到一块儿的脑袋，只听她们雀跃地说："哎！周小明醒了，他醒了……"接着江明珠朝他一扬手,喊道:"出来,快出来,有大事!"

他关了风扇认命般地出去。她们所谓的大事就是一起去新开的、时下最流行的西餐厅,那里面卖冷饮、炸鸡、扬州炒饭、卡布奇诺、牛排等等。因为是新开的,女孩们怕露怯,非拉上他一块儿。周景明则怏怏地跟在她们身后。

江明珠停下望着他,说:"哎呀,你别生气了。"

周景明不想多说,只问:"万清怎么没来?"

"她去姥姥家了。"

周景明过马路时什么也没说,只想快点到所谓的西餐厅吃完饭回来学习。

到了餐厅,几个女孩聚一块儿看菜单,看完推给周景明让他点。周景明先看价位,酌情点了些价格适中的。江明珠认为他点的太次,大刀阔斧地点了些贵的,点完豪气地说她请客,上周她在外地任职的父亲回来了,给了她许多零花钱。接着,几个女孩就开始聊小女生的八卦,说万清回她姥姥家主要是去看医生,她初潮至今都还没来,说完都捧住脸笑。

周景明如往常般从裤兜里掏出武侠小说看,不参与她们的八卦。

从坐了一下午的西餐厅出来,周景明回家就把存钱罐撬了。他拿着钱去找江明珠,说这钱是他和景春这一顿西餐的钱。

江明珠问他什么意思,说好她请客的。周景明什么也不说,把钱塞到她手里就回家了。

江明珠来回叠着手里的钱,半天才塞进口袋,然后跑回楼上拎着特意给万清打包的炸鸡去找她。这会儿她肯定从姥姥家回来了，她想。她奶奶在身后喊："成天就会跑着玩，学习要是落下了，你爸妈以后生个弟弟就不回来看你了……"

门是万清母亲开的，她说万清去新华书店了还没回来。她就蹲在家属院门口一面百无聊赖地玩树叶，一面等万清回来。天都快黑了，也不见万清回来，她就仰着脖子朝三楼万清的卧室窗口喊，喊半天也没人应，她就回家了。

她离开后万清往窗口看了眼，继续埋头写作业。母亲则在一侧叠着衣服说："以后尽量少跟徐佳佳和明珠一块儿玩，一个是心眼太多，一个是没家教。孩子不在父母跟前养着坏毛病就多，你这个阶段交朋友要谨慎，这对你以后的人生会有很大影响。多跟张澍、景明和景春玩，他们在学习上能够帮助你……"

万清"嗯"了声，飞快地写着作业。母亲轻轻出去，随手关了门。

她写完作业甩甩手，把书本文具都整理好，随意扎了下马尾要出去："妈，我去张澍家问道题。"

"等会儿就到饭点了，晚上再去吧。"

"她妈今天值班不煮饭。"

"那你喊她来家里吃饭。"

"我问问她。"万清慌慌张张地下了楼。

她没去张澍家，而是小跑着过两条街去了江明珠家，问她那会儿找自己干吗。

江明珠很开心，从冰箱里拿出炸鸡分享给她——这是她认为全世界最好吃的炸鸡！

万清接过炸鸡就回了家，说明天张澍家见。她一面吃一面慢慢回家，经过周景明家的小区门口时，碰见出来扔垃圾的周景明，她打算无视他，却被他轻轻拽了下马尾。

她烦得狠狠瞪了这个忘恩负义、过河拆桥的小人一眼。她不屑跟这种小人打交道。具体他怎么小人了？说来话长。

他们六个人的友谊可以追溯到1990年——那一年他们相继出生，后来他们几个同一个区不同街道的六个孩子读了同一所幼儿园。好，故事就从这儿说起。

这事儿她总觉得难为情，不太好意思说，说了就会有挟恩图报之嫌。她从小就觉得自己是个侠义之士，不然在幼儿园里几个男生骑在周景明身上打得他满地找牙时，自己就不会拔刀相助，拿着吃饭的碗敲他们的头，最终以一敌四制服了他们，解救了周景明。尽管事后周景明再三澄清，他没有被打得满地找牙，但万清总是沉稳地点点头，心说，信你了。

周景明是个早产儿，身体一直比同龄人孱弱，老受男生的排挤和欺负，所以才跟她们玩。她们愿意跟周景明玩也绝不是因为他可爱，只是因为他有个特别会笼络人的妈，他家经常不是炖鸡汤、鸽子汤，就是鱼汤，只要闻到鸡汤的香味，她们就控制不住脚地往周景明家跑。

他家还有喝不完的娃哈哈、广告里的龙牡壮骨颗粒和生命一号，反正在当时的她们看来，这些好东西他家应有尽有。有一回她们每个人吸着一瓶娃哈哈特神气地从周景明家里出来，路上被各自的父母看见，回家全挨了一顿训斥。

直到小学五六年级，他个头猛蹿，身体逐渐壮实，初一的时候差不多有一米七六了,还加入了校篮球队……就是从这个节点开始,他变了!变得开始嫌弃她们,开始想着法儿地甩脱她们。

她沉默不代表察觉不出他的意图,她可不像江明珠她们一样傻。一句话概括——周景明如今觉得自己翅膀硬了,想要脱离组织了!

想得美!过河拆桥的小人!她识破偏不说破,她就怂恿着江明珠去烦他——烦死他!

她想到了大人常挂在嘴边的话——男人有钱就变坏;也想到了书上说的——贫贱之交不可忘,糟糠之妻不下堂。她也说不出这两句话跟他们有啥关系,但她觉得差不多是一个意思:如今他丑小鸭变白天鹅了,开始嫌弃他当丑小鸭时结交的朋友们了。

他也不想想当年是谁救了他,还想脱离组织!喊,真有意思!

总之话不投机。周景明拽了她的马尾,她骂了他手欠,两人各回各家了。

这一天晚上,三个人开始有了小小心事。

万清的心事是同龄人都早来例假了,只有她没来。母亲和姥姥把这件事看得比天大,无形中也让她暗暗焦虑,怀疑自己是不是得了绝症。另一件烦心事是她对江明珠和徐佳佳很愧疚,只要她们俩来找自己玩,母亲总会找借口拒绝几回。江明珠是所有朋友里对自己最好的,她什么都会想着自己。而母亲不让自己跟她玩是因为她会偷拿家里的钱,这事是她奶奶出来闲聊时说的。

周景明的心事是不能与人言的。他一直同她们关系要好还有一个原因,是因为只有她们愿意带堂妹周景春玩。周景春有听力障碍,从小上学起就戴着人工耳蜗,也是他把堂妹带进了以江明珠为首的小团体。江明珠之所以是团体的老大，只因她有个当官的爹，学校里的老师都让她几分。她跟谁玩得好就代表她罩着谁，这人在学校就不会受欺负。

周景明的另一件烦心事是上学期父母在校门口开了间巴掌大的小吃店，卖米线、麻辣烫、热干面之类的。江明珠把这事在学校宣扬得尽人皆知，只要是想跟她们交好的同学，每天都去他家的小吃店。这事把他给无端触怒了，他也说不清自己气什么，就干生气！

他不喜欢江明珠自以为是的公主做派，不喜欢她们在学校里替自己家的小吃店"招揽生意"，不喜欢她们对自己的姿态是那种"全年级成绩优异、最酷最帅、最受女生欢迎的周景明，是我们最要好的朋友"。他有股说不出的反感，好像自己是她们的小跟班？是她们对其他女生炫耀的资本？不知道……反正他就是很反感。

江明珠今天则是明确地感知到除了自己的家人，她不受其他大人待见，不受万清父母待见，也不受徐佳佳父母待见。尽管他们也热情地招待自己，但她能从肢体语言里感觉到他们对自己跟对周景明、周景春、万清和张澍的差别。傍晚时，万清肯定没去新华书店，因为她家的自行车都在车棚里。新华书店离她们这里很远，是一定要骑自行车的。这晚她瞪着圆圆的眼睛失眠了。她想不明白，自己是哪里做错了才让大人不喜欢？

2

在已经陆续十五周岁或将要十五周岁的这一年里，他们迎来了中考。

周景明、万清、张澍自不必说，他们的成绩稳进重点高中。徐佳佳因常年在各门才艺间辗转，成绩一直处于中下游，也就没打算考重点高中；周景春则是发挥失常，以三分之差无缘重点高中；反倒一向不被看好的江明珠，中考成绩出人意表地反超了张澍，整个人兴奋得在街道上狂跑。

江明珠父母因此还特意回来给她庆祝，江明珠也借此说了周景春发挥失常的事。江父怜惜周景春先天残疾，一个电话就把事情给解决了。周景春父母特意登门拜谢，感激涕零。这么一来，本打算认命上普通高中的徐佳佳心理不平衡了。她在家痛哭了一顿后，父母隆重邀请江明珠去家里吃饭。江明珠受宠若惊，饭后回来致电父亲，父亲明显为难，不过最终还是解决了，但需要徐家拿出一万块钱办事。

徐佳佳父母闻言要拿一万块，脸色变了几变，只因周景春家一毛没拿。尽管最后还是拿了，他们也没太承江家的情，还在家里的饭桌上阴阳怪气了几句。徐佳佳有样学样，自然也不承江明珠的情。

这事把江明珠给硌硬坏了，几个女孩间开始有了小嫌隙。其实两年前她们间就有了这个迹象。平日里几个人一块儿逛饰品店，买发夹、橡皮圈、手链等小玩意儿时，徐佳佳偶尔会向她们借钱，但奇怪的是，她借万清和张澍的钱都会及时还，但借江明珠和周景春的就不会还。她也不多借，一两块钱而已。

江明珠大大咧咧，早就忘了借钱这回事；周景春是不好意思，记得也不会去要。但这事万清和张澍看在眼里，两人看向对方，在心里翻个白眼。她们俩就不懂了，明明徐佳佳家境也不错，甚至比她们都富有，但为什么老爱占小便宜呢？

几个人的关系里，万清和张澍关系最佳；江明珠对万清最好；周景春和周景明最亲；周景明老想脱离组织，愈发觉得跟她们一起玩没劲，也没同谁私交最好；徐佳佳忌惮万清和张澍，但在跟江明珠和周景春的关系里最能游刃有余。

中考结束的这一年暑假里，他们各自身上也都发生了一些大事。

先是万清，她的例假终于来了！家人们大大松了一口气，母亲特意备了一桌饭菜祝贺他们中考圆满结束，人生又迈上一个新台阶；江明珠则收到了人生第一款诺基亚手机，是父母送她的中考礼物。

周景明同学也不再别扭了，打完篮球会自然地邀请队友来家里小吃店吃米线。早先父母在校门口开小吃店他不是很乐意，后来同学们对他也没什么异样的眼光，甚至还有些许羡慕，羡慕他每天能吃到这么好吃的米线。他家的鸡汁米线很是有名，去晚了都要排队。店里要是太忙，放学后他也会帮忙擦桌子收碗。家里准备装一台电脑,他早就看好了,这也是父母送他的中考礼物。

张澍则不太愉快,起因是她无意间听见了父母争吵。父亲还是想要二胎,母亲不愿。其实她家最早是打算钻空子生二胎的,所以她出生时随母亲张孝和姓张,户口落在了乡下亲戚家。后来母亲不知怎么就不愿意了,为了断念头还把她的户口迁了回来。因她是女孩,家里人也没太执着给她改回父姓。父亲倒是象征性地给她起了个名字——金盈盈。在金多多、金满满、金福福、金熠熠等一众名字里,母亲无奈选了金盈盈。

这时候之所以提二胎,是因为周景春的母亲生了二胎,是个男孩。他们家符合二孩政策。外人不知的是,周家生二胎,完全是考虑周景春,家人怕她作为残障人士将来在社会上受欺凌或歧视,有弟妹照应会好一些。作为当事人的周景春也很开心,十分喜爱这个弟弟。

徐佳佳说:"你就不怕弟弟跟你争宠?"周景春一脸诧异地问:"怎么会呢?"家里有个弟弟她很开心,万一将来自己找不到工作没能力照顾父母了,至少还有弟弟呢。说着她还让大家看她的新手表,这是父母送给她的中考礼物。徐佳佳"喊"了一声:"这是你爸妈为安抚你特意使用的伎俩。"

万清母亲在阳台听见她们聊天,感叹如今的小孩可了不得,想着就去橱柜拿出包万清父亲单位里发的好红糖,要周景春拿回去给她姥姥煮红糖卧蛋给月子里的小春母亲吃。这几个孩子里,她最待见周景春,觉得周景春特别聪慧和有教养。

几个孩子吃完饭就跑了,商量着先去逛洋帆,买些女孩的小玩意儿,顺便打耳洞,等逛完去公园里划船。她们犹豫着要不要喊上周景明。那一片没停自行车的地方，她们想让他在路边看自行车，但不能直接说让他看自行车，要先说去公园里打枪。

徐佳佳下午本要去上舞蹈课，听说周景明要跟她们一起去逛街，她也不跳舞了，赶紧回家换上最漂亮的裙子，拿母亲的粉扑往自己的脸蛋上拍两下就跑。众人在周景明家小区门口集合，看见盛装打扮的徐佳佳，全都心照不宣地笑出了声。徐佳佳闹个大红脸要回去，被张澍一把给拽了回来。

大家准备出发了，周景明问徐佳佳的单车在哪儿，她娇羞一笑，捋捋连衣裙说不适合骑单车。万清闻言踏上单车就跑。她的单车是母亲送的中考礼物，英伦皇家贵族风，昨天才买回来。张澍和江明珠也骑上就跑，载人累死了！结果显而易见，她如愿以偿地坐上了周景明的单车后座。

中考成绩理想，大家的心情很是畅快，周景明也不想着怎么跟她们划界限了，带头唱起了朴树的歌："是的我看见到处是阳光，快乐在城市上空飘扬，新世纪来得像梦一样，让我暖洋洋……穿新衣吧剪新发型呀，轻松一下Windows98，打扮漂亮，十八岁是天堂，我们的生活甜得像糖……以后的路不再会有痛苦，我们的未来该有多酷……"

整条街仿佛只有他们，整个世界也仿佛只有他们，他们快活得快要飞起来了。

万清和张澍并排骑，一只手握车把，另一只手牵着对方，一路高歌。江明珠看不惯她们，铆足劲儿要加速冲过去，那两人吓得赶紧撒手，骂她神经病。江明珠哈哈傻笑，她不管，她成绩反超张澍了，还得到了父母爱的奖励——最新款诺基亚！天底下谁都没有她幸福!

等到了红绿灯路口准备拐弯,几个女孩互看一眼,万清喊:"哎,周景明,等会儿左拐。"

前面的周景明回头,警惕地问:"不是直接去公园?"

"先去前面办点事儿。"

"就是,先去办完事再去公园打枪!"

可去你们的吧!周景明上了十几年的当,灯一变绿,踏上单车就直行。

万清她们在后面边追边喊:"你去哪儿啊?"

周景明不理睬她们,紧咬牙关闷头骑。耳边全是炎夏呼呼的风。

"你听我们说呀!我们办完事就去打枪……"

"小明,好小明……"

2004年的炎夏,大家拥有消耗不尽的时间和精力,少年踩着单车汗流浃背地跑,后面四个少女疯狂地追,先是好言好语游说,后是恼羞成怒破口大骂。等筋疲力尽地到了公园的存车处,少女们下来拽住他一顿胖揍,还每人讹了他一支老冰棍。

周景明从不看有关青梅竹马的影视剧,他很难理解和共情。从幼儿园开始大家就手拉手上厕所,你看我尿尿,我见你拉粑粑。青春期性别意识觉醒,内心情感逐渐萌芽,男生本能会特别留意的女生全是自己不熟悉和没接触过的类型。他和江明珠、万清她们太熟了,熟到目睹过她们用抠脚的手抠鼻孔,见过她们毫无形象地吃饭,甚至于谁屁股上有颗痣都知道得一清二楚,怎么可能产生男女之情?

话是这么说，但在这一年的暑假里，高中生涯将要开启的一个星期前，周景明和几个篮球队友私下悄悄看了色情电影。不巧这几天万清在父母卧室也无意间看到了少儿不宜的碟片……当晚睡觉前母亲还在她床头坐了好一会儿，她吓得要死，差点以为东窗事发。

几天后万清拿着作业去问周景明，两人在他的房间写，写着写着脑袋抵在一块儿，也许是出于对本能的好奇，不知是谁主动吻了谁，谁主动抱了谁，谁主动提出脱掉衣服看对方的身体、谁又主动伸手摸了谁……一切都是那么梦幻和令人目眩神迷。事情不知是怎么发生的，他忽然闷哼一声，两人对视了几秒，她猛然推开他，迅速穿上衣服慌张地跑掉了。

到家后她先胡乱地洗了澡，然后裹好被子躺在床上。她害怕、慌乱，总是胡思乱想，迷糊着就睡着了。等傍晚醒来，她望着天色，熬到天黑，然后骑上单车去了很远很远的药房，药店店员问她买什么药，她说给家里大人买避孕药。

对方狐疑地看了她一眼，告诉她这里没有她要的药。她的脸瞬间涨红，像被人扇了无数个耳光。回来的路上她强忍泪水，并非因买不来药或害怕，而是对方看她的眼神，让她感受到了极大的屈辱。

两相权衡后她去了周景明家，喊他出来，要他去帮自己买药。刚说完这些话眼泪就呛了出来，她用指甲狠狠掐自己，警告自己不许哭！

她望着周景明，恶狠狠地问："你去不去？"

周景明毕生都没这么狼狈过，他不懂该怎么解释，只是面红耳赤地跑回家，几分钟后出来，胡乱塞给她一本书，磕磕巴巴地说，他没……不会怀……那啥的。

  这件事后，大半年里两个人都没对视和说话，为了避免尴尬，都尽量绕着对方走。直到第二年听说万清要去西藏读书，他们才逐渐开始说话。好像是为了显得自己早已不在意，双方还装出一副云淡风轻的样子。但少年人缺乏历练，越是想表现得成熟坦然，就越是忸怩。双方只要一对视，就会不自觉地想到那天的情形。

3

万清去西藏参加高考是早就计划好的，她父亲的户口在几年前就迁去了西藏。原先她不太情愿去，但高一这年无论大考还是小考的成绩她都很不满意，月考、期中考只要公布排名，她第一时间就去看周景明的排名，只要找到他，必然会在他下面看见自己。

她很焦虑，她焦虑就会咬大拇指，指甲盖中间都被她咬得凹了下去。

六个人里只有她和周景明的成绩不相上下，这么多年不是你比我高就是我比你高，总归是有点儿隐隐地较劲的。两人从不挑明，但都心知肚明。可自从读高中后，她的成绩一直都被周景明稳稳压着，无论大考小考都被他压着。所以在寒假期末成绩出来后，她同意了高二转学去西藏。反正不管同不同意她都要去，家人已经着手给她办理手续了。

除了成绩让她烦心，江明珠也让她烦心。高一要按排名分班了，她以为终于清静了，哪会想分班那天江明珠嘻嘻哈哈地坐在了她邻桌，小声说这都要感谢她爸爸。万清要晕倒了，她最不想跟她一个班，且她这个班是重点一班，周景明自然也在。张澍分到了重点二班，周景春在实验班，徐佳佳在平行班。要按江明珠的综合水准,她绝对要跟周景春一个班。

　　江明珠这人大大咧咧惯了,有时候给别人添了麻烦也不自知,反过来亦然,偶尔万清烦她给她脸色,她也察觉不出。比如校庆会演,班级排的剧目是《白雪公主》。万清才不演公主,多幼稚!但她作为班干部要做表率,几番斟酌后她决意演继母王后,想想就刺激!她从小无论看武侠片还是警匪片,都隐隐站在坏人的那一头。

　　但她又不好明说自己想演恶王后,就悄声交代江明珠,选恶王后的时候要她出面推举。话音刚落,江明珠就举起胳膊大喊:"老师,万清想演恶王后,她想演恶王后!"

　　……

　　这一年暑假,六个人在张澍家,万清又提了这事儿,烦死了,整个班级都喊她"恶王后"。江明珠却不在意:"谁让你不演公主?"万清从小就不喜欢童话故事,不喜欢那些柔柔弱弱的、等着被王子拯救或吻醒的公主。她说不出来为什么,她觉得很奇怪!她只喜欢刺客和侠女。接着万清就讲她认为《睡美人》实则就是个暗黑故事,王子那是猥亵。他凭什么不经允许就吻公主?

　　听到心爱的王子被侮辱,女孩们站队吵了起来。江明珠、徐佳佳和周景春一队,她们觉得公主被王子吻醒多浪漫啊!万清和张澍一队,两人直接反驳:"你们说浪漫我们偏说他猥亵,你们说什么我们都说他猥亵!"说着说着一群人就闹了起来,江明珠伸手抓万清的胸衣,万清尖叫:"你才是流氓变态,老扯人家的胸衣带!"

周景明不参与她们，从张澍的书柜里找了本金庸的《白马啸西风》看，他看得很入迷，看到一大半就迫不及待地翻最后一页，最后写着：江南有杨柳、桃花，有燕子、金鱼……汉人中有的是英俊勇武的少年，倜傥潇洒的少年……但这个美丽的姑娘就像古高昌国人那样固执："那都是很好很好的，可是我偏不喜欢。"

看完这句话他就合上了书，从书里的世界出来，久久地想着书中的那句话："如果你深深爱着的人，却深深地爱上了别人，有什么法子？"

爱？他不懂。他以前从不看这些情情爱爱的书，但这本看完让他很是惆怅，他又说不出为什么惆怅。那几个人还在床上打闹，你摸我一下，我拧你一下。他看看时间就下楼了，朋友约他打篮球的时间快到了。

他先去了家里的小吃店，吃了一根烤肠，喝了一瓶汽水，才骑单车去约好的操场。路上他胡思乱想，今天就跟万清对视了一眼，两人没怎么说话。其实他有很多一闪而过的念头，比如确认她去西藏的时间，她大学准备考哪里……但也只是一闪而过。

这会儿是下午四点，空旷的操场上晒到不行，树上的蝉也聒噪到不行，他很烦……跟她们聚他烦，不跟她们聚他也烦。

她们几个见周景明走了，便打算出门去网吧。几个人跑得很快，急着去网吧占位置。她们人多，去晚了很难找到几台机器挨着的位置。

第一章　无声的告别

周景春跑着跑着忽然发现世界寂静了，她停了下来，本能地摸摸耳朵，茫然地看看脚下，环顾四周。等意识到人工耳蜗的体外语言处理器掉了后，那几个人早就跑没影了。

她原地蒙了会儿，开始沿着原路折回去找，找的时候手还不时摸摸耳朵，试图证明这是一场梦或是一场玩笑。等彻底意识到体外语言处理器遗失后，她开始恐慌和崩溃，这个处理器是上个月才去医院里配的，之前的磨损严重，已经修不好了。

万清她们开机后一直等不到周景春，陆续派徐佳佳和江明珠出去接。两个人胡乱找了会儿就慌着回来玩。张澍不放心，拉上万清出去找，两个人看见路口的周景春就大喊，喊半天也不见应，干着急，赶紧跑了过去，过去才发现周景春摸着耳朵恸哭。周围人被哭声触动，忙围过来问怎么了。

周景明得到信儿也喊了朋友一起找，整条街都是帮忙找体外语言处理器的人，可直到天黑也没能找到。周景春说话颠三倒四，她也说不出处理器具体是在哪儿掉的。她害怕得不敢回家，蹲在路灯下哭泣。旁边有长辈说要陪着她回家，安慰她不要哭泣，父母不会责备她的。

周景春什么也听不见，只摇头哭泣。他们都不懂，不懂遗失了处理器意味着什么。她听不见事小，父母还要再借钱给她配，一个体外语言处理器要花好几万。周景明缓缓蹲下抱住她，周景春趴在他肩上大哭，她不知道该怎么办。江明珠和徐佳佳也跟着流泪，万清和张澍蹲下看着她哭，不知该如何安慰。

周父闻讯赶来，看见早哭哑了嗓子的女儿，什么也没说，伸出手给她擦擦眼泪,牵着她回了家。

周景明和万清他们还沿着路来回找,垃圾箱翻了,路两侧的排水道也趴着看了。大人捡到不要紧,就怕半大小孩捡到后无意中毁坏了。

第二天,万清父亲托关系在日报刊登了紧急寻物启事,晚报也刊登了,可三天过去了没有一点儿消息。万清母亲拿了些钱送去给周家,说不行就再去医院配吧,孩子耽误不得。随后张澍家人、江明珠家人、徐佳佳家人,以及知道事情来龙去脉的街坊也好,不认识的人也罢,都多多少少拿了些钱,有几十的,有几百的。

万清她们天天去陪周景春,跟她下五子棋,逗她弟弟玩。周景春父母也没有过多苛责她,只是一面四下筹钱,一面不时往报社打电话确认消息,只祈求有好心人捡到。

这天江明珠约了大家去周景明家,她从书包里掏出一条好烟和一瓶好酒,要周景明拿去他亲戚的烟酒行里折现。往常她也见过奶奶偷偷拿去折现。周景明拒绝了,她家的情况不适合折现。

"所以我让你去啊,卖了能给小春攒钱配处理器。"江明珠说。

"我觉得不好。"万清斟酌道,"万一你爸妈知道了不好。"

"我也觉得不好。"张澍附和。

"我爸妈就不会知道,我们家有很多很多,就算少一半他们也看不出来。"江明珠手一挥说。

"我觉得没事儿。我们家逢年过节的烟酒我妈都拿去回收

第一章　无声的告别

了。"徐佳佳说,"一瓶好酒她换几桶食用油,拿去我姥姥家串亲。"说完她看向万清,"我妈也看见你妈拿酒去换了呢。"

"因为我妈不让我爸喝酒,春节收了酒当然去换啊。"万清说完白了她一眼。

"大家都这么做了,那明珠家为什么不能?而且卖了是为了给小春配处理器。"徐佳佳反问。

"对对对!"江明珠直点头。

"情况不同。明珠爸爸身份敏感,要避嫌。"周景明说。

"如果你去卖,谁会知道这东西是明珠家的?"徐佳佳又说,"要是我家有我就去卖了,而且小春是跟我们去网吧才把……"

大家默不作声,父母在家都已经教训过他们了。

江明珠烦了,把烟酒一装,说道:"你不去我去!"

周景明拽住她,说:"这也卖不了多少钱!"

"先去问问看,我妈说茅台和五粮液最值钱!"徐佳佳在这方面最有话语权,她说得头头是道,"我妈跟我爸聊天,说一瓶陈年的茅台能卖上万。"

张澍脱口而出:"那她爸至少得是省长级别才能收一瓶上万的茅台吧?"

徐佳佳紧接一句:"那将来我也要当官!"说完傻笑。

江明珠皱皱眉,赶紧说:"这都是以前人家来看我爷爷奶奶时拿的。"

徐佳佳还对她爸收自己家钱的事耿耿于怀,本能地回应:"人家凭啥看你爷爷奶奶,还不是因为你爸是当官的!"

江明珠想都没想,伸手就拽了把她的头发,指着她的鼻子骂:

"我告诉你徐佳佳，我爸下个月就调省里了！以后你有事再哭着求我也没用！"

所有人都没反应过来，他们从没想过江明珠会动手。

江明珠气愤地说："你分数差那么多，我爸当时都不情愿帮。你家那点破钱我爸一分没拿！"

徐佳佳捂住头发瞪她，什么也不敢说。

"你瞪什么瞪！"江明珠厉声说道。

徐佳佳哭着转身跑了。

万清和张澍对视一眼，谁也没吭声。

江明珠此时非常懊悔，一行人出来本来是打算去烟酒行的，但她也不明白刚才自己为什么会拽徐佳佳的头发。一直没出声的周景明让她们等等，他去徐佳佳家喊她出来。

徐佳佳随着周景明出来，远远就看见那头站在墙根凉荫处的仨人。她也没说什么，扭扭捏捏地过去。

周景明顺路在小卖部买了五支老冰棍，几个人舔着冰棍，顶着烈日去他亲戚家的烟酒行。

路上张澍多了句嘴，她说去亲戚的烟酒行万一被自家大人知道了怎么办？

几个人又站在树荫下嘀咕。因为他们是未成年，去别的烟酒行会不会被骗？想了半天，这样不行，那样也不好。最终还是徐佳佳脑袋瓜机灵，要周景明先去亲戚家的烟酒行问问包里烟酒的价格，然后他们骑单车去另一个区卖。

大晌午的，一行人又骑着单车跨区找烟酒行。等找到位置停好车，一个个麻利地往凉荫处一站，催周景明速战速决。

第一章 无声的告别

周景明第一回干这事儿,也不由得心虚。他先看向万清,万清忙着挠痒痒不跟他对视;他再看张澍,张澍忙着系鞋带也没有理他;最后还是徐佳佳自告奋勇陪他去。张澍直鼓掌——人美嘴甜脑瓜灵光,再没谁比她更适合了!

她们仨就坐在银行门前的台阶上东张西望,望见西南角新开了家上岛咖啡,三个人嘀咕里面都卖啥,江明珠看向万清:"等月底你去西藏前我们再来一回。"

万清点点头,什么也没说。接着,三个人沉默了,一股将要离别的淡淡的愁绪萦绕在心头。江明珠最先开始难过,嚅动着下巴把眼泪忍了回去,张澍借口去买了冰镇饮料回来。

那边俩人从烟酒行并肩出来,张澍没话找话说道:"他们俩会不会瞒着咱们谈恋爱呀?"

"说不好,不然今天他干吗去喊徐佳佳?"江明珠问。

"他喊徐佳佳是给你找台阶吧?"万清说。

"难道他深深喜欢我?!"江明珠震惊。

"你可真臭不要脸!"张澍骂她。

"喜欢我咋了?我将来可是要当大官的人!"江明珠神采飞扬地说,"我妈要给我请家教考政法大学。而且有我爸的关系在,我将来绝对仕途坦荡!"

"别吹牛了。合上腿吧,里面的小裤都露出来了。"周景明说她。

江明珠掀开短裙给他看:"我这是打底裤,防走光的。"

周景明服了,准备骑上单车去找同学打球,他觉得,跟她们玩,除了受压迫,没半点意思。

见周景明要走,江明珠追问他:"卖的钱呢?"

徐佳佳把钱给她,卖了七百九,比周景明亲戚家报的价格少了三十。

"哇——"

徐佳佳很得意:"对方喊价五百,我们俩扭头就走。他喊住我们说好商量,然后我要价八百五,最后七百九成交。"

"厉害厉害!"江明珠忘了先前两人的不快,痛快地抽了二十块给她。

徐佳佳手一挡,别扭道:"都给小春吧。"

江明珠把钱都收好,盘算着再卖几回一块儿给小春。然后朝已经骑着单车离开的人喊:"小明,我们去吃烤肠吧……"

周景明头也不回地挥挥手,没心情。刚才烟酒行老板看他的那个眼神让他觉得很屈辱,好像他是个游手好闲的社会渣滓。只听后面又喊:"周小明,我们去游戏厅了……"

周景明刹了车,回头看她们一眼,掉转了车头。这边几个人踏上单车就跑,跑着闹着,还说周小明刚刚那一回眸可真帅!不愧为全年级级草!

他们在游戏厅玩了一个钟头,花了五十块,江明珠怕这笔钱被自己花光,索性全给了周景明保管。出来时,每个人都收了张宣传单——商场开业大酬宾!

"好——"几个人又去了商场。

转一圈,又转一圈,大家没啥要买的,最后都提前买了新学期住宿的洗漱用品。万清和张澍买了五块八一支的牙刷,八块九一支的牙膏,九块九的小瓶洗发水和护发素等;周景明买了搞活动十块六支的牙刷,四块八一支的牙膏,六块九一瓶的洗发水,一块八一个的搓澡巾和九毛九的香皂。张澍问他怎么不买沐浴露,他说那是女孩的东西。

江明珠买了支九十八的电动牙刷,十九块九的牙膏,二十一块九的洗发水,和同价位的护发素与护发精油。徐佳佳则啥也没买,她说到时候跟她妈一起来,顺便指着张澍和万清购物篮里的洗发水和护发素说,这两样要用好的,不伤头发。那俩人甩甩秀发说,我们的发质比你的好,看你那一头小卷毛。

商场是连锁的,结账时江明珠刷了随身携带的充值卡。等大家依次结账出来,徐佳佳谄媚地伸出小手,大家把各自的购物小票都给了她,她拿去服务台开发票。张澍服了,心想她爸妈整天都灌输她点啥?这还没完,出了商场,徐佳佳向周景明要了支牙刷,说反正他买了六支也用不完。

"人家爸妈不会用?"万清看不过了,"现在你不嫌牙刷质量差了?"

"牙刷买软毛的一两块的就够了,反正两三个月换一回。"徐佳佳把牙刷装进随身的包里。

"周小明的便宜你也好意思占?他家那么穷。"江明珠心直口快道,"在课本上,你这就是地主剥削农民!"

"就是!"万清和张澍翻着白眼附和。

周景明像个透明人一样,骑上单车就走,再一次下决心要跟她们划清界限,任身后的人喊破喉咙:"小明——等等我们呀,小明!"

原先,他家条件并不差,他父亲是知名企业里技术顶呱呱的技工,因为一次操作失误损害了企业利益才被辞退。一个城市就这么大,工作上背了污点别的企业也不会用。加之父亲又被企业要求赔了不少钱,不得已只能去校门口卖米线。

第一章　无声的告别

4

晚上万清随口同父母说了江明珠父亲要调去省里的事，母亲很惊讶，好一会儿才说这是升了，接着感慨人的命运，早先江明珠的父亲只是给领导开车的，完全看不出会在仕途上有什么成就。万清父亲倒淡定，他在基层磨炼了这么些年，政绩各方面都不错，往上提是早晚的事。

"估计你们几个人里，将来明珠的前途最光明。"母亲淡淡地说，"她姨父在南方军区也厉害得很。"

"你们几个关系处好些，未来都是一笔财富。"父亲去饮水机接水，"我跟你妈能做的就是尽量给予你好的教育，助力你上一所好大学。至于未来个人的成就上，全靠你自己和身边的人脉。"

"给孩子说这些干什么？"母亲不大认同。

"都过了十六岁了，该知道的还是要知道些。"父亲嘱咐她，"记住，万事宁得罪君子，不得罪小人。"

万清忙自己的，没怎么听。

接着父亲又点评他们这几个从小玩到大的朋友，张澍最稳当，估计将来坐办公室的可能大些；明珠有父母托着，将来会是前途最光明的；徐家丫头像她父母，太斤斤计较，很难有什么大出息；景明大事上有主心骨，未来不可限量；至于景春嘛……她这种情况将来很难说了。

"你呢，将来就考去上海，努力落地生根，不到万不得已不要回来。但家里这些同学的关系要维护好，真回来了关系也在……"父亲滔滔不绝地说着，而万清的心思早飞了。

万清父亲这半生足以用五个字总结——郁郁不得志。他的那些同学该往上提的提了，下海去南方的该成功的也成功了，只有他兢兢业业半生，还是个小科长。

母亲在卧室收拾行李，半个月前，她辞掉了企业会计的工作，准备去西藏陪读。

万清一面啃手指，一面看电脑QQ里弹出来的信息，周景明想向她借两本外国名著。老师指定、暑假必读的。这几个人里万清家的书最多最全，父母在培养她阅读这一块毫不吝啬，经常她买后大家轮番借阅。

周景明家去年就搬离了原来的街道，买了方二手的独门小院，离原来住的街道也不远，骑个单车七八分钟。

万清拿了书下来给他，两个人对视的那一刻明显不自在。往常人都在，闹闹腾腾、插科打诨的两个人相处倒也自然，但只要一单独碰面就会不自觉地尴尬。

周景明接过书，就着路灯翻了两页说："我下午去新华书店，那里卖完了。"

万清点点头，也没说什么。

"我看完了就还你。"周景明把书放进车篓。

"我已经看了两遍了，你慢慢看吧。"万清说。

"谢谢。那我回去了。"周景明掉转车头准备回家。

第一章　无声的告别

万清什么也没说，跟在他身后一块儿走出过道。

周景明猛一回头问："你干吗？"

万清瞪他，说："我去买雪糕！"

周景明吓一跳："你那么大声干吗？"

万清脱口而出："怎么不吓死你？！"

周景明骑上车就走，到街口的文具店停下，进去挑了支钢笔，结账时朝门口半个身子趴冰柜里挑雪糕的人问："你还没挑好？"

正扒拉冰棍儿的万清抬头问："你请客是吧？"

周景明有点不耐烦："你快点挑吧。"

万清挑了支最贵的，直接拆开，坐在风口的台阶上吃。周景明也拿了支冰棍，顺势坐在她旁边舔。

万清看着他吃冰棍有点烦躁："你吃冰棍儿能不能直接咬？"

周景明说："你压力大冲我撒什么火？"

"你哪只眼睛看见我压力大了？"

"两只都看见了。"周景明举着冰棍儿问，"你咬不咬？"

万清低头在冰棍儿柄那一头咬了一大口。

"以你的能力到了那边很轻松就能考上了。"周景明说，"想我们了就在QQ上留言，打电话也行。"

万清把嘴里的冰棍儿含化了才回他："才不会想你们呢。"

"爱想不想。"

"问你件事？"

"说。"

"你是不是在跟徐佳佳谈恋爱呀？"万清说，"那天张澍说的……"

"你们女生无不无聊？"周景明烦了，"整天就会给人瞎配对。"

"谈了也没人笑话你们呀。"万清笑吟吟地望着他。

周景明只觉得她阴阳怪气，把冰棍柄折断，回她："谈也不跟你们谈，整天烦都烦死了！"

万清本能地反驳："谁稀罕跟你谈呀，我们又不瞎！"

周景明看着她，把车篓里的书全还给她，骑上单车回了家。

万清抱着书在街口站了半天，也扭头回了家。

接下来的两天大家各忙各的，都没往一块儿聚。第三天江明珠去周景明家，跟在周景明身后哀求，要他帮忙再去卖烟酒。周景明态度异常坚决，他不会再去卖了。那边张澍在院外喊："你们要不要出来呀？"

江明珠要她们进来，说有事商量。张澍看了看旁边的万清，万清让她进去，她在门口看自行车。

五分钟后几个人出来，江明珠没心没肺地问万清："外面这么热，你怎么不进屋呀？"

"我懒得进去。"万清回了句。

周景明听见声音喊住张澍，问是谁告诉她自己在和徐佳佳谈恋爱。张澍有点蒙："我没说过这话呀。"

而另一个当事人徐佳佳则惊异："啥，有人传咱俩在谈恋爱？"

"谁呀谁呀，谁传的呀？"江明珠一脸八卦。

张澍看了眼满脸通红的万清，拍脑门道："想起来了，我是听八班的人传的。"

周景明没再说话，一行人骑上单车准备去周景春家。路上，万清说肚子疼，半路回了家。周景明望着她的背影，抿着嘴什么也没说。江明珠还在嘻嘻哈哈,让他们干脆把谣言坐实。徐佳佳推搡她一下,娇声细语地说:"你怎么这么讨厌啊。"

张澍鸡皮疙瘩都要出来了,追上周景明问:"万清怎么了?"

周景明回她:"我怎么知道她怎么了?"

周景春家接到一个天大的好消息,报社来电话说,体外语言处理器被人捡到送到了报社。景春父亲忙赶去报社,半个小时后来电话说,处理器完好无损。一屋子人高兴坏了,景春母亲抱住她啜泣,说傍晚给他们烧好吃的,随后麻利去菜市场,顺便再去蛋糕房买个蛋糕。

最高兴的莫过于周景春,她这些日子天天在家帮忙带弟弟,帮母亲煮饭、整理家务,好像这样才能抵消点对家人的愧疚。江明珠当下用手机给万清家打电话,告诉她这一天大的好消息。她们可以彻底安心了,她也不用偷家里的烟酒卖了。景春父亲取了处理器回来,然后回里屋默默坐下,拿出抽屉里的名单和钱,准备挨个把街坊的钱给退回去。

犹豫了半个下午,傍晚前周景明决意去找万清。他去了万清家,万清正在书房写作业。他问万清:"肚子好点了吗?"

万清没接话。

他又说了处理器找回来的事,小春家此刻很热闹,家里还买了蛋糕,还问要不要载她过去。万清摇头,她还是肚子疼。周景明看看她,什么也没再说,转身去了周景春家。

随后的几天里两人没再正面交流。大家聚他们俩也参加,只是周景明说话万清不接,万清说话周景明也不接。只有张澍能察觉出两个人微妙的变化，而江明珠和徐佳佳，一个粗枝大叶，一个眼里只能看见自己。张澍问万清她和周景明有什么误会，万清说没误会，别的也不解释。

自从周景春的处理器失而复得后，她出来得更少了，理由是她为了延长处理器的使用寿命，打算出门才戴，在家则不戴，且夏天易出汗，保养不当会影响使用寿命。

几个人聊着从张澍家出来，江明珠说："张澍家多自由啊，父母出差就她一个人在家，可以随便看电视玩游戏，可真是令人羡慕！"徐佳佳说："你家也很好啊，你们家都很好，反正比我家好，我在家不是写作业就是练舞。"

江明珠说："我家才不好呢，我奶奶不让我看电视，老说'你再不听话，就让爸妈给你生一个弟弟'。"说着她拐个弯儿，挥挥手回家了。不多时，徐佳佳也回家了。一行人只剩万清和周景明。

两人前后走着，万清想：如果周景明主动求和，我要不要接受？犹豫间，两人就到了分岔路口。万清没能听到想听的话，慢慢转身准备回家。刚走几步就被周景明叫住，周景明问她刚才是不是喊自己了。

万清摇头："我没喊你。"

"那我听错了。"周景明表示无所谓。

万清想：此刻要不要问他还借不借书了？万般踟蹰间，又听见周景明说："张澍家离你们家那么近，你为什么不直接回，而是陪着我……我们绕这么大一圈？"

万清猛然被问住,才意识到这个问题,是啊,她和张澍家小区前后挨着,自己干吗绕这么大一圈?但她不假思索就说,在张澍家零食吃太多了,刚好出来转一圈送明珠和佳佳。

周景明头一撇,问她:"难道你不是在找机会想跟我道歉?"

"啊呸!你个自大狂!"

5

　　这天，江明珠被父亲的司机接去了省里玩，但她哪儿也没去，跑了一天给周景春买处理器的防汗套、保护套等小配件，万清再有几天就去西藏了，江明珠还给万清买了礼物。早先卖烟酒的几百块，今天全被她花光了。

　　尽管哪儿也没去玩，也只和父母吃了一顿饭，但她仍然很高兴。她迫切地想要回家，想把所有的礼物摊在朋友们面前。

　　三天后是周景春的生日。傍晚到家，江明珠先去精品店，把买给周景春的小配件装进礼物盒，打上蝴蝶结精心包装。

　　隔天她喊大家去新开的上岛咖啡，前一阵子她说过，要在万清离开前请大家去一次上岛咖啡。之所以现在就去，只因她刚见过父母，这时候最有钱，要不然过几天她就用各种理由把钱挥霍光了。

　　中午大家如约而至，周景明找了离万清最远的位置坐下，万清贴着张澍咬耳朵，要张澍在自己和周景明之间做选择，跟她好就不能同周景明再说一句话。反之亦然。

　　张澍当然选择她啊，为表真心，还把周景明倒给她的水特意放一边，自己亲手再倒了一杯。万清很满意。

　　周景明不屑，嫌她们无聊。

　　那边江明珠、周景春、徐佳佳头抵着头看菜单，上岛咖啡嘛——说明这里咖啡最好喝。六个人装模作样地点了三杯不同的咖啡,两个人喝一杯,万一不好喝也不浪费钱。

徐佳佳建议点鸡脆骨、炸薯条、洋葱圈、鸡米花,因为这些最保守,怎么做都不会很难吃。江明珠翻她一眼,嫌她没品位,来这里花几倍的价格就为买外面三五块一盒的鸡米花?接着就把菜单推给小团体的主心骨周景明。

周景明拍板点了几样,菜单刚放下万清就拿手上,来回扭头征求江明珠和张澍意见。最终周景明点的全被不动声色地推翻。

两个小时后出来,徐佳佳说:"这都是啥呀?还不如点保守的洋葱圈和鸡米花呢。还有那咖啡是啥呀?好难喝!"

"你吃不惯是你的问题,这是台湾连锁大品牌。我觉得咖啡不错啊,要一点点品,才能品出其香醇。我妈在家就经常喝。"万清老到地说。

"我也觉得很好。"张澍点评,"就餐氛围很好,环境清雅,音乐悠扬。"话音刚落万清就给她竖个大拇指:"一听你就是个见过世面、卓尔不凡的人。"

江明珠本想大力吐槽,但见品位明显高于她的万清和张澍都说不错,她也附和:"我也觉得好,特别是咖啡……口齿生香。"

周景春不时捂捂自己的耳朵,生怕处理器再丢了,无心参与她们聊天。

周景明看她们,问道:"既然这么好喝,你们为什么全剩下了?"

正反省自己是不是土老帽的徐佳佳立刻反击:"就是!既然这么好喝,你们干吗喝了一口就全剩下了?!"

万清轻飘飘地回："因为我来大姨妈，不能喝咖啡。"

张澍附和："对呀，有什么问题吗？"

江明珠打哈哈，催着众人快去网吧，等会儿要没位子了。

张澍说他们："还说你们俩没偷偷谈恋爱，夫唱妇随……"

周景明烦透了，回她："有完没完了你们？以后我们划清界限，别再喊我出来玩了！"说完骑上单车就要离开。他感觉最近诸事不顺，烦躁极了。

江明珠一脸莫名其妙，问张澍："他怎么了？"

张澍脸上挂不住，骂他："谁知道他个神经病怎么回事！"

江明珠不在意，催大家快去网吧。周景春推说要回家看弟弟，不能和她们一起去网吧了。回家的路上她去看了周景明。她了解她堂哥，他不是没有礼貌乱发脾气的人。

周景明最近在小吃店帮忙。一个星期前父亲的脚崴了，他要接替父亲的事情，每天要蹬三轮车去市场买配菜、鸡架、鸡胸等小吃店会用到的食材。批发市场离市区很远，他每天早上六点就出发，穿行大半个城市去买，这样才不影响母亲熬鸡架子汤和中午开店营业。

这些都不足以使他心烦，他烦的是这几个女生，烦她们有事没事老找他。他烦她们谁的车链子掉了找他；烦谁题不会做了找他；烦打游戏找他；烦游泳也找他，还说什么，她们身材这么好，怕被人乱吃豆腐，"恩赐"他在一侧当护花使者，还把游泳池里的水用脚撩到他脸上。

她们简直烦透了！

他更烦那谁……那个跩得二五八万似的谁。他烦早上在路口等红灯的间隙，脑海会不自觉地浮现她的脸；他烦她出现在梦里吓他；他烦她阴阳怪气笑吟吟的嘴脸；他也烦……烦她穿泳衣跳下水的那刻像一尾鱼……

　　他想，如果把她掐腰捞出来，她肯定通身黏滑，大尾巴朝他脸上一甩，白眼一翻，滑不溜秋地就逃了。

　　周景春来后厨帮他往碗里一个个套食品袋，问他那天怎么了。他说没事儿，就是那会儿心烦。周景春同他聊了些别的，又帮忙收拾了几桌的碗，然后才准备回家。回去前碰见婶婶，给了她一大袋拆洗好的尿布，都是周景明的旧床单被罩，让她拿回家给弟弟垫屁股。

　　周景明在后厨忙完，出来站在电风扇前吹。母亲心疼他，要他出去找同学玩，这里她自己一个人能忙过来。说着从钱盒里数了一百块给他，要他请同学喝冷饮。她明白儿子自尊心强，朋友经常请他，他也要回请朋友的。

　　周景明顶着烈日去了路边的报亭打电话，他打到张澍家，半天没人接。他挂断后犹豫着要不要打给万清家，想想还是作罢。回到小吃店，母亲随口问他，万清什么时候去西藏。

　　"下个星期吧。"他没精打采地说。

　　"她妈陪着去啊？"

　　"嗯。"

　　母亲叹气："大人小孩都跟着受罪。不过要真考个重点大学，一切都值了。"接着又聊起他学习上的事，再开学就高二了，该抓紧了。昨天小春爸爸找她商议，开学得给两个孩子报冲刺班了。

一辈子就这么一回,这一回事关命运,该花的钱不能省。

街边的悬铃木上蝉声聒噪,周景明怏怏地坐了会儿,打起精神去新华书店,路上先拐弯,去了常去的网吧看,果然,万清、张澍和江明珠都在。三个人都在聚精会神地打游戏。

他喊张澍出来,递给她三瓶汽水,让她们有个点,别玩物丧志。张澍翻翻白眼,懒得搭理他。周景明没话找话说:"徐佳佳怎么不在?"问完就后悔了。

"徐佳佳去舞蹈室了。"张澍阴阳怪气地说完,拿上三瓶汽水回座位,递给她们俩各一瓶,"周小明买的。"

万清早看见他了,问:"他专门过来送汽水?"

"他专门过来道歉。"张澍纠正她。

"跟你道歉?"万清看她。

"不然呢。"张澍喝口汽水说,"最多再玩半个小时,该回家复习了。"

"干吗呀,有啥好复习的!"江明珠嫌她扫兴。

"你现在辍学你爸都能给你安排工作,我们能吗?"张澍教育她,"最多半小时啊,玩物容易丧志!"

万清无心游戏,心里不忿了,他都跟张澍道歉了,凭什么不跟自己道歉?想着把汽水扔一边,看见心烦!

张澍劝她:"不喝白不喝,反正花他的钱!"

万清起身去厕所,顺便催她们下机回家。她出来看见江明珠在跟人干嘴仗,其中一个曾经跟她们同一所初中,那时候就结下了梁子,因为对方老喊周景春"小聋子"。这回是两个人座位挨着,那人拉椅子的时候撞到了江明珠,江明珠斜了她一眼,她就

第一章　无声的告别

说江明珠挑衅她!

五个人开骂,江明珠气焰很足,想上手打,最后全被网管给轰了出来,双方指着鼻子互骂,各自撂狠话,明天上午九点,在哪哪哪等着!

回家路上,江明珠盘算着明天都喊谁,万清帮着合计。张澍则吞吞吐吐道:"不行啊,明天我姥爷过寿,一早我们全家就得去姥爷家。"

"你就一小孩,少了你,你姥爷照样过。"江明珠说。

"今年我姥爷是大寿,必须拍全家福的。"张澍为难道,"我姨她们都从外省回来了,而且我姥爷提前到暑假过,就是为了见我们这些小孩。"

"别自称小孩小孩的,有你们这么大胸的小孩?"万清说着骄傲地挺挺胸,那两个人追上去拧她。

几个女孩里数徐佳佳、万清、张澍发育最好,江明珠最一般,有点"拖女生后腿"。她们从前私下玩时,江明珠会穿上母亲的胸衣,塞俩橘子,涂上口红,戴上大珍珠项链,踩着高跟鞋,扭着屁股走路,说将来徐佳佳长大了准是这样。

晚上临睡前统计,江明珠凭一己之力在QQ上喊了十六个同学,都是学校里她的小跟班,约的时间是上午九点,那个点周景明肯定去不了,他正汗流浃背地蹬三轮车;张澍也去不了,要回姥爷家;周景春不好说,因为要在家帮忙照看弟弟。

也就是说他们六个人里,只有三个人能来。江明珠打电话要周景春来,因为这梁子是为她结下的。人多气势足,不为打架,就为在场面上能震慑对方。目前只有十九个人能来……远远达不到震慑的效果。

还是徐佳佳鬼点子多,她说她堂弟念初二,学习不好但朋友多,特别是那种看着就不好惹、常年坐教室最后两排的同学多!江明珠激动地表示,来来来,都来!一个人五块钱!

隔天一早,原先跟江明珠保证能来的十六个小跟班只来了仨。江明珠气傻了,多侮辱人!现在所有问题都不重要了,她的面子最重要!好在徐佳佳的堂弟浩浩荡荡领了二十一个人!尽管都是初中……咋还有俩特别矮小的?上前一打听,才小学三四年级。

……

矮小就矮小吧,万清把他们俩揪到最后面,让个头最壮实、看起来最不好惹的人领队,接着就问周景春怎么还没来。

江明珠派徐佳佳去揪周景春,务必要她来,要对方为喊她小聋子这件事郑重道歉!

周景春的父母在同一家单位上班,一个是电工,一个是后勤。母亲这天轮休,但一早就拿着存折出门了,一来今天统一发工资,二来她打算买一桶奶粉,准备给小儿子断奶了。

徐佳佳找来时,周景春正在喂一岁的弟弟喝水,她说家里没大人,她必须要看弟弟。徐佳佳问她开学了咋办?周景春说,开学姥姥就来了。

周景春没戴处理器,徐佳佳嫌跟她说话费劲,简单说了两句就走了。等到了集合点,一行人声势赫赫地去了废弃的老校园。到了那儿,队伍站好,马步扎稳,打眼一扫,对方也是二十来人。

还没喊话,还没开骂,双方队伍都发生了骚乱,因为对方的队伍里头不是熟人就是自家亲戚。那方骂道:老子喊你来你说有事,原来就为这事儿？这方回：我这边有五块钱，你那边白费劲！

还有对同胞兄弟认出对方，哥哥冲出队伍就撵他，弟弟围着队伍跑，嘴里大喊："我不敢了！我再也不敢了……"

……

周景春的母亲原本要去买奶粉，路上遇见位亲戚，对方说自己家前几天才买了一桶，结果孩子死活不喝，要她拿回家给儿子喝，喝惯了以后再买，喝不惯就先别断母乳。

周景春正哄着弟弟玩，见母亲这么快回来，忙问她还出不出去了。母亲笑说不出去了，要她去找同学玩。周景春麻利戴好处理器，骑着单车走了一截又折回家把处理器摘下，妥善放好才又出门。

为了赶时间，她抄近道，经过一条小巷时，一户院子里突然窜出条大黄狗，狗追她，她就狂踩单车。等终于甩掉狗骑出过道，正要喘口气，一辆播着《兰花草》音乐的城市洒水车已经迎面开来……

6

那天后万清发烧了,两天低烧不退。因为马上要去西藏了,母亲顾不上去小春家,陪着万清去医院输液。

江明珠也是,她夜里睡觉打惊颤,八成是被小春这事儿吓到了。她奶奶去周家安慰小春母亲,说:"小春多乖啊,是我见过最好的孩子,但怎么就……"心疼得直落泪。

周景春的母亲掉魂了似的坐在床上,不言语,也不吃喝。

明珠奶奶回家的路上买了兜零嘴,这两天明珠躺在房间不怎么出来,往常她是绝不愿明珠吃这些的。到家后,她敲敲卧室门,把零嘴袋子挂到门把手上,就去沙发上坐下准备给明珠爸妈拨电话。电话还没拨,徐佳佳母亲来了,两人先寒暄两句,随后她问小春家现在是什么情况。

奶奶反问她怎么不自己去看看。徐佳佳母亲搪塞过去,然后还问明珠回来有没有说什么。

奶奶奇怪,小孩子能说什么?小春出事那天,明珠回来后,她记得自己狠狠责骂了她一顿,说她整天就会跑着玩!

徐佳佳母亲一声叹息,说她们几个往常总是形影不离,就那天小春落单了。又说还好那天几个孩子没在一起,不然有些事很难说清。

第一章　无声的告别

明珠奶奶追问:"说不清啥?"

徐佳佳母亲没有再说下去,只说这几天她领佳佳去她姥姥家串亲,也催她给明珠爸妈去个电话,让他们接明珠去省里玩几天;又说家里养只小狗病了,孩子还难过好一阵儿,更何况这是从小耍到大的玩伴;最后推说家里火上还炖着东西,赶忙走了。

周围这几个年轻媳妇里,明珠奶奶最不待见徐佳佳母亲,说话永远露三分藏七分。徐佳佳母亲离开后,她坐在沙发上思忖半天。想了一会儿,她猛然起身拍卧室的门,把江明珠从卧室喊了出来。

江明珠拧开了门,一头茅草窝,病恹恹地看着奶奶。

奶奶打量着她,问:"小春那天出去是找你们?"

江明珠不说话。

明珠奶奶用手指狠狠戳她脑门,没忍住还用力打了她的头,恨铁不成钢地骂她:"你咋就这么不争气呢!啊——你咋就这么不争气呀!"想到那天早上听见她打电话给小春,说在哪哪哪等她,不见不散之类的,奶奶浑身冒汗,抄起鸡毛掸子就往她身上打。

江明珠也不动,任由奶奶打她,眼泪鼻涕不住地往下淌。

明珠奶奶打累了,坐在沙发上唉声叹气,给在省里的儿子打电话,说明珠想他们了,让来个车给接去几天吧,等开学了再回来。挂了电话,奶奶看向贴着墙根站的孙女,老泪纵横,回卧室给她找了换洗衣物,用力推搡了她一把,要她去卫生间洗澡。

张澍在姥爷家待了三天,回来本能地要去小春家,被母亲一把扯住。母亲说小春家里正乱,等一切安顿好了再说。然后她去找万清,喊门,门不应;她去找江明珠,明珠奶奶说她刚被接去省里了；她又去找徐佳佳，徐佳佳母亲说她去姥姥家了。

她无处可去，想偷偷去小春家，可还没到小春家小区，就被街上的哭声惊到了。她止步在路口，不肯再往前挪一步。

万清母亲从小春家出来发现了她，忙把她拉到一边，从包里掏出纸给她擦泪，随后载着她一块儿去医院，万清还在输液。

两人见面，相顾无言。张澍原本有很多很多话要说，但是她好难过好难过，最后只是静静地陪着万清坐在一侧输液。

万清母亲在走廊打电话，想托熟识的律师问问，她说小姑娘当天就转去了省医院，抢救了两天，最后没能救回来，她想问这种情况，一般怎么跟公家谈责任和赔偿。

对方不知说了什么，万清母亲点了点头，又简单聊了几句，挂断了电话。挂完电话，她轻叹口气，回到输液厅，见那俩孩子坐着，一个在低头玩衣角，手背上全是泪珠；一个仰头望着自己的输液瓶，不停地吸鼻涕。

她从包里拿了纸给万清，万清避开，用力地吸鼻涕，然后又倔强地望着输液瓶，眼睛憋得通红，就是不肯让泪落下来。她疲惫地在她们身边坐下，不自觉地惋惜："这傻孩子……往常出门都见她戴着处理器，怎么就那天没戴呢。"说完察觉不妥，不该在孩子们面前提起，于是她抬头看了看输液瓶，喊护士过来拔针。

护士还没过来，万清先哭得不能自已，她一哭，惹得张澍也痛哭。万清母亲心疼地左右抱着她们。哭吧，哭出来就好了。

万清去西藏的那一天，只有张澍来火车站送行了。江明珠在省城没回来，徐佳佳在姥姥家也没回来。自从小春出事后，万清和她俩再未见面，也再未相互打过电话。好像……好像她们之间有什么东西悄然变了。

至于周景明,前一天晚上他倒是来了。可他来不是为了送行,而是质问她,质问那天小春是不是急着去找她们,质问小春没戴处理器,是不是因为怕打架时弄坏……

自己是怎么回答的?万清听着火车轮和铁轨摩擦发出的哐当哐当声,看着窗外飞驰而过的风景。她忘了,她也忘记自己是怎么回答的了。

但她无比清楚,他们六个人的友谊随着小春的离开一起消失了。

暑假结束了,秋去冬又来,四个月后又迎来了寒假。

这四个月里大家变化很大。先说周景明,刚开学时张澍在学校里看见他并不理他,她还生气周景明没去火车站送万清的事。后来张澍想理他了,他又报了冲刺班埋头苦读,好像完全无视张澍对他是什么态度。

徐佳佳呢,除了上学就是去舞蹈室,她家人管她管得更严了。张澍周末去她家找她,她父母也不是很热情,只说再有一两年就高考了,她们也该收收心,抓紧时间学习了。张澍自然能听出弦外之音,也就很少再去找她了。

江明珠更不用提了。学习上没见多上心,天天泡网吧。周末去找她十回,九回她都在网吧。张澍劝她不能再玩了,她还很不耐烦。

至于万清,张澍坚持每周都给她QQ留言,而她一条也没回。万清父亲说她在的那个区是信号不好还是没网来着,打电话都要去很远的地方,语气颇有后悔之意。在那种条件下学习,怎么能学好呢?

这天,张澍从江明珠家里出来郁郁寡欢,她想到了小春,想到了六个人的快乐往昔。她也说不出具体原因,但大家就是在渐行渐远,而她看着这一切却无能为力。她特别难过,这种难过是远超出她这个年龄能承受的、瞬间迸发出来的一股沧桑感,好像他们六个人在一起,遥远到已经像是上辈子的事了。

外面飘着雪,可张澍不想回家,她好像陷入了那种对一切都无望的情绪里。张澍做梦从来没梦见过小春,但会频频地想到她,想到她的一颦一笑,想到她的一蹦一跳,想到她那么那么好,但怎么就毫无防备地、说消失就消失了呢?

这难道就是老师说的生命不能承受之重吗?

张澍好难过,她不懂该怎么消解这种难过,只能沿着街道漫无目的地走,正走着被人拍了一下肩,她吓了一跳猛然回头,见是母亲,就随口抱怨了两句。

母亲说刚下公交车就看见她了,喊了她好几声都不应,开玩笑说她在想什么国家大事呢,说着就把落在她头发上的雪轻轻掸掉,把她羽绒服上的帽子给她扣在头上。不知为何,张澍忽然间鼻子一酸,特别委屈地说了他们几个之间的变化,说他们四个同校不同班,有时候课间碰见也不知怎么了,就是没了以前的亲密无间和畅所欲言。

母亲安静地听她说,陪她沿着街道慢慢地走。张澍说了很多,越说越多,越说越难过,渐渐语无伦次。她反反复复提及小春离开前的快乐和她的离开带给大家的伤害。她说她经常做同一个梦,梦里的她一直在前行,一直在前行,也不知去哪儿,也没有方向。梦境里的那条路和建筑她都特别熟悉,是他们六个上小学时上下学的必经之路。但不知道为什么,他们五个不见了,路上只有她自己。说着说着,张澍便泣不成声……

另一边,明珠奶奶顶着大雪一家家网吧找江明珠,雪天路滑,差点摔跤,好在被人及时搀住了。她找着,骂着"回家就给你老子打电话,不学好让他回来收拾你",找不动了才回家,到家看见明珠坐在餐桌前泡方便面,气不打一处来,端着碗就把泡面给倒了。江明珠什么也不说,拉开椅子,回到卧室,反锁门,一气呵成。

奶奶拍门:"你就不能收心学习会儿?"然后就去厨房给她煮饭,咕哝着"这孩子越来越叛逆,不招人待见了"。奶奶煮好饭也平静下来,喊江明珠出来吃,还给她煎了俩鸡蛋——原本她就不胖,这几个月都瘦成皮包骨头了。

江明珠吃完回到房间,奶奶解了围裙坐在沙发上,给儿子打电话。电话的内容是老生常谈,还是明珠年龄越来越大了,自己管不住了,该让她妈回来了。儿子也是和从前一样满口应下,说今年春节接她们俩去省里过,他才上任,大事小事不断,每天都焦头烂额。

接着电话就转到了明珠母亲的手里,她例行公事地问了明珠的情况,问她学习怎么样,问给她请的家教怎么样,问生活上怎么样?然后说明年升高三了她就回来,专门陪她一年准备高考。

如果问明珠奶奶这些年轻媳妇里第二个不喜欢的是谁,毋庸置疑就是她这个儿媳妇。用明珠奶奶的话说就是,明明啥也不是,说话却打一口官腔。她懒得跟儿媳多说话，反正跟他们反映过了，爱回来不回来。早先明珠读幼儿园的时候，她们全家还是住在一起的。她们婆媳不睦，两个人倒也不吵架，就是各自看不惯。后来明珠父亲去县里任职，明珠母亲也跟着去了，面上说是去照顾丈夫的生活起居，实则就是不想单独跟她这个婆婆住一块儿。

挂完电话她直叹气，她也不敢跟儿子说啊，说明珠偷拿抽屉里的钱，偷拿家里的烟酒去卖……只能催他们回来接孩子。

已经晚上十一点了，江明珠瞪着眼翻来覆去睡不着，她轻轻起床去客厅看电视，怕吵醒奶奶，也不敢开声音。她的手机被奶奶没收了，家里电脑的网线也被拔了。她一直惦记着手机，怕错过了什么电话。她也常去网吧挂QQ，怕错过什么消息。

年关将至，张澍和母亲去商场置办年货，母亲先在图书音像区给她推荐了两本书，说读这些书有益，滋润心灵，还给她买了款MP4作为新年礼物。张澍很开心，她很早就想要了。母女俩推着购物车边聊边逛，母亲鼓励她写日记，把内心深处难以言说的情感都写下来，而且她文采不错，在表达欲最旺盛或心情最苦闷的时候记录些东西，等人生过半了再回头看，肯定特别有意思、有感触。正聊着，就碰见也来置办年货的江明珠和奶奶。

前面两个大人并行，身后跟着推购物车的张澍和江明珠。两个人先是不自然了会儿，张澍找话，说给她买了双手套当新年礼物，等一会儿回家了拿给她。江明珠忙说也给她买了新年礼物，是一个漂亮的笔记本。张澍惊讶，说自己正打算买笔记本。

两个女孩慢慢地亲密了起来，聊一些各自班级里乱七八糟的事，但都默契地不提徐佳佳、不提周景明、不提万清。尽管江明珠很想问张澍她有没有和万清联系,但由于两个人都在小心翼翼地维护这种阔别已久的亲密感,有些话就没问。

虽然她们没聊,前面的大人却聊了,明珠奶奶先提,说那娘儿俩在西藏也不晓得咋样了,能不能吃得惯,能不能睡踏实,春节能不能回来。生活习惯都不一样,这边的人去那儿净是遭罪。张澍母亲说,前一段时间她问万清爸了,他说其他条件都能克服,就是吃的远不如家里如意。春节也不回来,明年暑假才回来,还说了万清目前的成绩。

明珠奶奶一听成绩,说一切都值了!就怕猛地一换地方孩子适应不了,最后弄成竹篮打水一场空。张澍母亲笑道,那倒不至于,万清心理素质过硬,加之有她妈妈辅导,不会差到哪儿去。

明珠奶奶听到这话心里又堵上了,心想,别的孩子关键时候身边都有父母,自己家儿媳妇却不在孙女身边。哼,不说了,说出来传到她耳朵里又是矛盾。

7

　　高二那年暑假万清没从西藏回来，为了缓解学习压力，那个暑假她母亲陪着她旅行散心了。

　　也是在这年暑假，江明珠的母亲从省里回来了，陪着她全面复习，冲刺高考。回来前她先接到了班主任的电话，班主任说江明珠这一年可能交了坏朋友，成绩下滑十分严重，如果不加以重视，大学都很难考得上。

　　当然这话夸张了。

　　班主任所谓的"坏朋友"，不过是几个其他学校的学生。她们在一起也没惹是生非，无非打打游戏。但"打打游戏"就足够"罪大恶极"。江明珠曾在日记里写，她并不喜欢打游戏，她只是喜欢打游戏时大家在一起的感觉。但那是很久以前的事情了。

　　如今所谓的沉迷游戏，只是她不知道闲下来该干什么罢了。大家都在拼命地学习，张澍是，周景明也是。她很想融入大家，但她怎么都投入不进去，周末不是在街上瞎逛，就是泡网吧、打游戏。她甚至觉得泡网吧还不如逛街有意思，她只逛她们几个曾经爱逛的那几家，进去什么也不买，只是一圈圈逛就很有意思。直到有一天，江明珠看见她们爱逛的那家饰品店关门了，她忽然站在那里号啕大哭。

　　那家饰品店是小春最爱逛的,她每回去都要把新奇的饰品看个遍。

　　进入高三后,整个备战气氛都起来了,张澍在家里上个厕所手里都要捧本书。这一年,张澍母亲向学校申请了走读,学校晚自习九点半结束,母亲每天晚上散步来接她,就为了从学校到家的这十分钟里,母女俩能聊几句贴心话。父亲卡着点把消夜煮好,张澍到家随便垫巴几口,十点前洗漱睡觉,然后凌晨四点早起复习。

　　江明珠母亲也为江明珠申请了走读,每天接她下晚自习,到家奶奶就准备好了消夜,吃完她继续复习到十二点睡觉,隔天六点起。但这一切不但让她压力颇大,也让她很烦躁!还不如像以前一样不管她呢!母亲会亲昵地喊她,"珠珠啊——珠珠。"她以前听到很开心,如今只剩无尽的烦。

　　她一烦,母亲就有怨言,说她抛下父亲特意回来陪她复习……话没说完,江明珠就开始暴躁地撕卷子了。母亲被吓到,立刻乖乖闭嘴。等第二天江明珠去上学了,她就给明珠父亲打电话,边打边哭,说明珠现在变得很叛逆,任何话都听不进,甚至言行偏激……

　　这时明珠奶奶就听不下去了,她说明珠以前脾气可好了。明珠母亲看着奶奶说,那就是怪我喽?明珠奶奶不接话,下楼转悠,不跟她起争执,也不跟她待在一屋。明珠奶奶来到小春家小区门口,看见小春妈在哄儿子,随口问她今天怎么没上班。小春妈急得团团转，说孩子原本是姥姥在照看，但姥姥忽然生病了，自己下午还要上班。

明珠奶奶大包大揽："你要是放心，我来帮你看，你先去上班吧。"小春妈妈很感激，这个月她已经请了两次假了，领导都有意见了。她把孩子交给明珠奶奶，把家里一切安置妥当，骑着自行车匆忙去上班了。

明珠奶奶抱着两岁多的弟弟，细细打量，半天才说："你可没你姐模样俊。"然后想到可怜的小春，她湿了眼眶，又说："你将来可得比你姐有福气，你得长命百岁！"

明珠奶奶下楼了，江明珠母亲不知道该怎么办，便打电话给张澍母亲，说明珠现在可叛逆了，她什么都不敢说，说多了明珠就拿剪刀剪自己头发。明珠以前可不是这样的。

张澍母亲耐着性子听她讲，什么也没说。她反倒觉得这几个孩子都各有所长，明珠重情义，也没什么心眼，几个孩子品性上都是好的，尽管她多少听闻了点风声，说这孩子手不干净。挂完电话，张澍母亲心里不是滋味，想说"你们早该回来陪着明珠，如今的小孩都不缺物质，需要在精神层面给予特别的关怀和指引"，但这话她最终没说出口。

几个孩子里，徐佳佳相对压力最小，她成绩一直不高不低，父母对她的要求也没那么高，考上大学就行了，省内的大学也不错，出来托人安排个体制内的工作就够了。他们也有私心，怕女孩子考出去在外面谈男朋友或者学坏。如果在省内上大学，将来毕业了就能安排在身边，然后找个门当户对的丈夫，两个人和和

第一章 无声的告别

美美过一辈子。

最难挨的时期过去了，高考结束了，孩子们解放了，家里的大人也可以自由喘气了。但这只是暂时的，接着又进入了下一轮的焦虑——估分、填志愿。

几个孩子也顾不上他们之间早已生分的关系，江明珠先联系张澍，问她估了多少分、志愿怎么填。张澍联系周景明，也问了一模一样的问题。随后几个人约在张澍家，张澍母亲提前整理出来往年各大学的分数线，再结合他们各自的分数和兴趣，帮忙筛选学校和专业。

在选学校和专业这件事情上，只有张澍母亲和江明珠父亲能给到有效的建议，以他们自身的阅历和视野，分析哪些专业最具潜力。孩子们选专业时大都稀里糊涂的，甚至多是跟风。如果你问江明珠对什么专业感兴趣，她一定会傻乎乎地回你"我不知道啊，我好像对什么专业都不感兴趣"。接着她就会扭头跟同学四下打听："你准备报什么专业？你呢，你打算报什么专业？"

反观周景明，他则非常有主意，早就选好了要报考的大学及专业。他在先后听取了张澍母亲和江明珠父亲的建议后，坚定不移地填了目标院校，也自负地只填了这一个志愿。他不知道未来他会如何看待人生中这次改变命运的选择，但他此刻无比坚定！他真切地认识到，他的人生按钮已经被自己按下了。

"未来"是一个多么无畏、充满力量、拥有无限希望的词汇！

填完志愿后,他整个人像被掏空了,在家足足睡了一整天。他做了一个混乱的梦,梦醒后躺在床上愣怔了几分钟。不知道万清报考的哪座城市的学校。他想,大概率是上海的学校吧。她的目标院校在上海。

他起床,洗把脸,准备去父母的小吃店。这时的天空出现了晚霞,色彩十分绚烂,他感到了前所未有的畅快与放松。他放弃单车,打算步行去小吃店,路上一面观赏晚霞,一面听音乐,听着听着,他情不自禁地轻唱了出来:"是的我看见到处是阳光,快乐在城市上空飘扬,新世纪来得像梦一样……以后的路不再会有痛苦,我们的未来该有多酷……"

他望着街上的人群,为生计奔波的中年人,享受社会价值的老年人,而朝气蓬勃的他——国家的新生力量,忽然有了一种"天生我材必有用"的豪迈。他猛然被自己的雄心壮志惊到了,他开始有意识地提醒自己、遏制自己,以免变得过于骄傲。

他想,该去新华书店买书。正在想买什么书好,迎面就撞见了江明珠,他忽然被她吓了一跳,脱口而出:"你怎么剪了个男生的发型?"

"我都剪好几个星期了。"江明珠拽拽短发,"我这不是男生发型。"

周景明应了一声,不再说话。也就在这沉默的片刻间,他想到自从小春离开,这两年他们几个再也没有聚过,他还发现江明珠瘦了好多,这些在几天前他们聚一起讨论志愿的时候,他是没有察觉的。他问江明珠:"你这两年都没吃饭?"

第一章 无声的告别

江明珠愣了下,不在意道:"可能跟我经常失眠有关吧。"

周景明没再说话,领着她去前面给她买了只大鸡腿。

两人分开,江明珠啃着大鸡腿走回家,啃着啃着就无声地哭了出来。

周景明回望这两年,自从小春意外去世后,他很难过也很愤怒,他只能闷头学习,拼命地学习,一旦投入了学习就能麻痹和忘记痛苦。他深深地陷在了自己的情绪里,他自顾不暇,眼里看不见别人,看不见他们这群从小玩到大的朋友。

他刚才打量江明珠时,察觉出她对自己小心翼翼地讨好,以及她身上肉眼可见的脆弱。他瞬间特别自责,想到当时的自己太愤怒了,他把愤怒的矛头指向了她们,他去质问了万清和江明珠,当时江明珠好像一直哭,一直哭……

此刻,周景明的心情与十分钟前截然不同,他就近找了家网吧,想也没想,登录QQ给万清留言:填志愿了吗?

我填了北京,张澍填了省内。

江明珠填了……他想了想把前面的内容都删了,懒得说了,她那么傲气,留言了她也不会回。

出了网吧,周景明懊悔不已,着魔了似的,没事给万清留什么言!

马上要去上大学了,真正要各奔东西了,周景明打算以后留在北京,不准备回来了。他猜万清也是吧,以后也会在上海立足吧。他仰望夜空,想到十五岁那一年的暑假,两人学着大人的样子亲吻、拥抱、相互抚摸身体……想着想着,周景明的眼角泛起丝丝泪花,一眨眼就不见了。

周景明忽然想到万清去西藏的前一晚,那种锥心的痛瞬间又回来了。他问万清:"小春那天是不是急着去找你们?"万清当时怎么回答的?她特别冷静地说:"不知道。"

8

录取结果陆续出来了。

张澍顺利被省内的大学录取。填志愿时江明珠就好奇，问以她的分数为什么不去大城市。张澍的答案是"宁当鸡头，不当凤尾"。她这所院校是母亲综合了她的性格、兴趣、就业前景等等给出的建议。她自己也算满意。

江明珠这个半吊子考了个二本学校。她满意极了。高二时她的成绩下滑得严重，这也是她拼了命才追上来的。父亲让她先读，回头安排她去国外镀金。

徐佳佳嘛，三百八十多分……离落榜还有一大截，至少有大学可读。

江明珠查到录取结果后可神气了，跑去找张澍，她说回头收到通知书，她亲自拿去学校砸到班主任脸上！班主任曾在班级里羞辱她，说她不可能考上大学！

张澍不理她，心说班主任羞辱谁也不敢羞辱她。她给徐佳佳打电话，徐佳佳还挺乐观，说学校里有大把没考上大学的呢！随后再无话，两个人干聊几句便挂了。张澍挂了电话看向江明珠，什么也没说。她知道江明珠跟徐佳佳关系很微妙，两个人这两年都没怎么说话。

江明珠和没事人一样，好像并不在乎失去徐佳佳这个朋友，催着张澍给周景明打电话。

张澍反问她："你怎么不打？"

江明珠扭扭捏捏，直催她："你打，你打。"

张澍再一次给周景明打电话，还是没人接。

江明珠把心中的疑虑小心翼翼地说了出来："他是不是没被录取？"

估计是八九不离十。张澍思忖半天，叮嘱江明珠："别再给他打电话问结果了。"

江明珠刚才的快乐消失殆尽，轻轻地应了一声。两人打算结伴去万清家再打听打听万清什么时候回来，万清的录取结果出来了没。两年了，她们一次都没联系上万清。刚到小区门口，就碰上了张澍母亲，听说她们要去万清家，便把她们叫了回来。

张澍母亲也是才知道万清这两年发生的事。高二那年暑假去旅行的路上，万清乘坐的大巴车出了严重事故，万清身上多处骨折，休学半年才慢慢养好伤。今年也参加了高考，但分数很不理想。人目前已经从西藏回来了，但一直住在她姥姥家。

那两人听得瞠目结舌。张澍母亲在嘴巴前做了个拉拉链的动作——保密，不能说出去。

张澍急忙问："那我们能去她姥姥家看……"

张澍母亲摇头。

江明珠追问："那我们能给她打电话吗？"

张澍母亲想了想，说："我先征求下她的意见，如果她不愿意……"

第一章　无声的告别

"嗯嗯嗯！"两人直点头。

张澍母亲去卧室打电话，两分钟后出来把手机递给她们，张澍忙抢过来抱在耳边，刚说出万清两个字，她已经泪水滂沱。她忙把手机塞给江明珠，江明珠也只会哭，半天只是反反复复地喊着："万清——万清——"

"那时候可羡慕可羡慕大人了，羡慕大人的从容不迫，羡慕大人的宠辱不惊，羡慕大人能把天塌下来的一件事，浓缩在短短的几句话里。不像我们这些小屁孩儿，整天咋咋呼呼，遇到一点事就六神无主哭哭啼啼。"这是十八岁时，张澍在日记里写下的话。

张澍说，有一天她看见小春母亲抱着弟弟在街口玩，小春母亲还是像从前一样，像从没失去过一个女儿一样，一样和蔼可亲的面庞，一样轻轻柔柔的语气。但不知道为什么，张澍好想替小春过去抱抱她。

也如同张澍不能想象万清出车祸这么重大的事，她的家人只是在大家高考结束后，不过寥寥提了几句。

在2007年他们高考结束将要各奔东西，人生再迈上一个新台阶的暑假里，他们的身上又发生了一些让他们无能为力的事情。

首先是万清，她对高考结果很不满意。她的目标院校在上海，但是她无力改变。如果复读，她要再一次去西藏。没有人能够切身体会到她那一年是怎么熬过来的。大巴车翻下山时，她和母亲被困在车里无比恐惧与绝望。之后，她每天都要做康复训练，晚上还会频频做噩梦。

然后是周景明，他没被自己的目标院校录取。他估分估高了，实际分数离他报的院校差十几分。这事他和谁也没说,独自去游了一天泳,在泳池里痛哭了一场,回来后决意复读。

再后是张澍,在她收到录取院校的通知书后,父母带她出去吃晚饭,然后心平气和地告诉她,他们决定和平离婚了。

在听到以上事情后,江明珠觉得自己身上那点事儿都不算事了,说出来显得矫情。

其实这年暑假也有好事发生,如三个女孩的友谊逐渐回温。也没有人刻意解释什么,总之就是心照不宣地和好了,尽管小春的离开还是她们心底一道不可弥合的疤。

至于徐佳佳,缘分到了就散了,谁也没去惋惜什么。

大一了,女孩们在不同的城市、不同的院校、努力地去融入不同的团体,这一年的生活乏善可陈。除了在QQ上吐槽奇葩室友,吐槽食堂,比起大三大四的学姐觉得自己衣品土,也没什么可说的。

三个人里张澍融入得最好,和室友的关系还算相对融洽;万清最一般,因为高考的心理落差未能及时调整过来,所以去哪儿都独来独往。同学们觉得她心高气傲,也不愿跟她过多来往。

这年暑假,三个女孩一回来就聚,开心疯了,话题也从吐槽同学转为讨论男生。张澍和江明珠都陆续收到了男生示好,也各自春心萌动。以前她们也收到过情书,但一个人收到就会当着五个人的面打开,读完后,这个说"这男生也太挫了,一脸青春痘";那个回"这男生长相不错,就是……就是那回操场上我从他身边过,闻到了一股浓浓的狐臭味"。结果自然是不了了之,

第一章 无声的告别

在她们的七嘴八舌中什么也没发生。

从西藏回来后,万清就变得十分沉默,她总是托着下巴听她们说话,通常不怎么接。

话题转到了周景明身上,复读的这一年他几乎失联。她们都算着日子呢,这几天各院校的录取结果已经出来了,张澍和江明珠商量着该怎么问。万一……万一他还是没被北京的学校录取,她们又该如何安慰?他自尊心那么强……

就在她们商量的时候,万清猛然被刺痛,背着包起身离开了。她也不知道自己要去哪儿,她沿着街道漫无目的地走。走啊走,走啊走,天黑时不知不觉走到了周景明家门口。周景明就站在门口,手指间夹着烟。

她顿时全明白了,问他:"没被录取吗?"

周景明久久无言。

万清瞬间崩溃,她过去紧紧抱住他,趴在他肩上泣不成声。她说别考了别考了,为什么别人那么容易,而他们就那么难。

2008年,除了汶川大地震,除了举国欢庆的奥运会等重大事件,还有一对少男少女因拼尽了全力也没能考上理想的大学而拥抱在一起失声痛哭。第三件事远不足以与前两件事相提并论,个人的事情太渺小太微不足道了,但对于当时的两个人来说,那是他们的整个世界。

大二了,女孩们相继恋爱了。最早恋爱的竟然是万清,有个不错的男生追求她,她觉得对方笑起来的样子很好看,然后就答应了;接着是江明珠,对方是大三的学长,相貌性格等各方面都符合她对男朋友的期待，在对方的猛烈攻势下，她很快坠入了爱河。只有张澍落单了，她觉得这帮男生太幼稚了！

自从大家恋爱后，QQ都不怎么上了。要么就不上来，上来就是男男女女那点事儿。江明珠特别矫揉造作，天天在空间里晒她和"老公"的合影。张澍要看吐了，善意地提醒她，如果非要少儿不宜的话，就必须那啥……保护好自己。

江明珠回了她两个字——讨厌。

张澍太无聊了，联系在西安上大学的周景明，留言好几回对方都没回。难道他不玩QQ？张澍疑惑。周景明第二次考北京还是差了些，最终去了西安。

这年暑假，大家回来聚会时都有了很大的变化。首先，衣品都大大提升了，完全摆脱了一身的学生气；五官好像也长开了，抑或是会打扮了？反正女孩们都漂亮了不少；周景明越来越帅了，但也越来越寡言了。不是消沉，就是变得稳重、话少了。

她们怀疑他在装酷。周景明懒得理她们。

这一年他们也陆续换了新手机。诺基亚最新款永远是江明珠先用，万清和张澍的是摩托罗拉，周景明的是三星。

四个人约在了上岛咖啡，也是在张澍和江明珠的万般撮合下，那两人才愿意坐同一张桌子，但谁也不跟谁说话。这回张澍怎么也打听不到两人又有啥心结了。当聊到各自的恋情，江明珠抬手要大家安静，然后羞涩地说她和男朋友那啥了。话落招了一顿暴打，张澍说她的语言能力退化了。

万清则平静地说："我分手了。"

"为什么？"两人看她。

周景明则事不关己地玩俄罗斯方块。

"因为我忽然发现他笑起来很傻。"万清漫不经心地说。

"那你们那啥了吗?"江明珠追问。

"恶不恶心啊你!"万清回她。

"你……"江明珠被噎得说不出话。

张澍忙扯开话题,说她小姨的村里挖出了曹操墓,她小姨家有个碗——就是曹操用过的碗!

没人关心曹操墓,江明珠心里还是很难受,小声地回了万清一句:"你都快变成刺猬了。"

万清用力啃手指,没接话。

暑假马上结束了,就在返校的前一天,周景明和万清在街头碰见,两人谁也看不上谁,但又诡异地一起逛护城河。河里的荷花正盛,他们踏着柳荫来回闲逛,从下午一点逛到傍晚七点。聊了什么呢?瞎聊吧,聊各自在学校的处境,以及对未来的展望。告别前万清笃定地告诉他自己会考研究生,考去上海。

周景明看着她,什么也没说。

万清同他对视,郑重道:"再见。"

如果说这年暑假有什么遗憾,大概就是她们不约而同地想要去小春家看看,但她们缺乏勇气。

9

　　大三了,这一年也没发生什么具体的大事。非要说的话,那就是各自更忙了,QQ聊天越来越少了。

　　确切说应该是各自在学校都有了稳定的社交圈,跟室友和同学关系日益融洽,加之还要恋爱约会,聊天嘛,自然也就少了。除了万清,她还是融入不了集体,但她也没兴趣,反而有更多时间专心学习。

　　这年暑假他们全都没回来。万清是铆足了劲儿准备考研;周景明是和室友忙着参加各种专业比赛;江明珠是和男朋友去旅行了。这是十几年来,几个人第一回分开过暑假。

　　张澍自然有些难过,但她吃着冰棍很快就想开了,大家忙说明过得都很充实如意,总比在QQ上抱怨好。她先在QQ上发了条新动态,一张四个人的手机合影,配文字:友谊万岁!

　　果然,没一会儿另外三个全打电话炮轰她,要她立刻把那张特别丑的合影给删了。

　　不删,不删,她偏不删!张澍换新衣,涂口红,理理新烫的刘海儿,骑着单车去了商场负一楼的图书音像区。这个暑假她天天往这儿跑,一天恨不能跑八遍,倒不是说多爱学习,主要这家老板特迷人,嘿嘿嘿……

另一边的周景明则坐着火车去了江明珠的城市,他来到她的大学门口,朝着蠢了吧唧的江明珠问:"他人呢?"

原本情绪还好的江明珠看见周景明,掉着泪说他去了网吧。

周景明问江明珠都伤哪儿了。她只说身上,也没说具体哪儿,然后带着周景明去网吧找人。

周景明看她这副样子,也没再说什么。反倒是江明珠走一路,说一路,说他原先不是这样子的人,以前他有多好多好,最近是找工作压力大……

"压力大他就可以动手打你?"周景明恼火,"你这么理解他,你给我打电话干什么?"

江明珠紧咬嘴唇,使劲憋眼泪。

这会儿正是大晌午,晒得不行,周景明心里烦躁,把自己头上的鸭舌帽摘下来扣她头上,催着她快去网吧,晚上他还要坐火车回去。江明珠情绪缓过来许多,小声要他别把这事儿告诉万清和张澍。她跟她们说的是自己去旅行了。

原本两人确实打算去旅行,父母也给她转了一笔钱,但钱被男友说先借用两天,然后拿去买游戏装备了。

两人到了网吧,江明珠朝着一个机位指了指,周景明让她一边去,自己去了那个机位拍拍对方肩说,出来谈点事。对方前脚从网吧出来,后脚就挨了踹,劈头盖脸被周景明一顿打。打完,周景明跟他要回了出租屋的钥匙。

本来是两人的出租屋,如今屋里还住着另一对情侣。周景明看看江明珠,都懒得说她。江明珠也憋屈,说他偶尔会把房子借给他室友住。

周景明帮着她收拾行李，找房东退租，又把她的行李拎到宿舍楼，然后带着她去附近的火车票售票点给她买了回老家的票。江明珠捏着票，还是小声交代他，这事儿别告诉万清和张澍。

周景明"嗯"了声，他很忙，很少跟她们联系。然后看向她黯然无光的眼睛，说："你要先爱惜自己，他们才会更爱惜你。"

江明珠还是想辩解几句，说他追求自己的时候真不是这样子的，他那时候很好很好，都是因为毕业找工作压力大……但她知道他不爱听，所以什么也没说。

周景明领她去吃晚饭，给她点了个大鸡腿。江明珠埋头吃饭，一颗颗泪砸到碗里。

饭后周景明送她回校，自己打车去了火车站。火车上他难得地回忆起了中学时光，他们六个人，还有小春。快后半夜了，火车在一个站点停靠了十五分钟，他趁这十五分钟下去透气，手机QQ收到一条好友申请，写着：万清。

他想都没想就通过了，问她：新号？

万清回：嗯。

周景明问：老号怎么了？

万清撒了个谎：密码找不回来了。

为什么要撒这样的谎？万清不知道。她只知道自己睡不着，想找个人聊天，鬼使神差地就用小号联系了他。她自从去了西藏后就没用老号跟他聊过，最后一条信息还是三年前周景明问她填志愿了没。

周景明问：张澍说你暑假也没回去？

万清回：忙着复习。

第一章 无声的告别

周景明看完没回，静静地吹了会儿夜风，才说：过些日子我去看你。

看见他的回复，万清濒临崩溃的情绪被稍稍安抚了，在这暗无天日的复习中也有了丝期待。

大四……不知道该怎么形容这一年的巨变。

开学前夕，江明珠的父亲被人从办公室里带走了，接着江明珠也消失了，手机关机，QQ联系不上，最终因旷课被学校退学了。后来她父亲入狱，母亲回了娘家，奶奶独自回了乡下。

这年暑假只有万清回来了。周景明已经开始实习忙于积累工作经验。

万清躺在张澍家床上闲聊，气氛惨淡，两人先是聊到江明珠，她们前后联系了江明珠的母亲和奶奶，都说她没往家里打过电话。张澍心里难受，她说江明珠头脑简单，娇生惯养，也不知道会不会被拐骗……

万清岔开话题，聊起了徐佳佳，听说徐佳佳在读大学的城市找了份不错的工作，可她父母偏要她回来给她重新安排单位，她不情愿。张澍缓和了情绪说，她好羡慕周景明啊，目标明确，向来知道自己要什么，不像自己，都毕业了还在迷茫。接着随口问万清回来打算去哪儿工作。

万清说："我不回来。"

张澍反问："你不回来去哪儿？"

"我要去上海读研。"

"读研？"

万清看她："我没跟你说过吗？"

"你没说过。"张澍坐起来，很震惊，"你从来没说过。"

万清这才想起前一段时间是周景明问的。她底气不足地说："最近事多，我忘了。"

"我都不知道你考研究生这事儿！"张澍说。

"我谁都没说，我怕万一考不上……"万清无力地解释。

"你考不上我也不会笑话你的。"张澍看着她。

万清有点难堪，什么也没说。当初准备考研的时候她就没打算说，除非收到录取通知。

张澍没再深究。她明白万清心里一直憋着股气，但对于她考研瞒着自己这事儿，还是有些伤心。待万清离开后，她给周景明发信息，说万清考上研究生了。

周景明回她：*我知道。*

张澍呆住，问他：*你什么时候知道的？*

周景明回复道：*大二她就有计划了。*

张澍没再回他了，好半天，她给母亲打电话说，万清要去上海读研究生了，早知道自己就听取母亲的建议也考研了，说着说着她难过了起来。她不是嫉妒万清考上研究生，而是……而是她们是最要好的朋友，这事儿她没告诉自己，但告诉了周景明。

万清从她家出来，立刻给周景明发短信：*别跟张澍说你知道我考研的事。*

周景明收到短信回复：*我刚才已经说了。*

万清要疯了，这下八张嘴也解释不清了。

那边周景明放下了手头的工作，忽然明白了，问万清：*考研*

第一章 无声的告别

这事儿你只跟我说了？

万清回：嗯。

周景明回复：对不住。

别人不懂，周景明懂，懂万清并非刻意向所有人隐瞒考研的事。如果换作是他，他也是同样的选择，考上了再说，考不上绝口不提。他清楚万清的心高气傲，也知道她大学这几年过得并不好，去年暑假他坐火车去她的学校看她，能隐隐闻到她身上的烟味。偶尔两人夜里聊电话，他也能听到电话另一端的打火机声。

这一年他跟万清的关系发生了变化，他们每周五都会通话两个小时。最初是他先主动打过去，聊了半个月后，万清也会主动打过来。两人很默契，每周五晚上十点开始聊，聊到十二点结束。不聊糟心的实习，不聊个人的迷茫，不聊未卜的前程，更不聊人生价值和意义，就天南海北一通神聊，聊八卦易经、宇宙玄学、灵异志怪……

还挺好的，每每聊完这两个小时，两人心里就会无端舒坦很久很久。

读研一的这一年冬天，万清在机缘巧合下遇见了她的"真命天子"——大她六岁的"哲学才子"。她崇拜他的才华横溢，欣赏他的风趣儒雅，在她主动追求了两个月后，两人步入热恋。

同年，张澍也步入了热恋，对象就是商场负一楼音像图书区特别迷人的老板。她工作日在省城上班，周末回来谈恋爱。

万清问她两头跑累不累，她甜蜜地说甘之如饴。

在对"哲学才子"的万分好奇下，张澍在次年暑假坐火车南下,打算去见见这位让万清赞赏不已的男友。见完回来没几天,万清父母得知后追问,张澍回:"挺好的挺好的。家世才华各方面都很优越。"

万清母亲问:"他面相怎么样啊?"

张澍回说:"很和善很和善。"

万清母亲又问:"他多高啊?"

张澍回答:"快一米八快一米八。"

万清父亲听不下去了,不让她过度在意男人的外表。他说以万清的个性,能看上的对象绝对是出类拔萃的。万清母亲觉得有道理,老两口的心这才踏实了。原本让万清去西藏高考,他们后悔得肠子都青了,觉得是自己把孩子的前程给毁了。如今柳暗花明,只要在单位跟人聊天,他们总会不自觉就把话题引到女儿身上,说"不经一番寒彻骨,怎得梅花扑鼻香"。

没多久,万清就成了他们小区家喻户晓的传奇人物,不服输不认命地考上了上海名校的研究生,男友还是家境优越的哲学家。有人就不懂了,问哲学家是研究啥的,对方想半天,问那你知道马克思主义的马克思吗?

等张澍再听到坊间版本时,火急火燎地致电万清:"家里都说你对象是个老头!"

周景明是在和母亲的通话中得知万清有对象了,之前和她通话时他隐隐有所察觉,但从来没问过。待证实后,他什么也没说,一句也没问,直接订了去上海的机票打算去见万清。可是见她干什么呢?不知道,他只知道此刻他又愤怒又屈辱。

等到了上海他冷静了下来,机场都没出,又订了机票折回去。他师出无名，他哑口无言。有些话他绝对问不出口，如你和别人谈恋爱，那这两年每周五的聊天算什么？

毕业后他拒绝了名企的录取，在师哥的推荐下去了浙江一家成长型的企业工作，接着毅然决然地向过去的一切告别，换了所有的联系方式，没有告诉万清和张澍。

后来张澍联系不上周景明，想去他家问他父母要新的手机号，万清阻止了她。当时张澍就特别崩溃，她恨死他们了，恨死他们这些不告而别的人。

青梅竹马一起长大的六个人，在他们相继过二十三周岁生日的这一年里，失联的失联，走散的走散，物是人非，地覆天翻。

第二章 旧雨重逢

第二章　旧雨重逢

1

张澍是最早从省城回到老家的。

那是2019年，她二十九岁，考公上岸，刚结束一段婚姻。

前夫是那家图书音像店的老板，两人热恋两年结婚四年，婚后定居在省城。离婚是张澍提出来的。在她看了无数家医院，被确诊为先天性的子宫异常后，她冷静提出来的。尽管前夫再三挽留，还提出可以领养一个小孩。

张澍只告诉了万清自己考公上岸和离婚，并未详说离婚原因。彼时的万清已懂世情，见她不说也就没问。不过那时万清多少也听到了点风声，母亲有一回电话同她闲聊，说张澍可能生孩子艰难。

万清也在二十九岁的这一年分手了，分分合合谈了六年，还是那位"哲学才子"。分手理由……该怎么说呢，热恋期过后，她对"哲学才子"的崇拜就消失了，祛魅了。万清对他的态度从最早对他的仰视，逐渐转变为平视。她这些年在工作上颇为得意，待人处事也游刃有余，无论是公司同事还是两人共同的朋友，对她都极为赞赏。她对这些赞赏表面不露声色，但私下也会感性地小小得意，特别是站在如今的高度，回看在西藏和考研那两年所付出的努力，她会生出无限的感激与骄傲。

每到这时，每到万清对自己的小小成就有所得意时，男友都会用非常温和与极富涵养的语气笑说，以后少提这些，尤其是投机取巧去西藏高考的事，会被朋友们笑话，接着再提几句她老家的父母，问候他们的工作和日常。

每回听到这些话，万清都会看着他久久不言，心中涌起一种莫名的感觉。而他则温柔地催她快去洗澡，晚一点给她吹头发，讲睡前故事。

在彻底分手半年后，万清冷静下来重新审视这一段关系时，逐渐明白了那种让她憎恶的感觉是什么——是对方不着痕迹、高人一等的姿态；是自己从未被真正地尊重过，她在精神上从未与他平等过；是她自认为已经与他并肩了，两人是旗鼓相当的灵魂伴侣了，但这一切只是她的一厢情愿。

那一晚，万清坐在漆黑的客厅里默默承受，默默消化。天亮，她把这一切咽下，洗个澡，上个妆，光鲜亮丽地去上班了。

这些万清从未对别人说过，即使对张澍也是只字不提。并非单单维护自尊与骄傲，是她已经从那种无望的情感里逐渐解脱出来了。而张澍也没问她具体的分手原因，她能感受到万清这两年情感上的不畅。早年她热恋时，会不自觉地分享一些恋人间的小趣事，这两年已经不再分享了，提都不提了。

这天，张澍开车经过母校门口，去了周景明家的小吃店。周母看见她激动坏了，说他们这帮孩子咋长大了反倒不亲了，说着麻利地给她扎根烤肠，要她坐凳子上等着，然后给她下碗米线。

张澍环视着巴掌大的小吃店，感慨万千，问周母，这店得有十五六年了吧？周母说有十六年了，小明他爸都离开三年了。周

第二章　旧雨重逢

景明的父亲三年前生病去世了。

周母给张澍煮好米线,坐下和她话家常,先是问了万清的近况,然后聊到江明珠。提到明珠,周母说:"那个傻孩子,如今也不知道在哪儿。"张澍岔开了话题,她说自己从省城回来两三个月了,以后就在这里工作了。周母可高兴了,拉着她的手直说好,又说到了周景明,周母说让他春节回来约她们聚聚。张澍笑着附和。

从小吃店出来回到车上,她系着安全带自言自语:"他都没我们的联系方式,聚个屁!"正说着,学生们从学校里鱼贯而出。她默默地看着,然后拿手机录下来发给万清。

十几年,转瞬间。

她给万清发微信:*记得我们十三岁时的约定吗?*

万清问:*什么约定?*

张澍回复:*我们那时候害怕成为大妈,相约三十岁穿着白纱躺在铺满玫瑰花瓣的床上自杀。*

万清看见这个内容开怀大笑。

这年春节,万清腊月二十六就回来了。先是给了父母个大惊喜,接着去吓了张澍一大跳。张澍如今不同以往了,开始穿制服吃公粮了。万清刚开口损了她两句,就被她扣了大帽子——侮辱公务员。

得罪不起了!

由于大家都还没放假,在家休息了一天后,万清独自去了商场采购年货。她百无聊赖地乘坐上行扶梯时,望见了对面下行扶梯上的周景明,她一眼就认出了他,尽管他戴了口罩。而对面的周景明也认出了她，两人目光相碰，又都淡淡地瞥向了别处。

去年母亲说起，周景明谈了个富二代女朋友，还是老乡，两人好像都在长三角那一片工作。万清不接话，心说，长三角大了，哪一片啊？

万清逛半天，给张澍发微信：我看见周景明了，紧接又一条：**好像和他女朋友**。其实，去年在上海时万清就见到周景明了，两人的公司偶有往来。她当时岁月静好地朝他微微一笑。他不买账，假装不认识她。

两个人在微信上你一言，我一语。

张澍问：他回来了？

万清回复：他看见我了。傲得很。

张澍又回复：他女朋友好像是个资深猎头？在杭州工作。紧接着又发来一条：她是我妈前领导的女儿，我妈介绍他们认识的。不一会儿张澍发来了第三条：他怎么傲了？

万清：他装不认识我。

张澍：太傲了！紧接着又一条：周小明以前多好啊，一点不傲。

万清：他一直都很傲，江明珠每回请客吃大餐，他私下都把自己那份钱给江明珠了。

张澍：咱们那时候好不懂事啊。

万清：每回聚他都勉勉强强。

张澍：咱们那时候好强人所难啊，老骗他帮咱们看自行车。

万清：他一直瞧不上咱们，嫌跟咱们玩掉份儿。

张澍：咱们那时候老觉得自己是大姐大，想把他当小弟使唤。

第二章 旧雨重逢

万清：他也没当小弟呀！整天老大派头。

张澍：咱们那时候没少欺压他，把她推泳池里不让他上来。还扒他的泳裤……

万清看着她和张澍的聊天记录，回复她：上班吧你！接着她挑选了几样父母爱吃的东西，到前面排队结账。从商场打车回家的路上，她再一次想起了江明珠。这些年她和张澍都没换手机号，不时也会登录QQ，总想着她忽然哪一天会联系她们。

晚上张澍喊她，说开车载她去新区转一圈。万清不去，嫌冷。父母催她去，还说如今的城市变化可大了。

两个人围着城市转，张澍不时指着一处新建筑跟她讲，说这儿原先是哪哪哪。万清侧身朝窗外看，不时也问两句，随后感慨变化可真大！这些年她回来得少，又多是春节假期，加之天冷又怕遇上塞车，如无必要她很少出门。当远远地看见万达广场，万清惊讶："咱们这儿也有万达了。"

"当然了，咱们这儿是准三线。"张澍说，"说不好马上就升三线了。"

"发展真快。"万清又看见那家上岛咖啡，随口说，"我在上海只要看见上岛咖啡，就会觉得很亲切。"

"我也是。"张澍附和，"只要看到它，就会想到咱们几个装模作样的快乐。"

万清笑笑，问张澍要车载充电线。前面大塞车，张澍俯身给她找充电线。随后两人静默，各自心绪平静地望向窗外。

车一寸寸地往前挪，两人也不着急，不时看看窗外，再闲聊几句。张澍指着前面的商场，问她要不要喝咖啡，万清摇头。

一时念起，抑或是气氛好，张澍随口说了自己不孕的事。万清听完问她："你自己内心想要吗？"

"嗯，挺想的。"张澍点头，"他家三代单传，我公婆老说男孩女孩不讲究，但得有一个。"

"他什么态度？"万清问。

"他很喜欢小孩。"张澍轻轻地说，"他说可以领养一个。"

万清本来想说那就领养一个呗，原生关系没那么重要，这世界上所有的真挚情感都是后天建立起来的，但瞬间意识到这话太轻巧、太过站着说话不腰疼了。一个有生育能力的女性，当然可以轻松地说出这番话。接着她又想到了别处，想到了和"哲学才子"的这六年。

张澍看她发怔，问她："怎么了你？"

万清摇头，说了别的事："我跟他恋爱的时候，我们约好不结婚。"

张澍吃惊："不婚主义？"

万清点头："嗯。"

"你们大城市的人……思想都这么前卫？"

万清说："他是不婚主义。"

张澍折服："他的境界，不是我这种俗人能够企及的。"

万清想到那种分手后仍然让她憎恶的感觉，勾了勾嘴角，说道："高智商的人，软暴力起来远比普通人可怕。普通人的坏，坏在明处，摧毁力小。真正该提防的就是一些所谓的知识分子和所谓的意见领袖。这种人带有一种天然的保护色。所以，自己有判断力很重要。"

第二章　旧雨重逢

　　接着万清转移了话题，自然地聊起了江明珠，说想通过各大社交平台发布一张江明珠的童年旧照，要她看到后同她们联系。这个想法万清很早就有了。她不期望她们能恢复从前的友谊，只是想知道她是否平安和自由。

2

2020年的春节，这年过得和往常不太一样。

突然暴发的疫情令大家措手不及，万清原本正月初六就要回上海，一直延后到过完元宵节。在家的这些日子里，父母变着花样地给她做好吃的。她坐着吃，站着吃，躺着吃，趴着也吃……

吃吃吃，吃吃吃！

父母还挺高兴，因为往年回来不是她去找张澍，就是张澍来找她，两个人卧室门一关，不上厕所不出来。今年好了，出不了门了，统共百十平方的老房子，三个人转来转去，转来转去，终于要到相看生厌的时候，万清该收拾行李滚蛋了。

父母不舍特意开车把她送去上海。小九百公里路，开了十五六个小时，后备箱还给她塞了各种吃食，万清望着那满满的后备箱久久无语。

她不会做饭啊！不会做饭！

张澍是自己一个人在家里过年。父母离婚十来年了，父亲组建了新的家庭生了弟弟，母亲又恰好去了男友家里，所以那段时间就她自己在家。

父母早年离婚时把之前三人一起住的房子留给了她，前两年她把房子卖了，置换了套大平层。新居正好和母亲同一个小区。

离婚后，母亲也买了套两居室，小是小了点，一个人倒也够住。有时候她懒得烧饭，穿着家居服就去母亲家里蹭饭。母女俩各过各的，互不干涉，倒也十分亲密融洽。

张澍独自待在家里，萌生了许多念头。她深深地认同了人还是群居动物，真正敢于离群索居的人，是多么的勇敢和强大。当她下了楼，双脚踩到土地看见人类的那一刻，她竟觉得备感安心和温柔。

她在超市逛了一圈，感叹生活如此美好。她还给母亲发信息，要她给自己留意着点对象——皮相好、爱干净、有修养、懂生活。别的要求没了。至于对方是否物质充沛，是否有过婚史小孩，她全然不介意。

随后她把这条信息复制给万清。万清回她：*有这样的男人也捎上我。*

周景明因为养病在家待了将近两个月。他在家看新闻、吃饭、办公、锻炼身体……母亲怕他过于无聊，催他去和万清、张澍见面，还说，不要总待在家里。

他不去，戴着口罩稳坐沙发上看新闻。母亲劝他把口罩摘了，说他的面部已经恢复得差不多了。

为什么周景明在家里也戴口罩？这件事说来话长。两个月前他感觉身体不适，起初面部僵硬，接着被同事指出来眉毛不对称，等去医院挂号时已经有点轻微的口歪眼斜了……医生诊断为病毒感染引起的面部神经炎，也就是所谓的面瘫。

情况倒不危及生命，就是丑了点。公司自然是暂时去不了，索性就请了假回来休养。刚开始比较严重，嘴巴倾斜得不算厉害，但一喝水吃东西就不行，往下漏啊。

好在针灸了一两个月，如今恢复得差不多了。

这天母亲跟周景明闲聊，说前一段时间看见张澍了，好像是离婚了，又扯到万清，说前年春节碰见她了，越发标致漂亮了。接着又说起自己年轻的时候："我那时候都烦死干家务了，让你爸给你洗块尿布，你爷爷奶奶都给我脸色看。我年轻时候的梦想就是不干家务，最好像古代的千金大小姐，嫁一户富贵人家，让一群丫鬟伺候我。"

"我现在给你请一个阿姨伺候你？"周景明问。

"现在不行了，老喽。"周景明母亲看看自己常年劳作的手，"现在儿子有能力满足我的千金小姐梦了，我也没那个享受的命了。我就习惯卖我的米线。"

"要不别卖米线了，我给你开家花店？"周景明问。

"米线店是我跟你爸的，我赚多少花多少。你给我开花店，我还要领你个人情。"周景明母亲收了桌上的碗去洗，边收边说，"我要是投胎到这个时候，谁有钱我嫁给谁！"

"你不嫁给我爸了？"

"谁嫁给他个穷鬼！"

周景明低头回微信，母亲喊他，"小明啊。"

"听着呢。"周景明应声。

"你跟琳琳准备啥时候办事啊？"

"不着急。"

"上上心，你今年就三十了。"

"好。我上心。"

第二章　旧雨重逢

万清在上海的外资公司实行线上办公。这些日子，她每天早上七点在阳台原地跑半个小时，接着练平板支撑和卷腹，顺便录一段视频群打卡，练完回来跟着视频学煮饭，饭后忙点家务，然后开始一天的线上办公。

中午打开冰箱，望着里面的东西，随手拍一张照片发给张澍：*每当我觉得自己已经进化成都市精英，我爸妈都能把我打回原形。*

张澍正歪在沙发上啃苹果，笑问她：*都市精英不吃饭吗？*

万清问：*中午吃啥？*

张澍去厨房拍了张母亲烧饭的照片：*清蒸鳜鱼，香椿芽拌豆腐，醋熘白菜。*

万清又问：*没下饭的菜？*

张澍反问：*醋熘白菜不下饭？* 紧接着问万清：*你吃啥？*

万清看着自己的方便面炒菠菜，在朋友圈里盗了同事的精美午餐给她。张澍立刻回复：*你也太精致了吧！不愧是都市精英！*

万清问：*明珠有联系你吗？*

张澍回复：*没有。我感觉咱俩发布的时机不对。*

万清不想打扰她：*你陪你妈吃饭吧。*

几个月前，两人在各大社交平台发布了"寻友启事"和一张江明珠的童年旧照，要她看到之后务必同她们联系。两三个月过去了，杳无音信。之所以不发成年后的照片，是怕给江明珠造成麻烦。

张澍同母亲吃饭，说香椿芽拌豆腐味儿淡了，要咸点好，咸点香。张澍母亲张孝和看看她，不发一言。

张澍吃饱打个嗝，收了碗筷去洗。张澍说到春节父亲给她包了红包，张孝和问给了多少。

张澍说："一万吧。"

张孝和问："熠熠是不是该过七岁生日了？"

"清明节前后吧？"张澍说，"我记不太清了。"

"有空了去给他买个玩具什么的。"

"好。这几天有空了就去看看。"

张孝和给餐桌上的花换水，随口道："今天早上散步，我看见吴彬的车在你楼下。"

张澍顿了下，解释道："他昨天傍晚过来……太晚就住下了。"

"你什么态度？想复婚？"张孝和问。

"没有。"张澍忙否认，强调道，"昨天是太晚了，我才让他留宿。"

张孝和没再说什么。

张澍把厨房收拾好，抽出纸巾一点点擦着手说："他说那啥……他根本不介意我能不能生，说将来想要孩子了就领养，不想要了就我们俩。"

"所以你心软了，感恩戴德了？"张孝和看她。

张澍愣住，等明白过来后微微难堪。

张孝和问："他提他父母什么态度了吗？"

张澍摇头道："没有。"

"只要你能幸福，我绝不会干涉你复婚。但我有一个要求，需要他父母亲自给我打通电话，有一个明确的态度表示接受你不孕这件事。"张孝和把挎包给她，催说，"上班去吧。"

张澍接过："我都明白，放心吧妈。"

张孝和不多说,她不指望张澍现在就能明白,但出门前还是没忍住多说了两句:"我只是不希望你觉得自己矮他一头,对他们家有什么亏欠。将来无论你跟谁交往,只有不觉得自己不孕是一种缺陷,亲密关系才能持久。"

　　"至于留宿就留宿吧,毕竟你们俩这么些年的感情,我也能理解你。"张孝和穿着外套和张澍一块儿下楼,"周六你兰姨给你介绍那对象,你见不见了?"

　　"见啊,怎么不见?"张澍挽着她妈妈的胳膊按电梯键。

3

2021年的四月，万清同上司沟通后，提交了离职邮件，准备跳槽去一家各方面都不如现公司的公司。

原因有三，一来她的公司是行业龙头，以她目前的职位来说上升潜力和薪资涨幅都不大了，而她准备跳槽的这家公司，薪资涨幅跟对方谈到了50%，职位也算理想；二来她达到了上海落户标准，因早前手里没钱买房，她也不着急迁户口。但今年父母要把老家的房子卖了，给她贴点钱在上海付首付，但买房呢得先有户口，她要回家特意迁户口；三来……三来前男友结婚了，且新娘怀孕了。

当万清在朋友圈刷到前男友的婚礼时，她没什么反应，如常工作，直到下班她坐地铁坐过站，坐回来又坐过站，她累极了，不顾形象地坐在地铁站的一处台阶上休息。她不能向谁倾诉，也不会向谁倾诉。说什么？怎么说？说和她谈了六年恋爱、坚持不婚主义的前男友在和她分手一年半的时间里，结婚且做父亲了？

她宁可分手是因为他劈腿出轨！

万清用力掐自己的大腿，把情绪憋回去，起身一步步下台阶回家。到家后，她给母亲打电话，寥寥两句就挂了，她怕母亲听出她的异样会担心。她又打给张澍，聊了几句，张澍问她怎么了，是不是感冒了,她找个理由搪塞过去。挂了电话,她没有上床,而是拉过毯子盖在身上,蜷缩在沙发里睡觉。

五月中旬,万清回了老家,原本和新公司的人事专员谈好,两个星期后入职,但如今出现的各种突发状况,让她意识到自己能量殆尽了,需要暂缓工作休息一段时间。人事专员表示遗憾,万清也能理解。

万清出了高铁站,张澍来接她,她望向蓝天白云,天气可真好。

万清父母退休后去了乡下舅舅家,跟着他们承包了大片土地种植板蓝根。反正就是闲不住,不让干还不行。家里在新区买的房年前刚装修好,只剩下添置家具了,老房子挂中介了,三天两头也会有人去看。

两人前后上车,张澍要她先住自己家,万清摇头:"我回老房子吧。"

"要不你把你们家新区的房子的家具添了,住新房咱俩也能离得近点。"张澍建议。

"我不添,我也不住。让我妈得空去买吧。"

"你爸妈适应得了乡下生活?"

"都这把年纪了,有什么不能适应的?"

前面红绿灯,张澍边缓了车速滑行过去,边说道:"就是这把年纪了才适应不了。"

万清反问:"这把年纪,人生所有的苦都吃过了,还有什么不能适应?"

"好有道理。"张澍认同。

万清心有郁结，懒洋洋地说："现在回看我们高考那时候，没考上重点大学就觉得人生完了，跟天塌了似的。肤浅，幼稚！"

"那时候觉得有个好学历这辈子就能一劳永逸，幸福无忧了。"张澍惆怅地说，"只学会了怎么赚钱，没学会怎么去抵抗生活的无力。"

万清看向她，问："你跟吴彬还没断干净？"

"他想来就来，我又不吃亏。今年见了俩，都不是很合适。"张澍很忧伤，"我不介意对方有小孩，可我介意……介意他跟小孩他妈关系密切，还介意小孩养不熟，有她亲妈在，我怎么可能养得熟嘛。"

"那就找个没妈的。"

"去你的！"

"你为什么不考虑未婚男性？"万清奇怪。

"你是乌托邦住太久了？"张澍说，"结婚生子，人之常情。我不能因为自己不孕，就强行改变男方观念，要对方接受我的不孕。找个有小孩或不育的，对我来说最适合也最省心。实在找不到，我就跟我妈一起过。"

"你也是因为这个原因才跟吴彬藕断丝连？"

"我们俩感情也快耗尽了，都累了。"张澍缓慢地说，"他来找我我也不拒绝，没必要。但复婚绝无可能，他太想要一个自己的小孩了。人越是得不到，执念就越深。早年我也没觉得小孩怎么样，但自从确诊不孕后，我看谁家的小孩都特别可爱，都想上前抱一抱。"

"你这种情况也许在大城市更容易谈对象，大城市人们想法

第二章 旧雨重逢

相对更多样。"万清随口说,"大城市如今有丁克不愿意生养小孩的。"

张澍不喜欢听这种话,问万清:"你所接触到的长辈中,有没有家庭是真正丁克的?"

万清想了想,摇头,但反驳:"时代不同了,人的观念变了……"

"你这话太虚无了。"张澍说,"人这一生的变数太大了!双方三十岁约好丁克,男人要五十岁后悔了想生问题也不大,但女人超过三十五岁就是高龄,有些女人四十岁后就绝经了。"

"我们往更现实残酷里说,那些所谓的大龄剩女,是她们不够优秀?不够漂亮?赚钱不够多?不是啊,全都不是啊,是她们……是她们过了最佳的生育年龄!"张澍说着就难过了起来。

万清有点蒙,抽了纸巾给她,什么也没说。

张澍靠边停车,擦着泪,缓了缓情绪说道:"有些话你说得太置身事外,太站着说话不腰疼了。"随后问她:"我妆花了吗?"

"有一点儿。"万清抽了纸帮她擦掉眼泪,擦完说,"你不觉得自己太感性了?"

"发现了。但改不了。"张澍说,"我不喜欢在揭伤口的时候,你无关痛痒地说一些如今好多丁克啊,和不想生养小孩那些乱七八糟的。我跟她们不同,我是想生但生不了。"

万清诚恳地道歉:"对不起。"

"没事儿。"张澍发动了车,"有时候人得学会认清现实和接受现实。"

"比如呢?"

"比如你能接受男人性无能吗？"

万清本能地摇头："No！"

"所以啊，别说了，说啥呢。男女那点破事儿就说不明白。"

万清内心挣扎了会儿，平静地和张澍说了前男友结婚以及当父亲的事。

张澍拍拍她的手说："这就是生活的一部分。"

万清千言万语涌上心头，嚅嚅咽了，最终什么也没说。张澍压根儿没明白她受屈辱的点在哪儿。她愤怒的从来都不是单纯的前男友结婚。可她看着开车的张澍，算了，就这样吧。

"看我干什么？"张澍问她。

"看你漂亮。"

"人真是奇妙的物种。"张澍感叹。

"哪儿奇妙了？"

"你用撕伤口的方式来安慰我，而我竟然有被安慰到。"

"可去你的吧！"万清骂她。

张澍开怀大笑。

万清到家安置好天都要黑了，张澍喊她吃晚饭，她累死了，只想躺在床上睡大觉。张澍拽她，说珍贵的周末特意去接她，她竟然都不请吃饭！

反正晚上也没人看见，万清也懒得洗澡换衣服，趿拉着人字拖，随意拧个丸子头就出了门。两人看见重庆火锅的招牌，来了食欲，乘直梯上了商场四楼，一前一后出了电梯。张澍着急去卫生间，要她麻利去火锅店排号。

万清正悠闲地走着,"哎哟"一声差点被绊倒,低头看,自己的人字拖固定带断了。她猛回头看肇事者,对方忙道歉:"对不住,对不住……不是故意的!"

等张澍甩着手过来,看见万清拎着一只拖鞋在捣鼓,就问她怎么不先拿号?

"拿你个大头鬼!"万清懒得理她。

张澍顾不上她,赶紧过去拿了号,回来念叨说:"下一桌就是我们,下一桌就是我们。"然后问她鞋怎么了。万清说人字拖被踩了一脚,固定带一抻,掉了。张澍十分疑惑,问万清:"鞋在你脚上,固定带怎么会掉?"万清恶狠狠地看她:"老娘正前面走着,后面人踩到我的鞋板自然就掉了!"

"哦哦哦……"张澍不敢惹她,连声答应。

万清摆手:"你吃去吧。"

张澍准备去排队,又折回来问:"下一桌就是我们,我先点上吧?"

万清摆手:"赶紧走,赶紧走。"

人字拖是几年前的,修不好了。她索性把另一只也脱了,赤脚拎着拖鞋找垃圾桶。扔完筋疲力尽地回到火锅店。

张澍吃着说,还没夏天呢,不应该穿人字拖。万清懒得接她的话,涮了片毛肚吃。火锅店的广告令人垂涎,真吃到嘴里也不过如此,万清越吃越没劲儿,放了筷子。

张澍看她,问道:"你怎么不吃了?"

万清忽然觉得好难过呀。她仰头看着天花板,心想,绝不能流泪,太丢人了。可越这么想,越是有滚烫的泪珠悄无声息地涌出来。张澍抽了纸给她:"想哭就哭出来,憋啥?"

万清把纸巾盖在脸上。张澍捞着鸭肠叨叨:"我妈从小就教我释放情绪,难受了就哭,老憋着容易得乳腺癌。"

万清情绪好了些,看她吃那么香,拿起筷子边捞肉片边问:"你妈退休后在家干吗?"

"在那什么企业挂了个名誉顾问,反正比咱们滋润多了。"

"真不错。"万清说,"我从小就羡慕你妈。羡慕你妈独立自由。我爸妈、明珠爸妈、徐佳佳爸妈……都是夫唱妇随。"

张澍紧接一句:"所以她离婚了。"

万清笑出声:"自由的代价。"

"你猜我小时候最羡慕谁爸妈?"张澍给她捞了片肉。

"我爸妈?"

"最早是你爸妈,但后来是周小明爸妈。"张澍说,"我最早的爱情观就是他爸妈树立的。"

"为什么?"

"因为他们家最不顺,他爸妈也不相互埋怨和吵架。"张澍说,"我爸妈是背着我吵,你爸妈也吵,而且你爸会摔东西。徐佳佳爸妈经常大打出手。"

"我那时候最想跟小春交换人生,因为她爸妈从不嫌弃她听不见。我爷爷奶奶和我爸都想要儿子。我曾经很自卑,是不是因为我是女孩,所以才不配随父姓?

"前两年我爸忽然跟我道歉,说了很多以前的事。怎么说呢,没必要,很多事随着年龄的增长自然就释怀了。一件件的大事小事叠在一起,小时候的那点不如意算个啥?但是呢,我只要想到明珠……想到明珠我就难受。那时候小,不懂,现在才明白她为什么老爱请我们吃东西,哪怕偷拿家里的钱也要请我们。因为她害怕我们不跟她玩……"

"行了。"万清抽了张纸给她说,"不提往事,提了伤神。"

"你换话题吧。"张澍擤鼻涕。

万清想了想,说:"周景明他们公司去年上市了。"

"我知道,我听他妈说了。"张澍涮着蔬菜说道,"他手上有不少股票。"

"山鸡变凤凰了。"万清淡淡地说。

"怎么听你的语气有点酸?"

"你不酸?"万清看她。

"这事发生在周小明身上好像理所应当。"张澍说,"换了别人我会觉得是运气好。但周小明毕业时拒绝了名企,去了这家名不见经传的公司,单这个选择就需要很大的勇气。"

"他在这家公司待了有七八年吧?初恋都没这么长。换你我早跳槽,薪资翻几番了。"

万清沉默地吃着菜,没说话。

"我还真没那么酸,因为我跟他的差距本来就大。"张澍认真地想想说道,"以我对周小明的认知,哪天我落魄了去找他借钱,应该是能借出点的。"

"难说。"万清放下筷子,吃撑了。

"年前我去他家吃米线,跟阿姨聊了会儿,阿姨对周小明具体干什么工作说得头头是道,一些专业名词我听着都陌生。"

"然后呢?"万清不懂张澍想表达什么。

"你爸妈知道你的工作是做什么的?"张澍反问万清。

万清不乐意了:"你捧周景明就非得踩我一脚?"说完就起身去结账。

张澍追她:"券,券……我团购了优惠券。"

两人吃饱喝足,心情畅快了不少,挽着胳膊去超市买拖鞋。路上,张澍说周景明可能会回来发展。万清诧异道:"回来发展?"

"年前阿姨说他要回来。"张澍又说了一遍。

万清不信:"以我对周景明的认知,他不会回来。家里能有什么机会?"

这话张澍就不爱听了,他反问万清:"家里咋了,山窝窝啊,你们翅膀太大了抻不开啊?"

4

周景明回来两三个月了。

从去年他就隐隐有了回家的想法。认真考虑了一年后,他把自己的工作交接完,今年春节回来就没再去浙江了。

兆琳有个留学回来的堂兄,头脑和能力很是了得,周景明近两年与之有诸多接触,三个人一商量,打算共同创业。家乡又十分欢迎人才回归,放话出来届时会给予些相应的政策支持。

晚上几个人难得一聚,这两个月都太忙了,忙完风险评估忙挖人才。挖人才最耗心思,得先给人画饼。画饼难于画骨,但这事难不倒兆琳,她曾是资深猎头。原先只有三个人的核心团队,目前壮大到了七个人。

席间免不了一番凝心聚力的话,共同举杯落座后,兆琳堂兄说了公司首条不成文的规定,不允许核心团队成员之间搞男女关系。

这是自然的,无可非议。

散局出来,兆琳喝了酒不能开车,自然坐上了周景明的车,让他把自己捎回去。两人在车上先谈了公事,随后闲扯。兆琳稍有醉意,她拢拢头发,发丝勾到了她美甲上的小水钻,等弄好又频频地打哈欠。

周景明打着转向问她:"昨晚没睡好?"

兆琳问:"我黑眼圈很重?"

正好遇上红灯,周景明细看了眼说:"看不出来。"

兆琳又打个哈欠说道:"酒吧回来都凌晨两三点了,到家后发现我那狗生病了,卧在那儿呜呜呜吵得我睡不着。天亮我又抱着去找宠物医院……"

周景明专心地开车,也没接话。

兆琳困得不行了,打起精神问他:"谈了没?"

"谈什么?"

"谈对象了没声。"兆琳说,"你有对象了我好拿捏分寸。"

"谈了跟你说。"周景明应声。

到了地方,兆琳下车,朝周景明挥手道:"路上小心。"

两人去年分的手,谈了一两年。情感上怎么说,浓度上不来,总感觉差那么点火候。但两人性格又能相处,又同在浙江,分手后有事也会相互照应。

口干,周景明拧开水准备喝,从倒车镜看见两个女人边自顾自地聊天,边贴着他车身过,来不及阻止,其中一个女人肩上的背包链划到了他倒车镜。他降下车窗看,对方也回头看,四目相对,张澍脱口而出:"周小明!"

……

张澍惊喜道:"你什么时候回来的?"那语气,仿佛年前他们才聚过。

万清随意似的瞥了眼车,没作声。

周景明也反应过来了,和她们说:"上车吧,送你们。"

张澍欢喜地要上车,万清问:"你不是说去前面逛?"

第二章　旧雨重逢

"不逛了不逛了。"张澍拉着万清上车。上车后屁股都没坐稳，张澍就倾着身子问驾驶座的周景明，"你什么时候回来的？"

"你们喝酒了？"周景明闻到股酒味。

"我们刚从练歌房出来。"张澍有点微醺地说，"从下午四五点唱到现在。"

"吃饭了吗？"

"吃了炒饭。"张澍认真打量他，又看看方向盘上的车标，心说，可以可以，然后拍着他的肩说，"不错，意气风发。"说着回头问万清："咱们有多少年没见了？"

万清正在玩手机，抬了下头说："有一二十年？"

"怎么可能！"张澍难以置信地看她，"大学暑假咱们还聚过。"

"那我记岔了。"万清不在意，说完继续玩手机。

周景明从后视镜看了万清一眼，没作声。

张澍要万清今晚住她家，报了地址，周景明发动车送她们。

路上张澍周景明一问一答，倒也不显生分。万清不时刷刷手机，不时听他们说。张澍有意拉她参与话题，她随口应两句，并不热络。

车到小区，张澍掏出手机同周景明互加好友，万清先下了车，去到楼栋门口等张澍。

晚上两人洗漱，聊起周景明，张澍说万清："你干吗要恶心他呢？"

万清匪夷所思地问："我没兴趣跟他聊天就恶心他了？"

"咱们聊天，你一直玩手机。我问咱们多少年没见了，你说一二十年不就是恶心他？"

"我不能恶心他?"万清反问。

"没必要。"张澍说,"这么些年没见,为什么要这样子呢?"

"我觉得有必要。我不想巴结他。"

"你意思是我巴结他?"张澍生气了。

"差不多。"万清挤牙膏刷牙。

"你性情越来越古怪了。"

"我不巴结他我就古怪了?"

"你前男友结婚你心里不舒坦,大家都得跟着你不舒坦呗?凭什么呀?"张澍看她,"我还离婚不孕了呢!"

万清瞪她。

"你瞪什么瞪!"张澍往脸上打着洁面泡沫,"我就巴结他,我偏巴结他,我巴结我骄傲!"

万清把她推一边去,自己站在面盆前刷牙,刷完牙说张澍:"别自作多情了!人都没打算继续跟你结交,你问了他两次啥时候回来的,他都避而不答。我对他没偏见,单纯觉得这人不真诚。"

"拉倒吧。你就是记恨他这些年没跟咱们联系。"

"喊。"万清懒得理她。

"都这么些年了,早些年的事犯不着计较,没必要。"

"我心胸狭隘呗?"万清看她。

"差不多。"张澍把万清推到一边去,俯身面盆前洗脸。

"看你多大气。"万清耿耿于怀,"早些年他先跟我绝交,凭什么如今我要巴巴地上前跟他加微信?"

"你这不也承认了?"张澍说,"你今天故意恶心他就是因为他先跟你不告而别。"

第二章 旧雨重逢

万清懒得跟她说那么多，躺在卧室床上投屏看电影，她才不会用"不告而别"这种意蕴悠长的词汇去修饰。她只劝张澍别太乐观，这么些年没见了，物是人非，人情凉薄。

张澍坐过来敷面膜，毫不在意地说道："那是自然，毕竟人生际遇大不相同了。这只是我的一种美好愿景，大家碰见，聊得来就深交，聊不来就做个点头之交。早先我妈还说呢，说咱们几个都是独生子女，又从小知根知底，要是能重新交好就再好不过了。

"以前大学都考出去了，各自的生活圈子没有交集渐行渐远是无奈，但如今都陆续回来了呀，想重新交好也是自然的事。况且，咱们都是三十出头的成年人了，有些事心照不宣吧。你无所谓，你是要回上海的，我自然要跟周小明重修旧好。

"还有啊，咱俩各自管理好垃圾情绪。你是质本洁来还洁去，我是庸俗市侩红尘人。拜拜，姐要睡了！"

万清不理她，专注看电影。过了一会儿回头，见躺在另一侧的张澍脸上贴着面膜睡着了。她帮张澍把面膜揭了，盖好被子，关了投影仪也躺下睡了。

隔天在机场候机，周景明收到了张澍的微信，先是寒暄两句，接着想约他一起吃个饭。周景明望着信息没回复，显然她还有话没说，因为对话框显示：对方正在输入……

两分钟过去了，对话框一直显示"对方正在输入……"，他准备找理由拒绝时，张澍终于发来十个字：*看你的时间，我们不着急。*

周景明双臂撑在膝头，坐在那儿思忖了得有十分钟，回复了一条：我这周出差了，下周五吧。

　　张澍秒回：好！你有没有什么忌口的？

　　周景明回：没有，跟从前一样。

　　张澍看到"跟从前一样"，状态瞬间松弛下来，开玩笑似的回他：原本还考虑请你吃西餐呢，那就本地老字号吧。

　　周景明回：我不喜欢西餐。

　　张澍很开心，又是一番删删减减，最终百感交集地回了两个字：真好。这两个字足以承载那些说不出口的情义。

　　周景明望着这两个字，久久没有回复。

5

周景明在机场候机,是去另一个城市看望江明珠。

没错,是江明珠。此事说来话长。

其实早在江明珠大四消失的那一年冬天,周景明就找到她了。在哪里呢?在西南地区的一个偏远的村子——江明珠前男友的老家。

他也是多方打听才找到的地址,想趁寒假去碰碰运气。当他几番辗转到了那个村子,远远看见大着肚子不修边幅的江明珠,他被惊到了。这个责任太大了,周景明拿不了主意,在一番深思熟虑后,他给明珠奶奶去了电话。早先奶奶给他打过两通,也是寻明珠的下落。

明珠奶奶正在想法儿跑儿子的事,判决书还没下来。接到电话后,奶奶连夜坐了火车来到县城,先跟周景明会合,然后打了辆出租车去村里。

那个乡间的路啊,崎岖不平的,明珠奶奶被颠得下来呕吐,吐过后扶着腰环顾一圈,这地方前不着村,后不着店,望不到头的荒凉地。她上了车,沉默了一路,一直待看见村子了才握住了周景明的手,说:"你是个好孩子。"

周景明在电话里什么也没说,只说见到明珠了,在哪哪哪的村子里。这会儿他稳住情绪,语速平缓地说了他知道的所有情况,包括早先明珠找他借钱,暑假他去学校里教训了她男朋友的事。要照以往,奶奶早骂了,骂明珠叛逆,骂她不争气,骂她是个祸害,但这回,奶奶没有力气了。

车到了村子里,周景明凭着直觉给司机引路,奶奶从随身的背包里拿出小梳子理理头发,又抽出一张湿巾揉掉满脸疲态,精神抖擞地下了车。

江明珠呢,原本她和男朋友租住在城里,这是临过年了才回来的。这会儿她身上也不晓得穿的是谁的羽绒服,肥肥大大的刚好遮住孕肚。此刻,她正端着一大盆衣服站在院里,表情木然地晾着衣服,脸上还挂了彩。她男朋友搓了一晚上的麻将,凌晨四五点输光了才回来,回来两人斗嘴,然后她男朋友习以为常地动了手。

她倒觉得自己没吃亏,因为她也拿床头灯砸了他的头,砸出一个大包。尽管他爹妈没给自己好脸色,但她也出了气!不让她江明珠好过,那大家都别好过!

江明珠用力抻着衣服,心里很痛快,想到吃早饭时他爸妈嫌自己夹菜频繁,嫌自己没教养,自己就没教养给他们看,于是端着一盘菜全倒进了自己的碗里……正愤愤地想着,看见呆站在院门口的奶奶,她手里的衣服掉在了地上,接着就蹲下号啕大哭。

奶奶走到她跟前,红着眼窝戳她的额头,骂道:"你还有脸哭?"

江明珠哭得撕心裂肺,仿佛要把这几个月的不安和委屈全部哭出来。

第二章 旧雨重逢

奶奶要她回屋收拾东西带她走,她男朋友的父母在一旁东拉西扯,说她好吃懒做没教养,说她肚子里的丫头他们才不稀罕,等等。奶奶任凭他们说,不接一句。

屋里吵着吵着又打起来了,江明珠要她男朋友还钱,她所有的钱都被他花光了。她男朋友搓了一晚上麻将正在补觉,恼火地甩了她一耳光,还是那句话——"要滚赶紧滚,老子没钱!"

江明珠魔怔了似的,抄起屋里的东西挨个砸,这世界怎么不毁灭?怎么还不毁灭!

这些全部都不够,她全然忘了自己身在何处,忘了院子里还有奶奶和周景明,她嘴里机械地念着:"还我钱、还我钱、还我钱……"

院里的人呼天抢地喊着:"杀人啦,儿子快跑啊,杀人啦——"

江明珠的世界一片雾茫茫,她抄起水果刀死命追,她男朋友拼命跑,她看见她男朋友跑着跑着还回头冲她做鬼脸,讥笑她:"哈哈哈……快来追我呀蠢货!哈哈哈……快来追我呀蠢货!我偏不还你钱——"

她表情麻木,动作敏捷到如有神助,眼见就要追上他了,忽然被人从身后抱住,要抢夺她手里的水果刀。她愤然扭头看抱住自己的周景明,周景明大声说:"他给钱了,他给钱了。"刹那间,江明珠竟有些恍惚,这才听见奶奶焦急地呼唤她:"明珠啊,明珠啊,快跟奶奶回家了……"

之后江明珠什么行李也没拿,拿上这三年来借给男朋友的一万七千块离开了。

回县城的路上飘起了大雪,她呆滞地望向车窗外一言不发,奶奶问她肚子有没有不舒坦,她摇摇头。

到了县城,奶奶催周景明赶快买票回家过年,拉着他的手直说他是个好孩子。周景明明白奶奶的意思,说自己不会出去说的。奶奶直落泪,再不言语,催他快去火车站。

周景明问:"你们不回吗?"奶奶说她们要去探望一个远亲。

自此一别后,老家有人说奶奶回了乡下,有人说她回了自己的娘家,直至明珠父亲宣判,也没见她们祖孙俩出现过。

也是自那以后,周景明不时会想到一个画面,想到在西南的某个县城,一对祖孙步履蹒跚地走在街上。他忍不住会想,那年除夕她们是在哪儿过的,又是怎么过的。

时隔两年,他在换所有联系方式时,给江明珠的邮箱和常年关机的手机发了新的联系方式,没想到随后奶奶便联系了他,意在报平安,告诉他明珠顺利生了一个女孩。周景明多问了几句,打听出她们在一个陌生的城市,没多久就去探望了她们。

此后,他每年去探望两次,如今已经是第八年了。第一年去,江明珠的女儿一岁半,如今已经过九岁了。奶奶说当时明珠都怀孕六七个月了,而且状态不好,医生不建议引产。刚生下来那一年最难挨,孩子嗷嗷哭,明珠不给孩子喂奶。半夜孩子闹腾人,明珠就朝孩子胳膊上狠狠咬了一口,至今孩子胳膊都有圈淡淡的印。

奶奶说明珠那一年跟生病了似的,天天躺在床上啥也不干,原先还有奶水,后来慢慢没了,不得已奶奶只能买奶粉喂养。原本祖孙俩手里就没什么钱,直到孩子小半岁了,她才去街上给卖烧烤的干些零碎活,从下午五点忙到夜里十二点,一个月能发一千六。

奶奶说这些时颇为得意，说当时这家烧烤店的生意是最旺的，她考察了很久，这家的烤肉汁都是秘制的。她去干活的时候跟烧烤师傅混得很熟，一天偷偷学点，一天偷偷学点，一年后总算学出点名堂。但她心虚，不敢在这个地方干，只能换个城市干。反正对她们祖孙俩来说哪个城市都一样，没有熟人就行了。想法儿活下去，把孩子养大才是要紧事。

奶奶说那时候明珠可气人了，她去烧烤店干活都不安心，总怕她发疯了把孩子给掐死。她也知道明珠生病了，可是她没钱呀。原先她还有点钱，但跑儿子的事都花得差不多了，早知道就不管儿子了，该判多少年判去吧。说到儿子的时候奶奶就没再说了，自从找到明珠后她再也没回去过，自然也再没见过儿子。

周景明第一次去的时候，奶奶刚在夜市上租了个摊位，已经开始卖烧烤了。江明珠则在一侧沉默地穿串，孩子坐在学步车里来回走着玩。

第三次去的时候，奶奶已经在教江明珠怎么烤串了，烤煳了奶奶骂她笨脑子，孩子也已经会喊他叔叔，开始趴在餐桌上乱涂乱画了。

第五次去的时候，江明珠已经戴着手套烤串了，烤煳了奶奶骂她，她就回嘴说"你没烤煳过"，祖孙俩你一句我一句。这时候生意逐渐旺了，门前开始有人排队了。孩子呢，《弟子规》都已经背到：同是人，类不齐；流俗众，仁者希；果仁者，人多畏……

第七次去的时候，江明珠忙完坐下跟他碰了两杯，问几句万清和张澍。他知道的寥寥，也是逢年过节回家了听母亲提几嘴。奶奶听说万清谈了个家境优越的对象直咂嘴，说早就看出来了，这丫头心高眼高，普通人根本入不了她的眼。

周景明一声不吭。

也是在这一次，江明珠的女儿江芃芃认给了周景明做干女儿。

第九次去的时候，刚好赶上奶奶七十六岁生日，奶奶也喝了两杯，头一回说到了明珠的父亲。奶奶说明珠爸今年也五十多了，马上就出来了，可出来了能干啥呢？说着说着不禁难过，她坐月子时受了大寒，生完明珠爸就不能怀了……随后她就转移了话题，问老家楼下那谁谁谁咋样了，周景明说这人脑出血好像前年就离开了。奶奶惊了半天，抿口酒，什么也没问了。

这次也许是周景明喝多了，在后来和江明珠的聊天中，他提到了万清，也承认了自己喜欢她。他语气没什么波澜，很淡很淡。江明珠也隐隐猜到了，拍拍他的肩，什么也没说。

第十一次去的时候，芃芃敢跟江明珠顶嘴了。原先她很怕江明珠，跟她也不亲。这小丫头很机灵，喊周景明"干爸"的时候故意省略掉那个"干"，直接喊爸，她说这样更亲。以前在幼儿园，她张口就是我太姥姥怎么怎么样，我太姥姥怎么怎么样，好像全世界只有她有太姥姥。如今读小学了，她张口就是我爸怎么怎么样，我爸怎么怎么样。其实她跟周景明也没有多亲，一年才见两回，但这样喊出来就显得他们特别亲。

芃芃还会编故事，她是班里的故事大王，所有的故事都信手拈来。有一回老师请了江明珠来办公室，给她看芃芃新编的故事。江明珠扫一眼就懂了，里面过于成熟的内容是芃芃在烧烤店听食客讲的。老师建议江明珠给孩子一个良好的成长环境，好的环境才能塑造好的三观。

第二章　旧雨重逢

江明珠从办公室出来经过教室，看见女儿趴在课桌上，大声地说着她爸怎么怎么样，她爸怎么怎么样，就在这一瞬间，她从女儿身上看见了自己，她难过不已，也自责不已。

在周景明来的时候，江明珠把这些事都跟他说了，她说了芃芃胳膊上那一圈淡淡的牙印，说她当年也不知道怎么了，有一回给芃芃洗澡差点把她淹死。江明珠语气很轻，没有悔恨，没有痛哭，像一个旁观者在讲故事。

周景明什么都没说，关切地抱了抱她。

江明珠已经沉默很多年了，她觉得没什么好说的，也没什么想说的。这次她和周景明说了许多，说当年谢谢他，要不是他和奶奶找来，她估计早就不在了。

这也是她第一次正视自己的过往。

第十三次去的时候，两人像一对挚友了，江明珠会和他闲话几句，问如今的他对万清释怀了没有。周景明说他以为自己释怀了，但再次看见她的时候还是有些意难平。他也说到了万清身上的自私、虚荣和庸俗。

江明珠不置可否，自私、虚荣和庸俗，这是她们几个人身上的通病，只不过有的人多，有的人少罢了。别的不说，万清确实是她们几个中最自私的人，但是万清的自私远不及徐佳佳令她生厌。江明珠清楚万清自私，但仍然喜欢万清，徐佳佳……她不能原谅徐佳佳在小春出事后，迅速就在学校结交了一帮新朋友。

说到小春，两人心中都隐隐作痛。为了驱散那股痛，江明珠问了她并不关心的话题："你跟万清表白过吗？"

周景明回答："没有。"

"为什么？"

"没必要。"

江明珠看他："你不说她怎么知道？"

"她知道。"周景明平静地说，"她就是不甘心。"

"她不甘心什么？"江明珠费解。

周景明不说。

第十五次——也就是这一次去的时候，周景明说张澍和万清前后回来了，也让她看了她们俩在各大平台发布的"寻友启事"。

江明珠看完抽了根烟，没言语。

周景明简单说了张澍离婚和万清分手的事，他知道的讯息少，也只是听母亲提了两句。

江明珠问："你提我了吗？"

"没有。"周景明说，"我觉得还是你自己说合适。"

也就在这一年，江明珠决意回老家。主要是考虑奶奶，这几次周景明一来，奶奶就拉住他直问老家熟悉的人和事，问完徒伤神，但她老人家下次还问。那一天江明珠同周景明闲聊时说，她和父亲最大的不孝，就是让奶奶一把年纪承受背井离乡之苦。

6

万清从上海回来的一个星期，周末跟张澍厮混，工作日就瘫在家里，打打游戏，发发呆，翻翻书。她这几天的一个静态的画面是：整个人瘫在沙发里，一本书掉落在地板上，一页页被电风扇吹得哗哗响。

有时候上个卫生间，她能在马桶上坐半小时，也不知道在想啥。

三天前，她妈跟她打电话说："闺女啊，你去看看新房的家具吧，这时候买了散味儿，春节刚好能住进去。"她瘫沙发上敷衍着："好啊好啊，我就去看。"

这期间，中介领了两户人上门看房。万清双手揣在家居服的口袋站在门口。买家问五句，她应一句，应完继续面无表情。买家想去卧室看采光，犹犹豫豫不好提，中介懂眼色，同万清有商有量："姐，咱们方便去看看卧室吗？"

万清推开卧室门，看吧。

第八天，这种烂泥似的生活腻了，她团了练歌房的下午场准备去唱歌，还没出发就收到张澍微信：今天周五，约好和周小明吃晚饭。

万清简单利索地回：忙。

张澍问：忙啥？

万清回：忙着洗袜子。

张澍问：你是不是欠打？

万清回：我不想跟他吃，他谁呀？

张澍回：他是我们一起穿开裆裤长大的发小。

万清瞬间想到件事，她去父母卧室扒相册，扒出张周景明五六岁时的全裸照。当时他正在大澡盆里洗澡，他妈给他洗头时泡沫眯了眼，他跳出澡盆满街跑，这一幕正好就被万清父亲的相机捕捉到了。她把照片发张澍，两人哈哈大笑。

之后张澍征求她的意见，想给三人拉个群。万清很痛快，"随你"。前脚张澍刚拉好群，后脚万清就把周景明的那张照片发到群里。张澍立即私聊她：你是不是有毛病啊？！

万清破罐破摔回复：是啊。

张澍问：你干吗呢？

万清回：没干吗。

张澍不跟她废话：傍晚下班我去接你，吃完饭一起去唱歌。

万清回：唱歌就咱俩。

张澍回：人周总忙得跟啥一样，没空跟你这无业游民唱歌。

待她们晚上到了约好的包厢，周景明已经到了。落座后，周景明给她们菜单，张澍翻看着随口问："吃啥呀？"

万清说："最贵的。"

张澍翻了万清一眼，把菜单给了周景明，说："你点吧。"

周景明点了几道，"差不多了，就仨人。"张澍说。

菜陆续上桌，万清埋头吃菜，张澍同周景明闲聊。席间张

第二章　旧雨重逢

澍去卫生间，万清反复叠着一张餐巾纸，然后看向周景明，说："如果我曾经有对不住的地方，我先跟你道歉。"

周景明突兀地笑了一声，回复她："没有。"

"没有就没有。"万清本能地反击，"你阴阳怪气什么？"

周景明不多说话，拿起筷子夹菜。

万清被他激起了斗志，问他："你无视谁呢？"

周景明放了筷子，回答她："你不用在意我。"

万清反驳："我没有在意你。"

周景明礼貌地问："那我可以继续吃了吗？"

万清脱口而出："你觉得你这种姿态就赢了？"

周景明反问她："我什么姿态？"

万清和他对视，没作声。

张澍早就从卫生间回来了，在门口听见他们的对话，有意当和事佬，说："你们是不是有什么误会呀？"

万清问他："所以你不告而别就是蓄意报复呗？"

周景明回她："我没有不告而别，我是跟你断交。"

万清费解："那你不还是在报复我？"

周景明平淡地说："我是在惩罚我自己。"

万清刨根问底："你惩罚自己还不是因为我？"

周景明耐心耗尽，说道："你还是那么自恋。"

万清不再跟他沟通，直接问张澍："在你人生最煎熬的阶段，周景明每周五跟你通话两个小时，你会有什么想法？"

张澍不懂其意，纳闷道："我能有什么想法啊？"

万清看向周景明，从高处俯视他，挥刀杀伐道："我也是。"

周景明无话可说，他朝一脸茫然的张澍以茶代酒敬了一杯，直接离席了。

他离开后，包厢至少安静了五分钟后，万清才问张澍："吃好了吗？"

张澍拿上包，随着她前后出来，然后挽上她的胳膊说："心里痛快了？"

万清把脸扭到一边，没作声。

张澍假装没看见，借故去便利店买水。等张澍买了水回来，万清已经收拾好情绪等在车位，她接过水说："对不住啊，好好的一顿饭。"

张澍发动车先送她回家，望着窗外的璀璨夜景，两人聊了些别的。

万清经常会在一群人聚餐时，在桌上的男人孔雀开屏似的侃侃而谈时，不合时宜地想到周景明，想到每一回她们几个聚，他不是沉默就是看武侠小说。她也曾多次向前男友讲到她的玩伴们，还特意画了图，画出他们六家人的具体位置。她也从不深究周景明"断交"的原因，一深究，身上就隐隐作痛，她找不到真正的痛处，也解决不了这种痛，但这种痛又确确实实存在。

她人生最难挨的两个阶段——一个是在西藏读书的时候，一个是大学四年。

大三那年暑假，她留校复习，准备考研。她焦虑、易怒，甚至恐惧。那个阶段周景明每周五的电话在精神上给予了她很大的力量，应该是那年暑假周景明先坐火车来看她，回去后他们才每

第二章　旧雨重逢

周五打一通电话。

周景明来找万清时万清还很惊喜，不过又有些懊恼，因为她跟同学相处不算融洽，她没有帮他借宿到男生宿舍，他住的还是学校附近的破旧招待所。

他来了两天，他们逛了一天游乐园，逛了一天海洋馆。她那两天很放纵很快乐，坐过山车的时候歇斯底里地大喊，逛海洋馆的时候也异常亢奋。如今回忆那两天，一帧帧画面仿佛万花筒里看到的景象，那些快乐是绚烂的，是失真的，也是弥足珍贵的。

晚上他们回招待所泡脚，她才发现脚后跟被磨破了皮。万清记得那天她穿了一双新鞋子，微微带跟的奶白色的四季小皮鞋。她原本打算买来配裙子穿，但那天配了一条小脚裤，她觉得裤脚往上挽两圈露出脚踝的样子很性感。

她记得周景明给她买了创可贴，然后握住她的脚给她贴上。当晚她也没回宿舍，两人聊着聊着太困了，就睡着了。就像小时候那样，玩累了趴在床上就睡了。

万清解释不了，有些事穷其所有语言都解释不了。譬如那时周景明来找她，她跟打了鸡血似的亢奋，逛游乐园的时候她还去卫生间偷偷哭了，她也不明白自己为什么会哭。她已经忘了晚上在招待所跟周景明聊了什么，她聊着聊着困到不行，也没洗漱，穿着白天的衣服蜷缩在床上就睡了。她隐约记得那晚做了个梦，梦里有人抱了她，她太渴望一个拥抱了，于是毫不犹豫地抱了对方。那个拥抱很有力量，让她很安心，安心到她情不自禁地流下了眼泪。她记得一双手温柔地帮她拭泪，然后一下一下地轻拍她的背。

万清之所以认为那是一个梦，是因为对方实在是太温柔了，她从没想过那人会是周景明。有些事就很诡异，比如她自认为和张澍关系最要好，和周景明相互看不惯，可周景明对自己的认可远比张澍的认可来得更重要，更使人信服，甚至有些重大的事她更愿意听周景明的意见，尽管听后她会不屑地翻白眼，但她内心是信服的。

就如同她看不惯周景明小人得志的样，她老想着他能落大魄、翻大船，到那时她定会再次踏上五彩祥云，以拯救者的姿态出现在他面前。

可当周景明真的被击溃、被摧毁，她也会心疼不已，根本没有想象中的痛快，就如他那年高考再次无缘北京，她会感同身受地抱着他哭……

张澍把万清送到楼下后，万清并未上楼，而是折去了周景明家。到他家后刚好碰见周母小吃店关门回来，两人寒暄几句，周母指指书房说，周景明在里面拼那些宝贝塑料。

她敲敲门，里面没应，她直接推门而入。周景明坐在榻榻米上拼乐高。她轻轻地坐过去，酝酿了一路的话一句也没有说出口。周景明专注地拼乐高，仿佛没意识到旁边坐了人。万清望着他灵活修长的手指出了神，不合时宜地想到了一件童年往事。

六七岁时的周景明很瘦小，比她们几个女孩子还要瘦小，那时他最喜欢的玩具是布娃娃，粉色的，是江明珠淘汰下来的生日礼物。他曾经有一段时间特别喜欢那个娃娃，去哪儿都抱在怀里。忽然有一天，布娃娃的头被同龄的男孩扯掉了，他伤心地大哭，哭着捡回布娃娃的身体，小心翼翼地裹在衣服里回了家。

第二章　旧雨重逢

　　万清不知道为什么会想到这件往事，而且心中还泛起了无限柔情，看向周景明的眼神也愈发怜爱。她想，将来她要是有个像周景明一样的小孩，她绝对会好好呵护他的。她深深地沉浸在了自己身为女性独有的天性中，她享受着这份独特的悸动，静静地看着他拼积木，直到这种感受将要消失时，她倾着身子伸出胳膊笨拙地抱住了他。

7

万清借了张澍的车去乡下看望父母。原本他们俩说要回来，可正好赶上板蓝根的追肥期，反正万清闲着没事，就开了张澍的车去乡下。

追肥请了工人，根本用不上万清的父母，但他们两口子正对乡下的一切事物感到新奇。当万清顶着太阳去了板蓝根田时，他们正跟工人说说笑笑地施肥，看见闺女找来，朝她招招手，摘下手套和帽子给她，要她体验一把当农人的乐趣。

……

万清刚有模有样地撒上几把，就被父母给撵了出去："叮嘱多少回了，肥料不能贴着板蓝根的根部撒，这孩子是不是傻？"

万清站在田埂上环视一圈，远处有金黄的麦田和葱绿苍翠的树，近处有父亲同工人的交谈声。父亲在说啥？他撒了会儿肥料，捶着腰无限感慨地说："农人好啊，身体越干越结实。比我们常年坐办公室的强，我们身体都坐垮……"

万清及时制止他："爸、爸——"

她爸看她，问："喊啥？"

"您知道晋惠帝司马衷吗？"

她爸烦她："你站这儿干啥？没事去你舅舅家吧。"

第二章 旧雨重逢

万清哪儿也不去，偏站这儿。

万清妈妈给了万清电瓶车的钥匙，指着远处的麦田，让她去兜一圈。万清骑上田头的电瓶车，顺着羊肠土路去了麦田。她闻到了淡淡的麦香，伸手摘了一枝麦穗在手心搓揉，然后把麦壳轻轻一吹，仰头把麦仁倒进嘴里。麦子马上进入收割期了，麦仁显硬，但嚼劲十足。

她嚼着麦仁录了段视频给张澍，有金黄的麦浪，有葱翠的树，还有田间收获大蒜的农人。

张澍回复她：好美啊！

万清问：你说，大自然为什么赋予植物的颜色大都是绿色？植物要是赤橙黄绿青蓝紫该多瘆人？

张澍正在仰头滴眼药水，于是回她：为了缓解眼疲劳。接着问，赤橙黄绿青蓝紫……好押韵好熟悉？

万清回：谁持彩练当空舞？

张澍回：雨后复斜阳，关山阵阵苍？接着回，妈呀，这是我们小学背过的吧？

万清没再回复她，在麦田间静静地感受了会儿，然后骑着电瓶车回去了。这时，她收到一条微信，她一面骑电瓶车，一面看微信，内容还没看清，就连人带车摔倒在田里。她疼得要命，第一时间找手机，她非要看看是谁发的微信！

微信是张澍发的：你多待两天，我不着急用车。

算了，万清决意不同她计较，从地上爬起来拍拍身上的土，扶起电瓶车骑上回了舅舅家。

舅舅一家住在空旷的大厂房里。工厂早几年因污染问题停产了，一部分空地被开垦成了菜园，种了黄瓜番茄什么的。万清父母可喜欢了，反复说还是乡下好，有院子能种点果蔬、养群鸡鸭。舅妈忙自己的，都不搭理他们，随后要万清回去了摘点蔬菜，还说自己种的比外面卖的放心。

万清坐下同父母说话，交代他们少说点不知人间疾苦的话。母亲去厨房帮舅妈煮饭，父亲问她生活上有没有什么难处，要她回上海了就去看房。

"房子的事难办，说不定看一年都遇不上合适的。位置可以适当远点，但绝不能太小，至少要六七十平方，首付嘛，凑凑就够了。"

"前年去上海参加婚礼，婚房三四十平方米，住两代五口人，咋住？夫妻生活都难以体面。"

舅舅接着万清父亲的话说："你把生存和尊严混淆了，要尊严就回小城市，一辈子体体面面舒舒坦坦。国际大都市……没家底的普通人在大都市只能是生存而已。"

万清不听他们抬杠，起身去了厨房。舅妈说这几天凉爽，留她多住两天。

万清在乡下住了三天就回去了，惦记着张澍上下班需要车，尽管张澍反复强调没关系，她可以骑电瓶车上下班。万清回来给她带了黄瓜、番茄、土豆、大蒜……她看见直惊讶："我又不会煮饭，你给我带这些……"扫见万清的表情，她生硬地转移了话题："感谢感谢，太感谢了，我妈最爱吃这些！"说完郑重鞠躬。

回来第一天万清开始大扫除，厨房、阳台、卫生间都细细拖

第二章　旧雨重逢

了一遍，拖完给母亲录小视频，母亲很欣慰，说："吾家有女初长成，闺女会干家务了。"第二天她晨起跑步，慢跑了半个多小时，顺路吃了早餐，然后回家洗漱，换衣服去家居市场。

万清出来在路口准备约车，看见周景明的车从她面前扬长而去。她拿出手机给张澍发微信：看周景明那暴发户嘴脸，还特意绕我面前炫耀一圈，以为我没坐过好车？发完就撤回了。

张澍回复：谁让你先冒犯他的。

万清服了，都说多少回了，不过还是耐着性子又说了一遍：我觉得一个女性对一个男性最高境界的情感就是母爱。要怪就怪我当时情感浓度太高，他没接住。紧接着继续发，我对当他妈没一点兴趣。那晚万清去了周景明家，真挚地拥抱了他一下，说将来有个他这样的小孩也不错，然后她就被周景明撵出来了。

张澍问：如果有个男人说想当你爹，你作何感想？

万清感到心累，觉得跟张澍说话真费劲：有些话不能单独挑出来说，要结合当下的语境。发完她退出跟张澍的聊天界面，找到他们仨的群，直接@周景明：你要觉得我冒犯了你的男性自尊，我跟你道歉。那晚我是真心实意去你家道歉的，我看见你坐在那儿安静地拼积木，我莫名其妙地就想到了你小时候的一些事，然后才延伸出"有个你这样的小孩也不错"的想法。甚至我这话就不是对现在的你说的，是对童年的你说的。

张澍私聊她：你干吗突然@周小明一本正经地说这事儿？

万清：因为我烦你在中间传话。

张澍：？周小明没跟我提过这事儿呀？一直都是你在说。

万清迅速撤回了群里的信息，给张澍发了一条：上班吧你！

张澍回：我在蹲坑。紧接着又发了一条，我都替你尴尬，都过去这么些天了，你突然@人家一本正经解释。

万清连逛三家家居市场，腿都要断了，她把看中的北欧风全拍照发到了家庭群，父母看不上，还问："那是啥？"他们描述的万清也看不上，一个要中式风，彰显家庭文化底蕴；一个要欧洲贵族风，还截图了《绝代艳后》的部分剧照，要类似的风格。

万清冷静了十分钟，发了一条信息：那就美式乡村风吧，你们不都挺向往乡村的？十分钟后，万清母亲在群里说：就听你爸的，中式风吧。接着就颜色花纹等提了诸多要求。万清耐心耗尽：你们自己买去吧。

从家居城出来已经是下午三四点，正晒，她把宣传彩页顶在头上，去几百米外的商场找吃的。夏天已然来了，街上都是花花绿绿的漂亮裙子。她走着走着通身乏力，不知怎么就想到了前男友，随之又想到了更多的糟心事，密密匝匝的，加之天气又热，整个人被压得喘不上气。她强打精神去商场买了个锅盔吃，又买了电影票看电影。一场电影出来，张澍也下班过来了。

两人觅食，去了家韩式烤肉店，万清刚坐下就听见张澍跟人打招呼，对方是一个姑娘，大方爽朗。等人离开，张澍问万清："你猜她是谁？"

万清不感兴趣："她爱谁谁。"

"周小明的女朋友，兆琳。"

万清回头看，没做评价，扫码点着餐问："你妈怎么会给周景明介绍对象？"

第二章 旧雨重逢

"我妈在街上碰见他妈,一来二去就当了媒人。"

"让你妈给我也物色个对象吧。"万清认真说。

"你不是打算搞事业吗?"

"搞事业我就不能搞对象?"

"行,回去我问问我妈,看她圈子里有没有谁家孩子在上海工作。"

万清望着一桌桌食客,无故有些烦,总是提不起劲儿。

张澍说她:"你也差不多行了,分手这么久了,他结婚就结婚吧。"

万清懒得跟她解释:"你懂啥。"

"你还爱他?"

"爱个屁。"

"那你干吗整天垂头丧气的?"张澍随口说,"谁还没分过手,就你矫情。"

万清被她的话刺到,有些急了,问她:"跟你相恋六年坚持不婚的男友分手了,一年半后他结婚当父亲了,你能心平气和地接受?"

张澍想想说:"不然呢?他结就结呗!"

万清简直难以置信:"你说什么?"

张澍说:"人生本来就存在很大变数啊,他跟你说不婚,也许他当时就是那么想的。后来因为什么契机想结婚了,多正常……"

"我就知道我跟你说不明白,自己吃吧你!"万清愤怒起身,直接出了门。

张澍追出来,拉她:"你干吗呀?"

"我爱干吗干吗!"

"有毛病啊你?!"

"我就是有毛病我才跟你说!"万清难过死了,"你根本就不懂我!"说完就走,越走越伤心难过。

张澍回餐厅拿包结账,出来万清已经不见了。她要疯了,边找边联系周景明。

两人在街上找到半夜,周景明说:"我再回她家看看吧。"

"你去吧,找到联系我。"张澍继续挨个练歌房找。

周景明在万清家门口用力拍门,被惊醒的万清不耐烦地问:"谁呀!"

周景明想回"你爹",但忍住了,紧接着就跟张澍联系。

门猛然被拉开,万清怒斥:"有毛病啊你!"

周景明问她:"你一直在家?"

万清明白了怎么回事,转身回到客厅:"自作多情,我让你们找我了?"

周景明平息了怒气,一言不发,随后下楼回车上拿笔记本,四平八稳地坐在万清家的餐桌前办公。

万清坐在沙发上看电视,翻眼看看他,也不敢惹他,随后手机开机,等着等着就又睡了。她做了一个梦,梦到了他们五个人。很奇怪,她极少梦到小春。

梦里她和张澍坐同桌,两个人闹别扭,在课桌中间画了条"三八线"。江明珠和徐佳佳从中评理,一致认为是张澍的错,该张澍给她道歉。张澍寡不敌众,去喊周景明帮她评理。周景明像个大法官似的,条分缕析,判定该她给张澍道歉。然后……原本站自己队的江明珠和徐佳佳就站了张澍队。

万清就不道歉！她恼，她怒，她望着比她高的周景明，她站上椅子，踩上课桌，拿着厚厚的书就朝他头上砸了下去。接着班级大乱，同学们此起彼伏地大喊着："老师，万清打班长了——老师，万清把班长打死了——"

别人的青梅竹马是什么样，万清不清楚，但他们几个从小就内讧，女孩们只要吵架站队，就有人屁颠屁颠地去喊周景明，赋予他当大法官的权力。而他眼皮轻轻一扫，手指一点，那个人就是众矢之的。万清那时就想，她要推翻这个自大狂，她要狠狠踩扁他的头！

她正在梦里痛快地踩周景明的头，倏然间又很伤心，她想到了张澍，想到自己正和张澍怄气呢，于是她决意放过脚下这个自大狂，双脚虚虚一点地面，人就飞出了梦境……

8

万清惊醒，看看仍然在餐桌前办公的人，再摸过手机来看，一条信息也没有。恰好周景明也忙完合上了电脑，揉着颈椎看她："估计这会儿张澍已经睡了。"

万清起身去冰箱找吃的，拆着枚巧克力问道："几点了？"

"马上十一点。"

万清朝他摆摆手，意思是你该回去了，随后在餐椅上坐下，慢慢地啃巧克力。

周景明去卫生间洗把脸，抽了洗脸巾慢慢擦手，出来问她："去我家给你煮碗米线？"

万清饿一天了，精疲力竭，下楼骑上电瓶车跟着周景明的车去了他家。周母还在忙些杂活，见万清来热络地要她坐，周景明则去厨房给她煮米线。

他别的厨艺都不精，只有米线煮得最好。

万清坐在餐桌前帮忙剥鹌鹑蛋，周母要万清这回在家多歇些日子，难得回来一次，等歇够了再去上班。随后还问万清，这一行容不容易找工作，有没有年龄限制。她经常看见在电视上说，年龄大了不好找工作。

"目前还行，我只要想上班随时能找到工作。"万清慢慢静了心,缓缓地说,"年龄限制会有啊,管理层相对好些,普通职员到了年龄,公司就会换一批更年轻的。"

"老员工不比新员工更有经验?"周母不懂。

"很复杂,一两句话说不清。"万清捏了个鹌鹑蛋放嘴里,那边周景明端了米线出来,催周母,"妈你先睡吧,剩下的我剥。"

周母先去厨房收拾了一番,然后回了卧室歇息。

万清捞着米线里的鸡丁吃,周景明坐在她对面剥鹌鹑蛋。早年剥鹌鹑蛋这活就是他的,她们只要来找他玩,就要先帮他剥鹌鹑蛋。她们手脏,剥完弄得哪哪儿都黏糊糊的。后来他再也不让她们剥了,因为她们老剥着偷吃,剥完,鹌鹑蛋就莫名消失了一半。

米线吃完,汤汁也喝完,万清人也有了精神。她先把碗收到厨房洗了,然后坐回来帮着剥鹌鹑蛋。周景明面前放了两个盆,一个装煮好的鹌鹑蛋,一个放剥好的鹌鹑蛋,剥下来的蛋壳就随意堆在手边。小吃店每天要用大量的鹌鹑蛋,米线、麻辣烫……每份出锅前都会丢进去俩。

万清剥着,抬头看看周景明,见他没说话的打算,商量着说:"明天你攒个局呗,晚上一块儿吃饭。"

周景明拒绝:"我明天晚上有事。"

万清说:"那就约中午?吃完你们各自上班?"

周景明应了:"那就中午吧。"

万清说:"明天你问张澍,问她想吃啥。"

周景明摆摆手,让万清回家。

万清出来在院里骑上电瓶车要回家,周景明也骑上母亲的电瓶车送她。万清说:"犯不着送。"

周景明淡淡地说:"太晚了,我怕担责任。"

行,你爱送就送吧!

凌晨的街道空无一人,万清骑着电瓶车在前,周景明骑着电瓶车在后,两人七绕八拐,像一对幽灵游荡在这人世间。

隔天晨跑,听见树上的蝉鸣,万清心情大好。她最讨厌夏天的躁,但同时也最喜欢夏天的躁。

夏天啊,永恒的夏天——万清的整个生命里,夏天最深刻,最隽永绵长。

夏天有用不完的暑假,有充沛的精力,有无限的希望,他们会在烈日下奔跑高歌,会旁若无人地打闹,会渴望长大;当然,也有无穷无尽的烦恼,也有哪怕泡在泳池里也消解不了的躁意。

万清也想到了她和周景明在房间里摸索着,以某种反叛的仪式急于和过去告别,迫切地想要成为大人。她真想回去爆捶自己,待在伊甸园里不好吗?

想到这儿,她又想到了一段话——总反复回忆过去,说明对当下的生活并不如意。她瞬间有了警醒和提防,接着就查这段话是谁说的,让他一边儿去。

她沿着街道回家,买了两兜时令水果,到家洗洗吃吃。过完这个暑假吧,暑假后就回上海,万清想着,趁这两三个月给新屋添家具,父母想要中式就中式吧,自己一年也住不上两回。最好这期间老房子能卖掉,她也能把各种手续帮着给办了。想着想着,万清就打开手机登录QQ,看江明珠有没有给自己

第二章　旧雨重逢

留言。

距"寻友启事"已经过去一年半了，江明珠依然杳无音信。

临近中午，她骑着电瓶车去了昨天那家商场，张澍跟周景明说她想吃烤肉，而且还是那家的烤肉。服了，就不能换一家吗？

万清停好车摘了防晒袖乘直梯上楼。

她早到了半个小时拿号排队，门前已经坐了一溜的人。她坐在那儿把防晒袖和车钥匙装进随身包里，装着装着忽生感慨，自己明明是都市精英，独立大女性，如今却沦为穿着人字拖，骑着电瓶车满街跑的……小城无业女青年？万清立刻调整了坐姿，打直背，展开双肩，感觉气势立刻上来了。

但就这么端坐了一分钟，仅仅一分钟，她觉得脚下的人字拖太拉气质。去他的吧，先做个小城无业女青年吧，等回上海了再做精致女性。这么一想，万清的双肩立刻耷拉下来，继续有气无力，继续颓唐不安。

那两人姗姗来迟，周景明先到，然后给张澍发微信，张澍说正在找车位。周景明找了个离万清最远的位置落座，扫码点餐。

万清阻止他："张澍还没上来呢。"周景明放下手机，等张澍上来点。

半天张澍上来，直接坐在周景明旁边，问他："怎么还没上菜？"周景明把手机给她："你点吧。"

"怎么不提前点？中午吃饭就这么点时间。"张澍点完餐催人上快点，接着就跟对坐的万清对视。张澍捧起杯子喝茶，万清也低头喝茶，周景明则事不关己地在一旁玩手机。

局面尴尬了有一分钟，万清找话："周景明，你上班为什么不穿商务装？"

"因为不想。"周景明收了手机看她。

"T恤不会太随意了吗？"万清点评，"而且你穿白T恤不好看。"

"我穿什么好看？"周景明请教。

"Polo衫吧。你穿Polo衫更商务些。"万清犹豫，"你穿白T恤太随意了，总感觉像卖米线的……"说完看向张澍说："他是不是穿白T恤不好看？"

"不好看。"张澍附和，紧接着点评，"他皮肤有点黑，不适合白色。"

万清认同："就是，我也觉得他黑。"

张澍说："不过他穿白T恤显年轻，看着像二十五六岁的人。"

万清附和："没错。"

周景明一声不吭，专心烤肉。

两人目的达到，见好就收。张澍说："他也不算黑，就是白得不明显。"

万清说："男人太白了像奶油，太黑了油腻，他的皮肤是中间色，刚刚好。"

"没错。"张澍附和，"他五官耐看，身材又佳，在婚恋市场很抢手的。"

"他肩宽腰窄屁股翘，穿啥啥好看。"万清机械般地说，"又是公司股东，又有大把股票……"

周景明出去上卫生间，也没搭理她们。

他离开后，万清和张澍对视，张澍翻着肉反省："咱俩是不

第二章　旧雨重逢

是过分油腻了？"万清也觉得没劲透了。

等周景明从卫生间回来，餐碟里多了几片烤好的肉。张澍说："下回约上兆琳一起，咱们吃个饭。"

周景明应下："再说吧。"

张澍用紫苏叶给他包了一块肉，催他快吃，吃了先去上班，还说她们俩吃得慢，不用等。

周景明不着急，烤夹翻着素菜说："我中午不忙。"

张澍继续跟万清聊，两人好成一团泥，完全没吵架这码事儿。张澍说明天把车留给她逛家居市场，万清欣然接受。

吃完结账出来，日头正晒，万清就坐了周景明的车顺路回小区，等傍晚再来骑电瓶车。路上，万清问他这顿饭多少钱，周景明开着车说了个数，万清加他微信，转了钱给他。这顿饭不过由他出面攒局，理应自己买单。

周景明收了钱。万清说："对不住啊。"

"什么？"周景明从后视镜里看她。

万清也没细解释，只说改天再约。周景明懂了，懂她为什么道歉。

万清从后视镜里打量周景明，他这些年应该也不顺，不然真正意气风发、有鸿鹄之志的人是绝不会回来的。万清问他："你怎么突然回来了？"

"不突然，我深思熟虑了一年。"周景明说。

"我回来迁户口。上海未婚买房得要户口。"万清说。

周景明点头，不追问别的。

万清想了想，有些诡异又有些许一言难尽地说："我也分手了。我和他谈了六年。"

　　周景明滑行着靠边停车,到小区了。

　　两人在车里静坐了五分钟,万清下车。

　　"路上小心。"

9

因某些意见不合，两人对工作又较真，开完会出来，周景明和兆琳争了几嘴，最终话不投机，各忙各的。

两个小时后，兆琳端了杯咖啡没事人一样过来，高跟鞋反手一脱，小心翼翼地瘫在沙发上，嘴里"哎哟哎哟"的。昨天在健身房练了一个小时，浑身酸痛。兆琳问他晚上的局去不去，接着说都约了谁，其中有一个跟周景明不对付。

周景明应下："去。"

"去吧。"兆琳说，"这世界就是存在很多我们看不惯的人，但为了生存我们就得跟他们打交道。把这当成一门行为艺术吧。"

周景明没附和，也没反驳。

兆琳用五个指头按摩着头皮说："我怀疑可能因为昨晚头发没干就睡了，今儿有点偏头疼。"说完打了个哈欠，又自顾自地说，"昨天我去见了一男的。"

"我爸让见的，说是哪哪哪回来的，如今事业如何如何成功，闲着没事我就去了。"她咖啡都懒得喝了，随手推一边，"别的不说，没一点自我认知！"

周景明背转身办公，不想听。

"父辈们就算了，毕竟他们已经日薄西山，现在已经不是他们的时代了。但同样接受过高等教育的同龄人，他怎么能对自己毫无认知呢？"兆琳想到昨晚的相亲局，跟听单口相声似的，懒得说了，说多了累，于是回自己的办公桌草草收尾，挎上包下班。

兆琳在电梯间干等了会儿，发现电梯在维护，只能推开防火门走楼梯。正扶着墙艰难地下楼梯，堂哥和周景明他们陆续下来，兆琳喊堂哥："帮帮忙，撑着你肩膀下去。"

她堂哥正忙着听电话，顾不上。

她只能求助前男友了。周景明借自己的肩给她搭着，让她一级一级地慢慢下来。她堂哥嫌她出洋相，要她别再去健身房了："别回头再给练残了。"

在饭局上正吃着，周景明收到群微信，是张澍发的练歌房位置及一段文字。周景明没看完就退出了微信界面。那种熟悉的感觉又回来了——有点烦她们，但又没办法彻底甩脱她们。

饭后他还是按导航开了过去，包厢里就万清和张澍两个人，她俩一人拿着一个话筒，站在皮沙发上声嘶力竭地对唱《没有理想的人不伤心》。

周景明先找了客损赔偿表，浏览了一遍，摆在了最显眼的位置。然后数了数桌上的空酒瓶，自觉地坐去了沙发角。

那两人则完全沉浸在自己的世界里，看不见他，唱歌也只唱对自己友善的歌，一旦有调起不上来，就抱怨这啥破歌！等声嘶力竭地唱到一首名为《假如生活欺骗了你》的歌，两人泪眼相望，抵头相拥。

周景明不想看她们，双手环胸地靠坐在沙发里，莫名其妙地睡着了，且睡得很稳，张澍临走前喊了他几声他都没应。

第二章 旧雨重逢

万清是"无业游民"所以不着急,坐在旁边啃泡椒凤爪等包房到时间。啃了会儿喉咙痛,她就不停地喝啤酒,频繁地上卫生间。若经过哪个鬼哭狼嚎的包房,她定会俯身从包房门的可视窗往里窥一眼。

万清把水果拼盘吃完,看看时间,推醒了周景明。周景明惊醒,看了眼时间,问她:"你们结束了?"

"嗯,张澍先回了,明天要上班。"万清拧开瓶水给他。

周景明接过喝了两口,万清看微信,张澍在群里发信息@他们,外面下大雨了。万清问:你刚到家?

张澍:都洗漱好准备睡了。

万清不打扰她,便发了一条:晚安。回完朝周景明说:"外面正在下大雨。"

周景明无所谓地说:"那就等会儿。"

万清看他这会儿状态松弛,攻击性不强,友善地问他这些年工作和生活是否顺遂。

周景明不愿多说,最艰难的日子都过去了,苦尽甘来,甘来了就不能再言过去的苦。他只说工作相对好些,因无意中结识了一位业界长辈,有对方的提携和帮助,所以运气还不错。

万清挺羡慕的,一般职场上多是靠自己,很少会有引路人。同事间多少都会有些戒备,当一个老人教会一个新人,也就面临着他有可能被新人取代。

两人聊天的气氛还不错,少了针锋相对,多了心平气和。当聊起前两年的股市,两人默契地互相看了一眼,谁也没有继续。万清当时小攒了笔钱,放进股市折了一半。

万清郁闷地喝了口酒，试图驱散不快，人多少也有点飘飘然，说起了自己的职场成就。早两天又有公司的人事专员联系她，给她开出了远高于行业同等职位的入职条件，还承诺给她一部分股票。她说着说着不免得意：一方面得意于能力被认可；一方面得意于自己小小的成就。她沪漂了将近十年，十年辛酸，尽管离自己理想的生活还有些遥远，但目前这些成就能在她拷问人生价值的时候，给予她很大的慰藉。

说到这里，万清又有些小小的侥幸，她和她的大学室友、研究生室友关系都一般，但那又怎么样呢？早年曾带头孤立她的室友来上海投奔她，两个月都没能找到如意的工作，最后回了老家。她承认自己那时候是痛快的，是幸灾乐祸的。当年自己性格是不好相与，但这都不能成为被孤立的理由。

周景明不置一词，只听她说。

万清说这些的时候望着周景明的眼睛，说着说着就止住了。一来她倾诉欲忽然没了，自觉没必要再提，这不过是幸存者偏差罢了，如今再说这些，稍显刻薄。如果那位室友现在再来投奔她，她应该会给予更多帮助，并非对她孤立自己的事释怀了，只是懂了生存不易。二来她意识到了界限，自己不该再对周景明说这些有的没的。因为她清晰地知道，某种程度上，周景明是懂她的，他明白自己在表达什么。

想到这儿，万清起身，催他："走吧，估计这会儿雨该停了。"周景明没说什么，拿上车钥匙随着她出来。

外面依旧下着瓢泼大雨，两人站在门口避雨，静默了有两分钟，周景明说起旧事："当年你研究生考去上海，我特别为你骄

第二章　旧雨重逢

傲，还请了我们室友吃饭。"

万清纵有万般思绪涌上心头，并不多说，只诚恳道："谢谢。"

周景明望着路灯下的雨，没作声。屋檐下，两人各自站一端，都没再言语。

雨小了，万清催他："你先回吧。我骑电瓶车来的。"

周景明开车走了。

万清望着他漂亮的车尾灯，低声说了句："我也挺为你骄傲的。"

雨彻底停了，万清找到电瓶车，擦擦车座，骑上回家。雨夜风凉，多少驱散些躁意，她心里莫名畅快，那些曾经是问题的问题，忽然间变得不再重要，也不再让她耿耿于怀。

又是一个周末，张澍一大早载万清去省城吃早餐。吃完两个人没事干，打算去逛步行街。步行街啊步行街，她们好些年都没逛了。在她们更年轻的时候，附近不是这儿修地铁，就是那儿修地铁，每逛一次步行街都是灰头土脸的，风一吹，一嘴灰。

两人逛这儿不为购物，单为情怀。读高中时她们偶尔会坐大巴来省城，不是逛步行街就是逛旁边的商场。她们那时候正走着，就被人拦住说，她们适合做平面模特。她们那个兴奋啊，不管三七二十一，跟着人就上写字楼，到那儿有人给她们张表格，说先缴几百块的个人写真费。她们头一扭，呸！转身就下楼了。

聊到这儿，张澍说："当年徐佳佳就能看穿对方是骗子，咱们四个还稀里糊涂。"接着，话题自然就扯上了徐佳佳。早些年她参加了选秀节目，她爸妈呼吁所有街坊邻居给她投票，最后拿了前十吧？也没激起多大水花，后来就再无音信了。她父母前两年也搬来省城了。

"我妈说他们家房子是徐佳佳全款买的。反正混得比我好。"张澍说,"我买房还得朝我爸妈伸手呢。"

万清远比她更焦虑、更惆怅。张澍的房子只是旧屋换新屋,父母没贴多少钱。自己要真在上海买房,父母是要贴棺材本出来的。三十出头的人了,独立?独立个屁!她心里不是滋味,说道:"徐佳佳比咱俩都强。"

张澍听罢也感慨:"命运啊,就她念那破烂大学,谁又能猜到今天呢。"张澍说着说着,想到了江明珠,和万清说:"明珠她爸去年出来了。说心里话……她爸可能不是个好官,但她爸绝对不是个坏人。"

"她爸出来去哪儿了?"万清问。

"不知道啊。"张澍惆怅,"明珠……我最担心明珠,没大学文凭她怎么找工作啊?"

周景明周末休息,一早就在家折腾他的书房。他妈快烦死他了,煮了锅稀饭让他看着,等自己买完菜回来,一锅稀饭全煳了。周景明的书房这些年装修了不下三回,一会儿装架子放塑料模型,一会儿装榻榻米,这次又给书房门装了密码锁。

周母从卫生间出来,特意贴着书房门走,催他把新区的房子给装了,装了赶紧搬过去住,还说跟他一块儿住烦了,"啥也不会干,要是养个丫头,还能帮忙煮锅稀饭"。她淘着绿豆芽嘟嘟囔囔。昨天亲戚家孩子来玩,顺手拿走了他一辆塑料车,他回来知道了特别生气。

周景明在书房装了架子，专门放他拼好的乐高，架子对面是榻榻米，方便他坐那儿拼乐高。密码锁装好了，他回头看手机微信，没有一个人联系他。不联系就不联系，他拎上篮球出了门。

那两人吃了午饭穷极无聊，烈日暴晒，便去了家网红咖啡馆消磨时间。张澍是各种拍，拍咖啡，拍点心，还拉着万清一块儿噘嘴卖萌拍。万清最讨厌拍照，但为了两人的友谊，还是装模作样地配合她。各种角度拍完，一个修照片，一个刷家居家饰。

张澍修好图发了朋友圈。周景明评论：去哪儿了？

张澍回他在省城呢，晚会儿不热了再回去，回完看向对面坐在沙发里的万清——她正跷着二郎腿，脚指头上悠闲地勾着人字拖。张澍烦万清去哪儿都穿人字拖，抬脚就把她的人字拖掀了，一脚踢出去老远。

万清骂道："有毛病啊你！"

张澍却说："凭什么在上海你就人模狗样光鲜亮丽，回了老窝你就邋里邋遢？"

万清想捶死张澍，张澍开怀大笑。

服了，真是啥人都有！万清想着，去把拖鞋捡了回来。

10

上午打完篮球,周景明去见了两位老同学。几个人在茶馆叙了旧,回来的路上经过一所准备拆了重建的高中,他看了一眼,毫不留恋地就路过了。

要拆除的高中是他们几个的母校,上周张澍还特意来拍了组照片感怀,拍了当年他们所在的班级、所坐的位置。他没什么感触,时光流转,岁月更迭,拆旧才能建新,如同刚才在茶馆里,老同学忆往昔情谊,他更像一个置身事外的旁观者。

他秉持的人生态度是:凡是过往,皆为序章。

这些年,周景明很少会想到她们,就那么几回,还都是在他最脆弱的时候,有时候是他们六个人,有时候只有他和万清。

他和她们的关系很难条分缕析地言明:有出于本能的抗拒和烦躁,也有股天然的依赖和安心,在某一刻甚至超越了性别。和她们在一起,烦起来就特别烦,舒适起来又特别舒适。非要分析的话,跟她们相处时,他的情绪能得到最大化的舒展,究其原因,主要是她们对自己很包容。这种包容是高于性别的。他们首先是人,然后才是男人和女人。

他少年时曾无数次想切断和她们的联系,大学后终于做到了,可他的人生并没有因此变得更精彩、更昂扬。特别是,在社

第二章 旧雨重逢

会上锤炼了好几年，他偶尔回望他们的中学时代，回望他们对未来的畅想——那时他们从无惧色，他总能获得小小的能量。尽管他年少时的鸿鹄志屡遭打击，也过着并不如意的人生。

周景明驱车去了大伯家，在阳台晾床单的大伯母笑着招呼了他，随即喊屋里写作业的周景和，要他给他爸打电话。周景明说不用，自己就是绕过来给景和拿些客户送的水果。大伯母同他闲聊，先提到了张澍，说前一段时间在超市碰见她了，这孩子笑起来还是那么招人喜欢；然后聊到万清，说上个月好像在护城河沿看见她了，本来想过去跟她说两句话，那孩子绕个弯就不见了。说完，大伯母就去厨房洗水果了。

不多时在街上看人下象棋的大伯回来了，他递给周景明一根烟，叔侄俩坐那儿沉默地抽。大伯本就话不多，自从小春的意外后尤为寡言。周景明往日抽烟少，每回来免不了陪大伯坐一会儿，抽一支。

周景和也在旁陪着，当年襁褓里的小婴儿如今已经是高中生了。周景明问了他两句学习的情况，他都如实回答。每每提起他的学习，大伯母都有些许骄傲和慰藉，他学习好，比原先他们几个都要好，成绩回回都是年级第一，是学校重点培养的对象。

大伯母对眼下的生活十分知足，儿子再有一年高考，今年又在新区置办了新房。他们老两口每月有退休金领，她如今在商场当保洁，又多了一份收入。家中大事都井然有序，稳当妥帖，只剩安心等待儿子将来成家立业。

周景明从大伯家出来天色已晚，回家途中给张澍打电话，问她们从省会回来了没有。

万清和张澍刚回来，正在餐厅吃饭，正一面啃着骨头大快朵颐，一面聊万清委托张澍她妈给介绍对象的事。张澍为难得直啃骨头："我妈认识的优质'资源'，不是年龄太小，就是已婚。"

"多小？我可以拓宽年龄范围。"

"今年才十九。"张澍说，"985本科，香港硕士，他爸在审计局，他妈是妇科医生……"

"十九岁都读硕士了？"

"他跳级了。"张澍接着说，"还有一个跟咱们年龄一般大，985硕士，年薪税后六七十万，目前已经在上海落户了，就是……我妈说长相平庸了点。"

"多平庸？"万清看她，"我更注重智识和能力，外在形象无所谓。"

"你注重哪方面能力？"张澍问。

"各方面能力，包括那方面的能力。"

"滚蛋吧你。"张澍想暴捶她，公共场合还这么大声。

"你滚蛋去吧。"万清服了，"你就不在意？"

"我是嫌你声音大。"张澍压低声音，八卦地问，"你跟'哲学才子'不和谐？"

"热恋期和谐。"万清说，"后面一两年不怎么和谐了。"

"你们是因为这方面才分手？"张澍大吃一惊。

"你激动什么？"

"我……我也不知道啊，为什么这话题又羞涩又刺激？"张澍骨头都不啃了，"因为性生活不和谐分手，多酷啊！"

万清懒得理她，反问："你觉得两性关系里什么最重要？"

"能满足双方的情感需求，能提供有效的情绪价值，经济稳固……"张澍细数，"我暂时只能想到这些。"

"咱俩的观点基本一致。我再多一条性生活和谐。"万清认真地说，"以上层面如果能满足我，没房、没车、学历一般对我都不是问题。"

"他都不能满足你？"张澍好奇。

"分分合合倦怠了嘛，他年龄大了也力不从心了。"万清坦白地说。

"吴彬也是……感觉开始走下坡路了。"张澍做个鬼脸。

"男人经常熬夜很吃亏的。"万清轻声说。

张澍问："那他就没有想想别的办法？"

万清摇头道："他觉得过度追求身体的愉悦是最劣等的。"

"啊？"张澍震惊，"他觉得什么是高等的？"

万清没再说，拿起一个大棒骨啃。

张澍好奇："照你的性情果断就分了，为什么分分合合这么久？"

"不甘心吧。"时过境迁，万清淡淡地说，"就是不甘心。"

这时张澍的手机响了，是周景明打来的。他说他在附近，还要过来跟她们一起吃饭。挂了电话，张澍麻利地收拾桌面上啃剩的骨头，也把拆开的餐碟让人收了。万清翻个白眼，用一副帝王驾临的语气说道："他谁啊？"

张澍催万清收拾自己跟前的骨头："别找事了。"

"我可不收。"万清挪了位置给张澍，"要收你自己收。"

张澍把万清推一边去,把桌上的骨头收拾干净,又用纸巾反复擦拭,努力恢复成还没动筷前的场面。万清看她道:"我在你心里的地位是不是远不及他?"

　　"能一样吗?人家是周总。"张澍说,"你一到处蹭吃喝的'无业游民'也敢有意见?"

　　"势利眼。"万清冷笑,"我不是说了我要攒钱买房?等我'喘过气'天天请你!"

　　"去一边吧。"张澍推她,"等你在上海买了房'喘过气',我的四世孙都老了。"

　　等周景明找过来,张澍起身相迎。万清服了,心想,你怎么不跪下?

　　周景明落座,张澍说:"我们也刚点上。"

　　周景明问:"上周末你们去云台山了?"

　　"对啊,本来想喊上你一块儿,万清说你没时间,而且你还要陪女朋友。"

　　万清埋头拆餐具,拆到一半就来气,问张澍:"你知道这一套餐具多少钱吗?"

　　"不是一块?"

　　"两块呀,两块!"

　　张澍烦死了,说道:"我钱多,我愿意花。"

　　万清没理她,决定当一块合格的背景板,专注地啃骨头。席间,只有张澍和周景明在聊天,她基本没说过话。自从上周她和周景明在练歌房门口雨夜深谈后,两人谁也没联系谁。具体原因万清并不知道,她不想联系周景明,只想跟他保持距离。

饭后一行人改道去了周景明家，原本打算去看电影。他们去周景明的书房转了一圈，看了会儿他架子上的乐高，然后坐在榻榻米上玩手机。周景明说家里有咖啡和红茶，问她们喝什么，张澍只顾着看他的乐高，喝什么都无所谓，万清玩着手机答道："红茶吧。"

张澍盘腿坐过来，感叹道："有钱人啊，有钱人。"万清放下手机说："这就有钱了？他那一堆塑料能有十几万？"

"十几万很多了好吧！"张澍说，"你会花十几万给自己买玩具？"

"他无非就是多买了两个女人的包。"

"我感觉跟你们的差距越来越大了。"张澍感慨，"我就在日本买过一个三四万的包，还是结婚度蜜月时买的。"

"我也就一个三四万的包。"万清说。

"可你的年薪能买十几个。"张澍说，"我撑死买俩。"

周景明泡了茶、切了水果过来，张澍扎一块水果自我安慰道："不过我已经很知足了，跟你们比我是有点酸，但因为是你们，也没有特别酸。"

"我日子过得远不如你。"万清淡淡地说。

"……有些话我说说就得了，你说出来就很欠打。"张澍说道，"你别不知足了，都要在上海落户买房了。"

万清不接话，有些事，如人饮水，冷暖自知。

张澍说到他们的一位初中同学："去年给我家送外卖，我都快尴尬死了。"

万清品着红茶附和："是有点尴尬。"

"都三十来岁的人了，孩子都六七岁了。"张澍有点难受，"他没认出我，我也装作没认出他。"

"他原先是干吗的？"万清问。

"我也不知道啊。"张澍不无感激地继续说，"有时候想想，咱们能心绪平和地坐在这儿讨论以前的同学，说明咱们的处境不差，只是烦恼没过上更如意的生活罢了。你们混得好，我是发自内心地开心，将来谁有事还能相互帮衬，总比一个不如一个强。"

周景明闲适地仰坐在办公椅里，听她们絮絮叨叨地说，问不到他就不接话。万清把坐麻的腿伸出来，舒坦地压在张澍腿上。张澍拍着万清的腿道："你怎么那么美？"

周景明想到件事，问张澍："前几天我和同事去你们大厅办事，我同事想要你微信。"

"他对我有意思？"张澍问。

"是。"周景明点头。

"好老套啊。"万清打趣她，"那人长得怎么样？"

"我好像都给忘了。"张澍说，"我天天接待那么多人。"

周景明翻了朋友圈照片给她看，张澍看见"啊"了一声，问周景明："他什么意思啊，是以结婚为目的的交往，还是只聊感情？"

"我现在问问？"周景明看向张澍。

"……不是，他哪一年的？"张澍问。

"九二年的。家境跟咱们差不多，业务能力也不错，但为人处世上需要磨炼。"周景明说，"不良嗜好还没发现。"

"你觉得他怎么样？"张澍反问。

"可以接触看看。"周景明建议。

张澍看向万清，万清撺掇她："先了解了解嘛。"

"你先跟他说我的身体状况。"张澍说，"他要是能接受，我们就以结婚为目的地了解了解，他不能接受就拉倒。"

"为什么非要以结婚为目的？"万清奇怪。

"我这个年龄了，我不想玩。"张澍说。

"你这年龄怎么了？"万清看她，"你太绷着了。"

"我不想玩我就绷着了？"

"……不是，我觉得你这人真有意思。"万清说她，"你都还没了解就先跟人谈结婚，跟你多恨嫁似的。"

"我没有谈结婚。我只是把我的条件说出来，如果他只是抱着玩的心态，老娘不奉陪，让他滚蛋。"张澍回她。

"我也没说啥吧？我只是让你放松一些，尽情享受恋爱。"

"我不想！"张澍堵了万清一句。

"你爱想不想。"万清服了，"你这人真有意思。"

"你这人才有意思。"张澍都懒得理她，"别人不附和你的观念就是恨嫁？看你多优越，多新时代，多与时俱进。"

"我优越？你也太玻璃心了吧？"万清道，"我只是让你……"

"你你你……你自己都说了'你只是让我'，是你的想法在前，而非真正尊重我的个人意愿。"张澍问她，"我不想跟对方玩，我想谈一场以结婚为目的的恋爱，我怎么就绷着了，我怎么就恨嫁了？你是以什么姿态来指责我恨嫁？"

"我指责你？我作为你的好朋友，我跟你说话需要谨小慎微，需要深思熟虑吗？"万清看她，"你说你要以结婚为目的，我建议你放松，先好好享受恋爱，这就高姿态了？"

"你没有'建议我',你是以绝对正确的立场告诉我该怎么做。"张澍修正她,"是你先用不屑的语气和表情说我恨嫁,我才说你以什么姿态指正我。"

"我用的就是'建议'的语气,我也没有用不屑的表情,这全是你的主观臆想。而且我有没有说'恨嫁'一词也有待考究,然后你用的是'指责'而非'指正'。"

张澍要绕晕了,不跟她掰扯,只想一点点复盘:"一开始,是周小明说他同事对我有意思,想要通过他要我的微信。我就问对方是以结婚为目的交往,还是只聊感情,这话有错吗?"

万清双手环胸地看她:"没错。"

"那么,问完后,我表明了自己的态度,我说自己只接受'以结婚为目的的恋爱',这话有错吗?"

万清想想:"没错。"

张澍手一拍,肩一耸:"OK,谁对谁错,一目了然。"说完挎上包就要离开。

"什么一目了然,你复盘的是什么乱七八糟的!"万清拽住张澍的包,"你听我给你复盘……"

"我不听我不听我不听……"张澍捂耳朵。

"你听不听你听不听你听不听……"万清怒火攻心,拿着抱枕砸她。

而始作俑者周景明,早在两个人剑拔弩张时,就悄无声息地离开了。

11

当晚各自回家，张澍辗转难眠，给周景明发了微信，还是那句话，对方如果愿意接受她不孕，接受她以结婚为目的的恋爱，无论最终结果怎么样，她都愿意尝试。倘若对方只想聊感情，那就别浪费时间了。

她能接受无疾而终的爱情，但不能接受从一开始就不真诚的爱情。自从离婚后，她也有不少"追求者"，但不是已婚的上司，就是有对象的老同学，抑或是喊她"小姐姐"的前同事。个中原因，不言自明。无非听到了些风声，失婚不孕，觉得能从她身上讨便宜。

有些事无须多说，如果不是亲身经历过，说了对方也不懂，如同今晚张澍和万清的争执。人本身就是独立的个体，个体与个体间必然存在着差异，想要长久地发展亲密关系，除了要在差异中找共性，还要相互理解和正确看待双方的差异。

不能理解？还说啥，散了吧。

道理张澍都明白，但她对万清不能理解自己还是很伤心。两人的处境不同，所拥有的资本和自信都不同，她就这么难以理解自己吗？

她睡不着，给周景明发微信：*万清如今是不是变高傲了？*

周景明回：有点忘本了。

她回：就是。紧接着又发了一条：春节我们俩采购年货，她妈让她买两棵大白菜，她花高价买紫甘蓝，买青甘蓝，买洋白菜，就是不买大白菜。回家她妈说了她一顿。

周景明问：洋白菜不是大白菜？

她科普：洋白菜是一个圆疙瘩，青紫甘蓝就是青紫色的圆疙瘩。大白菜就是那种蓬松的……冬天最便宜的廉价菜。

周景明回：大白菜我知道，我们家冬季常备。

她回：是啊，咱们从小吃到大的，属于咱们老百姓的大白菜。她还没成为真正的上海人呢就开始各种嫌弃它。张澍还发了一条：以小见大，她就是忘本了！

周景明在那儿拼积木，没回复张澍。照过往的经验，这种事要保持中立，不然要吃教训。

夜深人静，各种糟心事纷沓而至，张澍在床上辗转反侧，继续给周景明发微信：好像恨嫁的女人多不争气、多丢她人似的……她爸妈不结婚哪来的她？看她现在多伶牙俐齿。紧接着问：你评评理，我们俩谁错？

周景明斟酌：她语气确实冒犯人。接着继续发：如果结合当时的聊天氛围和语境，很难说谁对谁错。发完他就把第一条撤回了，可惜撤晚了，张澍已经截图了。

万清也没睡，脸上敷着面膜查明早吃什么。她找到家口碑不错的早餐店，把位置发群里：明天八点见。跟张澍争执的时候她就意识到自己措辞不当，以及两人的处境不对等。但由于张澍燃起了她的熊熊斗志，导致她哪怕意识到自己有问题在先，但情绪占上风,嘴上不饶人。主要她也没觉得这是多大点事儿,争两嘴就争两嘴,明天吃个饭就好了。

但她发到群里的微信,五分钟过去了,没一个人回复她。

那边张澍看见群微信,私聊周景明:她谁呀?她给个台阶咱们就得下?

周景明原本要在群里应一声,但看见张澍说"咱们",他开始警惕——关自己什么事?

万清心想,真有意思,都成年人了,不能心领神会?接着她就@张澍:明天早上八点啊,别睡过了。

张澍翻个白眼,私聊周景明:她谁呀?她要我去我就得去?

周景明手机扔一边,不回,万清只@了张澍吃早饭,又没@自己。

十分钟过去了,群里还是没一个人回复。万清直接私聊张澍:睡了?

张澍甩她一张聊天截图,就是截的周景明那句:她语气确实冒犯人。

万清心情瞬间不好了,自己意识到错跟别人评判你错是两码事。她直接就把截图甩给周景明,一句话不说,自个儿想去吧。

周景明看见截图沉默了,本能地截了自己的聊天记录给万清看事情的原貌,但万清把截图又撤回了。

万清发给他截图也是冲动之举,发完就撤回了。她在房间里来回踱步,她和张澍的那点事儿不重要了。她直接打语音给张澍,话不多说,先诚恳地道歉。几分钟后,两人化干戈为玉帛。张澍说明早穿白裙子赴约,万清说自己有条白裤子。

隔天万清晨跑后回家冲了凉，七点半就到了早餐店。她站在路沿看微信，张澍在群里@周景明，问他出门了没。周景明让她们吃，他不过来了，两人在群里拉拉扯扯，一个要他来，一个说不过来。内容没看完万清就退出了界面。

那边有个少年骑单车来买早餐，万清认真打量他，在他扫码付款时先他一步给付了。少年是周景和，他对万清有印象，家里有几张姐姐生前和朋友们的合影。合影里他就认识堂哥和张澍，剩下那三位要么是没见过，要么是不熟悉。他微不可察地皱了眉，本能地排斥被不熟悉的人自以为是地付款。他扫了万清的二维码，低头输入金额，坚持把自己的饭钱给付了。

万清没说什么，心想，不愧跟周景明是堂兄弟。她自我介绍道："我跟你堂哥是好朋友。"

周景和腼腆地应了一声，不知该怎么接话。万清问他："是不是快期末考了呀？"

周景和回答："下周三就考。"

万清把目光从他眉眼上移开，说："考完就放暑假了。"

周景和拎上打包的饭，骑上单车就回了。他不喜欢这些人打量自己的目光，堂哥是，婶婶是，外公外婆是，就连父母也是。因为他清楚，这些望向自己的目光，都是在试图寻找或缅怀另一个人，而他们长久和不加克制地凝视都会让他受到冒犯。

张澍停好车冲路沿发呆的人喊："你占好位子了？"

万清回过神，看了眼早餐店："吃早餐多快，等会儿就有位子了。"正说着，周景明骑了单车过来，身上的装束一看也是刚运动过。

第二章 旧雨重逢

三个人等到了座位，周景明要她们先坐，自己去取早餐。万清无视他，点餐付款时跟人说自己刚提前付了多少多少，剩余给补了就行，接着端了自己的早餐坐那儿吃。周景明先帮张澍取了餐，然后端着自己的坐在她旁边吃。

张澍抱怨来时路上堵车，周末一早就堵车，她自顾自地说了半天，没一个人接她的话。万清一面刷新闻一面吃，周景明则端正地吃，吃一口包子喝一勺汤。

令人窒息的早饭吃完，万清和张澍准备去家居市场。万清前两天看中了一套家具，想让张澍再去过过眼。那边周景明从烟酒店出来，直奔她们俩的车，面无表情地给了万清十块钱——他的早饭钱。万清收下装进了自己的裤兜。

周景明冲驾驶座呆若木鸡的张澍扬了扬下巴道："我先回了。"

"回……回吧回吧。"张澍目送他骑上单车离开了。随即她扭头看万清问："你为什么要收他早饭钱？"

"是他要给的呀。"万清边说边系安全带。

"不是你先在群里喊着出来吃早饭？"

"自始至终我都只@了你。"万清耸肩，"不知道他为什么会来。"

张澍明白了，忙跟万清解释："昨晚上我发你的那张截图是断章取义。"

"不是截图的事。"万清否认。

"就是截图的事！"张澍拿起手机给万清看，"你看你看，他原话不是这意思。"

"我不看我不看。"万清把张澍的手机推开。

"你必须看！"张澍急了，"你们俩可以生气，但绝不能是因为我。"

"跟你没关系，就是我们俩的事。"

"怎么没关系呀！就是我这张截图引发的。"

"他这人不行，他不真诚！"万清找碴儿，"你任何时候问他问题，他都不正面回答你。"

"他一直都是这样，以前你怎么没觉得他不真诚？"

"以前我浅薄无知，我没见过世面。"万清把遮阳板拉下来，催张澍，"快开车快开车。"

"你自己一身红毛，还说别人是妖精。"张澍发动了车，内疚死了，"你就是要让我难堪！他不来，我非要他来，来了人受你一顿折辱？"

"受我折辱？是他非要给我钱的好吧。"万清也气了。

"你拉个脸那么难看，大家都成年人了，人家为什么要看你的脸色？"

万清不吭声，转头看向窗外。

张澍又问："我昨晚发你的微信截图，你不会转发给他了吧？"

"嗯。"万清含糊地应了声。

"你真发给他了？"张澍难以置信，她不过是试探万清而已。

"就发了一秒。一秒我就撤回了。"

张澍要脑缺氧了，她靠边停车，气愤地说："我上辈子造了什么孽，我怎么会有你这样的朋友，你置我于何地……"

"我跟他之间事多着呢，真正原因不是截图这事儿！"万清心累，都解释一万遍了。

第二章　旧雨重逢

张澍不想听，指指车门："下车吧你。"

万清服了："我约他晚上吃饭总行了吧？"

张澍不想听她说话："你谁呀？你约人家，人家就得出来？下车下车，你立刻给我下车。"

万清不下，屁股牢牢粘在座位上。她说："事情都已经发生了，你跟我绝交也挽不回了。"

张澍心累："你现在就打电话约他。"

"我中午前打。"万清看她，就差发誓，"我不打我是蟑螂！"

张澍发动了车，继续前往家居市场。

到了露天停车场，张澍气还没消完，两人一前一后、无精打采地走着，头顶的大太阳晒死了。万清心里焦躁，远远绕去另一侧买果茶。张澍扭头看不见人，收到万清微信，问她喝什么口味的果茶。

万清回来，把果茶递给张澍。张澍接过喝了一口说："你给他打电话吧。"

……

万清打了语音，开了免提，说："晚上出来吃饭吧。"

周景明正在挥汗如雨地打篮球，稳了气息，回她："再说吧。"

万清调整了语气，善解人意道："没关系呢，你先只管忙，忙完随时联系我们哈。"

周景明扯起T恤下摆擦擦汗，回头让球友们先打，自己慢慢走去树荫下说道："改天吧，我怕会忙到很晚。"

万清依然和颜悦色："没事儿，你要太晚，咱们就吃消夜。"

周景明应下："一会儿群里联系。"挂了电话，周景明喝了小半瓶水,一路小跑着上场。

万清挂掉电话看张澍,问:"我态度怎么样?我对他够忍气吞声了吧?"

张澍很满意,双手竖大拇指,"能屈能伸!"随后喝着果茶,搂上万清的胳膊亲密无间地逛家居市场去了。

12

　　万清看中的那套中式家具还不错，父母也满意，缺点就是价格贵。两人半天砍不下来价，决意再转转，但她们离开的步伐很缓，留了足够的时间给卖家挽回她们。奈何走出去老远，卖家也没搭理她们。张澍生气道："这品牌的店长不行，现在生意这么差，让她打电话申请个折扣都不情愿。"

　　"沟通和销售能力不行。"万清附和。店里统一折扣是九折，她们要求打个八八折，对方不睬她们。

　　两人正愤愤不平，身后有人拍了张澍的肩膀，爽朗地问："买家具啊？"

　　张澍见是兆琳，笑着同她招呼。兆琳也不过多寒暄，只说有看上的品牌说一声，这商场有她爸的股份，回头从总代理那儿发货就行。张澍开心死了，忙说改天约上周景明大家一块儿吃饭。

　　兆琳不在意道："回头再约。"

　　张澍也不耽误她，笑说："你先忙，晚会儿有看上的我联系你。"

　　"行。"兆琳离开前又说了一句，"周明明没跟你说啊？我们俩分开都一年了。"说着挥手上了电梯。

张澍吃惊:"周小明说过这事儿?"

万清摇头:"她笑起来真明艳。"

"标准的明艳大美人!我妈就老夸她。"张澍说。

两人挽着胳膊继续逛,张澍在旁边絮絮叨叨,说自己很少被人夸漂亮,最多是招人喜欢。她少女时常做的梦就是一觉醒来变成大美人。

万清应她:"招人喜欢是很高的评价了,和悦可爱嘛。"

这下张澍心里舒坦了:"那也不错!"

"当然。"万清淡淡地说,"有几个人能长成兆琳那样儿?"

"她的那种美就是上天恩赐。"张澍附和,"而且人留过学,待人处事又很有教养。不像咱们几个,市井里摸爬滚打长大的。"

万清喝着手里的果茶,没有接话。

张澍八卦:"你觉得是她提的分手,还是周小明?"

"是她。"万清分析说,"而且两人多半是和平分手,她刚喊的是'周明明'而非周景明。"

张澍有些吃惊:"周小明也不差啊。"

"恋爱关系又不是看人差不差,是看有没有爱人和被爱的能力,"万清接着转移了话题,"兆琳自身条件那么好,你妈怎么会介绍给周景明?"

"周小明也很优秀好吧。"

"这不是优不优秀的事,是门不当户不对的事。"万清认真地说,"两个家境甚远的人可以自由恋爱,但媒人不会这么介绍。特别是女方家庭优于男方家庭的。"

"这不是我妈主动介绍的,是兆琳母亲托我妈介绍的。说只看重男方的人品才气,别的不计较。我妈从小看着周小明长大,他们俩又同在浙江。"张澍犹豫着说,"兆琳原先有个谈了几年的初恋男友,两人非常相爱……"

"她父母不同意?"万清看她。

"不是。"

"男方已婚?"万清猜道。

"她男朋友死了。"张澍轻轻地说,"几年前两人在国外念书,好像是报复社会的枪击……"

万清惊愕,半天没说话。

"我妈不让我出来说。"张澍交代她。

"我明白。"万清点头。

"超出咱们的生活认知了吧?"张澍唏嘘。

"看不出来。"万清附和道。

"咱们看不出来的事多了。"张澍叹息,"人那么善于伪装,又那么多面复杂。"

两人逛完没遇到更合心意的,还是去了那家品牌。张澍给兆琳打电话,报了中意的整套家具的货号。午饭后,两个人接着逛,看上了两张将近一万块的床垫,她们没好意思再麻烦人兆琳,自己凭本事给解决了。

晚饭最终没聚成。一来有中介联系万清,约了晚上七点带买家来看房;二来张澍接到父亲电话,让她去家里吃晚饭。两张苦瓜脸对视,然后分头行动。

万清要烦死这对买家了,先是男方家人来看,接着女方家人来看，然后亲戚朋友来看，前后看了不下五回。每回她要面露不悦时，中介就小心翼翼赔不是，说这样的买家最有意向。这样的的确是最有意向，但也最容易黄。这个亲戚两句，那个朋友两句，说黄就黄。

待看房的人离开，万清忙了些琐事，洗洗袜子，揉揉内裤。她焦虑的时候最喜欢干这些小事，什么都不去想，专心洗干净就好。忙完闲来无事，万清下楼去超市买洗衣液，路上收到张澍微信：烦死了，你说她没事老跟我哭穷有意思吗？我又不朝他们家借钱。

万清问：饭菜怎么样？

张澍回：她手艺确实比我妈高明那么一丢丢，但还是我妈煮得最好。紧接着发消息问万清：你吃了吗？

万清回：吃了。

她在超市干转一圈，再一次忘了要买什么。但她也习惯了，不着急，索性挑了兜苹果出来。她到家洗了个苹果，坐在餐桌前一点点啃，啃完去洗漱。刷牙时她盯着镜中人看，先看看五官，再看看眉眼，各个角度细看半天。

万清洗漱好，躺床上玩手机，张澍在群里跟周景明闲聊提到今天买家具时碰见兆琳了，又问了他们分手的事。两人来来回回聊了几十条，周景明始终没谈他为什么分手。

万清谁也不服，就服周景明。你抛给他一个问题，他只要不愿意说，就会把问题神不知鬼不觉地解决掉。他不解决抛出的问题，他解决问题本身。

她开始发呆，又想了别的，灵魂逐渐抽离躯壳，在各个房间游荡。好无聊啊,太无聊了,灵魂游荡一圈后坐在床头望着她的躯壳说:"好无聊。"

躯壳附和:"是啊,好无聊。"

灵魂恨铁不成钢:"你都三十来岁了啊。"

躯壳能量殆尽道:"是啊,我都三十来岁了。"

灵魂拷问道:"这样干巴巴的人生还要多久啊?"

躯壳很挫败:"也许三十年?也许五十年?"

灵魂这回没崩溃,只是失望地、悲悯地望着她说:"这些年,你一年过得比一年好,也一年比一年糟糕。"

一大早张澍就来母亲家蹭饭,张孝和打了五谷豆浆,拌了两道小菜。母女俩如往常般沉默地吃,张澍嫌太安静了,喝着豆浆看向她妈,提议道:"妈,说说话吧。"

"说什么?"张孝和把剥好的水煮蛋给她。

张澍看她妈一副淡然自如的神情,把到嘴边的话咽了下去。算了。说了她也不懂。

"有话就说。"张孝和看她。

张澍想想,莫名其妙地问:"我是不是到你这个年纪就好了?到你这个年纪就能看透所有的风景,就能不被红尘俗世打扰,就能真正洗尽铅华?"

"我没有洗尽铅华,也没觉得自己的日子有多惠风和畅。"张孝和烦恼地说,"你小舅家的那堆破事,我已经托关系跑了半年了。我跟你胡叔叔的关系也并非一帆风顺。"

啊!听到小舅,张澍开始脑仁儿疼。昨天小舅的儿子找自己借钱,张口就是五万。她撺掇她妈:"干脆跟小舅家断绝关系吧。"

"能断我早就断了。"张孝和一大早不愿提糟心事,转移了话题,"你要是自己住烦了就过来住几天。"

"算了。"张澍摇头。

"多看书、多学习、多充实自己,日子就会好很多。"张孝和老生常谈,"不学着改变,不丰富自己,日子当然要难挨啊。"

张澍看着盘里的菜,没了胃口,放下筷子说:"我去上班了。"

张孝和说她:"是你让我说话的,说了你又烦……"

"我都不想说了,是你非一个劲儿地说。"张澍觉得糟透了,"你现在变得好啰唆啊,我都不敢轻易抱怨两句,说什么都是我自身的问题。算了算了,以后我只跟你报喜,只说那些让你开心快乐的事。"说着换好鞋子下楼了。到了车上,张澍先从包里拿出棉签棒,沾沾眼角略微花掉的妆,补补口红,发动车上班。到单位打卡后,她收到母亲的一条长长的微信。

如果一周里哪天情绪最差,毋庸置疑是周一。

万清早上六点半自然醒,洗脸刷牙拉伸,照惯例出来晨跑。今天状态很好,跑了七八公里也没觉得累,边跑边规划着,趁家具都还没到,是把自己卧室的墙给刷个颜色好,还是贴壁纸好?接着又想到了大美人兆琳,人家帮自己省了这么些钱,怎么说也该请人家吃顿饭。想着想着差点迎面撞上小春的母亲,她本能地绕个弯就跑了。

这弯一下子就绕到了周景明家附近,她就没劲儿跑了,自然

第二章 旧雨重逢

也没心情想墙纸颜色,脑袋里空空的,准备慢慢走回家。这时她又碰见周景明母亲买菜回来,周母热络地要她去家里吃早饭。

万清是不经让的人,没推辞的理由自然就跟着去了。当她看见停在他家门口闪闪发亮的车时就后悔了,她只想吃早饭,不想看见周景明。看见他,自己总控制不住想拔剑而起。

院里的周景明显然刚运动过冲完澡,上身大背心,下身阿罗裤①,她还有条同款的。周景明看见她转身回到卧室,半天才衣冠楚楚地出来。周母给他们盛饭,催他们吃了去上班,说着端了碗吃剩下的荤腥物,给邻居家的猫送去了。

周景明和万清离得老远,两人各坐餐桌一端,互不相扰。万清面前摆着可口的饭菜,可她却没有心情,她老毛病犯了,肚子隐隐作痛。她一紧张就肚子痛。她没动筷子,安静地坐在椅子上等这股痛过去。

周景明吃好了,没忍住问道:"不合你胃口?"

万清摆摆手,没有多说。

从周景明家出来,万清约了车去乡下看望父母,她想他们了。市区离乡下不算太远,十几公里。

父母在乡下乐不思蜀,竟然筹划着要承包土地,种植大棚蔬菜或草莓。舅舅接茬儿:"先把板蓝根种好吧!先把板蓝根种好吧!"

中午舅舅舅妈去了村里吃喜酒,刚念大学放暑假回来的表妹

---

① 阿罗裤:比平角内裤长点的棉质短裤。

跑出去玩了。万清母亲坐在那儿择韭菜，不时望两眼给菜园浇水的女儿，心里直嘀咕，无缘无故打个车来干吗？她也不敢问。这些年万清的性情越来越古怪了，春节回来见了亲戚也没个话，家里满地都是她掉的头发。你刚关心她两句个人的事，她就烦到不行。

前年春节母女俩生气，起因是她问了万清几句工作怎么样，感情顺不顺。万清当下就拉下了脸，呛了她两句，把她气得够呛。万清母亲说："父母育你成人，供你念书，还没资格过问一下你的生活？"她像个讨债鬼直接出门，半天拎了一沓钱回来，甩桌子上说报恩了什么的，她爸气得差点抽她。

万清母亲心事重重地在这儿择菜，万清父亲那个"讨人嫌"的搬个马扎坐过来，他看看给菜园浇水的女儿，发愁地问："她现在谈对象了吗？"

"你去问问。"万清母亲没好气。

"我不去。"万清父亲捏了把韭菜，一根根择。

"你看你择的是个啥？"万清母亲有些烦，说完一把夺过他手里韭菜，"你一边儿凉快去吧。"

"冲我发火算什么本事，有本事你冲她。"

"你是她老子，冲你就够了。"

"你别以为这是你娘家我就不敢发脾气！"万清爸爸人在屋檐下，已经忍气吞声很久了。

万清母亲抬脚踹翻一个马扎，万清听见动静回头："爸你干吗呀！"

"你爸喝了两口马尿，朝我使能耐呢。"万清母亲先发制人。

第二章 旧雨重逢

万清过来，看她爸问："你又发什么脾气？"

"你爸想问你事，他不敢，非要我问，我不问他就摔马扎。"万清母亲言简意赅。

"啥事啊？"万清问。

"他问你谈对象了没。"

"谈了就跟你们说了。"万清看着他们，"多大点事儿。"

"听见了吧。闺女说没谈，谈了就跟你说了。"万清母亲撵万清父亲，"你忙去吧，别杵在这儿了。"

"就是啊，爸。你这脾气也该息息了。"万清最看不惯了，"以前在家摔，如今在舅舅家你也……"

万清父亲忙离开："你们厉害，你们厉害！"

万清继续折回菜园子浇水。她扯了一条长长的细水管，手指按压着水管头朝黄瓜秧和番茄秧上浇。她爸早就阻止她浇水了，说："哪有大晌午给菜浇水的？"她不听。她爸这会儿正在屋檐下喝茶，看见了又冲她嚷嚷："哪有这么浇水的？再浇就死秧了！"接着就过去关总阀门，把她手里的水管一圈圈给盘起来，还问她是不是读书读成呆子了，基本的生活常识都不懂。

万清就站在那儿，听着听着就开始抽泣。她爸看见她站在那儿哭，心里慌了，自己好像也没说什么重话。万清父亲过去问怎么了，万清的眼泪跟水龙头没关似的，哗哗往下流。她妈也忙过来问她怎么了，要把她往屋里拉，大太阳下晒死了。

万清哪儿也不去，就蹲在那儿大哭，茫然无措，哭得很伤心。万清父亲很焦急，心疼地给她撑把伞，说遇上困难了就说出来，家人会帮着解决的。可万清说不出来，她喘不过气，她感觉自己要灰飞烟灭了，她只会依循着本能，像一个不谙世事的孩童般用哭泣来表达。

因为她别无他法。

13

万清哭得眼睛都肿了。母亲也肿着双眼,用毛巾裹了罐冰啤酒帮她敷着。父亲则沉默地坐在椅子上,一副想与她长谈,可又不知从何说起的样子。

舅舅舅妈吃完酒席回来自然也知情了,万清崩溃的那一幕被表妹撞见了,她悄悄告诉了父母。舅舅不懂怎么安慰人,只笑她这么大人了,怎么像个小孩儿似的。舅妈也说,她从小就品学兼优,心理素质那么好,还说西藏高考那两年都熬过来了,苦尽甘来,眼见生活越来越好,怎么反倒心里不畅快了呢?

表妹用力地抱抱她,轻声安慰道,自己都不知道有多崇拜她呢!外企工作、上海落户买房……这一切都多么地令人羡慕。万清表妹只念了一所三流大学,将来毕业了能不能找到工作都是问题。她说,如果未来自己能去一家外企,能在上海落户买房,她能幸福死!她愿意每天在床上三跪九叩,对伟大的造物主感激涕零,她甚至愿意用十年的寿命交换这一切。

她更羡慕万清是家中的独生女,姑姑姑父一直竭尽全力给予她最纯粹的爱和最好的教育。不像自己,天天跟念高中的弟弟钩心斗角,还要时时提防父母偏心。

舅妈听不下去了,笑骂她是没良心的小妮子,家里啥都是双份，生怕落了埋怨。

　　万清头昏脑涨，眼睛也痛得睁不开，也顾不上今天有多么失态和丢人，头枕着沙发扶手睡得昏昏沉沉。她隐隐约约听见舅舅说，他们年轻的时候有多苦，日子有多么难挨，姊妹们又多，如今也全都熬过来了。他总感觉现在的年轻人太娇气，尤其家里是独一个的，不舍得打，没吃过苦，经不起挫折，才一个个无病呻吟。

　　万清母亲听见"无病呻吟"，当下垮了脸呛了他两句！舅妈忙打圆场："你弟弟说话就是不讲究。"万清母亲又开始落泪，也再次提及当年西藏的车祸，再次强调女儿有多么坚强。想到刚刚女儿蹲在那儿大哭，捶着胸口喊痛，她情绪逐渐崩溃，开始压着声怒斥丈夫："当年就不该听你的去西藏！"

　　眼见局面失控，舅妈忙把万清母亲拉了出去。舅舅则递给万清父亲一支烟，两人去田里看看板蓝根。表妹见大人们都出去了，拿着一把蒲扇替睡着的表姐驱蚊子。她望着表姐不安的睡颜有些不懂——住在城堡里的公主怎么能哭、能喊痛呢？我多么想跟你交换人生啊。

　　万清在乡下多住了两天，晨起田间跑跑步，傍晚和父母散步去田里看板蓝根。她根本就不关心板蓝根，只沉浸在自己的思绪里，偶尔抽离出来，能听见父母闲话家常：父亲不是大谈小农经济，就是看不惯舅舅爱赌点小钱，或是嫌舅妈炒菜太咸；母亲则说舅舅看不惯父亲的领导做派——对啥都爱发表意见，指手画脚，整天说话文绉绉的。

　　万清痛哭一场后心里畅快了不少，父母没过多追问她为什么

第二章　旧雨重逢

哭，因为她也说不出。倒是母亲先同她聊，要她以后多顺着自己的心意生活，家人不再干涉她的私生活；父亲也同她促膝长谈，他说早年自己不得志，怨天尤人，迫切地渴望她能有一番成就和作为，也委婉地反省了长期以来对她的教育，还说外面要太苦了就休息一段时间，家人永远都是她的后盾。

三天后，万清收拾好了准备约车回市里，父亲不让她约，让她把自己那辆老丰田开回去。万清问他："你不开？"

舅舅接道："你爸有事开我的就行。"

万清提前发动了车，空调过了半天才凉，车内的噪声还很大。她摇下车窗问："你不是早嚷着要换车？"

"晚两年吧，等出了新款再换。"万清父亲说。

"你爸是先攒着钱打算给你在上海买房呢。"舅舅打趣。

"哪儿啊。"父亲不依了，"晚两年那车一出新款我就买。"

万清母亲嫌他们啰唆，催万清："快回去吧。晚上在家反锁门。"

万清看着他们，轻声说："那我回去了。"

"回去吧，路上开慢点。"

到家后，万清先睡了一觉，然后发了几张壁纸到群里，让张澍帮自己选。没多久张澍发微信问：你从舅舅家回来了？

万清：刚回来。给你带了无公害蔬菜。

张澍：无公害？无公害标准不是很高，要经过相关部门认证才能使用无公害的标志吗？舅舅家菜园的质量这么高了？

万清撤回上一条，重新发：是有机蔬菜。

张澍继续说：有机蔬菜也一样啊，要经过有机食品认证机构认证。

万清继续撤回，再发：农家菜！你就说你要不要吧？

张澍赶紧发：要！你直接说农家菜不就行了。紧接着又问：明天周五，晚上咱俩去阿杜那儿吃小龙虾吧？

万清回：好。

将近半个小时后，群里的周景明才说话：回头位置发我，明天下班我直接过去。

张澍回：我们去那地儿脏乱差，是苍蝇小馆。

周景明回：我也常去苍蝇小馆。

万清看见群里的信息，私聊张澍：你问周景明要不要农家菜，我妈让我给他装了一箱回来。

张澍秒回：多奇怪呀！咱仨都在群里还要我传话？张澍疑惑：你们俩又怎么了？跟小学生似的。

万清在群里@周景明：你要不要我舅舅家的农家菜？

周景明：你给我带了我就要。

张澍细品他们俩的对话，真是让人难受。

傍晚，张澍下班过来拿蔬菜，万清也跟着张澍去了她母亲家，蹭了一顿晚饭。饭后，万清又绕去周景明家，把那一箱蔬菜给他。他正在院子里抽烟，旁边趴着邻居家脏兮兮的小猫。万清把蔬菜放屋里，叮嘱他回头分门别类地放冰箱。交代完准备回时，周景明问她："我的积木是不是有两块掉你家了？"

这话把万清问蒙了，前几天她和张澍在他家拌嘴时确实顺回来两块。她含糊其词："好像是。"

周景明点头，没再说了。

第二章　旧雨重逢

万清站了一会儿，说："我找到了就还你，我先回去了。"

周景明回屋把泡沫箱拆开，把蔬菜分门别类地放进了冰箱。

从中学时他就意识到，一直以来他和万清的关系，都有一股只可意会不可言传的暗中较量。他们可以共患难，可以惺惺相惜，可一旦有一方步伐太快，另一方无形中就会焦虑。

如同当年每每年级排名出来，他们俩必然在第一时间先找对方的名字，没差距就撇撇嘴，谁也不服谁，差距大就默不作声；就如同他再次高考无缘北京，只有他懂万清为什么会抱住他哭泣，而自己也会在她面前哭泣；也如同他隐隐明白，万清为什么会选择"哲学才子"。这是一种很微妙的心思，没人想，也没人愿意挑明。一旦挑明，他们的关系就会陷入真正的僵局。他承认，当年他的突然绝交就是蓄谋已久的报复，他想在万清的心头扎一根刺，不足以致命，但足够让她耿耿于怀。

至于如今他是怎么慢慢释怀的，也没有一件具体的事可以说明。也许是他这些年阅历渐深，行事渐稳，也许是他常去探望江明珠，目睹了她和奶奶因为她父亲而怎么举步维艰地生活的。

从记事起他就跟着女孩玩，有强烈的性别意识后产生的羞耻感让他反叛，让他想逃离，让他想跟她们划界限。别人的人生转折大多是在十字路口，烦恼着该选哪条路，他没有，他的人生是一个大转盘，圆的，转啊转啊，等他晕头转向、体力不支时，他接受了，接受了小时候算命的说他：一辈子在胭脂堆里打转。

以前他们几个扎堆查星座，看运势，他就可感兴趣了，买乱七八糟的各种牌回来，往床上一摆，六个人盘腿围成圈开始细细研究。如果玩得太投入有谁"哎哟"一声,那就是被挤下床了。但不管谁被挤下床,他都要挨骂。

步入社会后,他先是被江明珠拽回来,每年去看她两回,不时通个电话了解下近况。江明珠很克制,极少跟他讨论从前,聊也是生存问题。无论她生活多拮据,他都没说过借钱给她,除非她开口说需要帮助。他设想过,如果自己陷入江明珠一样的处境,他最不愿意借的就是她们几个人的钱。芃芃四岁生病时奶奶找他借过钱,悄悄借了五千块,两个月后是江明珠还的,只说了句"谢了"。

跟兆琳交往时,他去杭州找她,两人去南屏山净慈寺听傍晚的钟声。听着听着,兆琳就哭泣不止,推着要他赶紧离开。他出来等了两个小时,兆琳躲起来哭了两个小时。回去的路上兆琳说,她没有办法忘记前男友。她特意带周景明来听晚钟就是为了跟过去告别,可是没办法,单他们牵着手上来,她就有沉重的负罪感,那一声声晚钟令她心都碎了。杭州是她前男友的城市,以前他们念书时每个月都要来净慈寺。

不知道,他也说不出具体被什么影响着,等察觉到的时候,身上的自恃甚高、傲气,以及对人生的宏大追求都发生了颠覆性的改变。

没有什么是亘古不变的,也没有什么是势在必得的。他意识到了人的无力和渺小,也为自己的微不足道而叹息。

14

　　万清和张澍先到了小龙虾店，不一会儿，周景明也来了。他坐下后问她们点菜了没有。

　　张澍说点了，随后看看身穿蓝色Polo衫的周景明说："你穿Polo衫好稳重啊，像我们单位里喝茶混日子的领导。"

　　万清多看了他两眼，随口说："他适合穿Polo衫。更显风度。"

　　"那倒是。"张澍认真地打量周景明，给他倒了杯茶，"你是不是变白了？前一阵子你就没这么白。"

　　"前一阵我刚从三亚回来。"周景明说，"和朋友去冲浪了。"

　　"怪不得呢。"张澍同他闲聊，"冲浪好玩吗？"

　　"很解压。"周景明说。

　　"你压力很大吗？"张澍问，"感觉你的状态也不算紧绷。"

　　那两人闲聊，万清听着也没接话。并非特意不接，只是觉得听他们聊天也挺有意思。

　　小龙虾上了桌，三个人戴着一次性手套剥。张澍和万清闲聊，聊自己啰唆的母亲。周景明没怎么参与，一只只地在那儿剥龙虾。

　　"我妈以前很能理解我，但她这两年整个人很没耐心，我怀疑她是不是处于更年期？"张澍问她，"你妈进入更年期了吗？"

　　"早几年就进了，她都绝经了。我妈那些年情绪也不稳定，我都怀疑她抑郁了,带她去看医生她也不去。"万清说,"这个阶段你就多包容吧。"

"你妈绝经好早呀,据说绝经早的人衰老得快。"张澍说。

"四十几岁绝经很正常吧?"万清缓缓地说,"我妈的更年期好像持续了六七年。"

"我妈也得有两三年了?反正她状态不好,阳台上的那些花都被她养死了。"张澍想想说,"咱俩也是秋后的蚂蚱,蹦跶不了几年了。"接着看见门前扫大街的老环卫工,她吟唱道:"寄言全盛红颜子,应怜半死白头翁。此翁白头真可怜,伊昔红颜美少年……"①

万清没胃口了,说道:"这几回跟你吃饭都很心塞。"

张澍胃口大开:"及时享乐,及时享乐。"说完捏了只龙虾吮汁。吮了半天,她问专注剥虾的周景明:"为什么你给万清剥的虾多,给我剥的虾少?"

万清说张澍:"你吃得比我快!"

张澍瞪着眼:"哪有,咱俩频率一样。"

万清看她:"就算我多吃俩咋了?"说完摘手套去卫生间,远处依稀还能听见张澍委屈的声音:"你多吃我不就吃亏了,我买单啊,你个蹭食的怎么能比我吃得多?"

"那我买单。"周景明说。

"这不是谁买单的问题,这是你分配不均的问题。"

半天,万清从卫生间回来,张澍远远地看见她脚上的帆布

---

① 选自唐代诗人刘希夷的《代悲白头翁》。

鞋，狐疑地问："你今天为什么穿帆布鞋？你以前都穿人字拖，今天为什么穿帆布鞋？"

万清低头看了一眼帆布鞋，说："因为我把它洗干净了！我从上海回来就带了这一双鞋，我前几天洗了。"

张澍觉得古怪，一时又说不出哪儿古怪，又看了眼穿Polo衫的周景明，心里隐隐有股危机感，但她不等这股危机感蔓延就赶忙给压下了，捏了只小龙虾用力吮汁。

之后气氛变得微妙，各自忙于吃虾，不多话。

三个人饭后出来，万清看向张澍："我们去喝果茶？"

张澍摇头道："我来例假了。"

万清点头，半晌又问："我今晚去你家睡吧？"

张澍继续摇头："我妈今晚让我去陪她。"

周景明听完她们的对话，指了下车位："我先回了。"说完径直去了车位。

张澍先去了母亲家，家里一团漆黑，她给母亲打电话，母亲说她去胡叔叔家了。张澍很生气："你去他家怎么不提前说呢？"

张孝和电话里说："我去哪儿还得跟你报备吗？"

张澍说："不是你要我过来住两天的吗？"

张孝和也有点生气："你也没说今晚要来呀！"

张澍胡搅蛮缠："我现在就在家里，你说怎么办吧！"

张孝和沉默了半天，妥协道："我现在回去。"

"你不用回来了，就跟为了我多委屈似的。"张澍难过地说，"我回自己家了。"

回了自己空荡荡的家，张澍洗漱后坐沙发上追剧，追了会儿没意思找了本书看,看了会儿觉得无聊开始刷手机。刷着刷着,她把手机扔一边,又捡起书强迫自己看。看书吧,看书比刷手机有益。早些年她还能保持阅读的习惯,每天睡前翻一会儿。这两年静不下心了,每天都身心俱疲,什么都没干就很疲惫,有时候宁可发呆也懒得看书。

万清到家后看见桌上那两块积木,想了想,下楼骑上电瓶车给周景明送去。她去了周景明的书房,周景明拿遥控器准备开空调,她阻止道:"开风扇吧,我不喜欢吹空调。"

周景明搬了个落地扇来,插上电源就出去了。那台落地扇是从他妈房间搬的,前一段时间他把扇叶拆下来洗了洗,让他妈妈晚上睡觉时吹。他妈妈不吹,落地扇全用来塞购物袋了。落地扇的前后网罩里塞满了叠成方形的购物袋。买菜回来的购物袋,超市的购物袋,她都随手叠好一塞,家里要换垃圾袋时她再随手一抽。

他把购物袋收拾好,端了盆上午煮好的鹌鹑蛋,独自坐在餐桌前剥。万清没耐心拼积木,眼花缭乱的。她去客厅见周景明在那儿剥鹌鹑蛋,说:"我回去了。"

周景明骑着单车送她。到了万清家门口,周景明也没下车,单脚支地催她:"上去吧。"

她到家洗漱好躺在床上,准备继续翻几页《积极心理学》,这时,手机响了,张澍私聊她:明天陪你去省里逛宜家?新房不是要添零零碎碎的东西?

万清:不行啊,约了师傅明天下午送床垫。

张澍又问:明天中午咱俩去吃螺蛳粉?

第二章　旧雨重逢

这时周景明在群里@她们：明天中午去吃刺身？

张澍私聊万清：刺身寄生虫多，吃到嘴里黏黏糊糊的很恶心。

过了好久，张澍又私聊她：我妈说明天中午给咱俩煲鸭汤。

烧烤店没请烧烤大师傅，所有烧烤都江明珠自己一个人来。而且她手脚麻利，一个人能同时烤两个炉，一个专门烤羊肉串，一个烤鱼、烤鸡翅、烤素菜，等等。她家的羊肉串最有名，先不说味道多绝，而是肥瘦拿捏得恰到好处。肉太瘦烤出来干，肉太肥又腻，这就十分考验穿串人的水平。店里请了阿姨专门穿串，奶奶不放心，照样搬个凳子坐那儿一面自己穿，一面监督她们穿，奶奶怕她们不用心，肥瘦穿不均匀。

奶奶可能干了，小八十岁的人了，只要进入夏天的旺季，她也能去后厨搭把手烤串。江明珠一般不让她干，怕把她热坏。

她家生意好，除了味道好，最重要的就是实惠，甚至实惠比味道好更重要。这两年钱难赚，前两年她家的烤素菜很火爆，江明珠花了很大心思在素菜上，研究些爆浆茄子、虎头椒啥的，因为素菜最赚钱，吃素菜的年轻人多。现在不行了，现在年轻人围着菜柜转了一圈又一圈，只拿两串土豆片，捏两串娃娃菜，一点儿不夸张。

还有江芄芄同学，放暑假也到烧烤店打工了。她主要负责给食客拿酒水，顺便留意有没有跑单。有些食客嘴上喊着：扫了扫了。半天收款账号没音儿，江同学就跟个小马达似的追上前，核实对方的付款记录。就算她弄错了也没关系，小孩嘛，食客不但不计较，还会夸上两句。

从傍晚六点一直烤到晚上十一点，江明珠才得以歇息。这个点食客不多了，一些小单也能交给后厨小工烤。那小工才十九岁，也不知道奶奶从哪儿认识的，就让他待在后厨慢慢学点本事，将来悟性高了也算有个出路。

江明珠拿了罐冰啤酒出来喝，太痛快了，接连烤了五六个小时，小臂都僵了。她大概有自虐倾向，前一段时间没有营业，她待在家里歇得难受。她愿意待在后厨烤，多热多累她都愿意，她越累，歇息的时候快感就越强烈。

她一天最喜欢的时刻就是晚上十一点左右——她会从后厨出来，拿上一罐冰啤酒，吹着凉风惬意地喝。她总是接连喝三罐，一罐十五分钟，三罐四十五分钟。这四十五分钟给她带来平静，承载了她巨大的满足。

换个极端点的说法——她不喝这三罐会死，她会没有能量。

以前奶奶总说她，喝冰啤酒不好。后来奶奶不说了，只要见她从后厨出来就不打扰她，她想干啥就干啥，有单子来就自己烤。但如今奶奶年龄大了，超过九点就要回去睡了，不然后面要头疼好些天。好在现在有小工了，将就着也能烤两单。

普通女孩的生活已经离江明珠远去了，她失去了很多普通女孩该有的乐趣，如逛街购物、追剧、美食、八卦……她对什么都不关心，也没兴趣。

她每天中午十一点起床，忙忙家务琐事，下午四点去烧烤店开门，那些送肉食、蔬菜、啤酒的人依次送货上门。她一一签单，然后拎了肉去后厨切块。如果肉不新鲜或太肥，就打电话换货，"别说废话，赶紧给我换新鲜的。"等她把肉切好，穿串的阿姨也来了。烤前食材准备就绪基本就到六点了,烧烤店开始上客了。这之后她就一直待在后厨烤,前台有奶奶和阿姨。凌晨两点开始收市,拉拉杂杂收完到家就三点了,然后用半个小时洗漱,四点前能入睡,一觉睡到中午十一点。

江明珠的生活这些年来循规蹈矩、一成不变,无限循环。在别人看来也许乏味至极,但她觉得很踏实、很满足、很有目标。奶奶身体康健,女儿聪明快乐,她觉得这很公平,她的付出全都得到了正向回馈。而且她不时也给父亲转账,尽管奶奶嘴上说别管他,让他自生自灭吧。

父亲出狱后就来了一回,五十多岁的人头发花白,奶奶想让他留下来做点什么但又不好说,江明珠出面说了这话,父亲应着"好啊好啊",但两天后的早上就悄声离开了,隔了小半年才联系上。父亲说他在寿光的老战友那儿,随后陆续发了几回蔬菜来,也不是什么稀罕的菜,但奶奶每回看见就很安心,吃得也很珍惜。

她喝着啤酒,想跟周景明通个电话,问芃芃学校的事联系得怎么样了,想想太晚还是作罢。她这边烧烤店的房租十月到期,她不打算续了,她想在芃芃九月开学前回老家。前一段时间她让周景明帮忙找学校和门面,等回去了继续干老本行。

这一行还不错,大财发不了,小钱绰绰有余,而且这些年江明珠攒了不少。她没什么个人开销,一来她物质上没追求,她的车还是三四年前买的面包车,当时考虑每天买菜方便;二来奶奶让她夹着尾巴做人,毕竟她们是外地人,尽量低调,不要招惹同行。

凌晨收市到家,她麻利儿洗个澡,擦擦头发,站在阳台上晾干。奶奶和芃芃早睡了，吹风机会吵到她们，而且她的头发短，犯不着用吹风机。她的发质非常软，留长后就很烦，动不动就打结。自从生下芃芃后，她就一直是寸头，还是自己照着镜子剪的。她头发软，头发也乖乖地趴在头皮上，加之她穿衣风格偏中性，倒显出一股另类的美。

其实她还有不少追求者呢，但她对男人没兴趣，总是冷眼相待。可就是邪门，她越是恶心他们，他们就越觉得这才是个性！去年她有张照片还上了热搜，那晚她从后厨出来喝酒，刚点上烟抽了一口，发现有人对她拍照，她夹着烟斜了对方一眼。这一眼让她上了热搜。

15

　　隔天中午万清去了张澍家，吃过午饭顺便等人送床垫。她家新房离张澍的小区不远。

　　张孝和烧了三菜一汤，足够她们三个人吃了。万清也爱来蹭饭，来张澍家蹭饭没负担，张孝和不会特意烧几盘几碟，所有的菜都很家常随和——几道精致的小炒就够了。

　　张澍还开了红酒，她们边吃边闲聊。聊什么呢？聊张澍的情感，她前夫一个月没来了，之前他差不多十天来一回。张澍心里五味杂陈，一面失落，一面又觉得解脱，嘴上说还是一个人好，乐得自在，将来跟妈妈做伴云云。

　　张孝和筷子夹了一口菜，温柔地说："我才不要跟你做伴。"

　　张澍噘嘴："那你想跟谁做伴啊？"

　　张孝和说："一个人啊，我一个人乐得自在。"

　　张澍嘴叭叭说个不停："我就要跟你做伴，我就要跟你做伴……"

　　万清惬意地吃菜喝酒，不多接话。

　　饭后，张澍先把卧室的空调提前打开，外面至少三十七八摄氏度。张孝和擦着餐桌说："看我们多幸福啊，在空调房里待着就挺好。"

万清正在厨房洗水果,听到这句话忽然觉得很平和,附和道:"是啊,周末这么热的天我们还能在家休息。"

"可不是,多少工作都没有双休日呢。"张孝和柔柔地说,"我们有房有车,又有体面工作,多好啊。"

张澍洗着碗和万清说:"你一来我妈就特温柔。"

万清吃着一颗杏子去了阳台,暴晒了十秒钟回来,朝张澍喊:"你能坚持晒一分钟,我给你一百块钱。"

张澍为了治她,擦擦手出来站在阳台上,一分钟后回来:"给钱。"

万清当然不给,挑着果盘里的漂亮水果吃。

张澍追着她要,两个人打打闹闹地回了卧室午休。张孝和洗了内衣拿去阳台上晾,伸手摸摸护栏,哟!可不是,滚烫滚烫的。

万清趴在床上,问张澍:"你妈会再婚吗?"

张澍啃着桃子说:"不会。我妈嫌麻烦。"

万清也不多问,只说:"你妈这样也好,清净自在。"

张澍没作声,一个人过得好不好,只有自己最清楚。她起身去卫生间洗手,回来躺下时万清已经合眼了。她看着万清的脸,手指肚儿抚摸着万清眼角周围,小声说她有晒斑了。

万清嘟嚷着说:"我脸蛋上没有,只有眼角这一块斑多。"

许是喝了酒的缘故,张澍情绪高涨,觉得万清是这个世界上最可爱的人。她轻轻抱住她说:"你长斑了也最漂亮。"

万清推开她:"好热啊。"

张澍就拍着她的背说:"睡吧。"

万清确实乏了,打了个哈欠:"楼层高就是好,听不见蝉叫。"

张澍还是没忍住,试探道:"你喜欢周小明啊?"

"没有啊。"万清本能地说。

"你喜欢他就承认,我作为好朋友也不会说什么呀。"张澍躺平了望着天花板。

万清没作声。这种感觉很复杂,她也不知道。

张澍侧脸追问万清:"他哪儿吸引你了?"

"我没说他吸引我啊。"

张澍奇怪:"认识快三十年了,你们怎么突然就来电了?"

"不是啊,他以前就喜欢我。"

张澍"喊"了一声,更愤怒了:"他千帆过尽,兜兜转转,发现还是你最好?"

万清觉得张澍莫名其妙,翻了身不想听她说。

"我就是觉得他不适合你。你们俩不合适,都太自尊自傲了。"

万清忍住不理她。

"你不觉得很奇怪很硌硬吗?我们从小一块儿都那么熟了……"张澍叨叨个没完没了。

"你是不是暗恋他呀?"万清烦了。

"我暗恋他?"张澍要脑缺氧了,"呸!我脑袋又没毛病!"

"你可真有意思!"万清说,"人家还配不上你吗?"

张澍头晕晕的,不想跟万清多说:"你喜欢他就承认,说那么多干什么?"

"我没说我喜欢他。"万清强调。

"那你为什么刚才处处维护他?"张澍生气了,"平时还表现得多看不惯他似的。"

"你莫名其妙!"

"你本来就跟他更好!"张澍脱口而出,"当年考研你为什么只告诉他?"

"神经病!"万清起床要回家。

张澍扯过一个枕头抱在怀里,也不理她。

等万清离开,听到动静的张孝和过来问:"你们嚷什么呢?"

张澍红着眼圈什么也没说。

万清懒得等电梯,顺着楼梯一阶阶下。她觉得张澍简直有毛病,自己爱喜欢谁就喜欢谁,要她管那么多!万清大汗淋漓地下来,又自虐地顶着烈日走回自家的新房,路上经过一棵有蝉鸣的小树,她嫌聒噪,站那儿抱着小树摇啊摇,把好好的蝉给赶走了。

张澍同样也不好受,光着脚出来猛灌了一大杯凉白开。张孝和见也问不出什么,就坐下来吃水果,随口道:"以后少喝点酒。"

张澍看向淡然的母亲,看着看着就有了怨气:"我觉得我的人生糟透了,一直在失去,一直在失去,失去我爸,失去我们家,失去我的爱情,失去我的婚姻,失去我的生育能力……"说到这儿她顿了顿,努力平缓了情绪继续说:"我以后也不会变得更好了,只会越来越糟。妈你现在还有我陪着,我呢,我不知道啊。等将来我连你也失去了,我就彻底变成一个人了。"

说完张澍就拎包下了楼。外面很热,她也懒得开车,撑着把伞去了万清家的新房。她知道万清一定在那里。路上她先绕去了一家冷饮店,买了万清爱喝的冷饮。她想,万清看见也许会开心点吧。她拎着冷饮去的路上又想着该如何解释自己的失态。

三四点师傅来送床垫,折腾了大半天。新家只有床和衣柜,沙发、茶几、餐桌因为都是总代理商发货,需要晚两天。本来卧室想贴壁纸,这个一句容易发霉发黄,那个一句受潮容易脱落,万清也懒得折腾了。她静静地躺在卧室的床垫上,努力想一些自己都想不明白的事。没过一会儿门铃响了,她过去开门,是张澍拎了冷饮上来。

张澍把冷饮递给她后在屋里转了一圈,随后干巴巴地说:"……中午喝多了。"说完强忍泪意,在家都没哭,这会儿更不能哭。

万清伸手抱住了她,什么也没说。

晚上,张澍去了母亲家住,母女俩饭后下楼散步,回来依偎在沙发上看电视剧。看什么电视剧不重要,重要的是张澍很喜欢这一刻的平和。

她小时候羡慕万清家,倒不是说她们家有多温馨和谐。没有,万清家也是矛盾重重。但她总能在傍晚看见他们一家人出来散步。有时候只有万清父母,有时候是他们一家三口。不知道为什么,这个画面她记忆犹新。哪怕她目睹过万清父母吵架摔东西,她也没觉得有多可怕。

自己家……该怎么说呢?好像只有她刚念小学的时候,父母会拌嘴争对错,那时的家里还有些生机。后来他们不拌嘴了,再后来也不交流了。直到她高考结束,父母心平气和地告诉她,他们要分开了。她当时是什么反应?她很平静地接受了,还说他们没必要等自己高考完，早几年自己也是能接受的。她记得在自己说完这些话后，父母第一次失态地哭，而她则像一个大人，安慰他们说没有关系。

大三的那一年寒假，她曾和万清在被窝里聊各自的婚恋观。以前她们从不聊这些，至少不会聊那么深入。那晚她们聊了很多很多，她们的某些观点大相径庭，但都一致对爱情持悲观态度。她们都不相信地久天长的爱情。为什么？看看身边的大人就知道了。哪一家不是过着过着就变得乏味不堪和麻木不仁？

话是这么说，可当她们相继遇见爱情时，还是义无反顾地陷了进去。她们都觉得自己的爱情是全世界最特别、最与众不同的，开始渴望和憧憬地久天长。当她被求婚时，她幸福得要昏倒了，她第一时间告诉万清自己要结婚了。当时万清的回复是：恭喜你进入爱情的坟墓。

后来……后来就离婚了。当她确诊不孕后，冷静地望着丈夫情绪低落地把这件事第一时间告诉公婆，那一刻她就清楚，她的爱情彻底消失了，她的婚姻到头了。公婆的家庭观念很传统，绝不会接受领养小孩。除非是他们自己儿子不育。可是尽管如此，尽管上一段感情不尽如人意，但她内心还是有些渴望，渴望被人爱，渴望被人珍视。

张澍的心里乱七八糟的，她也不知道为什么……她也曾认真想过，如果两个人过日子久了，爱情转化为亲情或别的情感，她也是能接受的。

她甚至在某一刻隐隐怪过母亲，在前夫一次又一次来留宿挽回她的时候，母亲过于强势地干涉自己的生活。如果不是母亲，

第二章 旧雨重逢

她可能不管那么多,早就复婚了。但更多的时候,她对母亲感激不尽,在她彷徨无助的时候,母亲总能给予自己莫大的能量。可是也正因如此,她很痛恨自己过度依赖母亲。

原本今天她要说很多,说万清与自己的友情有多么重要,甚至比爱情都重要,但母亲好像并不乐意听。她忽然间意识到,这两年母亲好像很疲于听她说这些,在情感上慢慢疏离和怠慢了自己。她意识到这些的时候有点被惊到,但更多的是委屈。出于这种心理,张澍和母亲说想回自己家了。

张孝和并未挽留,只叮嘱她:"路上慢点,睡觉反锁门。"

张澍什么也没说,拎上包出来进了电梯。

张孝和看电梯快到一楼,这才回来反锁门,然后站在阳台上,目送从单元楼里出来的女儿。直到张澍的身影完全消失,她才慢慢去了卫生间洗漱,上床歇息。

张澍失落地到家,顺手反锁了门,犹豫了半天发微信给母亲:我哪儿做错了呀?发出去那一刻迅速撤回了。

算了。

她先把手机扔在卧室床上,接着开了空调,戴上头箍洗漱。这时万清打语音电话给她,约她明天逛街买漂亮裙子,又说了些女儿家的话。这通电话一扫张澍之前的郁郁寡欢,直说"好呀好呀"。

等聊完也洗漱完,张澍心满意足地靠坐在床头,拿起本书看。她决意这回不与母亲计较,原谅她这两年的反复无常。更年期嘛,总是会让人的情绪产生变化。

她看了会儿书,思绪涣散,开始想自己是不是有点妈宝了。

都三十一岁的人了，屁大点事儿都跟母亲说。万清就曾明确表示过，很烦自己的感性和没完没了的叨叨。

她又开始隐隐焦躁了，书再也看不进去了，关了灯准备睡觉。这时她收到了大学室友的一条微信，再一次邀请她当嘉宾，录制一期远程播客。她室友当年考研去了北京，两人时有联系，如今她在北京做文学编辑，前两年和同事做了一档播客，偶尔也会邀请她当嘉宾。

招人厌的周一来了。周景明和张澍各自上班，万清也开始整理新房。

总代理那儿打电话来确认了，家具这两天会送货上门。午饭时万清和张澍说，让她这周约兆琳出来吃饭，老欠着人家心里不得劲。张澍回复：你别老当回事儿，兆琳也忙，朋友圈里整天风生水起。

万清说：她来不来是一回事儿，咱得主动约。

张澍回：好，晚点儿给你信儿。

万清也有兆琳的微信，是张澍推给她的。兆琳的生活确实丰富多彩，朋友圈每天都更新状态，不是健身房打卡，就是晒绝版手伴，或和家人在外游玩，或画着浓浓的妆在省城的夜店。她前两天还和张澍八卦兆琳是不是在美国前十的学校读的硕士，言外之意就是，她这种人怎么能跟普通人没区别呢？张澍附和，可能一个人身上标签贴得再多，她也是一个人吧。

万清抓了根痒痒挠在背上挠，从卧室转到客厅，再从客厅转到阳台，总感觉忘了什么大事。她站在阳台上百无聊赖地东张西

第二章　旧雨重逢

望,正午太阳毒辣,一个人影也没有。不多时她就回了卧室,她有午休的习惯。

睡到两点关了风扇起床,又瘫在客厅的沙发上边刷手机边看电视。她看见朋友圈有人晒冰镇西瓜,便翻身而起,趿拉上拖鞋就去冰箱找吃的。她洗了大蟠桃坐在那儿吃,忽然觉得这样不行,这日子有点混吃等死的意思。可要她立刻回上海上班,她又提不起劲儿。她望着餐桌上的外卖盒发呆,想着要是父母在家就好了,这样她就会做饭了。简单的饭菜她也会做一点儿,就是一个人懒得做,控制不好量,做一次吃三顿。

想着她就跟爸爸妈妈视频通话。二十分钟刚刚好,一家人和和气气,都急于在镜头前友好问候。通话结束后万清获得了一些能量,驱散了心中的阴霾,她开始整理家务,专注地忙这忙那。

晚上出来散步时,万清接到父亲的电话。父亲顾左右而言他,中心思想就是在舅舅家住得不舒坦,最后才说她母亲又拿了钱贴舅舅,托关系把她表弟送去了省城读高中。父亲说:"反正他将来考哪儿都行,只要不考去上海,去了上海也是给你找麻烦。"万清安慰他:"没关系,你们整天住在舅舅家,吃吃喝喝的,拿钱就拿吧。表弟有能力考到上海是好事儿,人这一生起起落落,说不好将来谁帮谁呢。"父亲被安抚到了,还难得地说了句俏皮话,"闺女就是小棉袄"。

万清笑笑,父女俩聊了几句就挂了。

挂了电话回到家,万清看到在群里张澍@她:你家电都买了?

对,家电!她就说把什么大事给忘了。上午去新房感觉空荡荡的，但又说不出缺啥。她在群里回：还没买。

张澍：咱们有高中同学在家电城当经理。

万清：谁呀？

张澍：你高二就转学了，不知道他记不记得你。紧接着又发了一条：周小明跟他熟。

五分钟过去了，周景明也没在群里回个话。

万清：家电好买，网购就行。

张澍终于找到机会说她了：谁让你从不参加同学聚会。不了解以前的同学如今的境况。

万清：我以后也不参加。接着揭张澍的伤疤：你前年同学聚会上借出去的那一万块钱要回来了？

张澍烦了：懒得跟你说。

万清回：吃一堑长一智。

张澍气恼：人家以前帮过我好吧！紧接着回：人的是非善恶是会随着自身处境变化的。而且我发现你阅历渐深反倒更势利狭隘，总怀着恶意去揣测人……

万清服了：在人间都辱没你了，你应该盘腿坐在供桌上。

张澍回：供着吧。最好一天磕仨响头。

万清烦她：别回我了。

张澍：当你的小镇做题家去吧。

万清回：咦，你一窗口的小小螺丝钉也敢嘲笑我小镇做题家？

张澍回：喷，你一天天挤地铁的小小打工人也配看不起我螺丝钉？

万清回：别回我，再回我你就是蟑螂！

第二章　旧雨重逢

张澍回：日子可长着呢！有你喊我奶奶的时候。

万清回：**蟑螂蟑螂蟑螂！**

十分钟过去了，周景明在群里发了张照片，他和球友在篮球场打球，照片一角隐隐有两只咬架的土狗。

16

周母都要愁死了,在街上遇到邻居都不提儿子跟自己住在一块儿,有点丢脸。都三十出头的男人了,难道没有夜生活?她旁敲侧击,那谁家儿子,才二十出头就跟女朋友搬出去住了,一点儿不让他妈操心。

一大早,她忙着手头的活儿,瞟了一眼在厨房切土豆丝的儿子。那土豆丝切得……她看不下去了,过去一把夺过他手里的刀,左手压住土豆片,右手持刀垂直向下,行云流水,一气呵成,切好把土豆丝泡在盛了水的盆里,然后一言不发地离开了厨房。

周景明看着切得又细又均匀的土豆丝,朝他妈发自肺腑地说:"妈你刀工真好!"

周母说:"因为我是你妈!"说完有了无限底气。看吧,无论在外面你有多大本事、多气派,回到家里就跟头笨狗熊似的,不还得服气你妈!没你妈你饭都吃不到嘴里!

这时,周母看见了国际新闻里的外国总统——那么大块头,再厉害不也是从他妈肚子里爬出来、喝他妈奶水长大的崽儿?忽然间,周母觉得自己好伟大,她不想吃家里的早饭了,她也要去外面喝二十八块一碗的羊肉汤。说去就去,她回卧室换了身衣服准备出门。

第二章　旧雨重逢

做好早饭的周景明问:"妈你去哪儿啊?"

周母铿锵有力地回答:"我也要出去吃好的!"

周景明喊:"我都做好早饭了啊。"

"你自己吃吧!"周母骑上电瓶车扬长而去。她找到那家羊肉汤煮得最好也最贵的店,在门口踟蹰半晌,最后鼓起勇气拾级而上。她望了眼屋里喝汤的老爷们儿,也大胆地点了一份滋补羊肉汤,随后坐下来"虔诚"地喝。汤鲜味美,真是好喝,好喝到身上每一条皱纹都舒展开了。她活了五六十年,头一回喝到这么鲜美的汤。

周景明把做好的饭菜端上桌:一碗稀饭,一盘酸辣土豆丝,一碟酱油倒多跟下了毒似的白灼生菜,一枚腌制的咸鸭蛋。他精心摆好盘,想想又把生菜挪出镜头,先拍照,再坐下来吃。吃好了发动车出门,路上把照片发到微信群里。他这么干好些天了,只要有空就学烧菜,成果群打卡。

张澍惊叹他突飞猛进的刀工,夸他:你土豆丝切得真细!

万清正在吃自制的三明治,也拍了照发到群里。

张澍看她两个馒头片做的砢碜"三明治",@她:Jane,你这三明治绝了,以后别再往群里发了。

万清心血来潮地私聊张澍:你@周景明,问问他的土豆丝是不是他妈切的。他要回你,我转你一百块,他不回你,你转我一百块。

张澍在群里@周景明:土豆丝是你切的吗?

趁等红绿灯的间隙,周景明回:十点前去你们大厅办理业务。

张澍回:快到了说一声,提前给你排号。紧接着又问:土豆丝是你切的吗？

周景明回：我不去，是上回想要你微信的那个同事去。

张澍秒回：不要！太尴尬了！

周景明回：好，我让另一个同事去。

万清佩服到五体投地，私聊张澍：转账！

自作多情，我同意跟你打赌了？张澍无视万清，继续跟周景明聊，聊他为什么忽然间学厨艺。周景明回：一直都有想法，只是没时间实践。婚后也能兼顾家庭。

张澍大惊：你要结婚了？

周景明回：为将来准备。

张澍发自肺腑地夸周景明：绝世好男人！优秀优秀优秀！还没结婚就计划着怎么平衡事业和家庭了。

万清看不下去了，在群里@张澍：你夸过你妈你姨你奶奶你姨姥姥是绝世好女人吗？

张澍继续无视万清，试探性地@周景明：你谈对象了？

周景明回：没。

万清翻个白眼，继续私聊张澍：你不觉得周景明很奇怪？紧接着编辑：像只开屏求偶的孔雀……还没来得及发出去，就收到了张澍的消息：你才像个怪大婶，有事群里大方说，别没完没了跟我私信。

万清炮轰她：转钱转钱转钱！回完就把手机撂一边，收拾了碗筷去洗。

周景明先去了一所小学，到家长服务中心办理插班生入读的各种手续。十天前，他给江芃芃制作了份个人简历申请入读，前

第二章　旧雨重逢

天接到校方通知办理入读手续。这所小学门槛很高，原先他还想着要不要托关系，后来江明珠详细说了芃芃的各科成绩和获奖荣誉，他直接做成了简历投递给校方。

办理完手续来到停车场，他的车引擎盖上放着一瓶矿泉水，一个十岁左右的小女孩无聊地倚着车门，仰望着在旁边打电话的母亲。她母亲朝电话里说前一段校方还说问题不大，会给孩子留学位的，这两回再来问，校方就变卦说学位满了呢……

她焦急地打着电话，终于发现等在一侧的周景明，她忙把放在引擎盖上的矿泉水拿开，又一把扯过孩子跟他道歉："不好意思啊。"

那边万清出门闲逛，想到了周景明。

她站在树荫下，望着一只蚂蚁爬过她穿着人字拖的脚。天闷热，没有一丝风，她给周景明发微信：你家有人吗？

周景明回：我过去接你。

万清看了一眼路边继续编辑：你直接回家，我扫辆单车过去。

十分钟后周景明开车回来，万清骑着单车也刚到。周母去小吃店了，家里大门紧锁。周景明开了门，告诉万清冰箱里有手工饺子。万清点头道："你去上班吧。"

周景明把落地扇拿到自己卧室，又把空调遥控器放在显眼位置，之后就去上班了。上班路上有些烦，也没胃口吃午饭，自我惩罚似的饿着肚子忙工作。万清在周景明家可自在得很，扒出一袋饺子煮了，半天找不到醋，私聊他：你家醋在哪儿？

周景明没有回复。

万清开始慢慢吃饺子，吃着吃着忽然感觉疲惫，吃完又去蹲了个马桶,然后出来瘫坐在沙发上。好累啊!这回她没有再习惯性地压抑情绪,仰坐在沙发上用手背挡住眼睛流泪,泪越流越多,也越流越急。她难过的是她也说不出为什么难过,明明如今拥有的都是她曾经渴求的,可为什么她并没有为此感到幸福和满足。

这晚烧烤店没啥人,从七点就开始下瓢泼大雨。奶奶在一侧算日子,说今儿大暑呢,是一年里天最热、雷雨天最频繁、万物疯长的时节。

古人将大暑分为三候:一候腐草为萤;二候土润溽暑;三候大雨时行。

"说苦,苦不过农人。种在人,收在天。"奶奶站在门口望着大雨说。

江明珠交代奶奶:"你注意脚下,那儿滑。"

"明珠姐,我再拆两个啤酒箱垫过去吧。"小工极有眼力地说。

奶奶叮嘱他:"用完了别扔,天儿好了晒干还能卖钱。"

江明珠拿了罐冰啤酒,听见芃芃坐在收银台前用撒娇的语气跟周景明通视频,她没搭理芃芃,打开啤酒在门口的餐桌前坐下。奶奶看着芃芃满脸的不高兴,坐在江明珠旁边说:"这么大孩子了,说个话洋腔怪调的……"

江明珠只喝酒,没作声。

奶奶很不满意地说:"上回小明来,芃芃还坐他腿上,都多大孩子了,说也不听,外人看了缺家教……"

江明珠烦了:"你别说了,我知道了。"

奶奶多精啊,立马转了话音儿:"上回小明来我就惦记着,夜里提前给他发上面,早上给他蒸屉小笼包让他吃了再回去,咋就给忘了呢。"

那边芇芇挂了视频,满脸欢喜地过来说爸爸要给她买这买那,奖励她期末考了第一名。江明珠看都不看她,冷声道:"你现在滚回家去。"

芇芇脸色一变,"哼"了一声,雨伞也不打地冲了出去。收银台前的大姐拿了把伞就追了出去,喊着:"芇芇,芇芇——"

奶奶垮了脸,说江明珠:"能这么教育孩子吗?屋里这么多人!"

"那我该怎么教育?"江明珠火了,"你也没少在街坊堆儿里打骂我呀,说我爱拿抽屉里的钱,说我是个祸害,威胁我不听话就让他们再生个弟弟!"

奶奶登时被噎住,面色难堪。

江明珠把头扭到一边,不看她。

奶奶张张嘴,硬憋了半天才说:"那你就不能学点好?我大字都不识一个……我都该死的人了,你还跟我计较?"说完找出把雨伞,让避去后厨里的小工送她回家,边走边若无其事地说:"芇芇一个人在家不行,她是耗子胆。"

江明珠目送奶奶撑着伞回去,手揉了揉眼,拿出手机打给周景明,一是不让他再惯着芇芇,再惯下去,没大没小的,性子就坏了;二是说了刚才发生的事,说她也知道该怎么教育,但经常控制不住,力不从心。有时候"知道"跟"做到"天差地别。

"你让每一对父母谈教育,谈家风家训,都可会说了,满口仁义礼智信、温良恭俭让,可教出来的孩子什么德行呢?"江明珠骂的是芄芄班里的一个男孩子。这孩子天天骂脏话、说不雅词汇，朝芄芄身上吐口水。她找男孩家长反映，家长满口歉意，说回去好好教育，可扭头就对别的家长说芄芄是私生子，还说"当妈的行为不检点，孩子能好到哪儿去"。

　　江明珠跟周景明说着说着怒火也息了，挂完电话望着暮色里的大雨，开始后悔对奶奶和芄芄说出的那些话，反手就狠狠给了自己两巴掌。

第二章 旧雨重逢

17

  这些天万清过得很舒心,是那种具体的、脚踏实地的舒心。
  家具都陆续送来了,她也买了一部分家电,如空气炸锅、烤箱、洗碗机……她闲着没事就网购,今天下单明天就能收到货。她把新房里里外外、从卧室到阳台都录了个遍,发给群里的父母。父亲很欣慰,夸她:"会持家了,多好,现在散味儿,就等春节拎包入住了。"
  母亲眼尖,看见空气炸锅、烤箱、洗碗机等诸多电器,说她不会过日子,将来旧房子里的挪过来照样可以用,接着数落了她一顿:"买东西前为什么不提前沟通?"万清理亏,幸好箱子都没扔,她又好脾气地一一打包退货。退完又去花卉市场,买了好些个绿植,摆满了新家的角落。
  说到花卉,她在老房子里养了许多花,塞满了整个阳台。什么月季、绣球、蔷薇、向日葵、鸡冠花。鸡冠花这种花在乡下的庭院里养一大片还行,若单独养一两株就很突兀怪异,向日葵也是,一株那么高。阳台上的花大小高低参差不齐,气势汹汹,扑面而来,一点儿也不讲美学。
  张澍评价——她姨姥姥都不会这么养花。万清养得可开心了,一天看三回,早晚浇两回。她思绪一涣散,忽然就想到了首名叫

《兰花草》的歌，可这首歌为什么让她这么悲伤呢。

她甩甩头不去想，去了护城河散步。傍晚的护城河最美，河里的荷花好看得很。她举着手机从各个角度拍，然后发到了他们仨的群里。这时她想起来了，《兰花草》是城市洒水车的音乐，昨天她在街上晨跑时还听见。

她萌生了个荒唐的念头，她想致信环卫部门，要他们把洒水车《兰花草》的音乐给换了，换成什么都好。

晚上周景明又晒厨艺了，这回是有技术含量的小鸡炖蘑菇。鸡是土鸡，菇是榛蘑，正宗的东北小鸡炖蘑菇，看起来色香味俱全，周景明成就感满满，但那俩人一声不吭。

十分钟过去了，张澍才敷衍地问：里头是啥菇啊？

周景明回：长白山野生榛蘑。紧接着又回：我黑龙江的同学发来的。

张澍回：远道而来，远道而来。末了，再无话。但她转头就私聊万清了：为啥我对周小明的饭菜毫无食欲？

没多久万清回复：他家的餐具八成是在综合市场买的，百十块一套。

张澍立刻懂了：对！碗口有豁口就算了，咋能用不锈钢盆装小鸡炖蘑菇？

万清回：暴发户都这样，用淘菜盆装煮好的饭菜。

张澍附和：他家的不锈钢洗菜盆配不上长白山的菇。

万清回：糟蹋了。

张澍回：我终于明白八大菜系为啥少北方菜。你说，人外宾远道而来，咱们端一盆小鸡炖蘑菇，猪肉炖粉条，铁锅炖大鹅……

第二章 旧雨重逢

万清附和：下去吧下去吧。

张澍回：我最烦粉条粉皮这种滑溜溜具有攻击性的食物，夹不好它溅你一身汁。人家外宾本来就不会用筷子，万一再溅人家眼睛里，这合适吗？

万清回：不合适不合适。

她俩叽叽歪歪地私聊，周景明在群里回：你们也过来吃点？

两人前后脚来了，张澍还拎了半瓶红酒，那一半被她前两天喝了。周景明的厨艺怎么评价呢，看个花样吧。但她们知好歹，吃着凉拌黄瓜说："不错不错，鸡炖得不错，榛蘑也够味儿，不愧长白山野生的。"周景明开始讲这榛蘑他泡了多久，什么水温，最大化地保留了蘑菇的营养。他最近疯狂地爱上做饭，晚上下班回家就开始折腾。

小吃店晚上九点半关门，昨天周母叮嘱他，晚上烧一锅绿豆汤，白天热一天了，晚上就想喝点汤汤水水。他嫌绿豆汤没技术含量，整了一盆水煮肉片。

饭桌上闲聊，张澍说得多些，一是让他们以后少提吴彬，这回彻底跟他结束了；二是约好兆琳了，下周六吃饭，接着感慨有钱真好，潜个水都能去国外。就像早年梁朝伟的那个段子，心情不好就飞去伦敦喂鸽子。

"怨不得人人向往有钱。有钱了心情不好飞去伦敦喂鸽子，是多么寻常的小事。普通人要是因为情绪不好崩溃，就会被说成矫情。有时候觉得成年人的世界好荒诞好糟糕啊，为什么儿时要盼着长大呢。不是一直倡导自由平等尊重理解吗？不是一直鼓励多元化吗？"

"你，我，他，如果不能真正地认知到什么是'你我他'，谈尊重谈理解谈什么都是空中楼阁啊！正如有些人呼吁的尊重女性，说到底不过是尊重更体面的女性罢了，那些弱势的、无能为力的女性有被真正看见过吗？性别平等什么时候能够真正实现？……"

三个失意的人信口开河胡扯淡，那半瓶红酒喝完，周景明又开了一瓶。张澍喝得最多，话也最多，开心的不开心的扯了很多。这是自从大学毕业后，他们第一回聚在一起喝酒畅谈。还没喝尽兴，张澍接到一通电话，她母亲无意间把车钥匙锁在后备箱里了，要张澍现在回家拿备用钥匙去接她。

张澍服了，朝手机里一再强调："车钥匙锁后备箱，你把后排车座放倒不就能从后备箱拿到车钥匙了？"

"你咋这么笨啊，你咋听不懂我的话呀，你把后排车座放倒不就能拿到车钥匙了……"

张孝和放弃了跟一个酒鬼沟通，从商场的地下车库出来，准备约一辆车回家拿备用车钥匙。车来了，是一辆白色的新能源车，她上车后习惯性地先看司机的工牌，这一看不要紧，她同司机相互打量，激动又语无伦次地试探着问："高桥一中？"

天哪，他们竟然是四十二年前的中学同学。

太激动了，张孝和难得感性地湿了眼眶，她手指沾着泪花笑着说："抱歉啊。"

对方也报以同样难以言说的情感，好半天才笑着说："你一点都没变。"

张孝和不自觉地抚摸脸庞，羞涩地说："变老了。"

第二章 旧雨重逢

　　人活一辈子总要有一件让你铭记一生的事情。这件事早早地就在张孝和身上发生了。

　　四十二年前她十五岁，彼时她刚念初二，那是一个星期四的早上，她上课迟到了，老师给予的惩戒就是让她站在自己的座位上，在全班同学的注视下被班长扇耳光。迟到几分钟扇几个耳光。

　　班长垂着头迟迟不肯动手，老师怒不可遏："若不配合教学工作就离开学校。"班长收拾了书包就此别过，此后再没见到。

　　而眼前的这位专车司机，就是当年的那位班长。

　　隔天傍晚周景明私信发给万清一家美发店的定位，只有一个定位，别的什么也没说。

　　万清骑着电瓶车找过去了，周景明刚洗完头，正坐在美发椅上准备剪。他问："我剪什么样的好看？"

　　万清反问："你那点头发能剪什么？"发型师说他能剪短碎、圆寸、毛寸、莫西干……

　　花里胡哨的听不懂，万清朝发型师说："短碎吧。"随后她在旁边椅子上坐下，刷手机消磨时间。她刷到兆琳发的最新动态——身着吊带大长裙，斜挎了一个小包，对着镜头张扬自信地大笑。

　　她放大了图片看她身上那个挎包，此时张澍给万清发微信，也发了这张图：她身上这什么包？也太好看了吧！

　　万清没认出来，回复张澍：估计是小众潮牌。

　　张澍回：买不起。但真的好喜欢啊。紧接着又发来一条：兆琳审美太好了。每一套搭配都那么绝,跟个大魔女似的。

万清截了包包的图在网上搜,是个西班牙品牌,四千多块钱。

张澍回:兆琳那气场去混欧美圈都不输。然后便换了话题:你在家?

万清答非所问:你在你妈那儿?

张澍有些赌气,回她:我也是大忙人好吧,干吗天天去她家?

万清回:那你忙吧。之后关了手机,专注地看周景明剪头发,看了会儿问发型师:"多少钱?"

万清去前台付款,付完周景明也剪好了,两人出来去了对面的商场。原本没什么要买的,只是闲逛,最后还是在一家运动品牌买了双同款鞋,买了两件运动背心。万清结完账出来,周景明拎着大大小小的袋子跟在后面。

两人途经一家甜品店,万清问他:"吃不吃?"

周景明看看菜单:"我喝生磨杏仁茶。"说完拎着袋子自觉地去找位子坐。

万清最不喜欢甜品了,只给他买了碗杏仁茶,随后坐了过去。周景明摸一把刚理的短碎,问她:"帅吗?"

万清竖起大拇指:"帅极了。"

周景明看见有人拎着屈臣氏的购物袋,说:"过会儿去买瓶沐浴露。"

万清说他:"你事儿咋这么多呢?"

周景明回她:"我让你来了?"

杏仁茶上来了,周景明闲适地靠坐在休闲椅里,屈着两条大长腿不紧不慢地喝。万清接起电话,是一位熟识的猎头的电话,玩笑地问她："休息够了没啊？一寸光阴一寸金啊。"万清谈笑风生地应着："过完暑假呗，家里事情多。"

喝完甜品自然是去了屈臣氏买沐浴露。周景明站在货架前挑味道，万清拿了瓶自己惯用的放进购物筐，催他，"就这样吧"。

18

张澍坐在车里望着穿过人行横道去对面星巴克买咖啡的万清。绝了！她就没见过像万清这么精打细算的人。

晚上两人约吃串串，如往常般万清厚着脸皮蹭她。蹭完出来万清说请喝咖啡，她说好啊，那就近喝吧。万清说"不行"，非要绕一大圈来买星巴克。她说这边不好停车，停路边容易被贴罚单。万清说不碍事，你就在车里坐着，交警看见车里有人就不贴了。

交警看见车里有人是不贴了，可撵她呀，让她开车快离开。她能去哪儿啊？附近不是堵就是没车位，她一怒之下一踩油门就走了。等万清拎着两杯咖啡急急忙忙回来，车早就没影了。万清给张澍打语音电话，吼她："我都没上车呢你去哪儿了？！"

张澍解气地说："自己喝吧你，姐回家了！"

万清要热死了，很愤怒："你快点回来接我！"

张澍不怕她："我就说那儿不好停车，你非要去买……"

万清才不管："你快点来接我，不接咱俩就绝交！"

张澍说："绝去吧，姐已经到小区车库了。不让去你非去，人家交警长得多帅啊，催得我都难为情了。"

万清听见车熄火的声音，再次确认："你真到车库了？"

第二章 旧雨重逢

张澍说:"是的,姐到车库了!"

"你给我等着!"万清挂了语音,张望一圈后,直奔一辆共享单车。

白天才下了大雨,这会儿空气清爽,湿漉漉的柏油路面上交映着油彩画般的广告牌 LED 灯光。万清被吸引了,她停下来举着手机拍城市雨后的夜景,拍好发到了群里。

此刻张澍已经到家了,她洗了一个粉粉的番茄,朝尖儿上咬一口,用力吮吸里面的汁水,嫌不甜,又往番茄里撒了些白砂糖。她吃着番茄私聊万清:万清,你在哪儿呢?

万清回:先让你喘着气,过两天等死吧。

张澍贱贱地回:你来呀你来呀,你现在杀过来呀。接着自拍了张吃番茄的萌照给她。

万清就近找个位子坐下,两杯咖啡,一口拿铁,一口美式,慢悠悠地回:你这辈子都别想让我请你喝咖啡了。

张澍回复:谢了。你这抠货也就会请我信用卡积分兑换的星巴克。我还得贴油钱送你过去。

万清朗声大笑,回她:滚蛋去。

张澍也感受到了愉悦,想到前一段母亲说,人这一生过到头,对你重要的人也许就那么几个。要她好好珍惜和她们之间的友谊,争吵也好,难过也好,哭泣也好,因为这些都是出于爱,这世间不会有平白无故的难过。她记得母亲说这话时语气里充满了羡慕。她心血来潮地问万清:万清,你觉得亲情、友情、爱情哪个更重要?

万清回复:没有可比性。亲情是天然的血缘关系,没得选择。

张澍又问：那友情和爱情你觉得哪个更重要？紧接着发了一条：我觉得是友情。

万清认真想想，喝口拿铁回她：我更倾向于爱情。

张澍吃惊，又微微失落：我以为你会觉得是友情。

万清回复：爱情更不可控，更具挑战和自毁性。紧接着慢慢悠悠地发来一条：我喜欢这种剧烈的情感体验。

张澍沉思了半天，编辑：我更喜欢惺惺相惜，细水长流和共同成长的爱情。

万清这次编辑了长长的一串：我喜欢能带给我不同感官刺激和更多可能性的两性关系。我跟你聊天和跟他聊天，磁场肯定是有区别的。两性关系里的爱欲很重要，它是一把魔法钥匙，能更深入地打开你对外界的感知。这是更深一层的情感体验，友情是远达不到的。发完看街上来来往往的行人，私聊周景明：在哪儿？

张澍回复：你这是一种自以为是的爱情。

万清完全不在意：爱情就应该自以为是。

张澍惆怅：我一面渴望爱情，一面又认为它最终会消失。

万清：就是因为爱情会消失，不能地久天长，所以我们才对它恨之入骨又抱着很高的期待。人生最大的悖论就是：一天天努力活着，也在一天天死去。这些对话又触发了万清别的思考，她继续编辑：我觉得人活在当下和只享受当下是件特别艰难的事。要在接受爱情不能地久天长的前提下，去说服自己全身心地投入和付出就很考验人。

张澍回：但是很浪漫。

万清会心一笑：是。有一种飞蛾扑火般的浪漫，一种明知不可为而为之的浪漫。

张澍叹息：咱俩说得头头是道，爱情也都一地鸡毛。

万清回：这就是道理都懂，可仍然过不好这一生的真实写照。紧接着又私聊周景明，给他发了自己的位置。

周景明一直没回。

张澍想了半天，又发来一条：我突然意识到我们都处于同温层里……会不会过于舒适了？

万清思忖着编辑：我们并非志趣相投和三观相同才一块儿玩，我们是有共同的底线和操守才一块儿玩。我认为人对自己要有自我认知，认识到自己的不自知，认识到自己的局限性。就像杨德昌《一一》里洋洋整天举着相机拍拍拍，他在拍什么呢？你看到的我看不到，我看到的你也看不到。就像我以上的这些观点，绝对会被人推翻，被推翻也只是说明了人的差异性，证明不了我就是错的。

张澍附和：是啊，就像某些人整天看不见自己，但说别人的时候可会说了。

万清开怀大笑，回她一串：哈哈哈哈哈。

张澍困了，不跟她扯了：你到家了吗？

万清回复：你早些休息吧。随后她又坐了二十分钟，夜色里的人逐渐稀少，她给周景明发微信：在忙？我打车回家了，你不用来接我。

她站在路边等车，就在准备上车时接到一个惊愕的消息：兆琳死了。

死于她自己房子的浴室里。

兆琳表哥和周景明寻她一天未果，最后强行开了她房子的锁，发现人在浴室。

传出来的闲话什么都有。葬礼前一天，张澍在自己的小区业主群里还看见，群里有人公布了是哪个小区哪个单元，因为什么事想不开。业主们很淡漠，对死者八卦没什么兴趣，只说那栋楼风水坏了，估计以后很难卖出去了。也有人说哪栋房子不死人？只要够便宜就有人愿意买……

当张澍看见这些准备要愤怒地回击时，业委会的人出面制止了：谁家都有孩子，换位思考一下吧。

兆琳的家人最难以接受，明明她每天都那么开心，那天她还去试穿了伴娘服，欢欢喜喜地说要第一个抢到新娘捧花；她还订了一个星期后去海南的机票，说要去冲浪；健身房的私教课才又续了一年。每一天的生活她都安排得井井有条。

张澍和万清很震惊，太突然了。张澍跟兆琳交集不深，也是在三四年前的一场喜宴上，她们俩喝喜酒坐在同一桌时才认识，加之双方母亲又熟识，平常见面也会打招呼，但她各自的朋友圈不同，也没什么更深的交情；万清跟兆琳唯一的交集就是买家具的时候，还是借张澍的光，兆琳帮自己省了笔钱。

原本她们约好明天吃饭，就在吃饭的前一天，她离开了。尽管她们没有什么更深的交情，张澍和万清也难过不已，更为仅仅只通过朋友圈状态，就自以为是地对他人评头论足而感到愧疚。

葬礼那天，万清和张澍都去了，周景明更不用提，他和兆琳堂哥那两天一直都忙前忙后。周景明的母亲也来了，事后回去的路上周母坐她们的车，还说"这傻孩子，她那年过半百的父母该

第二章　旧雨重逢

多伤心啊"。张澍母亲也来了，多留了一会儿，陪陪兆琳的母亲。

张澍随着万清去了她家，到家万清找空调遥控器，张澍坐在沙发里有气无力地说："别开，咱俩就热着吧。"两人并肩坐在沙发里，谁也没出声安慰谁。

就这样吧，人能感觉到痛苦是好事，说明还没有麻木不仁。

两人静静地坐了半个小时，屋里跟蒸桑拿似的。张澍把头枕在万清肩上说："周小明应该比我们更难过。"

万清附和："是。"

张澍催万清："给他发个信息吧，让他晚一点也来这儿。"

万清说："已经发过了。"

张澍问："你猜在葬礼上我想到谁了？"

万清轻声说："小春。"

"对啊。"张澍也轻轻地说，"我想到小春离开的时候该多孤单，我们几个谁都没有去送她。我记得见她的最后一面还是在上岛咖啡，我们六个人点了三杯咖啡，她和周小明喝一杯。那时候她的耳蜗处理器才找回来，她总不时捂捂耳朵……后来我就去了姥爷家，再回来就像变魔法似的，她突然就从这个世界凭空消失了。"

万清感觉头晕目眩，跟中暑了似的。她起身去卧室找了换洗的衣服给张澍，催她先去洗澡。没多久周景明也来了，默默地坐在沙发里。万清开了客厅的空调，给他倒了杯水，然后骑电瓶车去他家，拿了他的换洗衣服来。

张澍早洗好了，穿着家居服瘫在沙发里。万清问张澍："晚上吃什么？"

她回："吃素吧。"

傍晚，万清骑着电瓶车去菜市场，简单买了些菜，打算煮一锅粥，烧个青菜，炒个小豆芽。厨房门关着，油烟机嗡嗡响着，她沉下心一点点切菜，有条不紊地烧菜。那两人心安理得地瘫在沙发里，一个累得睡着了，一个在冥想。

张澍听见周景明的鼾声都想踹他一脚，回卧室拿了毯子给他盖上，又往他脖子下垫了个抱枕。他翻个身鼾声就没了。张澍看见厨房里万清忙活的身影，忽然就想到了母亲。读书时她每天放学回来只要看见在厨房里忙活的母亲，她就会感到安心，特别特别的安心。

晚饭就万清和张澍简单吃了，周景明还在睡，没人喊醒他。饭后冲了凉换身干净衣服，万清就独自下楼了，她先去了超市，买了些礼物，然后去了小春家。

这是自从小春离开后，她第一次去小春家。以前有无数次想去，可始终缺乏勇气。

19

张澍和周景明在万清家住了三天。

两个人白天各自上班,晚上就回来吃万清烧的饭。三个人沉默地吃完,洗碗的洗碗,另外两个排队洗漱,谁也不出言安慰,各自沉浸在各自的情绪里,默默承受,默默消化。

正视情绪,接纳情绪,是多么正当和有益身心健康的一件事。

我们的朋友死了,我们感到难过不是很自然的吗?

夜里万清和张澍睡一间房,周景明则蜷缩在沙发里,有多余的房间他也不睡。这晚万清起夜上卫生间,之后她过去坐在沙发上,她知道周景明没睡。

周景明对兆琳的事说得很少,张澍问他,他也不说。事情简单明了,有些人就是没办法跟自己达成和解。能理解的人自然就理解了,不能理解的人说了他也不理解。

由于大家心情都不好,周景明和张澍晚上互呛了两句。好在气氛也没僵多久,周景明找了台阶,张澍顺着就下来了。事情发生时万清正在厨房烧饭,她装作没听见,谁也不搭理。

她这两天反倒平心静气,白天收拾收拾家,晚上煮煮饭。有时候那两人吃完饭屁股从椅子上挪到沙发上,她也不多说,自己收了碗筷去洗。无非就是洗个碗而已。

凌晨一点了，万清和周景明下来散步。

没逛多久万清先开口，她说自己去小春家看望小春的父母了，细节没多提，只说了小春母亲很骄傲，儿子的学习成绩很好，比曾经的他们几个都要好。小春母亲说她如今可知足了，在新区置办了新房，还有退休金领。

万清说，听见小春母亲反复强调对眼下的生活有多知足，她就心如刀绞。出来的时候她抱了抱小春母亲，突然就哭了。那一刻，小春母亲不知所措。

万清还说了当年去西藏的前一晚，周景明来问自己小春那一天是不是去找她们，她望着周景明说："我也不知道当时为什么会否认，但我一直对小春的意外于心不安。"

周景明什么也没说，手搭在她肩头安抚性地揉了揉。

为什么会忽然说到这些？因为兆琳的遽然离世，一下子牵出了她的诸多情绪。有时候人就是这样子。她跟兆琳也就一面之交，对兆琳的离世感到惊愕和心痛，可这种痛远达不到夜不能寐的程度。但受这件事的影响，她会静下心回溯自己的过往。我们不得不承认，有时候个人的成长、觉醒、认知、自我重塑……都和他人息息相关。

如同张澍曾经说的，她看书或影视剧时，经常能在里面的人物身上看见自己，不论好的坏的、对的错的。

万清再次审视和复盘了上一段感情。从他们热恋到彻底分开的这六年，每一件大事都没落下。从他们感情转淡、激情不再开始，她尽了最大的努力。她没有提及前男友的种种，只说了自己在一段感情中的无能、无力与偏执。这些都是周景明和张澍从未见过、也从未了解过的。

万清心平气和地说了很多，不是抱怨，更不是以受害者姿态来控诉，而是时过境迁后，以第三者视角，去看待发生在自己身上的事，感受多样复杂的人性。在缓缓地倾诉中，她好像又置身于当时的情景，看见了一些未曾看见的困境。

最后，万清说，去年她做了一段心理咨询，她没有抑郁症，也没有厌世情绪，工作压力也不大，财务也算自由，但她就是不幸福。她好像丧失了对生活的热情，以及感受美好事物的能力。尽管她很想生病，这样就能合理化她的一切负面情绪。

她说，那天心理咨询师要她聊一件往事，她想啊想，脑海里第一个出现的画面是在西藏那年的暑假，她和母亲在大巴车上打瞌睡，就是那一回，她梦见了小春。她早就忘记了梦的内容，但至今记得小春在梦里大喊了她一声，她瞬间被惊醒，发现身上的安全带开了，她低头扣好，就在扣好的那一刻，大巴车翻了。

周景明话不多，也简单谈了兆琳。他说，兆琳在离世的几个小时前，发来了一段语音，她说又听到了净慈寺的钟声。

……

凌晨五六点的大街上，他们由着性子走了很久很久，也断断续续地说了很多——聊感情，谈职场，道失意。这是时隔十二年后——大二那年暑假他们沿着护城河畅谈六个小时后，再一次开诚布公地长谈。

他们都无力安慰对方，只能给对方一个紧紧的拥抱。

江明珠到省城办事。

她不在,烧烤店自然也就停业了。奶奶年纪大了,让她烤一两个小单还行,长时间站在后厨就要出事,特别是在炎热的夏天。

　　江明珠办事的那一周一点儿也没闲着,不习惯进理发店的她把头发又剪短了,剪得跟狗啃的似的。幸亏酒店没有电推子,不然她能把头发全推了。剪完头发她开始剪手指甲和脚指甲,剪得很秃,有根手指的指甲剪太秃,露出里面粉嫩的肉,一碰就疼。

　　奶奶一天跟她视频两回,一回一两个小时,人也不在镜头里,只传出各种各样的声音。一会儿是厨房的剁肉声,一会儿是马桶的抽水声,一会儿是电视声。她只要听到电视声,就能猜到江芃芃在看什么电视剧,然后要她回房间写作业。

　　江芃芃偏不听,还故意把电视的音量调大,还说"有本事你回来管我呀",之后母女俩你一句我一句,跟说相声似的。每回结束视频时,江芃芃都会问:"妈妈,你什么时候回来呀?"

　　每每这时候江明珠的心口都仿佛落了片羽毛,轻声说:"快了,你在家要听太姥姥的话。"

　　奶奶这时就接话了:"芃芃在家可听话了,碗是她洗的,桌子是她擦的,内裤啊袜子啊都是她一点点手洗的。"江明珠这时就会生出股老母亲的自豪与怜爱,发自肺腑地夸:"芃芃真乖。等回去了妈妈带你去水上世界。"

　　芃芃兴奋得嗷嗷叫,她最喜欢去水上世界了。江明珠有诸多缺点,但她最大的优点就是在孩子面前言而有信,能做到就是能做到,做不到就是做不到,从不乱许诺。

　　挂掉视频后奶奶笑芃芃:"你怎么不跟你妈说你想她呀?"

　　芃芃头一扭,害羞地跑回房间写暑假作业了。江明珠最关心芃芃的学习，芃芃可以跟江明珠提任何条件，但前提是先把学习搞好。从小学一年级江明珠就给芃芃报了数学培优班和英语班。她的耐心除了用在养家糊口上，就是用在芃芃的学习上。她每天睡到中午十一点，起来先花半个小时检查芃芃前一天完成的作业，一一批注好后，她才能安心忙别的。

芃芃也算好学，江明珠给她报的班她并不排斥，因为她周末也没朋友玩，在家学习跟在辅导班区别不大。她的成绩目前排全年级前三，所有老师都喜欢她，这是江明珠很引以为傲的事情。至于同学们喜不喜欢她，她倒不是很在意。

江明珠先在卫生间忙了一会儿，把洗好的衣服晾在空调口，然后吹吹自己被剪秃的指甲。疼死了。她坐在床上看手机，店里的小工分享给她一期播客，照往常她是不会打开的，但这时正好闲了，她随手就点开了。

这小工没考上大学，但他家里有读研究生的堂哥和表姐，他们听到什么优质的有声书、播客、文化节目，都会推荐给这个弟弟，还说"尽管你中断了学校教育，但要不断追求自我教育"。

这期播客在讲一些社会热点事件，比如前阵子闹得沸沸扬扬的倒奶事件。她觉得应该让奶奶也听听，前些年为了省钱，奶奶总去超市买即将过期的牛奶。江明珠躺在床上迷迷糊糊就睡着了，等两个小时后醒来，手机还在播放，里面一个女声正在讲述她青春期的小伙伴，以及如今各自的不同境遇。她听着听着就坐了起来，她拿过手机看，这已经是又一期播客了，主题是《青春，青春，时不我待的青春！》她把进度条拉回来重新听，先是两位主播跟听众打招呼，接着介绍今天的嘉宾是谁。

那两位主播讲什么她毫不关心，直到嘉宾说话她才开始认真听。她听到嘉宾聊自己的小伙伴，聊他们那时候生活的细节，聊到其中一位小伙伴的意外身亡，聊到后来几个人的渐行渐远，直至最后的不告而别。

节目里没有具体说哪个城市，也没有说哪一年，更没有说这几个小伙伴的名字，但江明珠已经猜到嘉宾是谁，以及嘉宾在说谁，因为那些细节全是她亲历的。

她的无名火一下子上来了，她不懂这个嘉宾为什么要说这些。她压着急躁的脾气往下听，那两位主播也分享了自己的小伙伴和往事……她们聊了这么多，铺垫了这么久，终于有一位主播发问了："你觉得青春期所经历的挫折、承受的苦痛、留下的心理创伤，对你们自身性格的发展影响深吗……"

听到这儿江明珠就退出了，她直接把这期播客分享给了周景明，然后打了一个电话过去。她很愤怒，张澍凭什么不经她允许就说她们的事？她张澍又有什么资格用风轻云淡、心境安然的语气来说这些事？

播客全长两个小时，周景明趁午休和下班路上的时间听完了。他个人觉得问题不大，也不会放在心上，但对于江明珠而言可能会感觉受到些冒犯。节目里没提到名字，但熟悉的人，譬如他们那帮高中同学，是能够从时间轴里猜到当事人的。播客里面粗提了小春的意外，万清西藏的车祸，周景明的两次高考失利，以及江明珠的家庭变故。

周景明起初也不是很懂，为什么要录这些，但听到最后他理解了。张澍前面说的那些全都不重要，重要的是她最后那一番话。

第二章　旧雨重逢

她缓缓讲了自己在经历这些时，在她青春期感到痛苦茫然时，她的家人给予她的关怀和引导。她是以一个"幸存者"的角度在长大成人后，坐在这里聊这些亲身经历的事，而并非博眼球。

他坐在车里给江明珠打电话说，可以跟张澍沟通，这期节目是不是能重新剪辑。江明珠早就平静下来了，只说："算了吧。你先别在她们面前提我。"

"我没提。"周景明答应。

"你下班了？"江明珠问。

"刚到家。"

"那你吃饭吧。下回再说。"

"那期内容你听完了吗？"

"懒得听完。"

有些话不适合今天说，周景明也没多说。

20

张澍接连来蹭了六天饭,光吃,啥也不干,但来之前她都会假惺惺地在群里@万清:家里需要什么水果?

万清回:牛油果,水蜜桃。

张澍无语了,每回万清自己买水果都是葡萄、西瓜、苹果一些普通的水果,只要自己问买啥,她就挑贵的。张澍在群里回:吃你一顿饭多不容易。

万清回:已经是九顿了。

张澍在群里@周景明:你到家了没?

周景明回:上楼了。

张澍回:我也快了,路口等红灯呢。

万清在厨房里忙活了两个小时,做了清蒸鳜鱼、芦笋炒虾仁、芥末秋葵、青椒肉丝。原本她厨艺不佳,这几天跟着美食博主学做菜,还行,不难吃。

周景明洗了手来厨房,拿出三个装米饭的小碗,看了一眼锅里的青椒肉丝,不走心地夸:"不错,看着就好吃。"

万清简单拧了个丸子头,厨房要热死了。

周景明要她低头,伸手把她垂在后颈的散发用手指一下下梳上去,然后用发夹别好,接着洗洗手,开始盛饭。

第二章　旧雨重逢

张澍拎着水果回来了，进门就问："饭好了吧？"

万清在厨房里翻了她一眼："好了，主人。"

张澍仰头傻笑，过去抱抱她："辛苦了，辛苦了。"

饭菜上桌，三人落座。张澍吃着说中午参加了同事孩子的满月酒，她那一桌坐了对小情侣，真是少见：每一道菜上来，这男的就先把这道菜的精华部分夹给女朋友；鱼也是，第一筷先把月牙肉夹给女朋友；还有张澍期待了半天的清炖鸡，两个鸡翅他都夹给了女朋友。

"一桌子人，还有两个长辈呢。就算朋友聚餐这样也很没素质呀。"张澍说，"他女朋友还可高兴了，觉得男朋友对自己真好。"

"你随了多少份子钱？"万清和她闲聊。

"三百。"张澍剔着鱼刺问，"你们一般随多少？"

"少说五百吧。"万清说，"上海酒席贵。"

"周小明呢？"

"跟万清差不多。"周景明吃着青椒肉丝应声。

话歇了，三个人都专注吃饭。鳜鱼蒸老了，蒸鱼的时候万清在忙别的，给忘了。青椒肉丝盐放多了，很咸。谁也没说啥。

张澍夹了芦笋在嘴里嚼啊嚼，平地惊雷起："吴彬已经领结婚证了。他女朋友怀孕五六个月了。"

万清震惊："他跟你说的？"

"他姐说的。"张澍垂着眼帘扒拉米饭，"我在他姐的朋友圈里点了个赞，他姐顺着就跟我说了。"

"真是有意思，"万清放了筷子，"也就是说他一面来你这儿留宿，一面在外面搞对象？"

张澍点头："差不多。"

万清看着张澍："你就这么咽下这口气了？"

张澍反问："那我拎刀去砍他？"

万清闭嘴，继续吃饭。

张澍有些许懊恼，没话找话："我前一段时间在学剪辑。想发展点别的兴趣。"

周景明接话："音频剪辑？"

"你怎么知道？"

"学会了吗？"

张澍给万清夹了个虾仁，回他："我有点笨，还不太会。"

周景明说："不着急，慢慢来。"

张澍又转了话题："我打算领养一个小孩。最晚明年落实。"

万清问："你符合领养条件？"

"我查过了，符合啊。"张澍兴致勃勃地说了诸多细节，"我怕再晚两年，我既没遇到合适的对象，又没精力养小孩，所以干脆现在就着手领养。"

万清说："你想清楚就好，我支持你。"

"我也觉得这事儿靠谱。我妈说领养个小小的，她也能帮我照看。"张澍可开心了，说着看向周景明，"我有个同父异母的弟弟你知道吧？"

"知道，但没见过。"周景明喝口白开水说。

"其实他很可爱，他要是我亲弟弟我能疼死他，但我对他妈有偏见，所以跟他关系一般。他可如了我爸的愿了，我爸给他起名金熠熠。"张澍喋喋不休，"金熠熠……这名字绝了！我爸妈离婚我一点儿都不奇怪，我爸这个大老粗就是配不上我妈。"

"先预订，将来我的小孩找你当干妈。"万清认真地说。

"好啊。"张澍很激动，"说好了啊！我要当你小孩的干妈。"接着看周景明："我也当你小孩的干妈？"

周景明应下："问题不大。"

张澍说个不停："你们都打算生几个啊？"

万清想想了想，说："两个吧。"

周景明附和："一样。"

张澍手指捏着耳垂说："挺好的。咱们独生子女过够够的了。"

饭后张澍就回家了，她说这几晚她可忙了，忙这样那样的事。尽管她嘴上说这个那个的，万清明白她是被吴彬伤到了，她太了解张澍和她妈的作风了，万事岁月静好，永远豁不出去脸面。张澍也就在她们面前张牙舞爪，出门受欺负了就自己忍着。

万清把牛油果对半切开，拿了个小勺子剜着吃，边吃边在客厅来回转。吃不下去了，她问厨房洗碗的周景明："冉阿让为什么做了十九年的苦役？"

"因为他没有愤怒。没有愤怒的人活该受压迫！"万清自问自答，说完把牛油果壳一扔，换了运动鞋下楼。

她坐在副驾驶看车窗外的行人，沉默了半天，然后怒其不争地骂："她就是个'包子'！"

周景明专心开车，没接话。

"你看今晚她那副德性，明明难受得要死，嘴上还唠唠叨叨说个不停。

"我早就知道她生孩子艰难，她一直到离婚了才跟我说。这有什么好瞒的？她去上海检查都没跟我说你知道吗？有时候她这人可有意思了。"

"不能生孩子怎么了？犯法了？丢人了？我还能看不起她？"她看向周景明，再次强调，"有时候她这人真有意思。

"你听她讲大道理吧，一套一套的，典型的知行不合一。要是我，就吴彬这种货色我一脚踹远远的。她不但脑子不好使，眼光也差劲得很，她看上吴彬哪儿了啊？"

累了，万清懒得再说了。她拧开一瓶水喝了口，又突兀地说："今晚她给我买了牛油果、水蜜桃、奇异果和山竹。"说完用手腕挡住了眼睛。

周景明靠边停车，抽了纸巾给万清。万清擦着眼泪问："我们去暴打吴彬一顿，她个'包子'会跟我们翻脸吗？"

周景明问万清："我去暴打你前男友一顿，你会难堪吗？"

万清摆摆手："掉头回吧。"

回去的路上车里很安静，万清没再说话了。周景明忙了一天很累，加之兆琳的事他也没太缓过来。万清察觉到周景明的状态不佳，要他停车，换她来开。

周景明感觉有些头晕，在副驾驶坐好，系上安全带，半天不见万清发动车，便问她："怎么不开？"

万清看着周景明疲惫的脸，鬼使神差地吻了他，然后若无其事地交代他睡一会儿。

周景明先是惊愕，然后说："你这人可真有意思。"

"睡你的吧。"万清没有看他。

"你真狠。"周景明不困了。

第二章　旧雨重逢

"吓到你了？"万清问。

周景明摸摸发疼的嘴，看看手指头上的血："太粗暴了。"

万清难得羞涩："你那是嘴角上火了，少赖我。"

周景明不说话了，靠在椅背上看她，看着看着就睡了。

江明珠用了一个星期把那期内容听完了，顺藤摸瓜也把张澍过往参与的节目都听了。这档播客一共录制了一百多期，跨度四年，张澍作为嘉宾也就参与了十几期。她也知道了这两位主播是张澍的大学室友。

以江明珠的理解，她们的播客内容混杂，什么都聊：当代文学、社会议题、生活观察……最初十几期文学性最高，后面慢慢就趋于生活化。江明珠只听有张澍录制的节目，早期张澍估计还紧张，聊天的时候磕磕巴巴，很难接上话茬儿；后来状态就好很多了，明显跟主播们有了默契，也能有一些自己的输出；最近这两期插科打诨，更显游刃有余。

张澍聊过去事情的节目不多，也就三两期，都是在最后个人分享环节里提到的。通过她的只言片语，江明珠简单了解到了大家目前的境况。

以前周景明不提她们，早些年江明珠问，他说断了联系。这几回偶尔聊，他话也不多，只是寥寥提几句万清。江明珠是在播客里得知张澍不孕的，还是张澍自己出言调侃的。

听着张澍娓娓道来过去的事情，一些记忆和情绪慢慢破土而出，细品似乎也没什么感觉，甚至多少有些矫情。特别是，当张澍情真意切地说到她们曾经真挚的、令人感动的、掏心掏肺的那些情意时，江明珠感到满满的尴尬，不夸张，她胳膊上的汗毛都立起来了。

她怀疑张澍过度美化了那些记忆。但她还是一遍遍听，深夜躺在床上听，坐在马桶盖上抽着烟听。她努力去回忆，努力去回忆，那些零碎的记忆逐渐也能形成画面，但她看着那一幕幕，仿佛只是经历了别人的梦，不能带给她一丝丝的触动。

好奇怪啊，那时稚嫩的自己明明清楚不招大人们待见，明明能看懂他们的脸色，却还要装作高高兴兴的样子时，她觉得自己蠢透了。

省城办完事回家，江明珠就开始打包行李，准备返回老家。之前考虑着暑假能做两个月好生意，计划开学前才带芃芃回去。但天不遂人愿，烧烤店停了几天，想要开业，食材等东西都必须重新准备。江明珠不折腾了，就这样吧，如今已经进入八月了，也干不了几天了。

江明珠一面戴着耳机听播客，一面收拾，还是张澍参与录制的那些节目，她来来回回地听，反反复复地听。

奶奶在另一个房间收拾，她表情凝重，一副很不舍的样子，实则却脚底生风，收拾行李的动作远比烤串时麻利多了。

奶奶早就想回去了。她从一个层层包裹的袋子里拿出把铜钥匙——她们家那套老房子的钥匙，十年没住人了，屋里也不晓得破败成什么样了。

真正感到不舍的只有江芃芃同学，她从幼儿园起就住在这里了。喜欢她的老师们在这里，同学们也在这里，这里的每条大街小巷她都那么熟悉。但现在她要离开这里，换一个全新的环境了。

第二章　旧雨重逢

她慢吞吞地整理好书包，趴在书桌上编故事。她最喜欢编故事了，这是除学习之外她真正感兴趣的。她总是幻想着自己在另一个星球上。在那个星球上，太奶奶是至高无上的存在，妈妈是一个无所不能的统治者，而自己则是一位灵气飘飘、能驱使星星和月亮的仙女。可仙女如今心乱如麻，因为统治者妈妈告诉她，她们要离开这个星球了。

21

周景明接到江明珠说要回来的电话时,他跟万清正在街上闲逛。这天是周六,两人晨跑时遇见,一起吃了早饭,然后相约趁上午还不太热出来逛街。

两人也没啥要买的,就紧贴商业街上那一排商铺前的阴凉处闲逛,兴致来了就去店里逛会儿,没兴致就漫无目的地瞎逛。万清在一家眼镜店试戴太阳镜,周景明出来接江明珠的电话,这时气温逐渐升上来了,三十七八摄氏度还是有的。

通话完,周景明把万清和张澍的电话发给江明珠,随后进了眼镜店。万清戴着一副太阳镜问他:"好看吗?"

"好看。适合你脸型。"

"你要不要挑一副?"万清问。

"我有。"周景明摇头。

结完账出来万清问:"还逛吗?"

周景明嫌热,问她:"回去?"

万清说:"回你家?"

周景明无所谓:"行。"

万清戴上太阳镜看他:"你妈在家吗?"

周景明同她对视,摘掉她的太阳镜,再问:"去我家?"

第二章　旧雨重逢

万清还是那句话:"你妈在家吗?"

周景明把太阳镜又给她戴回去说道:"我妈不在。"

两人慢慢地去停车位,一路上留意着便利店,万清径直去买成人用品,他拿瓶水站在门口喝,准备出来时,便利店的人说水没结账。万清返回去结账。

家里忽然停电了,周景明光着上半身,穿了条阿罗裤,从卧室出来去了厨房。他从冰箱里取出西瓜,一勺勺剜到碗里端到卧室去。

卧室里的万清要热昏了,穿着吊带盘腿坐在床上打听停电原因。她爆粗口:"怎么能停电呢?"她伸手推开窗子,让外面蒸腾的暑气来跟屋里的闷热自相残杀。周景明扎了块冰镇西瓜给她,又找了蒲扇给她摇风。

万清的发根全湿透了,脸蛋也热得潮红,她吐着热气声音沙沙地说:"身上好黏啊。"

周景明用手背贴贴她的脸蛋,滚烫滚烫的。他自己身上也是,一颗颗汗珠顺着脊梁往下淌,阿罗裤的裤沿都湿透了。万清也拿本书替他扇风,望着他红红的眼梢和鼻头问:"咱俩会不会中暑啊?"

周景明耐着性子说:"不会,这一阵子过去就好了。"

万清撑着胳膊,仰着脖子要周景明给自己扇风。周景明看着她说:"你像一尾滑溜溜的美人鱼。"

万清柔声说:"我好怕热的。"

他俯身尝了下她肩头的汗,说:"咸咸的。"

她也尝了他身上的，说："你的汗没味道。"

他望着她水汪汪的眼睛，轻轻地给她扇风："睡吧。"

万清睡着没多久就来电了，周景明正要去冲凉，万清的手机再次响了，这回他接了，张澍劈头就问："你跟万清在一块儿啊？"

周景明问："怎么了？"

张澍说他："你怎么不接电话啊？"

周景明四下找自己的手机，这才发现忘车上了……

手机显示有十几通未接来电，他母亲的、张澍母亲的、张澍的。

起因是一个小时前，周母骑着电瓶车去驾校报名处缴费，回来的路上车胎被扎爆了，那条路很偏，附近根本没有补胎的。她推着电瓶车差点晒中暑的时候遇见了张孝和，两人不但没把电瓶车塞进后备箱，电瓶车还把车身给划了。周母生气了，把电瓶车扔在路边坐张孝和的车就回来了。

周景明开车去了小吃店，问母亲电瓶车坏在哪条路上，他开车给拉回来。周母忙这忙那就是不搭理他。周景明摸着鼻头又问了一遍，周母反手朝他的肩膀上抽了两下。她难为情死了，人家好心帮忙，结果还把人家的车给划了。尽管张孝和再三强调不碍事，车有保险之类的，可她还是很过意不去。到家了想洗个澡吧，听到卧室里的声音，她臊着脸又悄悄出来了。

周母懒得多提，简单跟周景明说自己要考驾照，以及拿到驾照后去自驾游的计划。她也打算享享清福，去看看年轻的时候自己向往的大好河山。她是家里最大的孩子，结婚前她爹在山西跑煤炭运输，她帮忙押车时没少往河北和内蒙古那一带跑。那时候

第二章　旧雨重逢

她灰头土脸地坐在运煤的车里，瞧着外头的好风景，心想可真是好啊。

周景明脑袋蒙蒙的，问她："那汽车要是在路上爆胎……"

这下好了，周母更生气了："你回家去吧，我今儿就让你看看，我怎么凭本事把电瓶车弄回来。"

周景明说："我是担心你的身体……"

"担心你自个儿吧！"周母瞥他，"青天白日头的，我都没好意思说你。"

"……你别出去乱说。"

"我还敢出去乱说？丢死个人了，我都想扒条地缝钻……"

周景明跑了，开着车跑了。他妈追出来警告他："你敢把电瓶车拉回来，我跟你断绝母子关系！"

她一会儿就买补胎胶去，她要亲自扒胎补胎。以前三轮车的车胎她都能补，电瓶车的能难哪儿去？

周景明才不听她的，他沿着那条路慢慢找，最后在一棵小树下找到了。估计他妈怕丢，还把电瓶车跟小树锁一块儿。他蹲下解开密码锁，把电瓶车塞进了后备箱。

回来的路上他买了补胎贴，到家时万清已经走了。他冲了凉躺在床上，各种烦心事接踵而至。

张澍在群里阴阳怪气地损万清，问她上午在哪儿。万清说在家。"说好的在家，为什么打电话周小明会接？"张澍不依不饶，还说怀疑他们俩有奸情，但就是找不到确凿证据。

万清打哈哈，让张澍代她向张爸爸问好。今天是张澍父亲的生日，中午张澍去了父亲家吃饭。

周景明看完聊天内容，中间张澍@他，问他电瓶车拉回来了没有，他告诉张澍：拉回来了。我妈说划到你家车了，划痕大吗？

张澍回：小事儿，我妈说就凹了指甲盖大小的地方。接着@万清：晚上有活动吗？

万清回：中介正带人来看房呢。

张澍问：这中介行不行啊？天天来看，也没个有意向的？

万清回：有两个有意向的，价格谈不拢。

张澍回：价格不会太理想，老房子了。前两年还说要改造，现在也没人管了。

万清回：随市场价呗。我爸妈说不着急。随后她去了阳台上，拍了些花儿私发给周景明，问他：到家了？

周景明回：嗯。

张澍拍了一对漂亮的长耳坠到群里，并配文：配吊带裙多荡漾啊。

万清一下子就喜欢上了，私聊她：我要！

张澍回：想得美！接着就问：你不是嫌耳坠累赘吗？

万清把兆琳生前背的同款包找出来，拍给她：原先买来要送你的。你不想背的话我就挂上去卖了？

张澍回：给我吧。以后看见这个包就会想到兆琳。

万清等人看完房，又顶着烈日下楼找了维修师傅上来。家里的抽油烟机有些不好用了，客厅的空调也该加氟了。前些日子她妈妈的嘴皮子都快磨破了："你不是家里人？让你找人干点活咋

第二章　旧雨重逢

就这么费劲？"

傍晚，周景明蹲院里补车胎，先用工具把外车胎扒开，把里面的内胎拉出来，然后充足气后浸在水里找冒泡的位置，再用锉刀把冒泡的位置磨干净，最后把补胎贴片粘上去。他听见动静回头，看到万清端了盆花从电瓶车上下来，她说这是粉蔷薇，之前养在她家的阳台上，随后站在一侧看他补胎，还问他："好补吗？"

周景明看她："你找不来话了？"

万清笑笑，问他："一会儿去喝杏仁茶？"

周景明兴致不大："你又不喜欢喝。"

万清不在意："我陪你喝就好了。"

周景明收了工具箱回屋，找了衣服去冲凉。

万清倚着餐桌回前同事的微信，没别的事，就是对方问她有没有入职新公司，言外之意也想跳槽。她合上手机开始反省，回来两个多月了，虽说没工作，可这个找她那个也找她，各种群信息接连不断，职场里的消息无孔不入，而且那些消息泥沙俱下，说不好是哪一条让她变得焦虑。

她有时候进群就想看一眼，看有没有错过什么重大信息。可往往看一眼，就要花时间确认消息是否真实，在确认的过程中又被别的信息吸引，接着再确认……就这样，少说两三个小时过去了。最终得到可靠消息了没有？没有。所以她明明没工作，但经常像工作了一天一样那么累。

万清觉得就自己业务繁多，经常他们仨在一块儿，她会频繁地回微信。周景明很少回，张澍也不多。想着想着，她打开手机就开始退一些群，一些不联系的人的微信直接就删掉了。但凡能支配她情绪和精力的无效社交她全都清理干净。

她的心理咨询师曾多次建议，精简社交，把时间花在一些具体的事情上，不要频繁地去想那些过于抽象、宏大和虚无的东西，尽量把自己置身于真实琐碎的生活中去：如认真煮一顿饭，看一场电影，给家人打一通电话等。以前她不以为意，但在这一瞬间，她理解了，理解了这些话里蕴含的深意，正如前几天花心思给他们煮饭、找师傅来家里修抽油烟机、给周景明搬了一盆粉色蔷薇来一般，做这些事时她真切地感受到了内心深处的踏实和快乐。

此刻，她及时捕获到这些快乐，并把它们延长放大，静静地等周景明冲凉出来。他穿好衣服出来，催万清："走吧。"

万清建议："你骑电瓶车载我？"

周景明问："你不怕热？"

万清摇头道："不热。"

周景明骑上电瓶车，和她确认："电够吧。"

万清坐在后座上，手轻轻揽住他的腰："够。"

太阳刚落，傍晚的风还有些温热，万清说："风里的热气还在呢。"

周景明说："你说你不怕热。"

万清说他："不解风情。"

周景明问她："你这句话里藏着什么风情？"

万清没有正面回答："懒得跟你说。"

路口等红灯的时候，周景明仿佛游离在状态之外，心事重重地望着行人。

万清喊他:"周景明。"

他回头看她,她双脚撑地微微倾身吻他,随后坐好,催他:"走。"

他问:"你非得这么出其不意吗?"

她回:"好好骑,别废话了。"

22

万清察觉到周景明这两天有心事,不怎么参与群聊,约他吃饭也不积极。这些变化很微小,小到说出来对方会觉得你太敏感。万清的直觉告诉她,周景明的这些变化跟自己相关。昨天她向张澍试探,张澍说:"周小明怎么了?他跟往常一样啊?"她便没再说了。

万清上午约了人来新房除甲醛,门锁也换成了智能的。办完她在群里跟父母说,父母嫌她自作主张,还说她从小就这样,办事从不跟人商量。万清也生气,自己花钱忙前忙后还招了埋怨!她妈主要气她把好好的锁给换了,气头上难免说了两句难听的话,还说"你也别找了,像张澍她妈一样你也自己过吧,省得跟人过不到一块儿"。

万清气炸了:"说我就说我,你扯人张澍她妈干吗?我觉得人家比你过得幸福多了!你以前就这样,暗戳戳的势利眼!"娘儿俩在电话里吵起来了。

半个小时后舅舅打电话过来说她不懂事,还说她妈在那儿哭,劝也劝不住。彼时万清也站在阳台上哭。平复后她去超市买了一兜好吃的,开车去了乡下舅舅家。

母女俩言和,又亲密如初了,仿佛没发生这事。倒是舅舅把

第二章　旧雨重逢

她叫到屋里说了一通：家里就你一个小孩，所有好的全尽着你一个人，你不能太自私自我。

万清没多待，吃了午饭就回家了。她原本是有些不服气的，但见大晌午他们又是在菜园子摘菜，又是杀鸡宰鹅，还让她带回去冻冰箱里慢慢吃，就因为前一段时间，她拍视频嘚瑟自己会煮饭了，她忽然觉得没那么生气了。

她拉着东西精疲力尽地到家，便在朋友圈发了句警世良言："你妈说啥就是啥。别犟。"

有人评论：我妈也是。常有理……

万清没回复。她忽然思考发朋友圈是为了什么，评论的人又是怎么解读的，别人的解读是否跟她发的内容有实质性关系。她想到了兆琳，想到她发那些状态时的心情，想她会收到什么样的评论，而那些评论是否能对她产生积极的影响。不知道，她从来没有给兆琳点赞或评论过。此刻，她望着天花板隐隐觉得，不论是因为她周景明前女友的身份，还是她良好的家世和容貌，她对兆琳是存在一些微妙的情绪的。

她反手就删了自己发的朋友圈，随后在群里问：我家有土鸡，晚上炖汤喝？

十分钟后周景明回：你们喝。我出差了。

她私聊周景明问：今天不回来吗？

周景明回：估计到家都晚上九点左右了。

她回：你忙，工作顺心。发完她看界面上显示"对方正在输入……"，等了一分钟，周景明回：嗯。

万清脑袋里的两个小人开始打架了：一个说，一个"嗯"需要编辑一分钟,他这一分钟在想啥?一个说,你咋那么敏感呢?要不你继续去找心理咨询师聊聊?

她不聊,坐那儿剥了个芒果,吃完回了卧室午休。一个小时后起床,张澍才在群里回:**好啊,下班去你家喝。**

她拿出鸡先泡上,舅妈给她装了炖鸡的香料,也简单教了她怎么炖才有营养。忙完从厨房出来,她泡了杯咖啡,坐在沙发上看喜欢的电视剧,这些天她才真正地松弛下来。傍晚,她把鸡用文火炖上,又给阳台上的花一一浇水,随后站在阳台上看风景。这能让她暂时抽离人情世故繁多的生活,可以思考和消化掉一些事情。

下班路上堵,张澍抖机灵抄小道,谁知道大家都想一块儿去了,小道也被堵得结结实实。万清问她到哪儿了,说鸡要炖散架了。张澍烦躁,正埋头回信息,值勤交警敲她车窗了,指挥着她把车倒出去。她手忙脚乱,一顿蹩脚的操作才把车倒出去。

交警就没见过这么笨的,俯身问她:"你几年驾龄啊?"

张澍蒙了:"贾玲?我不认识贾玲啊?"

……

"驾照。"交警让张澍出示驾照。

"哦哦哦。"张澍拿出驾照给警察,然后莫名其妙地说,"前一段咱们还见过呢。我在那儿乱停车,你一直催我走。"

交警瞥了她一眼:"很光荣?"看完把驾照还给她,继续去前面值勤了。

到家后,张澍坐在餐桌前跟万清讲这一幕,万清也问她:"很光荣?"她不管,她说他们对视那一刻,她的心脏怦怦乱跳。她描述:"有一滴汗珠滚到他的眼皮上,我想也没想就伸手去接……"

万清问她:"然后呢?"

张澍懊恼:"他躲了,他以为我要偷袭他。"

万清把鸡爪鸡翅都给她,催她:"吃吧。"

张澍垂着眼吃鸡翅。

万清问:"他是交警还是协警啊?"

"交警。我看见他胸前的警号了。"

"我找人帮你查查,看他有没有女朋友?"

"别了。"张澍笑说,"我也就跟你说,你听听就算了。"

万清给她盛了碗鸡汤,没再说话。

张澍满足地喝着一大碗鸡汤感叹,夏天啊,是荷尔蒙躁动、很想要谈恋爱的季节,"别的季节都没有,只有到夏天那种氛围感才出来。春天嘛就是在酝酿,夏天才爆发"。

万清分析:"是不是因为夏天都穿得少?"

张澍贱兮兮地捧脸笑:"绝对有关系。"

万清说她:"你怎么那么欠呢?"

张澍开怀大笑,想到某件趣事,不搭理她。

万清问:"今晚住我这儿?"

"不行啊。"张澍看看时间,"有同事约了八九点去夜市上喝酒。她生日呢。"

万清撵她:"那你去吧。"

"不急,晚点去也没关系。"张澍感到愉悦,"咱俩聊会儿嘛。"

万清去洗水果,回来两个人捏着提子吃,张澍柔声说:"我心脏怦怦跳那一刻特别感动,一点儿不夸张,我眼泪都快出来了。"

万清笑她："被自己感动到了？"

"对啊。"张澍坦诚地说，"那一刻我才意识到，我的生命一直都是奔涌不息的，看到美好的事物还会怦然心动。之前两年就很倦怠麻木，甚至有些自怨自艾……"

万清受她感染，也莫名地安心，静静地听她说着。

张澍有事先走了，她离开后万清给周景明发微信：锅里有鸡汤，想喝了就来。

周景明语音回：下高速了。

万清明白他正在开车，没再多话。随后开始收拾餐桌，把留出来的那一半鸡汤重新温上。没多久，周景明来了，万清给他盛饭。

周景明坐下吃饭，吃了一碗米饭，喝了两小碗鸡汤。万清坐那儿看他吃，问他："要给你准备牙刷吗？"

周景明抽了张面纸擦嘴："不用了。"

万清没作声。

周景明收了碗去洗，洗好放碗架上沥水，然后擦着手说："鸡汤很好喝。"

万清回他："你找不来话了？"

等他离开，万清在房间来回转，之后在床沿静坐了十分钟，给他发微信：到家了？

周景明正要去洗漱，编辑道：到家了。发完看界面显示"对方正在输入……"，他等了两分钟，见万清发来：晚安。

他拿着手机，久久地坐在那儿。他明白万清想回复的绝对不只是"晚安"，也许她删删减减，编辑了满屏的内容，但最后发出来的只有"晚安"。

一会儿他听见客厅有动静,接着卧室的门就被推开了,万清进来反手关了门,随口笑问:"生我气呢?"

他否认:"没有。"

万清试探着问:"气张澍在群里问咱俩的关系,我没正面回应?"

他说:"不是,就是感觉不真实。"

万清问:"你觉得太快了?"

他也难以言表,问她:"咱俩现在什么关系?"

万清反问:"你认为呢?"

他也没想明白,只说:"在我的婚恋观里,咱俩能发生关系基本就水到渠成了,甚至可以谈婚论嫁了。"

万清不太明白周景明的意思。

周景明望着她,一言不发。

想到停电那天的事,万清忙抬手:"懂了懂了。"接着说,"帮我拿瓶水吧。"

周景明去客厅给她拿水,周母坐在餐桌前剥鹌鹑蛋,扭头看了他一眼。

周景明根本就没留意,拿了水就回卧室。万清接过喝了小半瓶,用手背擦了擦嘴如实说:"我没想那么远。"

果不其然。

周景明说:"这就是问题所在。"

万清看他:"什么问题所在?"

周景明坐在那儿自我拉扯了会儿,说:"我只愿意发展以结婚为目的的关系。"

万清本能地问:"我要不想呢?"

周景明很平静地说:"那就说明我们婚恋观差异很大,不适合在一起。"

万清皱眉:"什么意思?那天明明是你情我愿呀。"

"我某种程度上跟张澍的婚恋观一致,可以接受无疾而终的感情,但不能接受一开始就不真诚和不对等的感情。"

万清问重点:"'不真诚不对等'是什么意思?"

周景明不作声。

万清问他:"你说啊?"

周景明还是不作声。

万清懂了,她把手里的水喝完,看他一眼:"你要记一辈子?"

周景明摆了摆手,示意万清回去。

万清用力踹了他一脚。

周景明烦她:"你回去吧。"

同一时间,张澍有些微醺地到家了,到家后先反锁门,然后把门阻和防盗报警器塞进门缝,接着取下身上的挎包,哼着曲儿去了卫生间。她刷刷牙,洗洗脸,冲冲澡,高兴极了。她从卫生间出来,兴致高涨,索性拿了瓶气泡水去衣帽间,想趁着状态录制一期播客。

早在一年前,张澍就置办了麦克风和录音笔等设备,当时她想做一档个人生活观察分享类播客,但那时候她状态不佳,经常一个人录着录着就不了了之了。而且她对自己要求也高,内容要

第二章 旧雨重逢

有趣要有水准,每期至少得半个小时。现在她不想那么多了,只抱着好玩的心态,能录多少录多少。

聊什么呢?她酝酿了一会儿,先聊她的同事们吧。她往常很少参加同事们的聚会,有时候约同事吃饭,她们往往说"不行啊,家里还有两三张嘴等着呢"。偶尔聚一回,同事们不是这个带儿子,就是那个拖女儿,一顿饭下来,她脑袋嗡嗡直响……坏了,她隐隐意识到这一段好无聊,心里一慌,节奏就乱了。

她开始胡说八道,开始杀熟了,她先从张孝和说起。这些天好烦啊,妈妈整天神出鬼没找不见人,一会儿她男朋友给自己打电话,一会儿她同事给自己打电话,都是询问她妈妈下落的。她好不容易联系上妈妈一回,妈妈却说去山上避暑了。"好好地去山上避啥暑啊!"

之后张澍又拉出了她那个称得上"人间清醒救世主"的女发小。她怀疑她的女发小和男发小"有私情",因为他们俩身上有同样的沐浴液味道,这绝不是巧合,她那个粗糙的男发小一直都用香皂的。她惆怅地说:"好担心他们俩在一起啊,那样我们三个人之间的平衡就打破了。"张澍说不清,她也清楚自己是在无理取闹,可心里就是会酸酸的,一想到他们俩偷偷好上,她心里就酸酸的。

凌晨一两点了,在大家都已经熟睡的时刻,江明珠则站在高速路某服务区的综合楼前抽烟。她一早就开着面包车带着家当回来了,原计划晚上十点前就能到家,奈何奶奶坐车晕得厉害,芃芃坐了一天车也急躁,只好天擦黑就在服务区开了房间休息。

奶奶她们早睡了。往常这个点儿她还在烧烤店，这会儿自然是睡不着。她把头发染了，染成了金色，别说，特别酷。芃芃很羡慕，说妈妈染过头发更不像妈妈了。奶奶则直撇嘴，"整天妖里妖气"。

她戴着耳机站在那儿抽烟，背心热裤，一头金色短发，乍一看就是个叛逆的学生。偶尔有路过的年轻司机上前借火，江明珠看对方一眼，不说话。对方被她看得胆怯，讪讪地离开了。

23

周五这天一早,张澍就在群里问:今晚约不约啊?

他们仨好些天没聚了。

万清刚晨跑回来,烤吐司的间隙回:我有空。

张澍又@周景明,说他整天回个消息慢吞吞的。周景明正在吃早饭,回复说晚上有事。

张澍意识到情况不对,私聊万清:感觉周小明怪怪的。

万清喝口鲜牛奶,回她:有话群里直说,少背后叽歪。

张澍在群里@周景明:感觉你怪怪的,不想跟我们玩了?

周景明没回复。

张澍明白了,私聊万清:你们俩是不是有事?紧接着又发了一条:有事就承认,我又不会说啥。

万清回:你整天像个特务头子。

张澍服了,继续在群里@周景明:万清问你晚上有啥事。

万清翻了个白眼,懒得理她。

张澍私聊她:你们俩就是有事!往常你早就狗急跳墙了。

万清并不回复张澍,急死你,就是不回你。

群里周景明发了一条消息了:晚上跟球友约了吃饭。接着晒了昨天的约饭记录。

你不回复我，我就报复你，张澍生气了，在群里@周景明：你们俩是不是有事瞒着我啊？

周景明回：我能看见，你不用@我。

张澍再问：你们俩是不是在谈恋爱啊？

万清私聊张澍：你撤回去。

张澍发完也后悔了，撤回后不再搭理他们。

真没意思！

万清私聊张澍：回头再跟你细说。

张澍恼了：别说了。我根本就不关心你们俩的破事儿！

万清也来气了：不关心你整天试探来试探去，你试探个啥？

张澍的泪花顿时就涌出来了，二话不说，直接退了群。

周景明私聊张澍：我们俩的事你问万清。然后把她又拉进了群。

张澍生气地回复：她谁呀？整天跩得跟二五八万似的！你们俩的事我不关心，一辈子都别跟我说。

万清私聊她：犯得着吗？一点儿破事儿。

张澍更生气了，眼泪啪啪往下掉。

万清也烦得不行，回她：我们俩发生关系了。现在正在考虑是分开还是继续。就是这么个事儿。

张澍哭着编辑：你从小就这样，我们掏心掏肺，所有事都跟你说，你呢？你所有事都是到最后才跟我们说。就你考研那事儿，如果当时你说考研我也跟你考了。

万清生气了：我让你们这样对我了？你自己就没有一点儿主见？随后她也难过着编辑：你们对我掏心掏肺，我也必须得对你

第二章　旧雨重逢

们掏心掏肺？到底谁更自私？

消息发不出去，张澍已经把她删了。

上午在忙忙碌碌中过去了，万清挨个房间打扫卫生，厨房的油烟机也清理得干干净净。忙完她大汗淋漓地蹲在垃圾桶旁啃西瓜，边啃边哭，啃完去洗个澡，换了身衣服开车去张澍单位。

午饭时张澍出来看见她，脸皮发热。昨晚冷静下来她觉得真没必要。万清喊她："去吃螺蛳粉吧？"

张澍点点头，扭捏着上了万清的车。

气氛稍显尴尬，万清逗她："咱俩怎么跟小情侣吵架似的呢？"

张澍扑哧笑出声，然后说："对不起。"

万清回应她："多大点事儿。"

吃螺蛳粉时万清简单说了她跟周景明的事，很复杂，特别是男女间的那点事儿，很难三言两语地讲明白。她尽量追本溯源地跟张澍说，说了十五岁时两人学大人亲吻，说了考研时周景明每周给她打电话，也说了前几天两人发生关系，以及目前他们所面临的处境。

万清说完沉默了，又说："当年考研我只跟周景明说，我想那时候我对他应该是有些男女之情的，只是我不愿意面对。"

张澍大致懂了，问万清："你对他是不是也仅仅是有好感，不然后来怎么会对'哲学才子'一见钟情？"

万清要烦死了，她把蓬松的头发重新扎好，索性坦白道："我那时候不甘心喜欢他，我更憧憬外面的花花世界，我觉得我能遇到更好的！

"有些事没法挑明说,我跟周景明之间,说难听点,他那时候也不具备吸引我的魅力。我喜欢他,但又没那么喜欢他。而且当时我正处于人生低谷,想的是怎么考出来,怎么扬眉吐气……"

张澍打断:"既然他不够吸引你,那为什么要维持每周五的电话呢?"

万清沉默了会儿,回她:"我跟你解释不了我当时的处境,我很需要这通电话。"

张澍"哦"了声,岔开话题:"其实你跟'哲学才子'就是天时地利人和呗?"

万清点头:"差不多。"

张澍说:"那我理解了,理解周小明为什么要确认关系。"

小吃店天花板上的吊扇呼呼地吹,外面人声车声叫卖声不绝于耳,万清沉默着,感到精疲力尽。张澍又吃了两口粉,擦擦嘴问万清:"你为什么不愿意确认关系呢?"

"我没有不愿意。"万清斟酌着说,"我跟他的感情太复杂了,三十年了,各种情感层层叠叠地揉在一起……"

张澍立刻懂:"我明白你在说什么。就是相互太熟悉了,很难产生太强烈、太新鲜的化学反应?"

万清说不上来:"是这种感觉,但也不全然是。"

张澍换个问法:"如果要你们分开呢?"

"不要。"万清摇头,"这不是我要的。"

张澍又问:"他现在对你有吸引力吗?"

万清立刻想到前几天他们俩逛街,她在眼镜店试戴眼镜,她隔着透明玻璃看见周景明站在外面打电话,那一瞬间她的情欲特别高涨，当时也没发生什么特别的事，就是觉得那一刻的周景明很有魅力。但这件事她本能地没有跟张澍说，太私密了，她不愿意跟任何人说。

不知道，万清自己也矛盾重重，更私密的事她都跟张澍说了，但关于周景明的她不愿意多说。她没别的心思，就是她本能地觉得这是很珍贵的时刻，她不愿意跟人分享。她也不知道为什么会有这样的心思，就如同她想到这些画面时，会有一股无以名状的感伤和悸动。

万清甚至一度怀疑周景明对那天的事后悔了，他一直心事重重，犹犹豫豫，或是压根就不想把他们俩的关系搞复杂？不知道，自从她和周景明谈话后，这个念头始终困扰着她。她本能地不去探究如今的自己是不是对周景明没那么有吸引力了。

如果是，那自己又该如何面对？

从小吃店出来张澍就去上班了，万清到家先雷打不动地去午休。但这回她没睡着，卧室窗前有棵树，她觉得上面至少趴了六只蝉，一直此起彼伏地叫。

她不睡了。她洗衣服。她把脏衣篓里的衣服都丢进洗衣机，这时脏衣篓底出现一双男袜，她捏出来看，然后拍照发给周景明：你的？

自从那晚谈话后，他们俩三天没联系了，美其名曰：冷静一段时间。周景明回：是。

她回：都发硬了。把我衣服熏臭了。

这双袜子至少得有一个星期了，是他和张澍来住的时候留下的。周景明问：你很闲？

她回：是。被蝉吵得睡不着。

周景明回：那你把我袜子洗了吧。

她回：我怕把我家洗衣机污染了。

周景明回：你手洗。

她回：不洗。

周景明回：那你扔了吧。

她回：不扔。

周景明回：那你镶相框里挂你床头。

她爆笑，心中的块垒瞬间消散，回他：滚蛋。

周景明回：我想吃甜品。

她回：嗯。

周景明没再回，她也没再回。

　　她换鞋下楼，开车去商场给他打包了份甜品送到了他办公楼的前台。回去她把洗衣机里的衣服晾出来，然后蹲在那儿把泡在盆里的周景明和自己的袜子手洗了，忙完坐那儿吃着冰棍看心理学书籍。她今年忽然对心理学很感兴趣，如果时光倒流，当年选专业她或许会选心理学。

　　万清当年填的志愿很务实，就是就业前景好，未来能赚更多的钱。在她的认知里，工作就是工作，认真工作，老板付薪水，这就是最好的价值体现。她事业上向来目标明确——追求利益最大化，不然背井离乡干吗呢？

　　傍晚去河边散步时，万清认真思考了一些东西，她一个普通家庭的小城青年考去上海，努力奋斗致力于扎根大都市，如今也

第二章　旧雨重逢

有能力立足于大都市，这算是小小的逆袭了吧？是亲朋好友艳羡的对象了吧？她也该感到知足了吧？可为什么没有？又想，哪怕真的时光倒流，她的志愿也不会填心理学。如今她对心理学感兴趣，是基于自身维度的提升。倘若她眼下只是一个挣扎在温饱线上的打工人，她还会感兴趣吗？再想，如若当年研究生没考到上海，只是普普通通地念完大学，她如今会在哪里？又将是什么境遇？

不知道，万清把各种可能性都想了一遍，也再一次庆幸和感激自己当年的选择。她又想到了大学没念完的江明珠，她又在哪里？命运几何？想着想着她开始环视街头的行人们，男人女人老人小孩……心中慢慢升腾起的那股自得被瞬间瓦解，芸芸众生，沧海一粟，凭什么就觉得自己的人生比他们的更有价值和意义？

甩甩头，不想这些了。后来的散步中她想了张澍中午问她的那些话：周景明对当年的事真的释怀了吗？

周景明说他释怀了，他说他也爱过别人。但万清认为他没有释怀，他只是告诫自己要释怀，说服自己应该释怀，但内心还是有骄傲和不甘在的。

万清坐在河沿前的石椅上发呆，张澍的电话把她拽了回来。张澍说有一家新开的火锅口碑特别好！好不好吃不知道，但张澍欢快的语气让她莫名很期待。

万清回家先冲个凉，为了配张澍送她的那一双很荡漾的耳坠，她特意穿了条抹胸吊带裙。恰好今天张澍也背了她送的包。

张澍今天很开心，下午张孝和转了她六千块钱，前一段时间买中新股了，发个红包给女儿添漂亮裙子。张澍不依，非问她一共赚了多少钱。张孝和说两三万吧。张澍说："那你才分我六千？"张孝和说："你把那六千退给我。"张澍开怀大笑，好一阵撒娇，还特意给妈妈订了一捧非常漂亮的鲜花。

  真是太开心了。她挽着万清的胳膊进了火锅店说："我妈运气就特别好，去年她就打中了一只，也是转了我六千。我妈每年春节还给我发红包呢。"

  两人跟着服务员到餐位落座，万清扫码点餐问："包了多少？"

  "我来。"张澍快她一步先扫码，"包了一万。今年我爸也给我包了一万。"

  "不错。"万清酸溜溜地说，"我打新股从来没中过。"

  "你爸妈春节给你包多少？"张澍问。

  "他们说我年龄大了，再收长辈的红包就会折寿。"万清淡淡地说。

  张澍笑出了"鹅叫"，然后故作娇羞地说："俺在妈妈的眼中还是个小宝宝呢。"

  万清做出呕吐的表情。

  张澍不与她计较，赞美她："你戴耳坠可真好看。"

  万清摸摸脖颈："我脖子长。"

  张澍羡慕："对，你是天鹅颈。"

  "我戴不惯，我老嫌它坠得慌。"万清总想摘下来。

  "你戴习惯就好了嘛。"张澍说着想到了什么，打开手机给她看表情包，是江明珠早两年上热搜的图片，"我今天无意中看见的，是不是很像明珠？"

第二章 旧雨重逢

万清拿过手机看:"不是明珠,气质可太迥异了。"看完还给她,"哪儿来的照片?"

"群里有人拿来当表情包。我乍看觉得就是明珠,但细看觉得这个眼神……说不上来。"

"她这个眼神有戾气。"万清拆着餐具说,"跟咱们不是一路人。"

"好想她啊,也不知道她在哪儿。"张澍说。

说着服务员引过来一行人,有八九个,在她们斜后桌坐下。万清灵敏地听见声音抬头,周景明就坐在其中,一群男人讨论着NBA(美国男子职业篮球联赛)什么的。

张澍听见动静也回头,准备喊时万清踢了她一脚:"让他们吃吧。"

张澍频频回头打量他们,语气骄傲地说:"周小明最帅!"接着她费解:"我怎么就没喜欢过周小明呢?"

万清往锅里下肉:"你眼拙。"

张澍认真想了会儿,捂住嘴说:"我觉得跟周小明谈恋爱很奇怪,有点乱伦的感觉……"

万清懒得搭理她。

张澍说:"我有时候真拿他当亲哥……弟弟看。"

"你也比他大?"万清心不在焉地问。

"我比他大一个月呢。"张澍问,"你是不是大他半岁?"

菜熟了,两人埋头吃。万清嚼着肉看向周景明那一桌,他们桌不晓得说了什么,全都哄堂大笑,周景明也在笑。

张澍也看他们,看着看着有股说不出来的感觉:"感觉周小明坐在那儿很出彩,身上有股不容忽视的气场在。奇怪,他好像跟我们在一起就没什么存在感。"

万清给张澍烫鸭肠,夹了放她碗里。

万清抬头再看,周景明也看见她了,那一瞬间他们目光交会,地久天长般地凝视几秒后,各自继续同身边人谈笑。

24

原本火锅店那晚后，万清打算找周景明聊，但聊什么呢？有些事旁人多说无益，他自己能不能自洽很重要。

周景明真正想要的不见得就是"确认关系"。万清天然有一种直觉，如果她说"好啊，我们确认关系吧"，她觉得这句话说出口，他们的关系将索然无味。

这是他想要的吗？或许他自己都不明白想要什么。

但她笃定周景明绝对不想分开，可若轻易在一起，他的一些小情绪将无处安放。因为他就是个自相矛盾的别扭精。就像有些话他偏偏不说，他就是要你猜，明明想喝甜品点外卖就好了，他偏不点，他就跟你说想喝，就是要看你的悟性。

其实万清也不知道自己想要什么，但她无比清楚自己不要什么。大多数时候她也觉得自己在人云亦云，仿佛一个恋爱大师在张澍面前侃侃而谈，什么"喜欢爱情里的极端和自毁性"，"爱欲是一把魔法钥匙"云云，这些话都是她在公众号上看见的，并不是她自己的生命体验。

她自己的体验是，她和张澍在一起跟和周景明在一起，磁场是截然不同的。张澍带给她的感觉非常舒适，就是一辈子都吵不散的家人；周景明带给她的感觉既熟悉又新奇，熟悉的是那三十年的旧交情，新奇的是她会对他产生一股保护欲，一股怜爱。从这股怜爱里又能延伸出更多的情愫，这些都是她从未有过的情感体验。

不知道为什么，她经常感觉自己像在一个旋涡里，想法和观点随着认知一直在推翻重建、重建推翻，明明清楚有些事就是庸人自扰，但她还是忍不住想要去弄明白，甚至她在想事情的时候，自己会和自己对话，她能从这些对话里触碰到一些未知的、更多面、更复杂的自己，从而获得一点能量。尽管这点能量微不足道，大多时候转瞬即逝，但她会为此感到安心，一种扎扎实实的安心。

周景明也快烦死了，清早五点半，卧室空调就被周母关掉了，周母让他起来陪自己练科目一，两天后她就要去考科目一了。

第一天，周母兴致勃勃地来书房练，找鼠标找了一肚子火，半个小时后致电周景明："你把鼠标藏哪儿了？"

他说家里的电脑没鼠标。周母可生气了："没鼠标，没鼠标的电脑是电脑吗？考场里的电脑也没鼠标？"

行吧，下班后周景明把公司的鼠标拿回来。他找到模拟考卷陪他妈练。练到"驾驶机动车遇到前方车辆排队或缓慢前行时怎么办"，周母选：占用对面车道。

周景明两眼一黑："妈你别考了。"

周母朝他做鬼脸："开玩笑啦。"

这天早上陪母亲练完，周景明简单煮了锅粥，拿了冰箱里的包子在锅里馏，吃早饭时他看了眼他们仨的群，罕见的两天没一个人说话。他转发了公众号信息到群里,是一条举行篮球城市联赛的推文。

张澍问:你参加了?

周景明回:对。

张澍问:这么热的天不会有人去看吧?

周景明回:晚上七点开赛。

张澍说:那也很热啊,正是晚饭时间。

周景明剥着手里的水煮蛋,慢慢吃完,才回:我又没让你来。

张澍明知故问:那你发群里干吗?接着私聊万清:周小明咋这么迂回了。

万清没看手机,正给阳台上的花浇水,忙完看见群聊消息,私聊周景明:我去看。

周景明回:嗯。

万清问:吃了吗?

周景明回:吃了。

万清继续说:去上班吧。

周景明没再回,换好衣服出门上班。

接着万清就私聊张澍:看你那样儿。

张澍莫名其妙:我咋了?

万清言简意赅地回:目不见睫。

张澍回:彼此彼此吧!

万清不跟她扯淡,吃好早饭去五金店买灯泡。餐厅的灯泡坏了,她拿着工具箱踩着餐桌把灯罩拆了,拿着旧灯泡去买新灯泡。她可会精打细算了,店家推荐了一个十几块的、一个七八块的，她本能地要买十几块的，一想到房子马上要卖了，最后买了便宜的。

回家的路上遇见小春母亲，她骑着电瓶车正要去超市上班。她说今天值大班，从上午九点到下午五点。她说她现在不做保洁，去生鲜区卖水产了。她说万清要想吃水产就去超市找她，她能给万清挑些刚死的鱼虾，这种鱼虾买来很划算的，比活虾便宜一半不止。

万清应着，问她站一天累不累。

她说不累，一点都不累，又亲热地招呼万清有空了去家里坐，还说他们这几个孩子自从大了就很少见了。万清笑着答应回头和大家一块儿去坐坐。

跟小春母亲告别后万清绕到菜市场，顺道买了些中午的菜。她打算烧一道家常豆腐，一道蒜蓉菜心。她一个人，烧俩菜都吃不完。她挑好了菜让店家称，店家正跟一个老太太起争执，店家说老太太没给钱，老太太则说钱给过了但是店家还没找。给钱这一幕正好被万清看见，她作证说老太太给了，还说出给了多少钱，并从钱箱里指出那张钱。

万清提着菜出来又碰见周景明的母亲，两人寒暄几句。万清问昨天米线店怎么没开门。周母手一扬："我不干了，我正在考驾照呢。马上就考科目一了。"

万清"啊"的一声，忙说"挺好的"，顺嘴问啥时候考科目一。

周母说："后天就该考了。"

万清问："后天周景明带你去考场吗？"

第二章 旧雨重逢

周母说:"让他上班吧。我自己搭车去。"

"我送你去吧,反正我也没事儿。"万清诚心地说。

"不用不用,那多不得劲啊。"周母推辞。

"真没事儿,我在家也是睡大觉。"万清说,"送你去也是应该的呀。"

周母眼不大,但闪着睿智的光,她笑眯眯地说:"那行,那就给你添麻烦了。"

"多大点事儿。"万清也傻呵呵地回家了。

万清觉得跟长辈打交道挺好的,长辈们都很和善,既没催婚,也没催生孩子。到家她就给父母打了通视频,边视频边剥葡萄皮,葡萄紫紫的,大大的个儿,是她在流动的小摊上买的,五块钱一斤。聊着聊着母亲就哭了,越哭越伤心,也不说为什么哭。

万清蒙了,心想:我啥也没说,我更没犟啊。

没多久舅舅打过来说:"你爸妈啊,心疼你吃便宜葡萄,要给你买阳光玫瑰大果吃。"

……

午饭后,万清美美地睡了一觉,起床先上个卫生间,然后准备去一趟新房,各个房间的窗帘都做好了,约了师傅上门安装。洗手的时候她照镜子,发现肤色更亮了,各个角度细看一遍,果然皮肤更好了。接着她换上和张澍一块儿逛街时买的漂亮裙子,对着穿衣镜沾沾自喜:看啊!多么优雅的天鹅颈,多么性感的锁骨,多么美丽的女子。

万清陶醉地抚摸着美颈，问："魔镜魔镜告诉我，谁是这个世界上最有魅力的女人？"

镜子虔诚回答："是您，女士。您是周景明先生见过的最有魅力的女人。他必然会被您深深迷倒。"

万清浅笑嫣然，施施然地离开了。

开车去新房的路上万清给汽修店打电话："这样不行啊，不是才换的空调滤芯，怎么还是有异味啊？"通完话她降下车窗通风，转眼就看见周景明的车，但驾驶座上的人不是他，是一个金色短发的女人。那女人开车很狂野，踩个油门把她甩得远远的。她本能跟了上去，直觉告诉她，这不是周景明的同事或普通朋友，普通关系借别人的车是不会开得这么嚣张的。

万清没跟上，对方开得太快了。她把车靠边停下，犹豫了两分钟给周景明打电话，问开他车的人是谁。周景明正在忙，电话里乱糟糟的，只说晚上再细说。

周景明的车很好找，她顺着车消失的方向找过去，找了十分钟，惦记着有事，掉头去了新房。师傅踩在梯子上装窗帘，边装边聊闲话，夸房子格局通透，装修美观大气，接着就问厨房要不要装净水器，他有亲戚在家电城做代理云云，话特别多！

万清想撑他，你装窗帘就好好装你的窗帘，废话怎么那么多？但情绪上来的那一刻，身体里有个声音问她：撑了他你心里就会舒坦吗？

她慢慢平息下来，什么也没说。

窗帘装好了，万清下楼准备回家，周景明打电话来了，她站

第二章 旧雨重逢

去一片树荫下接通。电话打了将近两分钟，一直都是周景明在说。他给万清的信息不多，只说开车那人是明珠，她和奶奶前两天才回来。他这些年跟明珠一直有联络，没告诉万清和张澍是因为这事不方便由他说。

打完电话，万清在原地又站了几分钟，给张澍发微信：你把前天给我看的表情包，立刻删除重新编辑：你把在火锅店给我看的图片发我，像明珠那张。

没多久张澍就发了过来，还问她：咋了？

她先点开了图片细看，然后回复张澍：没事儿，你上班吧。

晚上周景明来了，万清把自己吃剩的饺子给他煎煎，他对付着吃了几个。她拧开一瓶气泡水倒在杯子里给周景明，问："明珠这些年怎么样？"

周景明喝了口水，说："比我们要艰难些。"

万清问："她当年离开是因为意外怀孕？"

"我没问过。"周景明说，"应该是她家的事对她打击更大。"

万清算算："那孩子今年得有九岁了？"

"九岁多了，该上四年级了。"

万清没再问了。有些事猜也能猜得出来，一个大学没毕业的未婚妈妈要养家糊口，背后有多么艰辛。万清也没问她为什么不把孩子打掉，为什么不联系我们，为什么和奶奶在异乡打拼。促使事情发生的因素太多太多了，这没什么好问的。

万清脑子有些乱，抱臂站在那儿捋思绪。

周景明在厨房洗盘子，洗完没事儿干，朝她说："那我回了。"

万清回过神说:"要不别回了?"
周景明问她:"有多余的牙刷?"
万清看他:"没有我可以去给你买。"
盛情难却,当然要留下了。

25

张澍洗漱完刚爬上床就收到了母亲的微信，一组"方便面火腿鸡蛋"的图片。她穿着家居服飞快地出门，内衣也懒得穿，反正夜里没人看见。

张孝和最近在控制饮食，晚上不吃碳水。这晚练完瑜伽回来的路上顺手买了把打折的花，到家修修剪剪地插了花瓶。忙完又看了会儿《深夜食堂》，看着看着觉得自己的生活太有秩序了。她坐在沙发上看着电视想啊想，为了打破内心的秩序，她决意给女儿拍组照片。女儿要来吃，她们就一起吃；女儿不来吃，她就关电视睡觉。

一切顺应天意。

发出去五分钟后，张孝和趴在门上用猫眼看，一会儿看一下，一会儿看一下。十分钟后听到了电梯声，只见张澍身着桑蚕丝的家居服，双手环胸，鬼鬼祟祟地出现在门口。

她转身就往回走，稳坐在沙发上。

几秒后密码锁响了，接着门被推开，张澍探着脑袋问："煮好了吗？"

她这才慢悠悠地起身："你没说要吃，我现在去煮。"

张澍急忙交代着："妈你要多放火腿呀，最好先煎一下。"

张孝和应声:"那我煎两根?"

张澍很满意,一屁股坐在沙发上:"可以可以。"

泡面煮好了,色香味俱全,张孝和还往里切了小半个西红柿,唯一的缺憾就是只能用大葱代替小葱了。泡面就装在她们钟爱的雪平锅里,锅底垫着隔热垫,她们母女俩就着锅沿,筷子挑着面刺溜一口,又刺溜一口。

好吃到脚指头都要翘起来了!

张澍遗憾地点评:"小青葱才是灵魂。"

张孝和附和:"翠绿的小葱圈撒上一撮,多好看啊,充满希望。"

张澍很满足:"深夜吃上一口泡面多幸福啊。"

张孝和也很满足:"是啊。"

母女俩傻笑,张澍抚摸着鼓囊囊的肚皮,商量着:"妈,以后咱们一个星期吃一回吧?"

张孝和想想说:"十天吧。"

张澍忙点头:"好呀好呀。"

江明珠此刻就没这么幸福了。凌晨家里突然断电了,也没跳闸,就是断电了。卧室里芃芃热得直哼哼,她过去一把抱起芃芃到奶奶房间,然后找出把蒲扇给她们摇风。

自从回来就各种事,先是面包车送去维修,她只能暂时借周景明的车开。烧烤店门面正在找人装修,一天忙这忙那地也离不了车。家里的老房子也在翻新,十年没住人了,厨房和卫生间都要大搞。好在家里这一切有奶奶,厨房换集成灶、卫生间换马桶这些琐事,奶奶一个人就能搞定。

奶奶精神好得很,一顿能吃两碗饭,烧排骨她啃得可有滋味

第二章 旧雨重逢

了。很神奇，以前奶奶总说这个嚼不动，那个是年轻人吃的，现在给她块钢铁，她都能留下一排牙印。而且她闲不住，工人干活的时候缺东少西，她楼上楼下跑着买。别看她平常抠抠搜搜，工人干活时她却经常会买些烟和啤酒之类的，还说他们心里痛快了干活利索。

江明珠忙烧烤店，奶奶忙家里，这就苦了江芃芃同学。家里吵死了，很难专心学习，去外面玩吧，她一个人都不认识，跑去街口转一圈就回来了，再跑去街口转一圈又回来了。而且还老被附近街坊问：这是谁家小孩呀？你爸妈叫啥呀？看着咋面生啊？

有了解内情的街坊就搭话了，个别街坊就会表现得很惊讶，指指她家的房子，压着声问："回来了？"

这一切江芃芃都看在眼里，她纳闷这些奇怪的大人围在一块儿干吗。她不躲，也不避，就睁着大眼睛听他们说什么。好在这些街坊也不会当着孩子的面说什么，有热情的朝她招个手，让她来家里给她拿好吃的。

一听到拿好吃的，江芃芃麻溜就跑回家了。太姥姥说了，那些拐卖小孩的就会先给他们各种好吃的，最后引诱到一个没人的地儿，用有迷药的手帕朝鼻子上一捂，抱着昏迷的小孩就拐跑了。

江芃芃好无聊啊，她趴在沙发上好想给爸爸打电话啊，可妈妈和太姥姥不让她打。她只能再一次把前天的回忆拿出来咀嚼。前天爸爸带她去了方特欢乐世界，太好玩了！她细细地回味，仿佛身临其境，她要把那些她认为特别刺激好玩的项目刻在心上，等下回去了她要一直玩，直到把它们玩腻。想着想着她就出了神，灵魂仿佛飞出去了一般。她张开双臂在天空翱翔，白白的云，蓝蓝的天，她看见了欢乐世界，看见了水上乐园，看见了学校，看见了戴着红领巾为她鼓掌喝彩的同学们……

这会儿江明珠去了周景明的公司还车，她自己的车修好了。正好是午饭时间，免不了一块儿吃顿饭，两人就近找了家饭店，简单点了一碗面。江明珠不爱吃肉，天天烤肉看见就腻，她先把碗里的肉挑给他，然后埋头吃面，吃完还有事。

周景明吃饭慢，挑一筷子面还要先吹一下。江明珠吃完见他还有大半碗面，要他慢慢吃，她去前台结完账就先回了。出了饭店她站在光秃秃的路沿打车，连个阴凉地也没有，她手上还夹了根烟，也不嫌热。

周景明从落地窗里看见她，原本想问她去哪儿，见她伸胳膊拦了辆出租车就上去了，便没再多说。他漱漱口出来，拿出手机给万清打着电话回公司。万清今天带他母亲去驾考中心了，考场在二十公里外的镇子里，她这会儿也是刚吃完饭，买了瓶冰镇汽水坐在车里。

万清问他中午吃的什么，他说跟江明珠一块儿吃的面，还说江明珠这两天可能会跟她们联系。万清应着，告诉他，她们下午三四点才能回去，今天考场人特别多。

周景明本来想说什么，最后忍住，闲聊几句就挂了。他很难正面表达自己的情绪，从小就是这样，畅所欲言、直抒胸臆的时刻基本没有。他这些年跟江明珠接触，能感受到江明珠有很多话想说，有很多愤怒的情绪需要疏解，可他无能为力，他能做的就是倾听或给她一个拥抱，更深层面的能量他给不了。

他记得，两年前有一次，江明珠喝完酒说了很多话，他那天

第二章　旧雨重逢

因为工作的事烦心,一面心不在焉地听她说,一面回微信,等他忙完发现江明珠不再说了。他当时没意识到有什么,直到小半年后才明白那时自己的行为有多不妥。

通完话没多久,他就回到了工位上,刚坐稳,万清的视频电话就打来了。他接通问:"怎么了?"

万清很无聊,没话找话:"我能不能把你妈撂下先回去?"

周景明回她:"善始善终。"

万清说:"你忙吧。"

周景明细看她的脸:"你眼尾有细纹了。"

万清不在意道:"我马上都三十二了。"

周景明专注地看她,看她不再年轻的容颜,看她不再顾盼神飞。

万清摆摆手,结束了视频。

她找出个指甲刀剪手上的倒刺,张澍贱兮兮地发来语音:小媳妇,你婆婆考完了没啊?

万清回她:去一边吧你!

张澍说:明天把你家冰箱里的大鹅拿上,让我妈给炖了。

万清回完她的微信下车,百无聊赖地去附近城乡接合的超市转了一圈,打着哈欠买了盒薄荷糖。拿着薄荷糖准备回车上午休,就在这时候,兜里的手机响了,她心口一紧,有预感似的拿出手机一看,是一行外地的手机号。

她快步回了车上,用力关上门,调整了呼吸后才接通。

"你好?"万清小心翼翼。

当江明珠听见"你好"的那一刹那,本能地把手机拿远了。

那些她尘封的、遗弃的、不屑一顾的旧日情意仿佛汹涌着要把她湮没。她竭力克制着，她说不出话来，直到一分钟后她才说："我是江明珠。"

车里的万清也把手机拿远了，重新调整了呼吸，得体地笑着说："我听出来了。"话音刚落，江明珠就结束了通话。

万清没有打过去，她扯了张纸巾盖在脸上，然后输入江明珠的手机号搜索她的微信，好友验证写着：万清。

周景明的母亲考完试了。回去的途中，万清接到张澍的电话。她喜极而泣，说下午有个外地的手机号给她打电话，她不接，对方发短信说是江明珠。张澍语无伦次："我以为是骗子，我以为是骗子啊……"

26

当天晚上她们就约了饭,是周景明出面约的。

万清把考完试的周母送回家,顺便回家洗个澡,换了身得体的衣服,化了淡妆;张澍下班也先回家换了衣服,细细打扮了一番;周景明下班直接去了餐厅;江明珠一直忙到傍晚,本打算回家洗个澡,没想卫生间有工人,潦草洗把脸就出门了。

江明珠最先到餐厅,比约定的时间早到了半个小时。她想抽根烟,见餐牌写着禁止抽烟,也就作罢了。万清先绕到张澍家,接到张澍后两人一块儿出门。万清怕张澍吃饭时过于震惊,路上说了江明珠有个九岁多的孩子,以及和奶奶在外地卖烧烤的事。等她们俩踩着点到餐厅时,周景明已经和江明珠聊了一会儿了。

十年没见了,一番情真意切的激动自然是少不了的。张澍先心潮澎湃地"啊"了几声,然后用力地拥抱江明珠,万清也伸了胳膊拥抱她,反倒江明珠有几分不自然。等那股澎湃的情绪过后,等大家都落座安静后,这才互相细细地打量。

万清暗暗地打量了江明珠,掩饰着内心翻涌的情绪,给她添杯茶道:"我现在是无业游民,休息两三个月了。"

江明珠顺着话问:"准备什么时候回上海?"

万清说:"再休息一段时间吧。"

江明珠点点头,也没接话。

张澍没能很好地掩饰情绪,她很吃惊,吃惊如今江明珠的巨大变化。一头耀眼的金色短发,脸色暗沉发黄,裸露的小臂上有一块块疤。她酝酿着,沉默着,看万清和周景明风轻云淡地同江明珠攀谈。不叙旧,不提过往,只道如今的城市变化。

江明珠看向张澍,问她:"你怎么不说话?"

张澍同她对视着笑笑,无从说起。

万清闻闻她的肩头,问她:"换香水了?"

张澍说:"是,上个月我妈送我的。"

周景明看着菜单,抬头问:"你们喝甜汤还是咸汤?"

万清看向江明珠:"甜的咸的?"

江明珠从包里拿出支烟,娴熟地点上,吐口烟雾说:"都行。"

邻桌有人抱怨了:"有点素质行吗?能出去抽吗?"

江明珠慢悠悠地回头看那一桌人,万清接过她手里的烟摁灭,问周景明:"没包间了?"

周景明说:"我预定的时候都没了。"

江明珠收了眼神,说:"算了。"

万清看她鼻梁上的疤,问她:"怎么留了那么大一块疤?"

江明珠老练地说:"有人喝了酒在店里找事,我过去干架,摔碎的酒瓶子碴溅上来的。"

张澍问:"你胳膊上的疤呢?"

"烧烤和煮饭的时候烫的。"江明珠看看小臂,"我是疤痕体质。"

接下来就随意多了,万清问她:"怎么不带孩子来?"

"咱们吃饭呢,小孩跟着碍事。"江明珠说。

第二章 旧雨重逢

"下回带上啊,我可待见小孩了。"张澍问她,"我结婚又离婚了你知道吧?"

"周小明提过一嘴。"江明珠说。

"我不会生孩子。"张澍说。

"咋了?"江明珠吃惊地看她,这一点周景明没有提。

张澍笑笑:"没咋,下回你把孩子带上啊。"

江明珠夹了筷子凉菜吃。万清问她:"你的脸色怎么那么干黄?"

张澍说:"对啊,我也想问。"

江明珠不在意地说:"天天对着炉子烤,时间久了就干黄了。"

之后话就不多了,几个人专注吃菜,吃完就各自回家了。

万清先送张澍回去,两人一路沉默,直到车到小区时张澍才说:"明珠跟换了个人似的。要不是你把她的烟接过来掐灭,感觉她能上去打那些人一顿。"

万清说:"那倒不会。她以前也老斜着眼瞅别人。"

张澍奇怪:"难道是她以前的脸稚嫩,斜眼的时候没这么大威慑力?"

万清轻轻地附和:"我也被惊到了。既熟悉,又陌生。"

张澍恍惚:"是啊,是明珠,又好像不是明珠。"

万清问:"你感受到她的局促了吗?"

"我也局促啊,刚拥抱完坐下后空气陡然就静止了。"张澍缓缓地说,"我那会儿真不能说话,怕一说眼泪就往下掉……"

万清沉默,没再说话了。

家里的烟灰缸不知道哪儿去了,江明珠蹲在阳台上枯死的花盆前一面抽烟，一面给周景明发微信：她们俩说我什么了吗？

周景明到家也才冲完凉，回她：饭后我们就分开了。

江明珠弹弹烟灰问：你们没群？

周景明说：没人在群里说。

江明珠有些烦躁：我应该换身衣服再去。

周景明回：我也没换。

江明珠说：我觉得我像个野蛮人，跟你们坐一块儿格格不入。发完就撤回了。

周景明问：周末来我家吃饭？咱们四个。

江明珠回：再说吧。

周景明问：我拉你进群里？

江明珠把烟在花盆里摁灭，编辑道：别。

不多时张澍就在群里问：拉明珠来吧？

周景明回：OK。

万清正在开车，也回了个：OK。

张澍在群里@周景明：你拉吧。

周景明私聊万清：你拉吧。

万清私聊江明珠：我把你拉到组织里吧？

江明珠回：行。

江芃芃看她妈蹲在阳台上，过去一下子趴她背上撒娇。江明珠腿蹲麻了，母女俩一块儿倒在地上。江芃芃看出了妈妈眼里的不耐烦，赌气地坐回了客厅的沙发上。奶奶在餐桌前喊，让她赶紧把盘里的虾吃完。江芃芃犟嘴："我才不吃死虾！"

奶奶说她："犟吧，跟你妈小时候一样挑嘴。"她领着江芃芃

第二章　旧雨重逢

去逛超市,在生鲜区遇见了小春母亲,两人亲热地拉着手聊了会儿,临了挑了兜半死不活的大对虾。鲜活的四十块一斤,半死不活的才二十块。

万清没有直接回家,路上看到家咖啡馆,绕了弯,独自坐了会儿给周景明发了个定位。没多久周景明来了,万清分别点了美式和布丁。

两人坐在室外的藤椅上喝,不说话,也没聊江明珠。大概坐了二十分钟,万清在这心绪杂乱的片刻间想起了和周景明第一次发生关系的那天傍晚,她端了盆粉蔷薇去找他,他蹲在夕阳下补车胎。

也说不上为什么,这一幕在发生时没觉得有什么,可回忆的时候却如此特别。

万清忽然想到了书上的一段话:"正如哲学家所言,生活只能倒着被理解,这完全正确。但他们忘记了另一个命题,那就是生活必须正着被经历。如果好好思考一下这个命题,你就会意识到一个越来越明显的事实:我们永远都不可能真正地及时理解生活,因为在任何一个特定时刻,我们都无法找到一个必要的参考系来理解它。①"

万清想着想着,心绪就慢慢平和了,她偏头看周景明,他正低头在回微信。他意识到万清的目光,回完信息合了手机,和她说这一段时间失眠得厉害,总是做乱七八糟的梦。他说到了昨天

---

① 选自莎拉·贝克韦尔《存在主义咖啡馆》。

晚上的梦，他梦见童年的自己做了噩梦，母亲躺在一侧安抚他说，给貘吧给貘吧。

万清轻声问："貘是什么？"

他说："貘就是专门吃人噩梦的食梦貘。"

万清笑笑，听他继续说。

他聊到了前一段时间去学校给芃芃办理入学手续，说学位就那些，你的孩子上去别人的孩子就上不去。他也说到了少年时的雄心壮志，他经历了两次高考，他清楚一家欢喜的背后是多少家忧。他感慨，当你全力以赴奔跑的时候最好不要回头，回头你就会看见成千上万个摔得头破血流的人。

他原本是一个倾听多于表达的人，工作上说得够口干舌燥了，日常基本没有表达的欲望。但这几次禁不住万清的话多，他不自觉地也变得话多。他意识到后就不再说话了。

万清问他："怎么不说了？"

他没多犹豫，还是顺着刚才的话继续往下说了，说完有些饿了，他问万清："你饿吗？"

万清说："你要吃消夜我陪你。"

他问："你不吃？"

"我怕胖。"万清随口说，"我前两年最胖的时候135斤，好不容易才瘦下来。"

周景明没问了，他本能地回避她以前的事。

可万清没放过他，还是说了，自从瘦下来她就坚持运动和控制饮食。她还让周景明看她胳膊上的肌肉，刚瘦下来那阵很松弛，如今练得很紧实。

周景明如她的意，问她："怎么变胖的？"

万清淡淡地说："宫外孕，手术后内分泌失调。"

周景明沉默，再没多问一句。

没多久他就先回去了，他离开后万清就近找了家便利店，点了一大份关东煮坐那儿静静地吃。正吃着，手机收到一条微信，她没看，一直等吃完出了便利店才认真看。

周景明：我在你心中是否当过备胎？

她回复：是。

27

距离那晚又过去了三天。这三天万清当作无事发生,依然在群里有说有笑。

周景明发言更少了,除非张澍@他,不然他不多说话。

他就这性格,没啥好奇怪的。

万清倒是手机不离身,她正蹲在卫生间洗衣服,手机就搁在旁边的马桶盖上。闲着没事手指就戳进群里看看,看看谁在聊天。群里没人聊,都在各自忙。

她和周景明的私聊界面还停留在周问她是否拿他当过备胎,她回"是"。

有些事没办法细细解释,怎么解释呢?多说无益。她没能力把当时的复杂心境还原,好让周景明能更理解她一些。至少在当时,她没意识到那是拿周景明当备胎。直到他们绝交后,她才真正意识到自己做了什么。

万清对"哲学才子"的一见钟情,套用张澍的话总结就是天时地利人和。她考上研究生了,扬眉吐气了,整个状态发生了翻天覆地的变化。"哲学才子"风趣儒雅、自信从容,又有那么点高不可攀,这对彼时才二十出头的万清来说有着致命的吸引力。

那时她隐隐明白周景明的心意,尽管他从未表明。她虚荣心旺盛，特别在冬夜里听到电话中周景明的呼气声，心里无端甜蜜。她会言不由衷地说"太冷了，挂了吧"，他会佯装没听见，继续跟她聊。

那时她对周景明的情感格外复杂，甚至在甜蜜中夹杂着一丝恼怒。晚上宿舍熄灯睡觉，室友们会聊她们的男友，聊他们的甜言蜜语。个别爱出风头的，为表现自己的特立独行，还会分享男友接吻的水平……每到这时候，几个室友趴在各自的床上悄声分享，她都会静静地躺在那儿努力地听。

她也会做不可描述的梦，梦见和周景明拥吻，梦见和他在床上做爱。有时从睡梦中醒来，还会努力回忆着梦中的情景。

考去上海后，万清遇见了"哲学才子"，她纠结、犹豫、撕扯，想着该怎么告诉周景明。她每一天都在想，明天一定告诉他，可过了一个又一个明天，万清仍一天天地往后拖。

后来周景明知道了，一切都尘埃落定了。那一晚，她沿着外滩漫无目地走了一圈又一圈，破晓时分，她望着冲破云层的光，也决意放下他了。

万清洗完衣服晾好，郑重其事地坐在沙发上，拿出手机编辑微信。她想跟周景明解释那晚为什么会和他说自己之前有过宫外孕，因为她想要全心全意地跟他好好谈恋爱，而这件事是她身上唯一的秘密了。她想要对他诚实，想要努力争取他，想要获得原谅……

她心跳过快，小腹也隐隐不适，最终把编辑好的内容全删了。

这些都是万清的真心话，但她发不出去。她没办法袒露真心。她不够勇敢，她害怕受伤，当意识到这些时，她蜷缩在沙发里痛哭。

她也不知道为什么会这样子,为什么要本能地掩藏真心。

她的谎言不攻自破,她声称自己是一位勇士,勇士都以不畏受伤为荣。可是她不想受伤,不想扔下手中的剑。

她一面用手背抹眼泪,一面编辑:我想要你臣服于我。因为你总是不服我,我才看不惯你,看不惯你我就要拔剑。如果你臣服于我,我就会快乐,会平息内心的怒火,会扔掉手中的剑。最后,逼着自己发送。

发出去没多久张澍回复:??发错了吧姐?

万清把手机屏幕上的眼泪擦掉,继续编辑:生存还是毁灭,这是一个值得考虑的问题[①];默然忍受命运暴虐的毒箭,或是挺身反抗人世间无涯的苦难,通过斗争把它们扫清,这两种行为,哪一种更高贵?

张澍引用万清的话:这是哪位文豪的语录?看着眼生。

万清长长吁出一口气,心里通透多了。

张澍后知后觉地问:你们俩吵架了?今天七夕,早上她在群里@周景明,说她家有亲戚是开花店的,有需要就推荐给他。

周景明没回。

万清回:还是以前那事,我们正在过那道坎儿。

张澍吃惊:你们俩不都发生关系了,不是都过去了?

万清酝酿着,没回。

张澍又发来一条:都八九年前的事了,那时候不是不成熟

---

① 引自莎士比亚《哈姆雷特》。

吗？张澍懒得发微信了，直接打了视频过来。

万清拒绝了视频，回她文字：没事儿。

张澍问：伤心了？紧接着又发了一条：你在我面前不是可厉害了吗？你骂他呀，他那两年就没从你身上获得过能量？

万清回：是我逼他了。我跟他说了我宫外孕的事。

张澍惊愕：你宫外孕过？

万清回：三四年前的事了。

张澍给万清发语音，又气又急：有毛病啊你，哪个男人不介意啊，有些事是经不起考验的，考验来考验去最终都落脚到人性，最后硌硬的是自己！

万清回：他必须不介意。

张澍懂了，回复万清：那也没必要特意说呀。

万清回：得说。紧接着继续发：以后怀孕建档填资料，医院也会详细记录这些。

张澍删删改改，本来想说周小明缺点挺多的，也有些软弱，可想到她们几个缺点更多，最终发了一条：你有信心他能完全释怀吗？

万清回复：我尽力吧。

张澍惆怅地编辑：咱们几个就周小明的性情最难琢磨，飘忽不定，经常弄不懂他在想什么。尤其是时隔多年再见，他眼神放空的时候甚至有股破碎感，很难形容。奇怪的是，我也说不出他身上的具体优点，但哪天他要陷入性侵这种丑闻，我又能无条件地相信他。紧接着补充了一句：哪怕对方证据确凿，周小明只要说他没有，我就无条件相信他。

万清望着这条信息，想着该怎么回复才不枉他们这些年的情意。

万清斟酌着编辑：张澍，谢谢。最终嫌太见外，又给删了。

万清心情舒畅了，可张澍没有。此刻，她静静地坐在家里和万清聊微信。她很想告诉万清，告诉她自己此刻的糟糕心情，但她没有，她怕影响到万清的心情。

昨天晚上，张澍又去母亲家里吃泡面，母女俩吃得一团和气，吃完母亲慈爱地望着她，温柔地说自己要结婚了。

张澍傻了，她以为自己的耳朵坏掉了。可母亲还在缓缓地说，对方是她四十二年前的同学，他们时隔四十二年没见，见面不足一个月就决意结婚了。

张澍强烈反对，她不接受，她像个无理取闹的小孩一般回了自己家。

到家后她就收到了母亲的微信，满满两屏幕的文字，解释她为什么想结婚和一定要结婚。她不看，反手就删了。

她辗转难眠，惶惶不安，终于在凌晨两点找到了正当理由。她给母亲发微信，提到了胡叔叔：胡叔叔对你那么好，你怎么能为了一个认识不足一个月的男人而抛弃他？

母亲迟迟没有回复。

她知道母亲没睡，她继续发，动之以情，晓之以理，发了五六条。

可母亲始终一条没回。

她开始生气，理智逐渐溃散，又发了几条带有攻击性的话。她一直发一直发。你不回我我就一直发！连番轰炸后，母亲终于

第二章 旧雨重逢

回了一条：我不结婚了。

看见回复，张澍一口气卡在那儿，上不去也下不来……

跟张澍聊完，万清看了一部纪录片，是关于动物的。看完她端着杯红茶站在阳台上，望着院里啄食的麻雀发呆，一会儿转身去了厨房做午饭。她先习惯性地看一眼微信，"相爱相亲一家人"的家族群里十分活跃。起因是她母亲转发了一个短视频，视频里周景明在做油泼面，录制视频的人说这是她上得厅堂下得厨房的好大儿，语气里满满的自豪。

评论里有熟人问："你这大儿有对象吗？"

周母回复："我儿说没有。"

这视频之所以被转到群里，是因为有几秒周景明的正面镜头。母亲在群里说：这孩子是我看着长大的，性格好、面相好、又有出息，尤其那一双眼睛，从小就黑亮黑亮的，跟头小麋鹿似的。咱们家要是有适龄的孩子我能帮着撮合撮合。

意思简单明了，肥水不流外人田。

群里大姨二姨小舅妈都在轮番发问。按说这条件怎么能三十一了还没对象？是不是有啥不为人知的隐疾？长得这么好，怎么会被挑剩下？一顿评头论足，指手画脚。

万清火冒三丈，没看完就私聊母亲：你也太不尊重人了！亏你以前还当过幼师。

发完继续回群里看，那些七大姑八大姨说也就算了，反倒是父亲的话让她更加生气。父亲说：这孩子别的都好，就是自负了些，原本有能力去北京念大学，结果被他自己给断送了。两次高考，一次不如一次。心理素质差，还不如清呢。清当年那么大事都扛过来了，最后还凭毅力考去了上海……

父亲说完，群里的话风全变了，一致开始夸万清，说这才是大本事，说万清从小就气质不凡。大姨这时问了：清在上海怪好吧？父亲说：好着呢，年前都在看房了，准备在上海落户买房了。接着科普能在上海落户有多么不容易。

二姨父问：清谈对象了没，上一个都分开两年了吧？父亲说：不着急，有能耐的人都是挑别人，没能耐的才被别人挑。我们家民主得很，闺女自己过得好才最重要，如果结婚是给人刷锅洗碗当保姆，这婚姻不要也罢。他着重强调，他从不担心闺女的婚事。

二姨父不开心了，发来的消息有些阴阳怪气：唉，可惜了，白瞎，闺女嘛，她嫁不嫁人都行，反正嫁人了也是给别人家添丁。我家那些小子要敢不结婚，我把腿给他们打折。

父亲估计被二姨父的话噎住了，没吭声。母亲上场了，回复二姨父：以后你就享福了，二勇多懂事啊，年前去上海找清办事还拎了一箱顶级燕窝，你说花那钱干啥，现在日子都难过……

万清看着这些刀光剑影的内容，反反复复看，看了一遍又一遍，起初很气愤，后来慢慢平静下来。

之后万清拿上车钥匙，去了乡下舅舅家。

第二章　旧雨重逢

28

到了乡下，舅舅给她开了瓶冰镇汽水说道："天这么热跑来干啥？家里限电，没法午休，你爸妈拿着鱼竿去河边了。"

万清找过去，河堤一排排的杨树下坐满了纳凉的人。老的坐在那儿，一面给躺在凉席上的小的摇扇子，一面唠家常。众人瞧见她，相互问着这是不是李家的外甥女。

万清还没应，那边正跟人聊天的母亲从凉席上起身，紧张地问她是不是家里出了什么事。万清有些讪讪地说："家里什么事也没有。"然后问："我爸呢？"

母亲示意了一个方向："那儿呢，钓鱼呢。"接着给了万清一瓶花露水，说道："给那个秃瓢儿喷喷——干脆也别喷了，咬死也算省粮食了。"

万清拿着花露水过去，她爸看见她惊讶得起身："家里出啥事了？"

她说："啥事也没。"

她爸安心了，看来闺女是想自个儿了，他美滋滋地把自己的折叠椅给闺女坐，又朝人借了张马扎坐下。他想到什么，忙起身，吸着啤酒肚问："闺女，你觉得爸胖吗？"

万清仰头看，秃瓢儿、啤酒肚、紧身T恤，怪油腻的。她说：

"还行吧。"

她爸这才坐下,说中午饭桌上他多夹了两筷子肉,就被人嫌弃胖,嫌弃油腻了。他用感伤的、文学性的语言叙述着,自从退休后,他的家庭地位及话语权一日不如一日,直至轰然倒塌。后来,他抑郁难眠,经过半年的自我斗争,终于看清局势,接受了新的家庭地位,可他的忍辱负重不但没有换来妻子的尊重,尊严反而被无止境地践踏。

万清问他:"她咋践踏你尊严了?"

"她在人前骂我秃瓢儿,骂我糟老头,她言辞不尊重我。"父亲严肃地说,"以前我不上桌,你舅舅舅妈都不让动筷,现在是一点规矩都没了。"

万清偏头看父亲,看见他鬓角长出来的老年斑,安慰他:"以前是拿你当客人,现在是拿你当家人。你在家里没上桌,我跟妈也吃了呀。"

父亲的面色缓和了许多,又说起舅舅老笑话他,前天还在院子里学他走路,阴阳怪气地说他走路气派,一看就像个干部。他说自己到了"虎落平阳被犬欺,龙困浅滩遭虾戏"的地步。他还说到二姨父出他洋相,二姨父兜里常年揣着两盒烟,一盒十六块的利群,一盒六十五块的软中华。五一的时候他们家亲戚聚会,他拿出利群让他和她舅舅抽。她舅舅接了,他才不接,他回里屋拿上自己的软中华抽。

听到这儿万清莫名有些难过,只能顾左右而言他:"我妈不是给你买了几件新衣服,你怎么老爱穿这紧身T恤?"

她爸说:"你妈眼光不行,我才不穿那老头衫。"

第二章　旧雨重逢

万清说："你都过六十了，就是老头了。"

"谢贤都八十五了，比他儿子还潮呢。"

万清汗颜，只好说："那改天我给你买几身吧？"

他爸说："买些颜色有层次和有质感的，你买了我给你转钱。"接着又说："都立秋了，回头帮爸买一双牛皮短靴，配我那条牛仔裤可气派了。"

万清酝酿了半天，没有接着刚才的话题说下去，她看着爸爸说："爸，我跟你说点事儿，你别想多。"

她爸看她问："咋了？"

万清语重心长地说："我没你说的那么优秀，你别老在群里捧我。你说大姨二姨她们都有孩子，表哥表姐们都在群里呢，你说'有能耐挑别人，没能耐被人挑，嫁不好刷锅洗碗当保姆'，你含沙射影说这些干什么呢？"

老万心虚，背过去钓鱼："事实胜于雄辩。"

"我看表姐在朋友圈晒孩子，晒美食，晒一家人的生活挺好的。"万清靠坐在折叠椅上，双手环胸，说，"你还说周景明自负自大，你都十来年没接触人家了，怎么就这样武断地评价人家？"

老万不同意："她那叫啥好？你表姐夫都失业几个月了，才找了份给幼儿园开校车的工作。"

万清反问："我也失业了呀，你怎么就在亲戚圈里选择性隐瞒？"

老万笑了："我闺女能一样吗？你想上班随时都可以的。"

万清打断他："前一阵子猎头问我三年内是否有婚育计划。"

老万生气了："哪家企业呀，去投诉他！国家说了，用人单位不得询问妇女的婚育情况。"

眼见话题要扯远了,万清有些头疼地说:"爸,趁我妈不在,咱俩好好聊聊行吗?"

老万显得意:"你终于发现还是咱俩聊得来了?"

万清认真地说:"爸,你们给我的压力很大。甚至你们在亲戚圈夸我,我都会产生羞耻感。"

老万很意外:"你怎么会这么想呢?"

"爸你知道本科毕业生的人口占比是多少?硕士以上学历的占比是多少?"万清缓缓地说:"本科全国人口占比大概是4%,硕士以上占比大概是不到1%,我就在这不到1%里。"

老万夸她:"所以说你优秀。"

万清沉默着,半天才说:"我如今羞耻就羞耻于我是这不到1%的一分子,我总隐隐觉得我应该要有所贡献,要有些社会责任和担当,可我整天能做的和关注的都是什么破烂事?

"我一直想让自己更优秀,利国利民的大事干不了,但能让家人以我为荣,让你们在亲戚们面前有面子也可以。我对自己不满意,让你们满意也可以,但我发现行不通,特别是当你们捧我的时候,只是为了贬损他人。

"以前'努力就会成功'这套逻辑在我人生中是成立的。我一生都在给自己设立目标,一步步向前奔跑,成为自己想要成为的人。如今我细细回顾,再三审视,觉得我每一步都没有错。眼见要熬出头了,眼见能在上海立足买房了,可我并没有想象中的春风得意,只有身体被掏空似的精疲力尽。"万清茫然地看向父亲,"爸,为什么我每一步都没有错的人生,最终使我陷入了虚

第二章　旧雨重逢

无和平庸？"

"我常常怀疑自己一无是处，以前有人说我容错率低，说我刚愎自用，说我斗筲之器……有时候认真想想，我也觉得自己挺糟糕的。"

直到傍晚，在舅舅家吃过晚饭后，万清拎着喝剩的半瓶红酒，悄无声息地步行回市区。她只身走了两个多小时，越走越热，索性脱了身上的T恤搭在肩头，露出里面的运动内衣，也露出了肉肉的小肚腩。餐桌上开了两瓶酒，红的白的各一瓶，都喝得差不多了。

一个小时前，喝了两杯红酒躺去房间休息的母亲给她打电话问："咋没见你人？"她说："约了车回市里了。"母亲叮嘱了两句，说老房子那片管理混乱，要她睡前反锁门。她应下，说道："妈，你能答应我一件事吗？"母亲让她先说说看。她说："你能别喊我爸秃瓢儿吗？"说完大笑。

"喊他秃瓢儿也没错啦，但考虑到他薄弱的男性自尊，能不能别在人前喊？"万清补充道。

万清母亲也笑，也借此给她提了个要求——"将来你对象咋样都行，但绝不能是秃瓢儿。"

在通往市区的昏黄的乡镇公路上，零星交错着骑摩托的情侣、骑着电瓶车匆匆归家的母亲、开着夜班出租的父亲，一个身穿运动内衣、手持红酒瓶、背影寥落的女青年，边走边喝，边大笑边通电话。

她频频驻足回望，无尽的夜什么也没有，只虚张声势地传来一声叹息。

　　同一时间，周母在厨房教儿子怎么卤鸡爪，怎么炸卤蛋。她做的卤味一绝，从前做一大瓦罐，这几个孩子围在餐桌前能一顿吃光。她对这几个孩子没别的意见，就是太能吃。儿子从小就愿意分享，常常把她藏起来的娃哈哈一拿拿两板儿，一板四瓶，每人分一瓶。她说这么分，以后他自己就没得喝了，他说没关系，没了他就不喝。

　　她这会儿困了，打着哈欠泛着泪花，给煮好的鸡蛋改着刀问："今儿是七夕，你也不出去？"

　　周景明按比例配着卤煮的大料，说："你去睡吧，剩下我弄。"

　　"配料不着急，你先把鸡爪的指甲给剁了。"她指挥着说："有一回小春吃到个指甲，给她恶心的再也不吃鸡爪了。"

　　周景明挨个剁鸡爪上的指甲，本身厨房不大，他俯身在那儿剁，显得空间尤为逼仄。周母自言自语地说："上回考完科目一，清说抽空了教我练科目二，现在也没信儿了。"接着闲话道："也闹不懂这丫头，老碰见她光着脚无所事事地在街上晃，一点都不像正经高才生。咋跟街上那些没工作的小青年没区别啊？"

　　"你见她光脚了？"周景明挺直腰问，"高才生是什么样？"

　　周母嫌他抬杠："穿个呱嗒板儿不就是光着脚？高才生啥样我不知道，但也不能像个退休老头似的在街上晃吧？上回见她拎着只鞋子站在那儿抠鞋底，我问她咋了，她说踩到口香糖了。

　　"有时候又觉得……说不上来，看着你们也怪心疼的。明明日子越来越好，不愁吃不愁穿，但咋感觉你们还是那么辛苦呢？我跟你爸干一天活也没觉着累，那时我最喜欢坐在床头数钱，就

第二章 旧雨重逢

百十块的毛票,我能来来回回数半天。数着数着彩电置办了,洗衣机也添了,冰箱自行车都有了,日子越过越红火……"周母不说了,她太困了,上午去驾校练了车,下午去明珠奶奶那儿,见她正坐在那儿缝棉花被,她就帮了一下午忙。

母亲回房间歇息了。周景明看着火,鸡爪至少得卤一两个小时才入味。他去卫生间冲了澡,换了衣服出来唤邻居家的猫,把煮好的鸡内脏剪碎,放到盘子里给它吃,抬头看见那一株漂亮的粉蔷薇,他过去观察长势,回屋拿了肥料,接着上网查一回施多少。

忙完他坐院里看短视频,万清父亲前一段时间开了一个普法号,他在镜头前正襟危坐,字正腔圆地科普民法,如常见的欠钱不还怎么办,一时冲动打赏主播是否能追回打赏,等等。

评论区有不少熟人捣乱,其中有个评论写着:姐夫你的红嘴唇真好看,你是不是开美颜了?

他点开这个人的头像,发现那是万清的舅舅,两个小时前的视频中他们一家人在吃晚饭。舅舅给了万清一个镜头,说这是他在上海工作的有大本事的外甥女,万清用手挡住脸不让他拍。

鸡爪卤好快十一点了,周景明也困了,他关了火回房间休息。傍晚时他收到了万清的微信——一张落日照,一句:你什么想法呀?

他没回。他自然清楚这句话的深意及分量。

他没回是觉得自己没能力满足万清的期待,他知道她要什么。

他的世界如今更大更广阔了,他不会再像十年前那样纯然和热忱地去期待每周五的一通电话;他也不会因为忽然顿悟了《白马啸西风》里的"你深深爱着的人,却深深地爱上了别人,有什么法子"时，在街头不知所措了；他再也不会在一个个深夜里想到她，辗转反侧、如有隐忧了。

这些浓烈的情感都不会再有了。

当初他内心更怨恨的是自己，忽然的断交也是一种自我惩罚。他曾无数次想过，假如时光倒流，他会不会向她明确地表白，会不会追去上海挽回她？

尽管他觉得这么设想没意义，但他的回答依然是：不会。

那个阶段的他太弱小了，他也曾试图向她表白，但就是说不出口。他曾在梦里向她表白过，他拿着一捧玫瑰，有些结巴和羞涩地问："要不要做我女朋友？"得到的回应毫不意外，她笑吟吟地望着他说："你开玩笑的吧？你不是说快烦死我了？"

他很难分析当时的复杂心境，就是说不出口，无论如何也说不出口。

快十二点了，他收到条万清的微信，他装了烟拿着手机出来。

万清有些狼狈地站在他家院门口，他见万清上身只穿了运动内衣，问她："你T恤呢？"

她T恤原本搭在肩头，路上给弄丢了。

周景明问她："刚从乡下回来？"

她说："才回来。"

周景明看她："乡下凉快吗？"

"挺凉快的。"万清有些晕乎乎地说，"下午我们去河边玩，那一片全是乘凉的人，河水里泡着好多小孩。"

"下午还挺热的吧？"

"热啊，但家里限电了也没别处可去。"

第二章 旧雨重逢

周景明没有再问。

万清原本想问他为什么不回那条微信,想了想还是没问,问了别的:"如果当时张澍的包没划到你的倒车镜,你会主动联系我吗?"

周景明顿了一下,如实说:"应该不会。"

万清懂了,如她所料。

两个人都没再说话了,之后沉默了得有五分钟,万清想回家了,临走前她还是决意要说出来:"当年你来学校找我,我特别开心。"

周景明点头:"我知道。"

万清望着他眼睛说:"我那天……我那天包里还装了好几个避孕套。"说完甚至笑出了声,她继续说:"学校里发的,你来找我的时候我全装进包里了。"

周景明也笑了:"我看见了。我们逛海洋馆的时候,你从包里拿纸巾,掉出来了一个。"

万清诧异:"我怎么没发现?"

周景明轻轻地说:"我怕你尴尬,所以用脚踩住了。"

万清还是笑,然后问他:"我跟你去招待所你真不懂是什么意思吗?"

"懂啊。"周景明摸出烟点上,说,"但那天你的状态不正常,招待所条件又差。"

"我那天是挺亢奋的。"万清问他,"我要是状态正常你会吗?"

"会。"周景明笃定地说。

万清点点头,问他:"后悔过吗?"

周景明想了想，摇头："我不会乘人之危。"

万清打趣他："那你亏大了，我那是第一次。"

周景明还是那句话："那我也不会。"

万清捏过他手里的烟，抽了口，还给他："你第一回是什么时候？"

"跟你绝交两年左右？"

"什么感觉？"

"忘了。"周景明失笑。

万清垂眸，看地面上合二为一的影子，望着他认真地说："我认为你特别厉害。"

周景明看着她，没作声。

万清继续夸他："你优点很多。"

周景明本能地问："这些优点会让当年的你选择我吗？"

万清有一刹那的出神，认真想过后告诉他："不会。"

周景明点点头，没多问了。

万清叫了他的名字："周景明。"

周景明看她。

万清郑重地说："对不起。

"我为当年伤害过你的感情道歉。

"无论如何我都应该主动告诉你。"

第二章　旧雨重逢

29

这天都晚上八九点了,张澍在群里约他们喝酒,还自作主张地点了两个小菜,相约去万清家喝。万清问她"咋不约你家",她说自家干净,不适合造。

等江明珠忙完过来,她俩已经喝了一会儿了。江明珠随口问周景明来不来,张澍说他有事。江明珠也没说别的,拉开椅子坐下。

张澍心烦意乱,这些天她要被各家银行的催收电话烦死了。堂弟的信用卡全部逾期了,联系人的电话填的是她的。她先扯了很多无关紧要的事,最后才烦闷地说她妈妈谈恋爱了,竟然闹着要结婚,对象还是她四十二年前的同学。"是不是很荒唐?"张澍说。

为了证明她妈妈很荒唐,张澍说了自己偷偷跟踪妈妈的事。她说对方就是一个司机,是个小老头,家还住在农村。接着她就说那些文艺片导演总是诗化农村。"农村就是农村,是只有老弱病残和留守儿童的农村!"张澍愈发情绪激动和言辞刻薄。

万清问张澍:"如果你妈这男朋友又帅又鲜又多金,你就同意?"

张澍一愣,那她也不同意。接着张澍又说,她主要担心她妈被骗,还说她妈现在已经和这个男人公然地出双入对了——他们去游泳、看电影,一把年纪旁若无人地牵手……她想到母亲脸上的笑容,那是她从未见过的明亮笑容。

张澍不说话了。

三个人沉默了一分钟,万清喝着茶问江明珠:"店里的餐桌和厨房配套都买了?"

"不买。"江明珠说,"我以前那个烧烤店的一套东西全发来了。"

万清惊讶:"你真会持家。"

江明珠淡淡地说:"开源节流吧,从穷日子过来的都会持家。"

三个人又沉默了。

张澍又叨叨了:"这人都来我妈家里留宿了。胡叔叔都没来留宿过。"

椅子坐得腰难受,万清调整了一个舒适的姿势,又顺手拿了袋中药拆开喝。

张澍问万清:"你怎么了?"

万清说:"月经不调。"

江明珠脱口问:"你是不是以前就月经来最晚,十四五岁才来?"

张澍紧接着说:"这可得重视了,好好调养。"

万清本能说:"咱俩不一样。"

好吧,三个人再次陷入了沉默。

没过多久,张澍说:"跟我不一样最好。"

万清解释:"我是内分泌失调。"

第二章　旧雨重逢

江明珠有些闷，干了杯酒，问她们："我能抽烟吗？"

万清推了个杯子给她，让她弹烟灰。

受到屋里气氛的感染，张澍也有些躁了，说万清："你老岔我话有意思？我无理取闹了？我妈难道不够荒唐吗？"

万清说："你妈能跟你说结婚，那代表她主意已定。结就结呗，多大点事儿。"

张澍不作声，不搭理她。

万清又说："你妈都五六十岁的人了，什么没经历过呀？小鸡就别教母鸡怎么下蛋了。"

张澍说万清："看你多理智中立客观，多置身事外。"

万清回她："你也差不多行了。"

江明珠一手夹着烟，一手端着杯子去了阳台。她靠着护栏往屋里瞧，餐桌前那两人你一句我一句，不耐烦地互损。她觉得兴味索然，拿出手机给周景明发微信：你怎么没来？

周景明问：怎么了？

她回：下回你不来我也不来了，怪没劲的。

阳台上花草多，蚊虫也多，江明珠皮肤糙，倒不怕蚊虫咬。她把烟灰抖在杯子里，忽然感觉小腿扎，低头看，是一盆丑丑的仙人掌，她抬眼看看屋里，伸脚就把它给踢翻了。

江明珠夹着烟回来坐下，那两人转移话题了，聊起了萨莉·鲁尼，聊她的《聊天记录》和《正常人》。江明珠喷了一大口烟雾，准备摁灭烟。万清转头了，手掌在空中来回扇，对江明珠说："你朝一边喷去。"

江明珠摁了烟屁股，胳膊肘撑在餐桌桌面，高举手机悄悄查萨莉·鲁尼是干吗的。

　　隔天一早，万清就在群里@她们，她阳台上的盆栽翻了两盆，冰箱贴少了三个，请大家对号入座。
　　张澍回：盆栽不是我干的。紧接着发了一个链接到群里，让大家帮忙砍一刀。
　　江明珠回：必须下载才能砍吗？
　　张澍回：你下载呀！新用户还有大红包领！
　　万清回：缺那两毛钱？
　　张澍无视她，在群里@周景明：帮我砍一刀。
　　周景明正忙，没空看信息。他开车来了处空旷的地方，教母亲练车。他眉头紧锁，一遍遍教她什么是远光灯、近光灯、转向灯、警示灯……
　　张澍又在群里@他了：求求你了，就差你这一刀了。
　　周景明没砍，张孝和在家庭群里帮她砍了。这之前母女俩已经几天没联系了。
　　张澍清晨六点就下楼了，围着小区的人工湖转，看看人打太极，看看人跳健美操。她心里郁结难舒，只能一圈一圈地消解。
　　她干转了一个小时，太阳都出来了，她不嫌晒，站在湖沿看人垂钓。另一边张孝和收到了出来晨练的邻居微信，说早起就看见张澍在湖边转，好像还在悄悄抹泪，不知是不是遇上烦心事了。
　　张孝和下来了，看见女儿站在那儿，她没过去，独自在不远处站了小半晌，然后上楼给张澍发微信：饿了吗？

第二章　旧雨重逢

张澍看见信息，这几日被压抑的委屈登时全涌上来了，她回复道：饿死我吧！

张孝和回：你来吧。

张澍又在那儿转了十几分钟，才磨磨蹭蹭地上楼。张孝和在厨房准备早餐，她给张澍做了几张圆圆的笑脸饼。这是她们母女俩的特殊暗号，读书时张澍只要不开心了，她就会给张澍做笑脸饼。

张澍看见笑脸饼更难受了，她埋头喝一口豆浆，吃一口笑脸饼。张孝和一脸慈爱地看着她吃，等她吃完了，张孝和才不疾不徐地给她讲自己读书时候的事。她讲了十五岁时上课迟到被老师惩戒，要被当众扇耳光，班长不扇，选择卷着铺盖退学了。副班长扇了，扇了她七下，因为她迟到了七分钟。

原本她心绪平和，四十多年前的事了，有什么可委屈的呢？而且她这一生阅尽世间百态，看淡人情冷暖，这点事儿早算不得什么了。可在同女儿缓缓讲述的过程中，就这么短短的一段话，她还是数度哽咽。

张澍再一次问张孝和为什么想要同班长结婚。张孝和说她这一生接触过很多形形色色的人，她明白一个人身上什么品质最可贵。她说班长或许不富裕，但他活得坦荡，她和班长在一起很放松，能很容易地获得身心上的愉悦与满足。这正是她这个阶段渴求的东西。

张澍垂着头，泪流不止，她扯了纸巾往脸上胡乱一擦，恶狠狠地说："我去砍死他……"

张孝和明白女儿的心意，故意逗她："他坟头的草都老高了。"

张澍疼惜地埋怨母亲:"你早说我不就理解你了吗?"

张孝和柔柔地说:"现在说也不晚呀。"

张澍什么都没有说,伸出胳膊抱了抱母亲。

楼上母女情深,楼下江明珠奶奶骑了辆老年助力车,车斗里放了两箱纯牛奶,被门卫拦在了小区外。她原想着趁上午凉快,过来看看张孝和,早年芃芃入读幼儿园需要户口,是她悄悄托张孝和办理的。她们回来这些日子了,不来看看没个礼数。

张孝和接到明珠奶奶的电话下来,说她多心了,又问她哪儿来的助力车。奶奶一面随着她乘电梯,一面说是借街坊的。到屋里奶奶看见张澍也在,亲热地拉着她的手,细细地打量她,说:"这孩子长得多招人喜欢,跟读书的时候一模一样。"

张孝和谦虚道:"都三十出头了,不能跟读书的时候比了。"

奶奶打量着张澍,心里五味杂陈:张澍皮肤白白嫩嫩的,说话轻声细语、娇滴滴的,这哪像是三十出头的人,又哪像是离过婚的人?她不免拿张澍与自己的孙女比较一番,无形中有了情绪,但她又很好地掩饰了起来,笑眯眯地要张澍多去家里吃饭。

张澍笑着应声,说:"早就想去探望她了,但明珠说家里装修没地方落脚。"

奶奶热络地说:"家里昨儿刚收拾妥,回头你们都来,我给你们烧好吃的。"

之后奶奶和张孝和坐在沙发上话家常,张澍一扫早前郁郁寡欢的心情,坐在椅子上在群里嘚瑟:*我胡汉三又回来啦!*

周景明回:*帮你砍了。*

万清引用张澍的上一条,问:*胡汉三是哪儿的梗?*

第二章　旧雨重逢

张澍回：白毛女里的恶霸。

周景明纠正她：白毛女里的是黄世仁。

张澍回：哎？你们俩和好了？

周景明解释：我这些天忙项目。

张澍回：懂懂懂，哎呀我全懂……

这边张澍在群里聊着，那边奶奶和张孝和小声拉家常，道尽了明珠母亲的不是。

换个人奶奶是不会说的，怕传出什么闲话，但这回她憋不住了，她死活看不上她这个前儿媳："你说明珠爸刚进去两年她就改嫁，你改嫁就改嫁吧，我拦不住你。但她前两年不知从哪儿得到信儿，联系上了明珠，三天两头打电话嘘寒问暖。联系上了就从明珠这儿前后弄了几万块钱。

"她和明珠说，她再婚以后日子也不顺畅，男方也有个读大学的儿子，她过去才一年又添了个儿子。好像男方的前妻闹了几回，撺掇着把家里钱全款给儿子买了婚房。

"有一回我偷听电话，也没听出个囫囵音，只听她抽抽搭搭。你说，她哪有个当妈的表率？"奶奶说着悄悄抹泪，"我是心疼明珠啊，她赚的哪一分不是辛苦钱？三伏天她身上都是一层一层的痱子。"

张孝和柔声问："明珠和她妈关系缓和了？"

奶奶直摇头："不敢多说，多说两句明珠脾气就上来了。"

张孝和又问："那跟她爸呢？"

奶奶也摇头，一言难尽，她不敢提，怕一提明珠这心里头堵得慌。

张孝和轻轻叹息，别人的家事不好多说。

奶奶感觉时候差不多了，说芃芃一个人在家呢，还说芃芃也是个小倔头。张澍竖着耳朵听半天了，这会儿起身相送。奶奶又紧紧抓着她的手，连声说要她们以后多来家里吃饭，多来找明珠玩，还说咋一晃眼她们都这么大了，说完，招招手回家了。

第二章　旧雨重逢

30

明珠奶奶离开后,张澍和万清私聊,也是聊江明珠的变化。她不知道该怎么说,十年没见了,初见时的激动退却后,空留一地尴尬。她不奢望她们能回到曾经,但目前的处境确实尴尬。

万清正在网上学习艺术鉴赏,看完信息说:"不着急,慢慢来吧。"

张澍一面心疼江明珠,一面又觉得她身上有诸多小毛病,比如在餐桌上抽烟,爱爆粗口,你跟她找话题聊天,她偏偏不接……

万清问:你不喜欢她在餐桌上抽烟,为什么当时不说?

张澍回:难为情嘛,也没觉得是多大点事儿。

万清问:要是我抽你会制止吗?

张澍懂了,没回复。

万清回:要是我和周景明抽,你绝对会制止。你没制止她显然是觉得关系没到。

张澍附和:对,问题就出在这儿。

万清回:以后有不满就当面表达,不用顾虑那么多。紧接着又发了一条:怪不得昨晚她去阳台上抽烟了,还踢了我两盆花,还故意喷了我一脸烟雾。

张澍吐舌头:她是不是察觉到了?

万清回：我大学那会儿也抽烟，谈恋爱的时候他有鼻炎我就戒了。

张澍诧异：我都不知道！

万清没回。

张澍问：你跟周小明谈好了？

万清回：该谈的都谈了。

张澍问：结果呢？

万清坐在那儿，静静地回：这才几天，过一阵子再说吧。

张澍回她：我总感觉周小明在你面前怎么那么别扭？他在我和江面前更自在从容些。

万清回复：那是因为他对你们俩没产生过浪漫。

张澍回：是不是有部韩剧叫《浪漫的体质》？紧接问：《了不起的麦瑟尔夫人》第三季你看了吗？

万清回：没看。我看《伦敦生活》的第二季了。

张澍诧异：你不是吐槽过《伦敦生活》第一季？

万清回：三四年前看第一季的时候我正春风得意，理解不了里面的人物。去年我又重新看了，忽然就全懂了。

张澍回：哈哈哈哈，因为你去年正处于人生低谷。

万清轻轻叹息，编辑道：是啊。

中午了，江明珠从烧烤店回来吃饭了。奶奶做了手擀面和臊子，面煮好过一下凉开水，再浇两勺臊子拌拌，很适合夏天。

江明珠在那儿回微信，万清发了她盆栽的图片，问：仙人掌招你了？江明珠回复：不小心绊到了。

第二章 旧雨重逢

万清回：就没扎到你的脚？

她回：扎到了。

面要坨了，奶奶催了她两回。她回完信息放下手机吃饭。

祖孙仨围着餐桌吃，奶奶一口大葱一口面，在外面这些年她别的没学会，学会了吃大葱。江明珠和江芃芃都是吃几口面，喝一口冰镇汽水。江明珠更愿意喝冰镇啤酒，但喝了酒不能开车，她下午还要开车出去买东西。江芃芃挑嘴得很，把碗里不爱吃的菜全挑给江明珠了。果然，奶奶在一旁唠叨了，吃这些有营养，能长高个儿。

江芃芃不想吃，也不想长高个儿。奶奶懒得说了，话题转到了以前的那个小工身上，早先回来的时候跟人家说过，将来这边烧烤店安置好了还让他来。那小工机灵得很，眼观六路，耳听八方，也想跟着学点烧烤的本领。江明珠吃好了，碗一推，说已经给小工订好火车票了，后天就来。

奶奶冲江芃芃挤眼，芃芃会意，立刻跑进卧室端了个大礼盒出来，塞给江明珠："给你的。"

江明珠打开一看，是一套高档护肤品，她了无兴趣地放在了餐桌上。奶奶说她一早去张澍家了，见张澍用的是这个护肤品，就给她也买了一套，特别贵。奶奶还夸张澍细皮嫩肉的，脸上连条细纹和斑都没，看着最多像二十出头。

江明珠打断了奶奶："从念中学时她妈就给她煲各种汤喝，直到现在补气血的汤都没断过。"江明珠也是在播客里听张澍说的。她本是无心一句，奶奶却上心了。她收了碗去了厨房洗，江明珠看见喊："江芃芃？"

江芃芃屁股离开坐便，伸胳膊把卫生间的门拉开一条缝说道："我在拉屎。"

……

江明珠说："一会儿洗碗。"

奶奶解着围裙从厨房出来，用胳膊撑着餐桌坐下说："晚点儿我就问你孝和姨，我也天天给你补。"

"补也晚了。"江明珠下楼了。

下来才发现忘带车钥匙，她又上楼回去拿，见奶奶捧着杯子坐在那儿缓缓喝水，桌上躺着那一套喜庆的护肤品礼盒。她拿了车钥匙装进兜里，又把护肤品礼盒端回自己卧室，出来说："我去忙了。"

外面太阳晃眼，她用力抓一把头发，拉开车门上了车。

傍晚时分，万清沿着河边散步，再次偶遇周母，她拎着一个商场的无纺布购物袋，袋里露出来两根青笋。周母仔细看了一圈这周围的景色，心想，天天转，天天转，这能有啥看头？

周母扯开自己的购物袋，说她刚买了一兜小河鱼，可鲜了，还买了一兜半死不活的大对虾。万清看看，不用问，这绝对又是在小春母亲的生鲜区买的。

万清以为周母让她看完，接着就会邀请她去家里吃晚饭，可并没有。周母开始夸起了她的好大儿，说他一早就教她练车，教得可耐心了，比教练都耐心。周母选择性地隐瞒了自己操作失误，把车撞到路墩子上的事。

万清不懂其意，直点头。

第二章 旧雨重逢

周母说,周景明去打球了。万清说打球好。周母告诉万清周景明在哪里打球,问她要不要去。万清说不去,她要忙自己的事。

周母没再多说,拎着她的菜回家了。说心里话,当闺女的话她是一万个待见万清这样的孩子,艺高人胆大,在外不会受欺辱,更不会为了点蝇头小利就没了底线。可要当儿媳妇的话,她还是待见张澍那样的孩子,温柔敦厚性子绵,见了谁都和和气气、笑意盈盈,家教更是没的说。

她这些日子不断地说服自己,不断地想万清身上的优点,好让心里更平衡和踏实些。儿子喜欢,她能有啥办法呢?但她内心始终有两个小人儿交战。一个说,她都跟以前那男朋友住一块儿五六年了,跟离婚的人有啥区别?而且性格又不好。可换位一想,要是自己闺女跟男朋友住一块儿五六年,住就住呗!可换到别人闺女身上,怎么……怎么就心里有点硌硬呢?

周母犹犹豫豫,踯躅不前,一跺脚,决意返回去喊万清来家里吃晚饭。可等她过去,昏黄的河边早就没人了。就在这时,她忽然发现了这里的美,落日余晖下的护城河多好看啊。她卖了半辈子米线,天天蹬着三轮车打这儿过,怎么就没发现这么美呢?

她不着急回家做饭了,她找了个石椅歇下,她要让自己置身于这个情景中。她的内心好像有什么东西翻涌,但她又描述不出那是什么东西。她好欢喜呀!她惬意地伸直了双腿,左右观望闲步的行人,暗暗有些后悔,要是涂个口红就好了,要是穿身更体面的衣服就好了,那样精心打扮过的自己才配得上此刻的心情。

她又莫名地怅然若失,为什么以前就没有发现呢?这样她就能跟那个死老头一起坐在这里,一起看夕阳,一起话过往。他真是没福气呀,那么艰难的日子都熬过去了,如今终于可以好好享清福了,可他却死了,早早就死了。

晚上万清去了烧烤店,看装修到哪儿了,她们几个也好提前买开张花篮。江明珠带她在店里转了一圈,前后百十来平方,就简简单单刷了墙,装了灯,再无琐碎装饰。

万清好奇:"这么简洁?"

两人来到街边,江明珠示意对面的空门面说,现在行情不好,能省则省吧。

万清了然,问她:"那这三五天不就能开张了?"

江明珠:"多说三天。主要厨房的油烟系统复杂些。"

万清说:"行,回头给你来两排花篮。"

江明珠没作声。

万清看她:"吃晚饭了吗?"

江明珠说:"吃了。"

万清问:"吃的啥?"

江明珠说:"奶奶熬的稀饭。"

万清点头:"挺好的,这儿离你们家也近。"过来了一阵清风,挺凉爽的,她又问:"咱俩喝几杯?"

两个人也没别的地儿。江明珠从店里搬了张折叠桌出来,又去烟酒行买了冰镇啤酒和酒鬼花生,两人坐在烧烤店门前吹着夜风喝着小酒。

第二章　旧雨重逢

万清先问她:"芃芃快开学了吧?"

江明珠掏出烟问:"我能抽吗?"

"抽吧。"

江明珠点上烟说:"嗯,没几天了。"

万清看她的鞋带又散了,像从前那样俯身伸胳膊帮她系好。她打小就系鞋带一绝,经她手系的鞋带绝不会散。不像那几个笨手笨脚的,体育课上跑两圈全散了。系好后随口问她:"我们一直都在找你,怎么不联系我们呢?"

江明珠深深地吸了口烟,垂着头也不作声。也不多会儿,她脚下落着一滴滴泪渍。

万清抽了纸巾给她,又倒了杯啤酒一口闷,等自饮了三杯,才端起来要跟她碰。

两个人碰完就搁了杯,静静地吹晚风,没再多说什么。

大半晌,江明珠又跟她碰杯,问她:"还去上海吗?"

万清看她:"为什么这么问?"

"你们俩不是谈着?"

"两回事儿。我们俩的问题从来都不是距离。"

江明珠没再问了,专注撕手里的烟头。

万清问她:"周景明跟你说我们俩的事了?"

江明珠说:"他说得少。"

万清问:"他怎么跟你说的?"

江明珠不说。

万清问:"他夸我善良美丽大方?"

……

万清又问:"他说我庸俗虚荣歹毒?"

江明珠说:"他没说你歹毒。"

万清很得意,哼哼两声:"那就是说我庸俗虚荣了。"

江明珠看看她,笑了笑,没理她。

万清伸手揉了把她那一头金毛的后脑勺。

第三章 对酒当歌

第三章 对酒当歌

1

日子一晃,大半个月过去,教师节都来了。这半个月他们一回也没聚过,各自业务繁多。

先是江明珠的烧烤店开张了,生意出乎意料地好。那地段算不上好,预计至少得熬半年才能有起色。这一切都得益于周母在朋友圈的宣传,她干了十几年的小吃店,圈里的资深吃货还是不少的;其次是小春父母、万清母亲、张澍母亲……他们都转发了朋友圈。

他们这一代朋友圈转发的效果要远远高于下一代。他们的朋友圈好友基本都是本地人。万清和周景明的朋友圈中的好友不是在上海,就是在浙江,朋友圈宣传了也没用。不过周景明和张澍还在初高中的同学群里宣传了。

张澍则是忙着陪母亲去影楼选婚纱照,再去省城定制旗袍和礼服,年轻人那一套烦琐的流程,张孝和要来全套。张澍本身心里就别别扭扭,她陪母亲置办这些时,那个叔叔也全程跟着。后来她顾不上别扭了,在母亲打算花四五千定制旗袍时她极力阻止,不是太贵,是不够生活,没什么场合能穿。

张孝和太喜欢那花色面料了,她说:"没关系,回头留给你当个念想,等将来你到我这般年纪了再穿。"张澍也不好说什么,买吧买吧,她打算刷自己的卡。张孝和不要她掏钱,既然是要留给女儿做念想的,理应自己买。

从省城回来时,张澍独自坐在后排座,听副驾驶座上的母亲轻声地同开车的男友商议,届时要请一个好的摄影师,把婚礼现场拍得美美的,等活到一百岁的时候看肯定特别有意思。说着还回头看张澍:"也要把女儿拍得美美的。"

周景明九月初带团队作为参展商去外省参展。布展的一天傍晚,他出来给同事们买晚饭,那天的晚霞太绚烂,跟他第一次高考完填志愿时那天的晚霞一样绚烂,他仰着脸傻瓜似的站在天桥上看晚霞,然后录了一段视频,随手发给了万清。他还细致地描述了那天填志愿时的心情,他戴着耳机听着朴树的 NEW BOY,心情很畅快,觉得未来一片光明坦荡,自己将成为社会的中流砥柱,国家的栋梁之材……

他再次描述这些时能感觉到自己依旧心潮澎湃,他编辑后发给万清,随后打开蓝牙耳机,同样心情畅快地听着 NEW BOY 去买晚饭。买完闲庭信步地回到展馆里,有同事急匆匆过来说发现新冠肺炎确诊病例,与其有接触的人需要隔离检查。

这段时间休息在家可以干些什么,这是万清的想法,所以她买了些课程,大都是关于人文历史和艺术鉴赏的。她把这两年的停滞不前和痛苦归因为心灵没有获得滋养。因为缺少能量,大大限制了她的个人成长,才造成了如今"看似什么都有,其实什么都没有"的尴尬局面。

总的来说,她开始有了一些思考——她不愿再随波逐流,她想在这个节点跳出来看看,重新审视自己走过的路,考虑未来的

第三章　对酒当歌

人生能否创造更多的可能性。奋力前行固然重要，但当停滞不前时，她认为有必要停下来重新审视和调整，这是对自己负责。

这是她这些天才逐渐想通的。契机还是大半个月前她回乡下，在河坡那儿同父亲聊的那个下午。她说的更多的是对现实的迷惘，对人生方向的失控，以及对自己的不确定。原本她没打算聊这些，因为说了父亲也不理解，她根本就没指望家人能理解。她回来这么些日子，父母三不五时就会问，你打算休息到什么时候？你什么时候回上海？她要么搪塞过去，要么佯装没听见，更多的时候其实是失望。因为家人从没关心过她为什么要回来休息。

也许是她那天太需要倾诉了，她先说了小春意外那天其实是来找她们的。大人们从始至终都没问过那天小春为什么要出来，包括小春父母。她说至今看见小春父母她都会心虚，不敢直视他们的眼睛。

万清零零碎碎说了许多，具体内容都忘了，只模糊记得自己说，直到步入社会后，她才意识到自己和那些真正优秀的人差在哪儿，差在他们允许和接受自己犯错，错了就错了，修正就好了，这没有什么大不了的。

她说自己读高中后，身体就由内至外自然生发出一股紧绷感，严重的时候就会小腹痛。无论老师还是家人都反复告诫她，考不上好大学人生就毁了。她说自己第一次认为自己是一个失败者，是她高考失利后独自坐在房间，听着父亲和母亲在客厅相互埋怨。

她说这些不是为了讨伐，更不是要怪罪原生家庭对自己的教育方式。她语气平稳、就事论事地讨论了为什么她会自嘲是"小镇做题家"。

她说这些并非出于安慰父母,她确实在试图理解和接纳自己不完美的父母。

万清说这些时父亲一直背对着她钓鱼,也不知道听见了没有,听懂了没有。她还是希望父亲能够听懂,能接纳自己闺女这辈子就这样了,没什么大指望了,好收起那些不切实际的幻想。

如果家人都不能接纳自己,那她真的不知道该如何是好了。

河坡一别后,万清回来的第三天和母亲视频,母亲随口抱怨父亲跟中邪了似的,这两天赖在床上饭也不吃,晚上就一个人出门溜达。万清这才了然,那些话父亲全听进去了。

第五天一早父母忽然回来了,他们也没说为什么回来,只去菜市场买了好些菜。中午一家人吃了顿饭,吃完后他们去商场买了礼物,领万清去了小春家。

之后父母在家住了三天,他们说没关系,累了就歇歇,歇个一年半载也没事儿。他们还说同事家孩子比你学历还高,是985学校毕业的呢,今年回来入职了烟草局。还说可见你们竞争有多激烈、有多揪心。

教师节这天万清收到了外卖——一大兜水果,有榴莲、奇异果、石榴、橙子……万清怀疑是不是送错了,她正要拒收时,父亲的视频电话来了,说:"闺女啊,爸爸给你买的水果都收到了吧?"

老万很高兴,说这榴莲有多么好,贵是贵了点,但闺女吃就不贵。万清觉得好笑,父亲不吃榴莲,怎么知道它有多好?她问父亲今天钓到鱼了没有。老万说钓了两三条呢,这会儿正被刹了

第三章　对酒当歌

扔油锅里炸去了。接着感慨还是当人好，不然投不好胎就得下油锅。

老万慷慨地说："想吃啥了就说，爸都给你买。"

万清说："你工资卡不是我妈管着，你有钱？"

"爸有小金库，钱多着呢。"老万得意，之后实在忍不住了，支支吾吾地问，"就那啥，上次回去我咋见家里多了一条男人的裤衩？"

老万说完极力解释："爸不是打探你的隐私，爸是关心你的个人生活。"

万清也没瞒着，直说是周景明的。老万惊掉了下巴，沉默了得有一分钟才说话："你们俩在处对象啊？"

万清含含糊糊："还没呢。"

知女莫若父，老万当下问："是你不愿意，还是他不愿意啊？"

万清很委婉："我们俩有点别的事儿。"

老万心里有数了，他心情复杂，脱口而出："他哪儿好了？小时候就是一结巴。"

万清说："你不是挺待见他的吗？说他有主心骨，说他的未来不可限量。"

老万学着周景明小时候的结巴样儿："我……我……我当年……眼……眼拙。"

万清看着镜头说："爸，你们真的很不尊重人。我妈也是，还转发了他的视频到群里让你们评头论足。"

老万敛了笑容，脸上有些挂不住，摸了把头皮说："女追男隔层纱，很容易的。"

万清顺着台阶下:"哪儿那么容易呀。"

"很容易。"接着老万就认真地和她分析男人的心理,"男人是喜欢漂亮的女人,但更喜欢性格服帖的女人。譬如说哪天你们喝了两杯,你就凝视他,用崇拜迷恋的眼神深深地凝视他,让他膨胀,获得成就感。这个时候,你找个理由撤,再冷上他几天,让他抓耳挠腮的。那个着急呀。"

"就这么一招,男人分分钟拿下!"老万指点她,"男人不喜欢有个性的女人,那会让他产生挫败感。看见老鼠你就要瑟瑟发抖,激起他对你的保护欲,你绝不能骂老鼠的祖宗八代,然后拎着扫把追它。"老万着重强调,"闺女,你先掖着点,等把他死死拿下了你再原形毕露。记住爸的一句真理——出色的猎人往往是以猎物的姿态出现。"

万清望着手机里那个慷慨陈词、扬扬得意的秃瓢儿,她终于意识到自己身上隐隐的油腻和爹味从何而来了。她发自肺腑地说:"爹,您真是我亲爹。"接下来的话她没有说出口:"您要不是我亲爹,我能钻进手机里把您拽出来一顿暴打。"

老万很得意,摸了一把锃亮的光头,说:"你这俊模样,跟爹是一个模子里刻出来的。"

万清母亲在一侧要吐了,心想当年咋看上这么个男人。老万挂了视频,提提自己的裤腰,朝着妻子得意地说:"还得我来,闺女还是跟我更亲。"

万清母亲催他:"别废话了,问出来了没有?"

"是周家那个傻小子。"老万恨铁不成钢,"兔子都懂不吃窝边草……"

第三章　对酒当歌

万清母亲不想听他多说话，转身去了厨房继续炸鱼。

周景明小时候确实结巴，也不知道为什么结巴，去医院很多次都没查出具体原因。直到小学三年级忽然就好了，更是莫名其妙。

与病人密切接触的周景明他们当晚做了检查后被安排到酒店观察了一周。这一周群里挺热闹的，张澍有空了跟他聊，江明珠有空了也跟他聊。周母也没被瞒着。周母让他顾好自个儿，家里一切都好，万清上午有空了就来教她练车，下午她去驾校练车，双管齐下，马上她就要考科目二了。

周母也有点烦，她想驾照到手了就去自驾游。那个嘴快的万清把周母想去自驾游的事跟她妈说了，她妈来联系周母，商量着自驾了能不能算她一份。周母求之不得，路上住宿也算有个伴。但转头老万也联系自己了，说也算他一个。她瞬间没了热情，不想去了。

这天周景明回来后周母还嘟嘟囔囔，说"他一老爷们整天黏着老婆"，周景明忙着烫正装，下午还有个会议。他烫好穿上准备上班，周母想不明白："你们俩这么些年，兜这么大一圈是图啥？"

周景明仔细看母亲："你化妆了？"

"啊。"周母有些不自然，"描了眉毛跟眼线。"

周景明说："挺不一样的，很有精神。"

周母笑了，心里怪美。她儿子往常像个笨狗熊似的，关键时候怪会夸人。她在网上跟着美妆博主学了一周，才画得像个样儿。她反应过来猛抽他肩："问你话呢，你们俩兜兜转转这么大一圈是图啥？咋跟你老子一个德性？"

上班路上，周景明和一辆城市洒水车并行，在十字路口等红灯时，他偏头久久地凝视着那辆洒水车。

灯变绿，他左行；唱着《祝你生日快乐》的洒水车直行。

记忆有时很荒诞。有些事的记忆反倒在发生的当下是零碎和错乱的，直到若干年后才逐渐明朗。如小春的意外——当年他是第一个到达现场的人，他目睹了整个事故场面，但回家睡一觉后记忆就全错乱了，甚至质疑自己是否到过现场。直到这几年，那些画面频频涌现，他才确信，当年的自己的确去过现场。

他记忆深刻的不是那些血腥的、难以直视的，而是地面上那一只孱弱的、无助的、微微颤动的手。

到公司后周景明给万清发微信：洒水车的音乐换了。

万清回复：我知道。接着问：你回来了？

周景明回：昨晚到家都十二点了。

这些日子他们俩没在群里聊过，几乎都是私聊。聊得也不多，三两个来回就结束了。如万清经过哪家甜品店，看见出新品会拍照给他；如周景明工作繁忙时站在窗前放松，会拍他精心养育的小番茄藤给她。他养了三四个月，终于开花结果，眼见丰收，全被财务大姐给摘回家烧菜了。

他们也都大半个月没见了，联系得也不频繁，偶尔想起对方就问候几句，各自都很安心和舒适。

2

因为干烧烤的原因,江明珠的白天和黑夜常年是颠倒的。其实也不尽然,好像从她生下芃芃后,她就讨厌一片死寂的夜。

她的眼睛大而圆,经常在一个又一个的黑夜里渴盼天亮时的晨光。

她除了害怕死寂的夜,更害怕在那一个个漫漫长夜里听到婴儿的啼哭。每每听到啼哭她都要扭头看躺在一侧沉睡的孩子。后来时间长了,她经常分不清现实和幻觉,有时孩子在一旁哭得撕心裂肺,她却安然地躺在一侧望向窗户。这时候奶奶就会骂她,恼极了也会打她,她则完全无动于衷。

她那时候唯一的渴盼,就是在夜里等待光,在光到来的时候安心入睡。因为只有在光里,她才是安全的,她的世界才是平静的。她也不敢长时间看孩子的脸,看着看着孩子的五官就会扭曲,就会变成一只怪兽,她就本能地要发起攻击。

具体哪一天她不记得了,奶奶带着她们搬去了另一座城市,她坐在搬家公司的货车上,望着街头一张张陌生的脸,她才对这个世界又有了感知。

后来奶奶手把手教她穿肉串,教她怎么挑食材,教她怎么烧烤,她一天天机械般地照做,时间久了奶奶会夸她,做得真不错！再后来，她逐渐能挑出奶奶的错了，嫌她手脚慢了，嫌她肉串烤煳了，嫌她明明不识字还乱教芃芃认字。再后来，因为暴雨天暂时歇业，她夜里躺在床上辗转反侧时，耳边再没传来婴儿的啼哭。

但她清楚地知道，自己身体里有一部分东西死掉了，是无论如何也生长不出来了。那一天，有个男食客醉醺醺地站在马路上小便，她无意看见后呕吐不止，连续三天回忆起那个画面都会生理反胃。

她睡不着时会听张澍的播客，张澍讨论什么她都觉得无关痛痒，不置一词，唯独不能听她谈论男人和性。有一期播客的标题是"何谓性张力"，张澍在播客里明确表达她渴望爱情也憧憬爱情。谈到性，她也明确表示两个人共同获得的性体验要远远高于一个人。

江明珠当时就觉得恶心，她本能地留下了一条评论：离开男人你就活不成了？

但仅仅五分钟后她就删评了。她删评并非尊重言论自由或认可他人观点，而是看见了评论区热评第一就是在骂主播和嘉宾，言辞激烈程度远高于她。她出于逆反心理就给删了。删了后她还跑去热评第一里骂对方。

她的逻辑简单粗暴：我的朋友只能我来骂，你骂她我就骂你！

自此以后，她先看评论区再听播客内容，只要有骂张澍的，无论对错她全部劈头盖脸骂回去。

譬如这回，下午四五点了，江明珠一面在后厨切肉，一面戴着耳机听张澍最新一期的个人播客。张澍的个人播客是她顺藤摸

第三章 对酒当歌

瓜找到的。她先看一眼评论区,只有四五条评论,这才开始听内容。这回张澍聊到了倾听与理解,她说大部分人还是做不到真正的倾听,不能设身处地地为他人着想,哪怕大家都是普通人。她说普通人想要在日复一日、年复一年的生活中活得积极豁达、充满热情,得需要完整的人格,巨大的个人能量……

江明珠觉得张澍真矫情,自己都管不好,还管那么多破事儿,谈论些什么明星性侵案、职场猥亵案,等等。

上一回张澍招骂,是因为说了自己在哪个路口看见了一位执勤交警,此后为了那个交警她特意绕了好多的路。说也奇怪,别人骂就骂,丝毫不影响她的表达。

正听着,江明珠收到微信,万清在群里问谁有视频网站的会员。江明珠没有,她哪个视频网站的会员都没有,她日常不看剧,不追剧。

群里那两人抠抠搜搜地商量着,我买这个平台的会员,你续那个平台的会员,这样两个平台都能看。她二话不说,直接甩了红包到群里。

万清回:……

张澍回:……

她放下手里切肉的刀,编辑道:你们去充会员吧。

那两人惊了老半天,最后万清发了一个五体投地的叩拜图:谢谢老板包养。

江明珠心里有了丝扬眉吐气的小欢乐,她回:不客气。

奶奶正跟两位阿姨等着穿肉串,半天不见切好的肉端出来,见她在那儿玩手机就说了她一通。早年奶奶就给她立了规矩,无论将来店铺有多大，生意有多好，有些事必须亲力亲为，如切肉、烤串。在某种程度上，奶奶怕她有钱了膨胀，怕她不学好，怕她忘本。更怕自己时候不长了，不好好压着她点，将来自己离开了，她照顾不好自己。

奶奶常挂在嘴边的话是：你要自强自立，你不自强将来指望谁呢？你爸指望不上，你妈指望不上，我年纪大了只能帮你引路，将来路怎么走全靠你自己。

江明珠收了手机认真切肉，任手机一声声振动。她没什么微信群，除了万清她们四个，就是学校的家长群。家长群她开了消息免打扰，她们四个人的群没有。

万清又去了舅舅家，傍晚才回来。张澍则提议明晚去明珠的烧烤店聚，开张这么些天了，她们都还没聚过呢。几个人约了明晚十点，那时候估计也不太忙了，她们坐那儿喝她们的，明珠忙她的，空了也能过来喝两杯。

万清从舅舅家回来，装了五泡沫箱的蔬菜。先给小春家送了一箱，她大大方方地送了去；给周景明家也送了一箱，周母自己在家，周景明还没下班；接着她去了江明珠家，奶奶才从烧烤店回来，刚给芃芃煮了些饭。老人家见谁都亲热，拉着万清坐在沙发上聊了好久。奶奶看着那箱蔬菜，笑眯眯地说：“明珠爸在寿光呢，也三不五时发些蔬菜回来。"说完觉得不大好意思，拐个弯就转了别的话，要她们以后多来找明珠玩。

万清打量着房子的格局。睹物忆往昔，房子还是从前的房子，住在房子里的人不再是从前的人。也许是万清的某种情绪无意冒犯了奶奶，奶奶随口就说，本来想装修新区的房子，但她又不愿

第三章　对酒当歌

意住那么高的楼，还是老房子住着舒坦，夏天阴凉嘛。

万清顺势问了买的哪个楼盘，奶奶说了个地址，还说是张澍妈照顾着买的，当年回来买门面的时候一并买了。奶奶说门面很大，有两层，现在租给了一家银行，签了租赁合同。买的住宅也很大，有四个卧室，如今价格快翻了一番呢。

奶奶越说越有劲儿，心里也越发有底气。她听说万清家的老房子挂出来了，想卖了给万清在上海买房。这几个孩子里除了周景明，就数万清最有能耐，偶尔她站在街边跟人唠嗑，街坊就会拿这几个孩子比较，说万清有多大出息。她每每想要提及自己的孙女，想说明珠有多能干，凭自己的本事买了门面和住宅，可往往话刚说出口，就有街坊嘴一撇："那能比吗？人万清是在上海做大事的，是为社会创造价值谋福利的，咱们平头百姓能跟人家比吗！"

奶奶这次就问了万清具体在上海哪个部门工作。

万清说不是什么部门，就是在一家企业里做运营，但现在也辞职了。她理解奶奶所说的"部门"，奶奶口中的部门是端公家饭碗、给公家干大事的。

奶奶仿佛有些失望，问她："那你赚的钱不够买房，还得家里贴？"

万清摇头："远远不够。"

奶奶不懂了："你都有那么好的学历了，按理能养活自己，咋买房还要家里贴？"

"上海房价高呀。"万清啃着哈密瓜说，"现在满大街都是高学历，而且学历跟赚钱能力是两码事。"

这点奶奶服气，稍显得意地说："我们明珠买啥都是凭她自己本事。"

万清附和："明珠很厉害了。"

奶奶更得意了，看万清的眼神也慈爱多了，又去洗了些水果给她吃。这一刻奶奶丝毫不觉得自己孙女比谁差，她们说出来都怪风光，可基本的自立都要靠家里解决。在奶奶的价值观念里，一个人干什么活不重要，能不能养活自己才最重要。如果一个人工作说出来怪风光，但啥都还伸手朝家里要，用老话讲那就是烂泥巴糊墙——外光里不光。

她可是自傲得很，她可是想当佘赛花佘老太君的人。她当姑娘时就爱听评书，尤其喜欢杨门女将里的灵魂人物佘老太君，对她的种种事迹刻骨铭心。她十二岁就跟着母亲学缝羊皮袄子卖钱，十四岁持家，家里的重活累活都是她干，还要照顾那么一大群姊妹。哪怕嫁人后她出来挣工分，干活那股劲儿也丝毫不输男人。

那时候毛主席都说了——妇女能顶半边天。她那时候也没感觉男女有啥不一样，放眼生产队男男女女挣工分的一大片，谁干活多，谁说话顶事呗！但也不对，其实男女就是不一样，因为男人最高一天能拿十个工分，女人再了不起也只拿八个工分，好像女人集体默认了自己在体力劳动上不如男人，所以少两分也没人说啥。而且那时候家里添男丁是可以划宅基地的，丫头就没份。

奶奶自己也承认，她很重男轻女，但她主要考虑的不是传宗接代，而是觉得生男子不吃亏，出门不容易受欺负，挣工分也多。其实她还当过好几年的妇女主任，但因为识字不多，限制了她的个人发展。在往后几十年的岁月里，她曾无数次跟儿子提、跟孙女提、跟亲戚提：我本来是可以当国家干部的，但因为识字不多，限制了我的个人发展。

这回她也跟万清提了她年轻的时候有多厉害，不仅在水塘里捞过人，还带着队里的妇女扑过火，说得口沫横飞。可说着说着她一愣怔，缓缓回到了现实，想到没教养好儿子，这一条足以摧毁她引以为傲的一切。

她如芒在背，她如鲠在喉。

那是她的儿子，至今都让她牵肠挂肚的儿子。她恼极了就会想，他干脆死外头算了，可她不忍啊，那是她十月怀胎的孩子。她经常背着手站在小区外头，望着熟悉的街道，看着熟识的街坊，不晓得哪一瞬间就想到她那年过半百还流落他乡的儿子，想他这个点吃了吗，想他干活累不累，想他……想他咋就那么不争气呀！

之后奶奶没再说了，在万清离开前，奶奶反反复复嘱咐她："以后多来家里找我们明珠玩啊，奶奶给你们做好吃的。"

3

从奶奶家出来，万清去了新区，把那一箱蔬菜放张澍家门口就走了。

张澍这一段时间可忙了，忙着张罗她母亲的婚事，比她自己结婚那时候都忙。周末找她吧，她不是陪着她母亲去拍婚纱照，就是在逛商场买结婚的物件。

回家也没事，万清去了咖啡馆消磨时间。往常这时候她都出来练滑板了。十天前她无意间经过一个广场，见一群高中生在那儿练滑板，她在那儿看了半个小时后觉得有意思，心血来潮地报了个滑板课。

她要学滑板。

她像一个守时的学生，每晚早早抱着滑板就来了，她学得很开心，尽管摔了无数次。在那一张张稚嫩的、朝气蓬勃的笑脸中，她觉得可真好。

已经入秋了，她坐在咖啡馆外面吹着夜风看手机新闻，看了会儿闭眼假寐，感受着来往的嘈杂声。咖啡馆在金融街上，周围有商场和各种培训机构。

她隐约听到了一段喊拍声：1-2-3-4、2-2-3-4、3-2-3-4、4-2-3-4……

懂了，她大概知道怎么跳了，她起身随着音乐翩翩起舞，跳得乱七八糟也不在乎。她浑身充满了一种前所未有的松弛感，她不自觉地进入了一种琐碎的、庸常的、即时的小快乐里。这是她曾经最不屑一顾、她以为的浑浑噩噩的生活。

她推崇苏格拉底的那句话——未经审视的人生是不值得过的。

正沉浸在快乐中的她瞬间抽离出来了，她开始警醒，她本能地分析此时的快乐是有意义的，还是无意义的。当意识到这种本能的时候，她在心里大骂了句：可去你的吧！

就在这时张澍给她发微信说，收到门口的蔬菜了。

万清问：我们送你妈啥结婚礼物好？

张澍一步到位：钱。

万清回：你掉钱眼儿里了？

张澍生动地描述着她看上了一块手表，想买来送给母亲当结婚礼物，一看太贵，要好几万。她给万清发微信道：表和金货至少有收藏价值吧？我妈看中的东西都华而不实，就那礼服和旗袍，超过一千我都不买，就只能穿那一天。

万清回：你可真像你爸。我记得小学时你买了把漂亮的小雨伞，你爸说伞太小只能遮一个人，硬要你把小雨伞换成同价位的大黑伞。

张澍回：……接着又发了一条：我跟你说一件真事。我表弟要离婚了，理由是每回吵架我表弟媳都人身攻击：你们家人都这样，你爸妈你爷爷奶奶全这样！然后两个人吵着吵着就恼了。

万清和张澍聊了十分钟，万清让她早些休息。之后她把杯子里最后一口咖啡喝了，拿上手机准备离开时，看见了端着咖啡走来的周景明。

两人先是惊讶,然后大方地微笑,万清指着座位:"我都坐这儿一个小时了。"

周景明显然心情也不错,笑着说:"没留意,我也来了十几分钟了。"他接着问万清:"换发型了?"

"烫了个大卷。"万清捋了把松散的卷发,问他,"好看吗?"

周景明点头:"好看。"

万清打量他:"半个月没见,你是不是瘦了?"

周景明指指一侧的藤椅,问她:"再坐会儿?"

"行啊。"万清折回来,双腿交叠着坐在那儿。

"再给你点一杯?"周景明问。

"不喝了,这一杯都勉强。"万清摇头。

周景明坐下,细看她的脸:"化妆了?"

"看出来了?"她化得很淡,通常夏天她都不化妆,因为爱出汗,出汗后皮肤就会发痒。这两天入秋了,今天才第一天化妆。

周景明说:"往常你的睫毛没这么浓。"

万清用手指肚儿轻轻扫了下睫毛,说:"我多刷了几层睫毛膏。"

周景明毫不留情地调侃她:"不是跟张澍一块儿去种睫毛了?"

万清没忍住大笑:"去你的!"

周景明也忍俊不禁,端起咖啡喝了口。

前些天张澍在群里约着种睫毛,两人同行可享8.8折优惠。

周景明看她脚上的新鞋子,问她:"新买的?"

万清跷起脚说:"配身上这一身买的。"

她今天的穿搭不似以往那么随意,上衣是复古显质感的小荷叶领，紫水晶耳钉同紫色的腕表相呼应。上周同张澍母女逛街，她们怂恿着买的，还说"荷叶领多好看多减龄啊"。

周景明点头："我也在管理身材了。"

万清细细打量他："你身材很标准了。"

他说："我觉得甜品吃多了，腹部那一圈有些明显。"

万清认同："你确实应该控制了。"

他吸了腹，也没作声。

她说："我也隐隐有小肚腩了，肉肉的。"

周景明看了一眼，适时转移了话题："你爸前天加我微信了。"

万清本能地问："他跟你说啥了？"

"他问我妈自驾游的事，也让我有空了去找他钓鱼。"

万清说："我以为你妈只是说说。"

"我妈是那种不显山露水的人，她决意做什么一般都能做到。"周景明徐徐地说，"当年开小吃店就是我妈的主意，她有这个想法后就钻研怎么熬底汤，然后拿着家里所有的积蓄就开了。"

"那你挺像你妈的。"

周景明想想，说："我更像我爸，我爸做事前会瞻前顾后。当年我妈决定开小吃店，我爸好几宿都没睡好，他怕钱都拿出来最后赔了没法生活。我们家的大事几乎都是我妈拍板。"

"没看出来。"万清说，"我以为你们家都是你爸做主。"

"都是我妈。只是她从不出来说。"周景明靠着椅背，从容自如地说。

"你爸以前是高级技工吧？"

"是。"周景明回忆着说，"早年我爸被企业开除那事儿，跟他自身的性格有很大关系。"

万清伸手拿了邻桌的烟灰缸，往他面前推了推。周景明拿出烟点了支，继续说。

万清对他爸的事也只知一二，不予评价。

等周景明都说完，万清轻轻地说："我觉得挺难能可贵的，你比我接触过的大多数男性都懂得自省，能正视和理解父母的局限性，从而跳出来拓宽自己的认知体系。"

周景明朝着烟灰缸弹烟灰，没作声。

"我也常自省，我也能看见自身的缺陷与局限，但往往修正起来不是力不从心就是轻易放弃。为人一世最难的就是自己与自己的对抗。"万清看着他，说完话锋一转，"你难为情什么？"

周景明否认："我没难为情。"

万清觉得好笑，问他："真没有？"

周景明摁灭烟，笑着承认："是有点儿。"

万清没再多说，岔了过去，很自然地问他："这些年你有过两情相悦的人吗？"

周景明微愣，如实地说："有。"

万清问："公司同事？"

"人事经理，以前面试过我。"周景明说，"我们是在两年后公司的团建上熟识的。"

"她比你大？"

"大我四岁。"

"你们谈了多久？"

"小两年吧。确认关系一年后她去深圳了。"周景明缓缓地说,"后来各自人生规划不同,我们吃了顿饭就分开了。"

"分开时伤心吗?"

周景明仰头想想,说道:"有点。"

"没关系。"万清安慰他,接着又说,"挺好的。我希望这些年你被人用心地爱过,也去拥抱过别人。毕竟这个阶段是人生最好的时光。"

之后她渴了,去吧台要了杯白开水,然后端着纸杯问他:"快十点了,回吧?"

周景明拿上烟盒和手机,大步追上,同她并行,问道:"你怎么来的?"

"我开车。"她理着被风吹乱的头发,"你的车在地面还是地下?"

"在地下。你呢?"

她随意指着一个方向:"我的在路边车位。"

两人分手,一个去地下车库,一个去路边车位。

她站在路边吹了会儿风,把杯子里的水一点点喝完,见周景明的车从地下车库出来开走了。她把纸杯一捏扔进了垃圾桶,给周景明发微信:咱俩再处处吧。

隔天一早万清她爸就来烦她了,打视频过来想看她的早餐。老万和万清抱怨他被强制节食了,早餐只有玉米、鸡蛋和蒸南瓜。

万清说:"我妈是关心你,你那早餐多健康啊。"

老万在镜头里喊:"我想吃贝贝瓜,也不知道她从哪儿摘的老南瓜。"

万清说:"不都是南瓜吗?"

老万心如死灰:"就这吧,我挂了。"

万清喊住他:"你加周景明微信干什么?"

老万反问:"我不能加他微信?"

万清说:"你别捣乱。"

老万追问:"你照我教你的做了吗?出色的猎人往往是以猎物的身份……"

"挂了挂了挂了,你少刷点短视频吧。"挂视频前万清截了张屏,发到他们四个人的群里:我爸这神态好熟悉?接着,万清给母亲打电话:"都六十岁的老头了,你让他减啥肥呢?他想吃贝贝南瓜就让他吃嘛,要是控制饮食太严重……他会偷跑去镇里吧?"

和母亲聊完,万清看到群里张澍回:你爸好神似章鱼哥,哈哈哈哈。紧接着还有一条:对不起,叔叔我对不起您,但您真的很神似章鱼哥。

万清回她:去你的!接着想撤回照片,晚了,撤不回了。

周景明传了早餐到群里:一个不锈钢盆里混装着蒸的红薯、鸡蛋、玉米、山药,一碗牛奶,一盘水果。

张澍@周景明,损他:我昨天在超市购物满88抽奖,抽了一个不锈钢淘菜盆,改天拿给你。

周景明不明所以:我家不锈钢淘菜盆有十几个。他母亲把小吃店的淘菜盆都拿回来用了。

回完信息他回卧室换衣服,穿了件白色Polo衫配牛仔裤,站在那儿问:"妈,我这身好看吗?"

周母回头看了半天,问:"你没有那种大腿肥肥的,小腿往

第三章 对酒当歌

里收的萝卜裤？我见街上的时尚人都这么打扮。"

周景明不懂："我没有萝卜裤。"

周母点评："有点普通了，白色的半截袖都是给那些不会搭配的男人穿的。"说着就去他房间翻他的衣柜。

扎心了，周景明也觉得自己穿白色不出彩。

周母翻了半天，一件不如一件，全部都中规中矩。她边找边跟儿子说，现在街上的男人都可会打扮了，又时髦又年轻。她再次提到了她的驾校教练，五六十岁的人了，整天穿破洞牛仔裤。

周景明没细听，正忙着自己的事。

周母看着那一件件款式老旧和颜色单调的衣服，心里无端生出一股愧疚。她再回头看看儿子，他捧着手机满眼笑意地在那儿回微信。

万清坐在瑜伽垫上回微信，一面回四个人的群消息，约好今晚十点去明珠的烧烤店聚；一面又重新拉了个群，张澍江明珠和她。她说以后聊女人的私事，就在这个群。

张澍脑袋都大了：咱们一共四个人，分别拉了仨群。说完察觉江明珠在群里，反手就撤了。十天前她拉了个群，只有周景明万清和她。主要是商量着第一回见芃芃，包多少见面礼合适。

江明珠这会儿正睡大觉，才没空看微信。

万清记得张澍前几天说她乳房有肿块，问她：去医院检查了吗？

张澍回：没事儿，就是常见的乳腺增生，医生说问题不大。

万清安了心：那就好。

张澍这才说：我真担心是癌。我奶奶就是乳腺癌，双乳切除后也没能活多久。紧接着回：我觉得女人三十岁后事可多了，各种人情世故和生活琐碎。就我家那卫生间渗水，我找人查了四五回都查不出具体原因，前天又约了一个人上来查，他说只有工作日才有空，我就请了一天假专门等他来，来了还是没能查出具体原因，我都快崩溃了。

万清安慰她：这一段都忙，太久没聚了。

张澍回：我觉得我现在反倒更能承受大事了，事越大就越镇静，往往不胜其扰的都是些没完没了的琐事。

万清说：去年我在公司茶水间冲咖啡，冲到一半神经病似的连杯子带咖啡都扔进了垃圾桶！

张澍笑她：你真是个神经病！

万清回她：哈哈哈哈。

江明珠被信息提示声吵醒，她一条条地浏览着张澍和万清的聊天记录，她内心仿佛有什么在翻涌，她编辑着文字也很想要说些什么，可抽了一支烟后，一切情绪归于平静，躺下翻个身继续睡。旁边的床头柜上放着本萨莉·鲁尼的《正常人》。

4

万清的滑板课今晚是九点结束，张澍正好顺路，接她一块儿去烧烤店。

张澍打着双闪等在路边，看见万清踩着滑板，甩着马尾一路滑过来。她开车窗喊"别嘚瑟了"，万清笑着收了滑板开门上车，今天她学会了倒滑。

张澍拿了湿巾给她，说自己八岁的小侄子都会180度转板了，说着发动了车去烧烤店。

路上经过一个查酒驾的执勤点，张澍扯扯万清，指着一个交警给她看。

不错，很爷们儿，是张澍待见的类型。

打那儿一过，张澍显然变得心情不错，嘿嘿直笑。万清建议她去争取一把，都这个年纪了，哪怕对他的好感只有三两分也值得争取。万清对张澍说："有几个人会像你妈那样，五六十岁了还能遇见真爱。"

张澍轻笑说："找个合适的契机吧，总不能人家正执勤呢我过去要微信。"

万清随她，埋头整理今天拍的鱼鳞云照片说，明天依然是个好天气。

张澍看了她一眼，笑她怎么开始研究气象学了，接着随口说前几天她和母亲顺路去了儿童福利院。起初她以为领养很容易，就在一群小孩中挑选一位就好了。但实际上只有符合领养条件的孩子才能被领养，像被公安机关解救的，既不能证明是被父母遗弃的，又不能证明丧失父母的，都不能被领养。

万清收了手机，等着她下面的话。

张澍克制着情绪，缓缓地说："我感觉里面有很大一部分孩子都身有残疾或疾病，符合我们领养和被领养条件的都在这部分里。"

"我跟我妈就想着顺路去了解一下，我们知道残疾儿童占比会很高，但没想过这么高。我们一下子不知道该怎么办才好了。我养小孩的目的就是想要和她在这个世界上建立一种亲密关系，无论将来她去哪儿发展，我们想到彼此就会有一种温柔的力量。这是我的一种美好愿景。但大致了解过后，我觉得责任太重大了。"

"你得慎重考虑。"万清严肃地说，"收养远不只经济层面的问题，首先你自己有没有能量去承担这样的生命。"

张澍轻轻地说："是啊，我妈也这样说。"

万清问她："你呢，你有什么想法？"

烧烤店要到了，张澍说："这一段事情太多了，等我妈婚礼后再说。"

店里这会儿正忙，江明珠没空招待她们，先给她们弄了张桌子坐在外面。九月中旬了，天气逐渐凉快了，坐在外面喝酒还是很惬意的。

两个人先坐那儿喝，也顺便催了周景明，要他来的时候拿一瓶好酒。店里的酒不行，辣嗓子。

万清望着满座的食客，也是心闲，简单和张澍说了江明珠的经济状况：新区的住宅是全款买的，商铺贷款再过几年就还完了。张澍听后也诧异，久久无言，能说什么呢？只能发自肺腑地说厉害，至少比她们俩厉害多了！

张澍的车是自己买的，房子是父母的老房子置换的；万清是早有能力在老家置房产，一直不买是忌惮上海的首套房资格。

万清处境尴尬，如今在老家和上海都没房，钱也没完全攒住。原本她是有更多钱的，尽管离上海的首付款还是差得远，但她拿去做投资理财了，最后说不上赔了很多吧，但也让她很硌硬。

两个人小叙着，周景明拿着酒过来了。他刚落座，张澍就问他知不知道明珠的经济状况。周景明应声："知道啊。"

张澍吃惊："你早就知道啊？"

周景明说："是我建议她置办不动产的，楼盘是你妈帮着看的。"

"怎么哪儿都有我妈呀？她从来没跟我说过。"张澍说，"我所有事都跟她说，她各种事瞒我。"

周景明叉开双腿坐在那儿，一只手搭在膝盖上，没接话。

张澍随口说："感觉咱俩怎么混得还不如明珠跟徐佳……"没说完就意识到这话有歧义，紧接着就对周景明说："我跟万清还老担心明珠被人骗，被人拐卖。"

万清接话："就她那睚眦必报的样儿，被拐了她敢把那家一把大火给烧了。"

"没错。"张澍笑着附和，"她能干出来这事儿。"

周景明听着，没吭声。

夜风一阵儿一阵儿的,有片树叶落在了下酒菜里,她们捏掉继续吃。江明珠终于忙完一轮了,手里抓了把烤肉串坐过来。一分为二,一半辣一半不辣,不辣的朝着周景明。

她在后厨快热死了,短袖的袖筒被她撸到肩上,两小撮腋毛隐隐地露着。她坐下先闷了一大杯冰啤,然后捏了片鱿鱼干,蘸着芥末一面吃,一面听她们聊。

万清和张澍聊的话题五花八门,江明珠听不懂。譬如此刻她们在讨论韩国电影,对比斩获各项大奖的《寄生虫》,她们更喜欢《燃烧》。她俩愤青般地破口大骂,《燃烧》怎么能在戛纳颗粒无收?那可是李沧东啊,谁能不喜欢李沧东呢?《小偷家族》是很好啦,也很喜欢是枝裕和啦,但《燃烧》怎么能颗粒无收?

江明珠听她们聊,不插话,见谁杯里没酒了给添添,见盘里肉串凉了就让人端回去加热。周景明问她生意怎么样,她说挺好的,比预期的好很多,这些天晚上基本天天满座。

周景明说那就好,顺手从身上拿出两小盒老牌子的清凉油给江明珠,说在药店看到就买了。江明珠拧开闻闻,说就是这个味儿。

张澍说到了徐佳佳,前一阵子她无意闯进了徐佳佳的直播间。如今她不叫徐佳佳了,叫什么张澍忘了,是一个很拗口的艺名。

万清悠悠地喝着酒,听张澍说她在徐佳佳直播间买了海盐味的饼干,问她:"好吃吗?"

"很酥脆。"张澍说,"我买了好几桶,回头拿给芃芃两桶当零嘴。"

江明珠都快忘了徐佳佳什么样了,问她们:"你们跟她联系上了?"

"没啊。大学后就没见过了,现在他们全家都搬去省城住了。"张澍忽然想到什么似的问她,"你还记得那个体育特长生吗?我说他帅,你说他有狐臭……"

江明珠毫无印象,问:"怎么了?"

"他前年在路上摔倒了,好好走着就摔倒了。"张澍唏嘘地说,"当时说没事儿,但几个月后就去世了。"

周景明接话:"他确诊了渐冻症。"

张澍震惊:"啊?这我就不知道了。"

万清见周景明吃到辣的肉串正在轻轻地吸气呼气,她去冷柜拿了罐凉茶给他,顺手接过他手里的肉串自己吃。

江明珠见状说:"没有不辣的了?"

周景明喝口凉茶说:"没事儿,我拿错了。"

张澍啃着凤爪问明珠:"江,你大学时的初恋是不是就是体育生?"

江明珠顿了几秒,想到这么个人,"嗯"了一声。

"小豪也来了?"周景明望见从后厨里出来的小工,同他招呼。

"来大半个月了,在后厨帮我打下手。"江明珠拿出烟让他,他摇头,不抽。

小豪朝着周景明过来打招呼,亲切地喊了声哥,周景明笑笑,同他闲聊几句。

江明珠点上根烟,三两口地抽完,烟屁股一扔,去后厨给他们烤生蚝吃。

十分钟后出来不见万清和周景明,江明珠问张澍:"他们俩呢？"

张澍有些晕晕地指着旁边黑黑的一条过道。江明珠过去喊人，隐隐约约见他们俩抱在一块儿。她回来坐下问："万清喝高了？"

"喝了不少。"张澍问，"他们俩在那儿干吗？"

江明珠面不改色地说："抱一块儿了。"

"我就知道，他俩早晚要勾搭到一块儿。"张澍给江明珠斟了杯酒，同她碰杯，"清这些年很不容易。"

江明珠说："没人容易。"

张澍也不好多问，趁热吃生蚝。接连吃了两三个，见江明珠拿着手机烦躁地看，问她："怎么了？"

江明珠："学校的破事儿可多了，老师让填调查问卷。"

"什么调查问卷？"

江明珠没耐心逐条往下看，直接转发给了奶奶，要她提醒江芃芃完成问卷调查。

那两人从黑过道里和没事人一样出来了，万清坐下吃生蚝，江明珠问她："凉了吧？"

万清说："正好，不算凉。"

周景明拿着手机去路边回电话。他母亲交代着喝酒了别开车，叫个代驾。

时候也差不多了，快凌晨两点了，一行人也都喝尽兴了。周景明叫了个代驾，万清和张澍坐他的车一起回。张澍还在路上吐了，万清拍着她的背，柔声说："没事了，没事了。"

张澍吐完坐在马路牙子上大哭，语无伦次地说着些什么。

万清轻轻地抱着她说："没关系，没关系。"

江明珠站在路边看着他们的车消失后,才折回他们那一桌坐下,继续慢慢小酌。她看着时间,估摸着都差不多到家了,才在群里问:到家了吗?

万清回:到家了。

江明珠问:张澍没事儿吧?

万清回:她没事儿,回来拉个稀就睡了。接着录了一段张澍打鼾的语音。

周景明也在群里回:到家了。

5

张澍睡得昏昏沉沉，一觉睡到九点，醒来后发现是在万清家，双腿又夹着被子赖了五分钟才起床去上卫生间，出来打着哈欠满屋子找万清。

她没找着人，于是懒懒地坐在沙发上发呆，昨晚喝太多了，这会儿还有些头晕和恶心。

她坐在那儿有股强烈的孤独感，是处于宿醉后的很具象的孤独感。假如此刻有人在身边关心她，问她为什么独自坐在这儿，这种孤独感就会烟消云散。

好在有一片阳光照到了阳台上，照得整个空间都亮堂堂的。她猜外面肯定是艳阳高照，想着她就起身去了阳台，果不其然，秋高气爽，心旷神怡。

四个季节里，她最偏爱秋天。

想到秋天是菊花的季节，她垂头在阳台上找，没有，万清没有养菊花。她看万清都养了些啥。仙人掌也值得养？她抬脚就给轻轻踹翻了。

她无所事事地趴在护栏上张望，看见万清穿着一身洁白的练功服，手持一柄长剑回来了，她兴高采烈地大喊："你一大早去哪儿了呀？"

万清朝她挥挥手,径直上了单元楼。她如今一天长跑,一天跟着大爷大妈练太极。总长跑也不好,跑多了伤膝盖。

锅里一早就熬了小米南瓜粥,万清换着鞋问张澍洗漱了没,张澍这才拆着新牙刷说,她昨晚喝断片了。她隐约想到昨晚吐周景明车上了,回来不但又吐了,好像……还闹肚子了。

厨房的抽油烟机嗡嗡响着,万清给张澍煎着鸡蛋说,她的衣服昨晚洗好都晾干了。

张澍正刷着牙,抽出来牙刷说,她的晨尿又浓又黄。她很关注她的晨尿,这能折射出身体的健康。

万清盛了碗粥出来,问张澍今天怎么安排,张澍洗着脸说:"没安排,就跟着你混了。"

万清问张澍:"你妈的东西都置办齐了?"

张澍抽了洗脸巾擦脸:"我妈他们去开封了。"

万清没再多说,问张澍:"你好点儿没?"

张澍坐到餐桌前:"有一点头晕恶心。"

万清看着她的脸说:"你眼泡都肿了。"

"我一喝多就这样,眼泡能肿一天。"张澍揉着眼问,"我昨晚没少失态吧?"

"还行。"万清把煎蛋夹给她,"快吃吧。"

张澍夹着煎蛋开心地说:"还好是在你们面前,算不上丢人。"

万清听到这话有几秒的愣怔,她从没有也不会把自己最糟糕的一面示人。她每回喝多都是在家独自喝的,出了洋相也没关系,在外无论和同事还是朋友,她喝多少心里都会有数。

在这一刻,万清多少有点羡慕张澍的坦然,更羡慕她拥有信赖别人的能力，闹笑话了也没关系，失态了也没关系，反正都是她最好的朋友。

早饭后一时也不知道去哪儿消遣，商场都逛腻了，总不能再去公园遛弯吧？

张澍瘫在沙发上，宿醉劲儿没过，困倦得哪儿都不想去。

万清不甘心，秋高气爽的，待在家多没劲。她先给花都浇了水，然后杵在那儿发微信，接着揎掇沙发上的人："去周景明家院里喝茶？"

天气实在是太好了，两人选择步行去，去的路上买了些配红茶的点心，在路边摊挑了一兜刚上市的大鸭梨，还买了一盆长势喜人的小米菊。

江明珠则是一觉睡到十点半，她摸过手机关闭飞行模式，群里有几十条未读的信息和小视频。万清和张澍围坐在周景明家院里喝茶，周景明坐在那儿泡茶；一张桌子上是精致的茶具，一张桌子上是精美的茶点和一盆菊花。视频里的张澍笑得前仰后合，捧着一个装了冬枣的不锈钢盆，喊着："明明啊，求你了，别再用淘菜盆装食物了。"

她还收到了万清的一条私信，要她睡醒后带着芃芃来，中午在周景明家聚餐。她摸过床头的烟，又看了一遍群里的小视频，准备回绝万清时又收到了周景明的私信：起床了吗？

她点上烟，回：刚醒。

周景明说：你带上芃芃过来吧，万清在厨房烧菜呢。

她回：你们吃吧，我一会儿还有事。

周景明说：有事也得先吃饭，你吃完早些回去。

第三章 对酒当歌

她抽口烟编辑道：你们聊吧，我插不上话，也看不懂李沧东。凌晨三点回来她睡不着，坐在那儿看电影《燃烧》，十分钟没到就睡着了。这条发出来仅几秒钟她就撤了，重新发了一条：我问问芃芃。

她趿拉着鞋从卧室出来，问在厨房剁肉的奶奶："芃芃去哪儿了？"

"她说去买英语本了。"奶奶有力地说，"你去刷牙吧，咱中午吃饺子。"

她说："万清要我带着芃芃去小明家吃饭。"

"你们几个中午在小明家聚啊？"

"嗯。"

"那你带着芃芃去，饺子我调好馅晚上吃。"奶奶很乐意明珠跟他们几个玩，"你还不快点去洗漱，都快饭点了别让人等你。"

江明珠找了身换洗衣服，拿着去卫生间洗澡。

不多时芃芃买完英语本回来了。奶奶已经帮她找好裙子，催她换上去干爸家吃午饭。干爸家她还是很情愿去的，她换着衣服问干爸家有谁，奶奶说有她万清阿姨和张澍阿姨，还交代她到时候要大大方方地喊人。

江芃芃这个淘气精问："万清阿姨就是那个把怒不可遏念成怒不可竭的人？"

奶奶敲她头，都十天前的事了："你万清阿姨学问好着呢，她是故意逗你才念错的。"

江明珠已经洗好在那儿吹头发了，吹完又往手上抹了精油抓了抓头发。日子久了她觉得短发也怪精神，奶奶也不让她再留长发了,只说还是少染,染多了致癌不说,新长出来的黑发和原来的头发是两个颜色,也很难看。

她弄完头发戴上耳钉,牵着一身公主裙打扮的江芄芄出门了。奶奶在她后面喊:"多玩一会儿,下午四五点去烧烤店都不晚。"

她到那儿时菜也刚上桌,七道菜,万清三道,周景明三道,张澍的是一道名字很有意境的菜——青龙卧雪。

这道菜的另一个名儿——黄瓜蘸糖。

几个人吃完午饭又挪去了院里,张澍躺在家中唯一的摇椅里,她那股劲儿还没过,还有点闹肚子;万清坐在小板凳上,一口口抿着茶;周景明则坐在茶台前泡茶。

江明珠看着那一个个小茶具,觉得怪费事的,心想得喝多少杯才能解渴。这功夫茶她十几年前就喝过,远比这高级的都喝过,当年跟着父亲在省城喝的。她也懒得多说,直接回客厅拿了个正常的水杯,让周景明给她倒茶。

之后她觉得怪闲的,是一种无所适从的闲,她从来没有这么闲过。往常这时候,她不是忙家务就是去超市采购了,总之她的每一秒都很实用,她绝不会闲坐在那里超过五分钟。但她已经这么闲坐了半个小时了,她开始有负罪感了,这半个小时干点啥不好?她也不能理解此刻大家这种安静地坐着、有话就聊、没话就不聊的慵懒状态。

她偶尔觉得大家没什么变化,还是像从前那样;但大多时候又觉得那样的时光很遥远,如今早就不再是从前那样了。

可哪怕这一刻有诸多不适,她也没想过要离开。甚至有一瞬间她觉得这样也挺好,她能感受到空气里流淌着一股亲昵的味道。

第三章　对酒当歌

她慢慢地适应了这种情绪，不再焦躁着想要抽烟，她还想到了一些很久远的事情。她慢慢回过神看独自坐在那儿拼积木拼得不亦乐乎的江芃芃……忽然她感到肩头一沉，偏过头看，万清倚着她的肩睡着了。她再看向周景明和摇椅里的张澍，一个坐在那儿打盹，一个躺在那儿打鼾。

原来大家不是在进行某种心照不宣的交流，而是都犯困了。

她僵着肩膀不敢动，怕惊扰了万清。她轻轻地掏出兜里的手机，举着录了一段视频。之后她像一位被赋予了谦卑、牺牲、荣誉、英勇、公正、怜悯、诚实、灵性八大美德的骑士那样，忠诚地守护着大家午休。

她有一刹那被自己的骑士精神轻微地感动到了，她想，如果这一幕能地久天长也是好的。

周母为了给这几个孩子腾地方，去了小春家吃午饭。小春母亲在超市工作时扭到脚了，这几天都在家里休息。妯娌俩坐在那儿聊家常，小春母亲说前一段万清爸妈领着万清来了，万清坐在那儿难受得不行，说当年小春的意外是着急出来找她们。

小春母亲徐徐地说："我当然知道，但是能怎么办呢，她们也那么小。我也知道这些年万清为什么躲着我。头两年我也挺恨的，但后来慢慢就释怀了，因为我总是做梦梦见这几个孩子在街上跑着玩，小春整天玩得满头大汗，回了家三句不离明珠、万清、张澍……后来我不忍心，几回都想找万清说说话，怕这事压在她心里。"

小春母亲说着说着伤心不已，至今她和小春爸都过不去这道坎儿。"那么懂事那么体贴人的小春,怎么出了一趟门就永远回不来了呢。"

周母只能轻轻地抚着她的背说:"这都是命,命不由人。"

"小明爸不也是吗?医院检查了两回都没事儿,回来前后半年不到,说晚期就晚期了,说没救就没救了。"周母深深地叹一口气,"人嘛,怎么可能一帆风顺呢。他们要走,咱们也别强留,横竖两头都有家人,都不孤单。咱们就专心过好咱们的,别牵他们的心。"

6

周景明出了三天差,在中秋小长假的前一天回来了。

那天秋风乍起,从高铁站回来的路上他看见家海鲜馆的广告,当即给万清发了位置。他想喝碗海鲜粥。

他控制饮食小一个月了,正餐基本都以减脂餐为主,偶尔大家聚的时候他才会适当放松。日常也去健身房,只是频率不算高。还不错,前几天他洗完澡搬个凳子站在镜子前,主要是看腹部那一圈还有没有赘肉,还算满意,尽管看不出腹肌但摸着很紧实了。等他搬着凳子从卫生间出来,周母问他:"你搬个凳子去卫生间干啥?"他没多说,坐在那儿在网上买全身镜。

万清打了个车过来了,两人点了一碗鲍鱼粥,点了一碗山楂麦芽粥。万清喝不惯海鲜粥,喝不惯一切咸味的粥。就如月饼和粽子她都只能接受甜口,在她看来,咸口的月饼就不是月饼。

她在吃上很挑剔,按说都在上海待了快十年了,但她的口味还是更偏家乡。不像周景明,什么口味都能适应。

麦芽粥先上来,她早早就喝完了,之后看着周景明细嚼慢咽地喝海鲜粥。她看着看着有些焦躁,问他出差顺利吗?他喝完粥,擦着嘴说还行。

出来后,两人去逛商场消食,天凉了,周景明该添秋装了。

他秋装还没添，经过家内衣店时万清多看了两眼模特，然后进去挑了睡衣和内衣。周景明也挑了内裤，挑好拿去前台一块儿结账。万清见他把账结了，也没说话。

他们除了几天前在江明珠那儿喝酒时，酒后在黑过道里拥抱了会儿，再没别的越界。那个拥抱虽说是在酒后发生的，但两人都十分清醒。

之后逛男装，万清利落地给他搭了两身衣服。结账后他们拎着袋子去了停车场，一块儿回了万清家。

隔天上午，万清回了乡下，正值中秋节，一家人团团圆圆地吃个饭。母亲和舅妈在厨房张罗；舅舅在客厅边看电视边吃柚子，看见万清就递给了她一块柚子，说这是他刚剥的；表妹懒散地躺在沙发上，抱着手机笑个不停；小表弟出去野了。

万清找了一圈，问："我爸呢？"

舅舅指指楼梯口："在房间开直播呢。"

万清懒得多问，转身去了厨房帮忙，舅妈说用不上她，撵了她出来。她妈看了看她，让她去客厅看电视。

她也闲，坐在院里看微信，群里最后的聊天还是昨天晚上十一点，江明珠拍了罐啤酒到群里。她每天晚上十一点左右就往群里发张啤酒的照片，别的也不说。大家看见啤酒就懂了，她这是忙完出来歇息了。如果有人没睡就跟她聊会儿，睡了自然也就看不见了。

江明珠群聊参与得少，一天中群里最活跃的时段是晚上七点到十点间，大家都工作一天了，晚饭后一面去遛弯，一面群聊，聊完回家洗漱睡觉。而这个点正是江明珠一天最忙的时候。

第三章 对酒当歌

江明珠更喜欢忙完边喝啤酒边翻看聊天记录,这之于她是双倍的快乐。群里的聊天她通常不参与,因为大家聊的事件她不了解,他们聊的"梗"她也不懂。翻看聊天记录时有不懂的"梗"她都会及时查是什么意思。慢慢地她也了解了不少信息,尽管相对滞后些。

万清随手在群里发了一个红包,一句:中秋节呢,大家都心想事成。

没想到这才九点多,江明珠是第一个点开红包的。万清@江明珠:怎么这么早?

江明珠回:我开车带奶奶去串亲戚。

万清了然,发送:路上小心。

第二个点开红包的是周景明,他刚洗漱完回了万清的卧室。万清私聊他:怎么不多睡会儿?

他回:我也要带我妈去串亲戚。

万清回:冰箱里有脱脂牛奶,秋葵、牛油果和鸡蛋,你想吃什么就自己弄。

他穿着以前留在这儿的裤衩问:你把我内裤洗了?

万清回:阳台上呢,不干就用吹风机吹吹。吹风机在卫生间的置物架上。紧接着又发了一条:袜子也在阳台上。

他问:你昨晚几点睡的?

万清回:你昨晚梦见高考了?因为凌晨两点多,他猛然从床上坐起来说要找考场。

他问:吵到你了?紧接着回:可能这一段时间工作太累了。

万清回:早知道昨天不逛了,喝完粥就回来休息。接着建议:

要不你去三亚冲个浪缓解一下？

他回：再说吧。紧接着问：你晚上回来吗？

万清发了一条：明天回。

他边回信息边在厨房做早饭，江明珠给他打电话说，她的车挡风玻璃被高空坠物砸了个窟窿，想借他的车去串亲戚，而且都已经快到他家了。挂了电话江明珠拐来万清家，正好跟从单元楼里出来的周景明碰头，周景明把车钥匙给了她。

江明珠这才后知后觉地问："你今天串亲戚吗？"

周景明说："公司也有车。"

明珠应了声，有些八卦地仰头看看万清家的阳台，问："你们俩同居了？"

周景明觉得好笑，催她："你不是着急串亲戚？"

明珠上车了，周景明也跟着上了坐在副驾驶，伸手关掉了行车记录仪的录音。

等她开车回家接奶奶，奶奶早就等在路口了，穿着她认为最体面的衣服，耳朵上戴着锃亮的金耳圈，手腕上是宽厚的金手镯，整个人精神矍铄地站在那儿。江芃芃也是，脖子上挂了一个刻着"岁岁平安"的金镶玉吊坠，小手腕上是一对金手镯。自从明珠爸爸出事后，奶奶有十年没回娘家了，尽管娘家爹妈早就不在了，但她有三个势利眼的弟弟，从前明珠爸爸得势的时候他们逢年过节没少来，明珠爸爸出事后他们一个电话都没有，今天她倒是要回去看看。

奶奶看见周景明的车，脸上的褶子又深刻了几分。她不懂车的好赖，但她知道这车绝对比她们家那面包车尊贵多了，大气敦实，阳光照射在车身上的反光特别晃眼，她本能地抬起了胳膊。

直到下午两三点张澍才在群回消息，她发了几组照片，一组是她母亲坐在椅子里，手中端着杯茶望着镜头微笑和仰着头灿烂地笑；一组是一块斑驳的光影照到张澍脸上，她闭着眼躲闪；一组是她们母女俩坐在院子里，惬意地喝下午茶。照片大多是抓拍，镜头里的人神态怡然。

万清看着照片，心情也没来由地变好，问她：你妈的男友学过摄影？

张澍奇怪了：你怎么知道是他拍的？

这还用猜，万清问：你们去哪儿玩了？

张澍回：来乡下我妈的男友家了。接着又随手拍了几张照片发到群里。

照片中的院子里有一棵挂满果子的梨树、一片巴掌大的小菜园、几株结着小小红红果实的树。那是花椒树？万清还没来得及问，周景明发了一条消息：很少见院子里栽花椒树的，味道冲吗？

张澍回：不算冲。紧接着撺掇：我们有户外的投影设备，打算晚上在院里喝酒赏月看电影，你们要不要来？接着又发了一条：我妈邀请你们来，她说给咱们做桂花糕。接着发了一个位置，离市区也就半个小时的车程。离万清舅舅家更近，开车最多十五分钟。

万清有些心动：会不会太叨扰你妈和叔叔了？

张澍回：我妈喜欢热闹！紧接着又一条：我叔叔正巴结我呢，你们来他开心还来不及呢。

万清想了想：我陪家人吃了晚饭再去，估计八点左右？然后又发了一条：我带瓶红酒过去。

周景明也发了一条：我估计也是八点左右到，我带些茶点过去。

张澍@江明珠：你串亲戚回来了没？你来不了就让周小明带着芃芃来。

江明珠回：准备回去了。晚上就让芃芃去吧。

万清回：后天中午来我家，咱们几个聚一块儿再过个小中秋。

张澍开心：好呀好呀，晚上明珠没空，咱们中午再聚一次。

周景明回：我没问题。

江明珠怕给万清添麻烦，@她说：要不后天中午我请客去餐厅聚？

万清回复：就我家吧。我不嫌麻烦，你们别嫌难吃就好。

张澍@万清：我后天早早去帮忙。

万清@张澍：别了，你在家睡觉吧。我们不缺黄瓜蘸糖。

张澍回：哈哈哈哈哈。

万清坐在沙发上一面在群里聊天，一面听母亲和舅妈话家常，不多时家里来了一位亲戚递喜帖，说她儿子国庆节结婚，要他们那天全部都去。舅妈问她那天是在家里办还是在市里办。她说市里的新房还没装修呢，就先在家里办吧，这天儿也不冷不热的，家里摆酒热闹。舅妈忙附和说，是，还是家里办婚礼热闹，婚礼那天她会早早过去搭把手。

对方离开后，母亲捏着手里的喜帖，交代万清国庆那天也回来吃喜酒。万清说："你才随多少份子啊，我不来。"舅妈说："别

第三章 对酒当歌

管你妈随多少份子,农村喜酒就兴全家都去。"

"我再说吧。"万清从客厅出来,在院里站了会儿,去了大门口待着。

路上也没啥人,只见刚刚来递喜帖的那位母亲正骑着电瓶车挨家挨户地敲门递喜帖。万清觉得有意思,拍了张背影发给周景明:她儿子要结婚了。

周景明不解其意:你喜欢过她儿子?

万清爆笑:去你的!

周景明问:这会儿无聊了?

万清回:不无聊啊,我就是觉得很有意思。

周景明发了一条:我正在出设计图,想把新区的房子装修一下。

万清站在阴凉处,微风徐徐吹来,万清问他:几间卧室?

周景明回:四间卧室,转角有一个杂物间。紧接着再发一条:我考虑一间主卧,两间儿童房,一间客房,杂物间设计成书房?

万清问:日常杂物放哪儿?

周景明回:有独立车库。车库空间大。

万清想想,回他:一间主卧,一间儿童房,一间客卧,两间书房。紧接着回复:我要有一个独立书房。儿童房一个就行,两个人年龄小,就住上下铺,等年龄大了要么把客房改成儿童房,要么就换房子。

周景明回:干脆现在就换房子?

万清笑出声,回他:去你的,就按我说的来。紧接着又回:太多未知了,儿童房先一间吧。

周景明没再发消息了。

万清倏然发愣,她意识到自己为什么发愣时,正笔直地站在那儿抱臂沉思。

十分钟后周景明回:置换成别墅吧?地下室装成家庭影院和休闲区,书房也能有两个空间大的。

万清很快做出了权衡和决断,要什么和不能失去什么,她太清晰明确了。她这些年越来越信赖自己的直觉,直觉是一个人的生命体验和阅历结合后对一件事潜意识作出的判断,是真真正正的自己的判断。她无条件地跟随它,相信它,相信它会保护自己。

她回复了周景明:好。置换成别墅吧。

第三章　对酒当歌

7

万清不到八点就到了，张澍站在路口频频张望，生怕导航不够精准，他们走错路。

院里布置得可有情调了，氛围灯、意式蜡台、应景的花，果盘小点心自不必说。光杯子就有四种：波尔多杯、咖啡杯、茶盏、酒盅。

张澍悄声解释："确定你们要来后，我妈特意回市里拿来的，以示盛情款待。"

万清径直去了厨房，清脆地喊了声孝和姨。张孝和同未婚夫正在厨房准备下酒菜，听见声音笑着出来，顺势把未婚夫陈要安介绍给她。

万清礼貌地和对方打招呼，喊了声："要安叔。"

之后她和张澍小声聊天说："要安叔的气质有几分似陈道明，可能没他高。"张澍说了什么，万清仰头大笑。两人听见了院外的汽车声，猜是周景明到了，说说笑笑地迎了出去。

张澍指挥着周景明停好车，过去打开后排车门牵了芃芃下来，等她看见周景明穿着不同以往风格的衣服下车，夸张地"哇"了一声，骂自己果然有眼无珠。万清就站在院门口望着他，没再迎上前。周景明锁了车，径直朝她过来，问她："早来了？"

万清说："也才到。"随后两人相携着回了院里。

张孝和把桂花糕分成一小块一小块的装了点心碟，望一眼围坐在夜色中的孩子们，笑着和陈要安说他们以往的事。陈要安系着围裙准备开火蒸蟹，也望了几眼院里的孩子们，轻声问："那个男孩子是不是和万清在谈恋爱？"

"没听说啊。"张孝和又望向院里，幕布上放着《寻梦环游记》，万清坐在那儿看，周景明站在她身侧看，两人并无交流，但周围弥漫着一股难以言说的亲密感。

张孝和端了桂花糕出去，也夸赞周景明穿亚麻衫好看，给人一股清风习习的感觉。往常的衣服太沉稳了，显得人老成持重。周景明有些腼腆地笑着说，自己确实不太会打扮。

他今天穿了身浅色系的亚麻，袖口漫不经心地往上挽了两圈，露出块早年父亲留给他的钢带腕表。

张澍问他："这身是万清给你搭配的吧？"

万清摇着杯子里的红酒，轻飘飘地说："有魅力就完了，谁搭配没那么重要。"

张澍骂她："你真臭不要脸。"

万清开怀大笑。

张孝和见状笑着离开了，回厨房就迫不及待地和陈要安分享，"两人情意绵绵着呢。"张孝和说完还学他的口吻："'那个男孩子'，都快三十二了，还男孩子。"

陈要安应着："没结婚嘛，没结婚就是男孩子和女孩子。"

张孝和再次望向那几个孩子，感慨：多快，他们转眼就到了要做爸爸妈妈的年龄。他们该如何承担这份责任,又该如何养育自己的子女?

陈要安逗她:"你是不是生过要他做女婿的心思?"

张孝和睬他一眼,柔柔地说:"都是多少年前的事儿了,当下这样的缘分就够了。"

院里的张澍频频望向站在那儿的周景明,问他:"你怎么不坐?"

周景明说:"坐一下午了,腰难受。"

"腰难受?"张澍看向万清,大惊,"年纪轻轻就腰难受?"

万清朝她嘴里塞了半块桂花糕:"吃你的吧。"

张澍嚼着桂花糕问:"小明,你这身衣服多少钱?"

万清卖关子:"你猜。导购说法国亚麻的。"

张澍无视那个"法国亚麻",估摸道:"顶天了五六千。"

万清很得意,"里外三件折后两千三。"

"可以。"张澍也说不出哪儿可以,但就是觉得可以。

万清说她:"别看了,小心爱上。"

张澍说:"回头谈男朋友了我也给他买。"

万清想到那个交警,问她:"是制服不好看吗?"

张澍爆笑,立刻懂了她在说什么,大骂她不正经。

万清仰头问周景明:"我正经吗?"

周景明离她们远远的,站在了花椒树旁。

张孝和又端了下酒菜来,随口说房间都收拾好了。她领着芃芃睡一间,张澍和万清睡一间,周景明和陈要安睡一间。

周景明双手揣兜站在花椒树旁,没作声。

张孝和转身回到厨房时，万清跟了上来，悄声表示不用太麻烦，她和周景明睡一间就好了。张孝和没反应过来，还说不麻烦。万清晦涩地解释，周景明不习惯……和别人睡一间。一间房肯定就一张床，不够亲密躺一块儿多奇怪。

张孝和明白了，原本想说那间房有两张床，但见到万清的表情没控制住就笑了，笑出来的瞬间又迅速收回去了。万清满脸通红，灰溜溜地跑了。

之后她回来坐下，给周景明发微信：咱俩睡一间。

周景明没回，没多久过来坐在她旁边看电影，万清随手扎了一小块月饼给他，偏头继续和张澍聊。

张孝和跟陈要安忙完也坐过来，几个人举杯赏月，吃吃点心，品品酒，其间陈要安远在国外的女儿打来了视频，和张孝和交流了二十分钟。先是祝福中秋，后为她因为有事不能回来参加他们的婚礼而致歉。

张澍在一旁竖着耳朵努力听，万清悄声问："你叔叔还有个女儿？"

张澍轻声说："小我们四五岁，目前在英国留学。"

万清说："谈吐挺好的。"

张澍没附和，也没作声。

视频结束后又喝了两杯，张孝和和陈要安就先回房间休息了；芃芃专注地看完电影，又放了会儿烟花后也回房间了。她带了书包来，打算写一篇《寻梦环游记》的观后感，再写篇日记，记录下今天的所见所思所感。

张澍的鸡皮疙瘩都出来了，她说今天是出来放松的，可以不

第三章 对酒当歌

用写的。江芃芃一脸认真地说:"写东西对我来说就是放松。"

万清的汗毛也立起来了,她感到了头晕目眩,目送着江芃芃同学"步伐铿锵"地离开。张澍和她碰杯,一把把她的思绪拽了回来——万事不如杯在手,人生几见月当头。

"没错!"万清偏头交代坐在那儿犯困的周景明,"下回别带芃芃来了。"

"就是。"张澍说,"你这相当于往被啄秃了毛的肉鸡群里扔了一只斗鸡。"

周景明打个哈欠,不明所以地问:"谁是斗鸡?"

张澍爆笑,然后放了音乐,自顾自地托着高脚杯跳舞。万清轻声催周景明:"你先回房间睡吧。"

周景明今晚没怎么吃东西,也几乎没喝酒,肠胃一直都隐隐不舒服。他怀疑下午吃了柿子,晚上在大伯家聚餐又吃了蟹,不知道是不是太寒了。他回了房间反倒不困了,躺在床上双手撑着头想事情,想着把新区的房子置换成联排别墅,还是独栋别墅,每个房间又该如何设计。

他凭空构建了一个房子,又把每个房间完美布置一番。令他头疼的是室内楼梯该怎么设计,他担心将来孩子们会骑着楼梯扶手滑滑梯似的往下滑。万一摔了怎么办?他笃定孩子们绝对会滑,因为他小时候就是,他只要看见楼梯扶手就想骑着往下滑。他忧心忡忡,如果楼梯设计不好招惹了孩子们滑,打扰了在书房工作的万清,她是要发脾气的。

院里那俩人笑声阵阵,一会儿喝交杯酒,一会儿贴着身子跳热舞。

江明珠忙完了，如往常一般发了罐啤酒到群里，她今天有些亢奋，这种亢奋的状态持续了近一天了。她抽烟的手都隐隐有些抖，她清了嗓子准备朝群里发语音，想想先私信周景明，告诉他自己的重大决定：我要买奔驰或者宝马！

　　周景明问：为什么？

　　是啊，为什么？她想了半天，她实在没有能力用语言表达出那种感受，她也无法像张澍和万清那样，有条有理、逻辑清晰地讲出她为什么要买豪车。还不能单单只是"豪车"而已，得是妇孺皆知、家喻户晓的豪车。她心中有万语千言，但她不懂该怎么直抒胸臆。她着急，她只能横冲直撞地表达：因为买豪车奶奶在亲戚们面前会有面子，她会特别开心，那些亲戚也会因为我们有豪车而忘记我们家以前的事。

　　不管，反正她就是要买，她没办法再开着自己的破面包车去串亲戚了。

　　周景明明白了，问她：你有多少存款？

　　她隐隐雀跃，回复：我有五十六万三！

　　周景明问：你对车的性能配置有没有要求？

　　她回复：没有。只要是豪车就够了。

　　周景明回：那就找熟人买辆二手的，预算二三十万就行。

　　她说：我没有卖二手车的熟人。

　　周景明回：我认识，我找。

　　她学着张澍的语气，回复道：好呀好呀。

　　周景明聊完准备睡觉，都要睡着了，那个酒鬼回来了。周景明被酒气熏死了，问万清："洗漱了吗？"

第三章　对酒当歌

酒鬼坐在床沿摇头道："不洗。"

周景明翻个身,他要睡觉了。

院里张澍在大骂万清,两人约好去外面上黑咕隆咚的旱厕,你上我帮你看着,我上你帮我看着。万清倒好,自己上完提上裤子就跑了。

万清喝得多少有些高了,坐在那儿看着周景明:"我去张澍房间睡了?"

周景明转过身,掀开被子说:"上来吧。"

万清问:"肠胃还难受吗?"

周景明摇头:"不难受了。"

万清伸了手给他揉肚子,周景明问她:"喝了多少?"

万清想想:"有一瓶?"

周景明问:"掺了吗?"

"没掺,纯红的。"

"难受吗?"

"有点晕。"

周景明没再问。万清也没再答,手一圈一圈地帮周景明揉肚子。

夜深了,一天的热闹也过去了,江芄芄躺在床上轻轻地翻身,生怕惊扰了旁边的张澍。她睡不着,她想妈妈和太姥姥了,想着想着就默默地流泪。这是她第一次离开家人在外面过夜,她好想用电话手表给妈妈打电话呀。其实她不想来,是太姥姥想让她来。她也想跟着干爸出来玩,但她不想在外面过夜。

而且这里也没有她想象中的好玩。她以为干爸会陪着她玩，但干爸显然更喜欢万清阿姨，一直都坐在万清阿姨旁边陪着她。张澍阿姨也很好，全程很照顾自己，给自己拿各种好吃的，但她的好是大人对小孩的好，太殷勤了也很烦人的，她都这么大了，能自己照顾自己了。

　　至于万清阿姨，她不知道该怎么说，她对自己没那么亲热，但也没有疏离感，只是没有张澍阿姨那么友善可亲。但很奇怪，她偏偏就想往万清阿姨身边凑，想要获得她的关注和认可。她一直都在偷偷观察万清阿姨，她发现就算跟张澍阿姨聊天，跟孝和奶奶聊天，万清阿姨也会频频回头看干爸。

　　他们会结婚吧？会生宝宝吧？不过不结婚也能生宝宝，就像她的出生一样。她在学校里会特别留意那些像她一样，没有亲爸爸，或者爸妈分开的同学。她做了秘密调查，没有亲爸爸的少，爸妈离婚的倒挺多的，她倒希望这样的同学越多越好，这样不会显得她太另类。有时候她望着那些特别活泼开朗的同学，想着要是能交换灵魂就好了，哪怕一天也好，她好想去体验一下他们的爸爸妈妈。但看见那些愁眉不展的同学，那些因为自身弱小而被欺负的同学，那些回回考倒数而被嘲笑的同学，她觉得自己好像也挺好的，也许每个小孩都有自己的烦恼吧。

　　想着想着，她更睡不着了，她开始提炼刚刚那些想法里，有没有运用到一些更高级的词汇。她如今依然在编故事，也在语文老师的帮助下向一家少年杂志社投稿，尽管目前没收到任何回复。老师曾反复嘱咐她，要她多阅读名著，多积累词汇量，这样将来写作的时候会自然而然地学以致用、融会贯通。

今年以前她没有理想,今年以后她的理想是成为一名作家。

成为什么作家不重要,重要的是她有了一个人生目标。

8

周景明这一段时间非常自律，只要晚上多吃两口，哪怕已经十点了，他都会出去跑几公里。万清对他这种自律不以为然。既然这么自律，干吗要多吃那两口，对吧？

万清这一段时间就欠欠的，私下老逗他，逗完再去哄他，和犯病了似的。中午有空她就在家用空气炸锅弄些小黄花鱼，蒸些杂粮饭，凉拌个素什锦，再切几片酱牛肉，总之都是些低热量的食物，弄好给他送去公司前台。

她跟他们公司的同事也熟了，偶尔他们公司核心成员聚餐她也会去，去得不多，前后也就两回。她有自知之明，公司聚餐总要谈一些要务，她一个外人老去也不合适。他的那些同事认识就够了，回头街上遇见点个头就行了，无须刻意深交。

万清自己也很忙，除了每天线上学习些茶艺、烘焙，也顺便学了些家电基本原理及维修，别的不说，闲置在那儿三四年的波轮式洗衣机，她就给修好了！她成就感爆棚，致电父母告诉他们这一喜讯，父母说她净做些无用功，那洗衣机他们都准备卖废品了。

除了这些，她觉得自己审美能力一般，也常看些艺术鉴赏的纪录片，试图重塑和提高美学素养。她会认真地听艺术家讲如何欣赏一幅名画，这幅名画美在哪儿，它的艺术造诣和历史价值又在哪儿。

她很用心地领悟和感受什么是艺术美、自然美、生活美。说来汗颜，在她儿时，无论是学校还是家庭，都没有重视过美育。学校的音体美课，这些老师频繁"有事"或"生病"；她的家庭就是普通家庭，父母自身就不具备鉴赏和传授美的能力，他们能做的就是把她送去一周一节的才艺课。她小学就上过钢琴课和国画课，前者她资质平庸，后者她缺乏毅力，最终都不了了之。

她如今之所以格外地关注怎么提升自身对美的感知，是因为一来不工作就有大量的闲暇时间，她想要更好地利用这些时间；二来，一个多月前同一个熟识的猎头聊天，对方问她三年内有无婚育计划，当时她没有正面回应，她慎重考虑了一个月后想清楚，她有婚育计划，且想尽早落实。

现在，先不提怎么落实，先趁机学习些什么，学什么都好，只要是自己感兴趣和能更丰富自己的，好在将来需要对抗些什么的时候，不至于过度消耗自己。具体要对抗什么她也不知道，但她知道，结婚生子，对她和周景明来说都将是场巨大的人生考验。而她目前所做的一切，潜意识里都是在为这场考验做充分的准备。

在学习的过程中，她的内心是沉静的，摒弃了外界的一切干扰。她的世界里只有她，也只为她。而她从中获得的东西全部转化为能量，一点点地渗透到她的整个生命里，使她的生命蓬勃向上。

奈何她实在是个平庸之辈，学了这么些高雅的，偏偏对修家电的兴趣最大，体现出的能力也最强。真有点难以启齿。

那晚张澍在群里说了句吹风机坏了，她当下骑着电瓶车去张澍家，花了十几分钟就把吹风机修好了。可修好后不仅没有换来张澍半分感谢，张澍反而在群里替她规划好了未来创业的方向——骑一个电动三轮车，走街串巷地吆喝修家电，顺便还能收收破烂。

万清都在回家的路上了，看见这条信息又折回去，把张澍的电吹风机恢复原样，"就别吹了吧你"！这次折回去时，她发现了张澍的秘密——在衣帽间的饰品柜上放着麦克风和录音笔。万清问张澍怎么回事，张澍"宁死不屈"，万清顺藤摸瓜，最后铁证如山，万清指着她的鼻子说："我回家逐个听，我只要听见关于我的内容，你就等死吧！"

张澍的播客一共才录了七八期，平均每期三四十分钟，大都是些酒后个人抒发的感想。关于母亲再婚也好；关于父亲要求母亲在婚前把名下的房产过户给自己也好；关于她心烦了就会绕去那条路，看看那位交警也好；关于她如何接纳下坡路的人生，拥抱不完美的生活也好；关于和发小们的日常也好……好的坏的，忧心的开心的，她都毫不掩饰地、生动地讲了出来。

万清听了两期，感慨：絮絮叨叨絮絮叨叨，张澍咋就那么能絮絮叨叨？

她也没说别的，给张澍发微信问：你粉丝怎么才一千？

张澍回复：好难涨粉的，我这一千还是做了引流。接着就把大学同学的播客分享给万清。原本张澍就没打算瞒这事儿，之前跟同学录播客时她跟万清提过一嘴，因为万清说她不听音频，张澍也就没再说。

万清以前也听音频，通勤路上听经济学，听职场心理，听逻辑思维，听人际沟通……有一段时间越听越焦虑，就不再听了。她在上海也挺忙的，不是跟朋友们聚就是跟同事们聚，周末看看话剧，在附近自驾游爬山，生活也算多姿多彩，但她就是感受不到充实。这是很自相矛盾的一句话——生活多姿多彩，但感受不到充实。她常常坐在人群中，同时也游离在人群外。

她休息的这五个多月焦虑吗？起初两个月很焦虑，后面学着应对，慢慢就不焦虑了。她这五个多月一共消费了一万五，其中小五千她拿来添置自己和周景明的衣服，剩下全是一日三餐的开销，家里的水电燃气费，从她父亲的银行卡扣。这么下去当然不是长久之计，她也从没想过就此退休，但真休息个一两年也完全可以。她就充充电，玩一玩，脚踏实地地享受一段生活。将来怎么回归职场或创业，那是将来的事，总之天塌不了。

周景明忙得要命，白天工作，晚上就抽空去看楼盘或帮江明珠看二手车。原先他计划把新区的房子置换成别墅，但看了几套都不满意，万清就建议看五室的大平层。别墅加上地下室一般要四层，将来装修就是一大笔开支，日常打扫维护也麻烦。他们手里是攒了些钱，老家的别墅也算不上贵，但一来周景明处于创业期，存在太多未知；二来他们也都不是富二代出身，攒的钱都是血汗钱，拿出来买别墅也没问题，但没必要。

周景明当时说是置换成别墅，而非直接买，万清心里就有数了。他们也才三十出头，着什么急呢？加之张澍也在群里说，别墅住起来既不舒适，又浪费。她爸住的就是别墅，嫌累，就没有上去过三楼，他们买五室的大平层就够了，弄个独立的衣帽间出来，生活美美的。

弄你个头，住都不够住，还衣帽间？

以前万清没觉着已婚和未婚有什么具体区别，这一下子就凸显出来了。张澍注重生活品质，有独立的衣帽间、书房和休闲室，家里常年窗明几净，一个星期阿姨打扫两回。那天万清就在群里感慨，他们五个房间都不够，三间卧室两间书房，哪有什么衣帽间和休闲室。

张澍有点被冒犯到，回她："如果能选择，我也愿意五个房间都不够。"

好，这事儿过了，不提。

说江明珠买豪车的事。江明珠不知是听张澍的播客听多了，还是跟她们相处久受影响了，她好像莫名有了一种表达欲望。她在群里说了自己要买豪车，以及为什么要买豪车。江明珠以前在外地没觉着豪车怎么样，都是四个轱辘而已，如今回来亲戚们都认为豪车是成功人士的标志，那她就要买！

她买豪车的逻辑简单粗暴：买了豪车，奶奶在亲戚们面前有面子，奶奶有面子她就开心。

万清简单利落地回：买！有物欲是好事，要及时满足，特别是当有能力满足这股欲望时。

照往常张澍会觉得这成本也太大了，人为什么要活在他人的眼中？这回她也不废话，鼓励明珠：买！支持奶奶找回场子。当钱能解决问题的时候就用钱解决，这个需求最容易满足，因为人生有大把不能用钱解决的事。

江明珠原本组织了一筐话来合理化自己的虚荣心，看见她们的回复后，憨憨地回了个：哦。

第三章　对酒当歌

之后的几天江明珠不时发几张照片到群里，当她发到宝马X6，且掷地有声地发：就！它！了！

万清忍不住喊她：快下来吧。

张澍拽她：别飘了。

周景明百忙之中出来制止：那你明后年再买吧。

江明珠回：不行，我今年过年就要去串亲戚！

直到国庆节张孝和婚礼的这天晚上，张澍坐在万清家喝酒时，在群里说她表弟有辆车，才跑了一万多公里，没事故没擦伤，就是被他开去做抵押了。明珠要是有意的话就把车弄回来，看着商量个合适的价格。此时周景明也刚到万清家，问了具体的车况后，给江明珠发微信：这车适合你，你考虑看看。

他们也没期待江明珠能够及时回复，就是想到这件事了，先发到群里。

中午大家都参加了张孝和的婚礼，一直等到酒席散尽，处理好所有事宜，目送张孝和随着丈夫去度蜜月后，万清约大家今晚来她家聚。

张澍很感动，只是笑笑，也没出言说什么。

江明珠要顾烧烤店，自然是来不了，周景明先去忙了别的事，晚上七八点才过去。他来了才十多分钟，外面就下起了瓢泼大雨。

外面下着大雨，店里基本没食客，小单都让小豪练手，江明珠则坐在那儿喝着啤酒回着微信，给周景明发微信问：你们都在万清家？

周景明回：是。

江明珠问：张澍没事儿吧？

周景明回：没事儿。发完录了一段小视频，那俩人在碰杯，一个说："敬我妈！"一个说："敬你妈！"说完仰头大笑。

江明珠蠢蠢欲动，朝着店里的人交代一番，开上停在路边的面包车顶着雨去了万清家。她也不知道为什么去，但她就是很想见到她们。等她上楼后，她们惊讶她为什么来。她言不由衷地说是来问张澍表弟车的具体情况。说完感觉眼眶发热，坐在那儿点了支烟。

江明珠酝酿了好大一会儿，喝了杯酒，很突兀地说出芃芃的父亲就是她的初恋男友。万清和张澍听着，看着，等着她说。

好像那股冲动的、不合时宜的情绪瞬间就过去了，她开始有些手足无措，她懊悔她竟把自己置身于此，还唐突到了她的朋友们。她何至于此！她何至于此！

她忽然间崩溃了，眼泪大颗大颗地往下掉，周景明要过来拥抱她，她推开了他，放任自己，任由自己的慌张、狼狈、脆弱、不堪在人前无所遁形。

万清和张澍要拥抱她，她背过身不要她们抱，她努力地平复情绪，之后在椅子上缓缓坐下，不愿再多说什么，抽了纸巾用力擤着鼻涕问："你们有没有过一了百了的念头？"

"我有。曾经我就想过一了百了。"江明珠自己回答。

万清偏了脸，张澍也捂着眼，而周景明则转身去了阳台上。

第三章　对酒当歌

9

隔天傍晚，江明珠站在烧烤店门前的树下抽烟，后厨的准备工作该忙的都忙完了，两位阿姨也在那儿穿肉串了。

她至今还有些无所适从，昨晚在万清家的崩溃来得猝不及防，没有任何心理准备。她解释不了，也应对不了那样的自己。昨晚周景明送她回家，要她好好睡一觉，她怎么能睡得着？只要想到自己那一刻的无措、笨拙，把好好的气氛搞成那个样子，她就无地自容。

她一夜未眠，反复想着该怎么解释自己的失态。可早上大家一如往常，万清在群里晒晨跑的路线，周景明晒早餐，张澍则发了她表弟的车型，说以前在4S店估过价，周景明顺着她的话就细聊了这辆车……

除了她，好像并没有人在意昨晚的事。

也是在这一刻她才意识到，也许这才是真正的"成年人"的样子。

成年人，成年人……如何成为一个审时度势、知进退的成年人。

不，她江明珠偏不做那样的人。她就要做一个不识时务、爱憎分明的成年人。

她秉持的价值观是：对我好的人，我加倍对你好；不想我痛快，那大家都别痛快。

今天中午她又和奶奶拌嘴了，起因是她母亲来家里了。她那会儿正烦着，正在用力地刷牙。听见敲门声，她过去开门，是她母亲拎着东西来了。她当然清楚她母亲为何而来，开门后，她慢悠悠地继续回卫生间洗漱，晾母亲在客厅里拘谨地跟奶奶寒暄。

她不着急了，她细细地洗漱，洗完又是往脸上抹化妆水，又是抹乳液，最后点点点，点了满脸的面霜，再用手指均匀地涂开。奶奶早就着急了，已经在客厅催她两回了。

等她忙完一切才拉开抽屉，拿出提前备好的两万块钱撂到客厅的茶几上。在她撂上去的那一刻，正乖巧坐在沙发上的江芃芃懵懂地望着她。在这之前奶奶嫌尴尬，喊了在房间写作业的江芃芃出来，要她喊明珠母亲姥姥，三个人正局促地坐在沙发上聊。

江明珠感到畅快的时刻不多，除了烧烤完坐在那儿喝三罐啤酒，就是父母朝她借钱的时候了。她就盼着这个时候，每到父母吞吞吐吐朝她借钱的时候，她内心都无比畅快。这种畅快是极悲怆的，沸点有多高，降至冰点的时候就有多痛。

她母亲拿上钱讪讪地离开后，她那个畅快呀。她在房间里来回踱步，给奶奶的花浇水，把才铺了五天的床品换下来，铺上一套她认为更好看的。她情绪高涨地忙这忙那，终于在两个小时后平静下来了。她慢慢地消停了，奶奶斟酌着、慢慢地跟她商量："那怎么也是生养你的妈，是芃芃的亲姥姥，怎么能当着孩子的面给长辈难堪……"

话又都被奶奶说了，江明珠看向奶奶，回她："你当年也没少当我面说她坏话呀,还怂恿他们离婚!"

从前说这话噎奶奶,她也隐隐有丝痛快,就算感到愧疚也是在当下的那十分钟里。但此刻她站在这儿抽烟,反复想到中午奶奶的脸色,想到母亲拿钱离开时的神色,再想到昨晚在万清家的一幕幕,她用力地抽了几口烟,试图驱散内心升腾起来的茫然。不是爱,不是恨,也不是悔,是一股空荡荡的茫然。

群里又在聊天了,张澍发了她在父亲家的自拍,说:国庆长假呢,今天来父亲家聚了。万清问她:国庆长假和去你父亲家聚餐有什么必然的关系?张澍说:有,往常找借口能避则避,国庆长假好几天呢,避不过去了。

江明珠看着她们闲聊,又做了一件不合时宜的事,她莽撞地回复:对不住,昨晚我又破坏气氛了……说完她的眼睛再一次发胀,空荡荡的内心瞬间被各种难以言说的情绪填满。

万清回:没关系。

张澍回:哎呀没事儿。

万清斟酌着,诚实地回:我也有过,我曾经也有过那样的念头。

过去得有五分钟了,周景明回:我没有。

张澍回:我也没有。

万清正在厨房里煎口蘑,她最近迷恋上了煎口蘑,当蘑菇口朝上煎出来的那一兜汁水,鲜得不要不要的。这一招还是跟周景明学的。昨晚他送江明珠回家后,回来独自站在厨房里煎口蘑,煎好关火后他去了卫生间。万清心想,口蘑有啥好吃的,就用筷子夹了一个放到嘴里,先不说蘑菇咋样,就那一兜汁啊,太鲜美了,等周景明从卫生间出来,十几个口蘑里的汁全没了。

周景明二话不说,转身就回自己家了。

万清煎着口蘑,看着群聊天,内容早跑题了。张澍先扯了句她父亲准备自驾去看三峡大坝,周景明就聊到了那一百多万的三峡移民,他大学室友就是库区移去崇明岛的,他还去过他室友在崇明岛的家。

万清看完这两人的对话,私聊周景明:我煎了口蘑。

周景明没回她,继续在群里聊。

气性还怪大。

江明珠还站在树下抽烟,屋里都陆续坐两桌了,小豪喊她,她回头让小豪先烤着。她把最后一根烟抽完,烟头用脚踩灭,给家里打了电话。电话是江芃芃接的,芃芃问她:"咋了?"

江明珠轻轻地问:"你在干吗?"

江芃芃说:"我在看漫画。"

"哦。"江明珠继续问,"吃晚饭了吗?"

江芃芃说:"太姥姥还没回来煮呢。"

明珠疑惑:"太姥姥去哪儿了?"

江芃芃说:"她跟楼上奶奶结伴出门了。"

明珠顿了片刻,问:"太姥姥心情怎么样?"

江芃芃说:"她可开心了,楼上奶奶说参加社区的活动能领一箱纯牛奶,她健步如飞地就去了。"

店里的阿姨催她了,食客都来了,小豪已经在后厨手忙脚乱了。

她挂了电话,先给江芃芃点了份比萨,打算回去时看见奶奶

第三章　对酒当歌

在街对面。她挠着头皮讪讪地准备上前时,看到奶奶摔倒了,她猛然抬脚冲了过去。冲过去后她才发现,倒地的不是奶奶,只是和奶奶穿了同样衣服的老太太。江明珠打了120后准备回店里,可想到这个老太太也是别人家的奶奶,就蹲在那儿陪着她等救护车。

周景明闲着没事,收到私信后自然去了万清家,见她在厨房煎口蘑,他坐在沙发上心不在焉地玩手机。万清煎好装了盘,端过来在他旁边坐下,小心翼翼地夹起一个喂到他嘴边。

他别别扭扭地说:"我不吃。"

万清催他:"快点,汁要溢出来了。"

他先嘬了汁,然后吃掉口蘑。万清又给他夹了一个,要他把汁嘬了,她吃口菇。

之后两人食欲大开,万清拿出冰箱的肉解冻,又去楼下买了紫苏叶,两人就站在厨房的平底锅前,用紫苏叶包煎好的肉吃。

周景明就吃了一口肉,吃了两根煎芦笋,其他时间都在给万清煎肉。万清知道他自律,也不劝他吃,手里端着盘子倚着橱柜自己吃,边吃边聊他们俩的事儿。

两人也都三十出头了,不小了,打上幼儿园就认识,没什么好磨合的。结婚生子,是提上日程呢,还是再玩一两年?

周景明煎着肉说:"提上日程吧。"

万清笑笑,逗他:"将来咱俩会不会因为口吃的就闹离婚?"

"去你的。"周景明说,"我昨晚不是因为口蘑生气。"

万清没多说什么,回房间拿了块手表给他。这是她托朋友从香港买的。

周景明看着手表问:"给别人买过吗?"

"没。"万清帮他戴上,"只给你买过。"
"多少钱?"
"小四万。"
周景明说她:"破费了。"
万清回他:"看你那样儿。"
周景明忍俊不禁,看着表盘,轻轻地问:"你想要什么?"
万清说:"我要的你已经给了。"
周景明一只胳膊虚揽着她的腰,继续给她煎肉。

俩人就站在厨房,轻声细语地聊。周景明和她说了江明珠早些年的经历,昨晚他送江明珠回家,江明珠让他把这些事告诉万清和张澍。她亲口说不出来,那种感觉像受绞刑般难受。

国庆假期过后没几天,江明珠突然就收到了派出所的表扬信,对其见义勇为的善举深表敬意和感谢。电视台也来了,为此做了深度报道——老人摔倒扶不扶?见义勇为,人间大爱!

万清和张澍在公众号上看见文章,看见"侠肝义胆的江女士",都大笑不止,感觉挺奇怪的。江明珠的行为原本算不上见义勇为,但她在冲过去扶摔倒老人时被电瓶车撞了,胳膊肘那一片全是擦伤,且她不顾个人安危与利益,陪着老人去了医院,直至联系上家属。那一晚烧烤店因为没烧烤大师傅,拒接了许多食客。

奶奶也深感骄傲,为此特意发了朋友圈,还让江芃芃帮她编辑:文章里侠肝义胆的江女士就是我大孙女!这还不够,她还专门下楼往唠嗑的街坊堆儿里扎,左右话题都跑不过她见义勇为的

第三章　对酒当歌

大孙女。

江明珠则倍感心虚，事发当晚她就在群里说了，她是认错人了。派出所送她表扬信，她这个愣头青直接坦承认错人的事，人家说幸好你认错了人，及时救了老太太一命。

天已经凉了，街上的人不是穿着外套就是穿着卫衣，他们喝酒都要常温的和冰镇的掺着喝了，特别是周景明，肠胃不好，冷食吃多就闹肚子。他们三个人闲坐在烧烤店门口的折叠桌前，张澍跟他们俩聊几句，再埋头在微信上和母亲聊几句。

原本每周五晚是她们母女俩约好的"泡面时刻"——晚上聚一块儿看看电影，吃吃泡面，躺床上聊聊天。但今天母亲去了外省，约会就改到了明晚。她们母女俩也一个星期没见了，也很想念彼此，张澍口是心非地说：你要忙就下周吧，我理解你。

张孝和回：明天上午我就回去了。妈也想你了。

张澍感到愉悦，问她：你在干吗呀？

张孝和回：跟女儿聊天呀。

嘿嘿嘿，张澍心里乐开了花，编辑道：妈妈，我也好想你呀。发出这段话她热泪盈眶，想到明天就能看见母亲就觉得好幸福。

张孝和问：看你的照片感觉你又瘦了？

张澍回：哪有，我都感觉又胖了。

张孝和回：你脸肉肉的更好看，不要刻意减肥。

说到减肥，张澍举着手机偷偷拍了对面的周景明，和母亲说：周小明都减脂两个月了，也戒烟了。

张孝和回：他们是计划要孩子了。

张澍吃惊：谁说的？

张孝和回：小明妈妈昨天联系我了，要我做媒人去见万清父母一面。

张澍问：他们俩自己谈的，干吗要媒人？

张孝和回：傻子。那也得有个礼数，我是去商议结婚的事。

张澍回：明白了。发完她看了一眼对面的俩人，万清坐在那儿，一只手很自然地撑在周景明的膝盖上。

张孝和问：你呢，你和那位交警有进展吗？

张澍赶忙回：还那样儿，我不好意思要他的微信。

张孝和回：随缘吧。

张澍回：我也这么想。我现在经过能看见他就很开心了。

张孝和回：能收获这样的开心也很好了。

张澍发自肺腑地回：妈，我真的好羡慕你呀。

张孝和回：一天里能有片刻感到幸福，我就很知足了。

张澍问：那你幸福吗？

张孝和回：傻样儿，当然了。

张澍忽然就特别地心满意足，一扫这一两个月的低落情绪。这两个月的破事儿可太多了，能与人言的、不能与人言的，种种烦心，种种压力。每每觉得自己已经很不错、很优秀了，可最后发现什么也不是。

她仰望夜空，莫名就想到了鲁迅《秋夜》里描述的天空"奇怪而高"，还有那句著名的"一株是枣树，还有一株也是枣树"。是啊，为什么要这样写呢？当年老师要他们分析的时候他们也不理解，如今好像有那么点懂了。想到这些她摇头失笑，端起酒杯一饮而尽。

对面的万清鸡皮疙瘩都出来了,说张澍:"别这么笑,怪瘆人的。"

张澍倒酒,同万清碰杯,豪情万丈地说:"敬鲁迅!"

店里的江明珠烤完出来了,脚勾个凳子坐在他们面前,手指捋一把金毛,郑重其事地问:"我要不要把头发染黑?总感觉现在这样儿……不得劲,像一个游手好闲的街溜子。"

她话音刚落,一桌人爆笑。

10

江明珠先畅快地闷了几杯，然后静静地坐在那儿听她们说。

周景明喝得不多，他不是很喜欢喝酒。他先坐那儿跟她们聊会儿，或跟忙完出来的小豪聊会儿，抑或独自在路边站会儿。他喜欢做一些没有明确目的的事，如独自站在路边看街上的行人，偶尔回头看她们围坐在那儿聊，他会感到安心和舒适。

江明珠让了烟给他，他摇头："戒了。"

江明珠老忘记这事儿，她自己抽也不是，不抽也不是。周景明说："你抽吧。"

江明珠点燃烟问他："你们房子看好了？"

周景明说："差不多了。"

"今年装修吗？"

"装，装完散散味，最好明年夏天能入住。"周景明问她，"你的房子要不要装？"

"我不装，我又不住。"江明珠说，"那套留给芃芃，回头我自己再买。"

周景明点头："也行。"

江明珠八卦地问："你们俩要结婚了？"

周景明转着手里的杯子，轻轻地说："先领证，婚礼明年再办。"

江明珠好奇:"为什么?"

"明年婚房就能入住了。"

江明珠反问:"那为什么不明年再领证?"

周景明一时被问住了,回她:"我就想今年领。"

江明珠又问:"你们领完证先跟你妈住一块儿?"

"不住一块儿,原先怎么住领完证就怎么住。"

江明珠再问:"那你们为什么先领证?"

"我们想领证。"

"你们领完又不住一块儿,婚礼明年才举行,那为什么要领证?"江明珠打破砂锅问到底。

"我们想领证!"周景明被她问烦了,还是那句话。

……

江明珠抽完烟,不跟他聊了,认真听那两人在聊啥。她看见万清倾着身子专注地听张澍说话,也许是角度的问题,她第一次发自内心地觉得万清很美。以前奶奶总说她们几个里万清最不出挑,面相老气,五官普通。

她说不上来,她问张澍:"你觉不觉得万清比少女时候好看?"

话题转到了万清的身上,张澍想也没想地说:"是啊,万清是年龄越大越好看的类型,她本身面相成熟,少女的气质压不住长相。现在年龄大了嘛,阅历和内在饱满了就凸显出魅力了。"

万清懒得理她们,手理了理头发,低头喝酒。

张澍又说:"我妈说有一类女人天生就没有少女感,她在少女的时候没特色,干巴巴,可等到她自我完善和内心丰盈了,她的魅力就出来了。"她看着万清,看着看着被她脸上微微不自然的表情吸引,内心生出一股柔情,由衷地赞美她:"我们万清是真的很美很独特。"

万清脸都要红了,说她:"去一边吧。"

张澍喝口酒,说道:"真的,你身上有股雌雄同体的气质,男女都会被你吸引。"

万清看一眼周景明,周景明手托着腮不作声。

张澍没完没了了,继续说万清:"你刚刚看周那一眼就特别有风情,有股浑然天成的纯和媚。"

周景明也不自然了。江明珠说张澍:"你好像个臭男人。"

张澍爆笑道:"我要是男人就没周景明的事了。"

周景明没理她,剥了一颗盐水花生到万清的碟子里。

张澍适可而止,说他们:"你们就是不禁人赞美,有什么好难为情的?"

万清倒没难为情,她是在这一刻抽离出来了。她自小就没被人肯定过外貌,如今被张澍赞美多少有点局外人的感觉。这一刻她反倒更清醒,她在羡慕和重新审视张澍,羡慕她能这么自然地给予他人肯定。换她,她不会,哪怕她真的觉得对方很美,她也很难当面夸出口。

万清同张澍碰了杯酒,喝完偏头看周景明,两人目光交会,周景明也语气自然地说:"我一直都觉得你特别,只是现在更迷人了。"

万清忽然就笑了,是一种开怀的、释然的笑。她伸胳膊拥抱了周景明,像拥抱少女时的自己那样拥抱他。

第三章 对酒当歌

江明珠也跟着傻乐,她说不出具体为何,只感觉内心有股毛茸茸的欢喜。她觉得她也要说些什么,她想到了江芃芃的日记,她捏着手里的易拉罐毫无心理负担地就把女儿给卖了,说了女儿在日记里对他们的评价。

说到江芃芃,话题又扯到了她身上。万清的意思是建议芃芃多学习些美育方面的,不能再像她们这一代只会刷题了,等将来无题可刷的时候,人生真正的痛苦就开始了。

万清也说到这些年花了大量精力在认识和修复自己,修复曾经破碎掉的自己。当一个人沉浸在自己痛苦中,他是看不见他人的——不是无视或淡漠他人的痛苦,而是自顾不暇。

照往常万清不会说这些,今晚都喝高了,气氛也到了,一些话就自然而然地说出来了。大多时候的聊天是讲缘分的,能不能畅所欲言,能不能推心置腹要看双方,如果聊天氛围好,对方能感受到足够的安全感,火候到了是能激发出潜在表达欲的。换言之,如果双方没缘分,聊天倒不至于话不投机,就是寡淡和索然无味些。

怎么说呢,朋友聊天嘛,我得确保我把心掏出来的那一刻,你是能完全接纳和珍视的。如果唐突到了对方,是非常尴尬的。

他们四个就坐在那晚秋里,絮絮叨叨聊了很多。主要是万清和张澍聊,万清是大聊理想,聊她作为那不到1%在大城市算作多余人才的人回归后,能为这个社会做些什么,做什么才不至于浪费。做不了大事,哪怕做些力所能及的小事也好。她是要结婚生子,但结婚生子跟干事业是并行的人生大事,而非对立的。

万清说得慷慨激昂,周景明看她眼中闪闪发亮,只微笑着望着她,什么也没说。谁也没打断她的畅想,打断别人的畅想是很不礼貌的行为。能不能做到是一回事,难道还不能让人想吗?

张澍是老生常谈,她就是那个顾影自怜的人,她的困扰始终都是个人生活,能不能再次遇到心仪的另一半已经没那么重要了,重要的是能不能顺利地领养一个孩子。人生漫漫,她想有更深层次的生命体验。她也坦承了自己有一个播客,那个只有一千粉丝、装满了她和发小的喜怒哀乐的播客。

周景明依然没什么要说的,他很怕这种场面,他不习惯在人前说什么。而且他也没什么困扰和挫败,无论情感上也好,事业上也好,失去的都一点点回来了。既然回来了就更没什么要说的。主要在这一刻,他消失已久的男性自尊回来了,他不说,他不想与这几个女人为伍。

但他心中又有那么一丝丝不道德感在作祟,好像坐在这儿听了朋友那么多隐秘心事,不说点自己的反倒显得不合群。可正是这些才让他反感。读书的时候就是这样,他不愿意用交换秘密的方式来稳固友谊或显得自己合群,那种方式让他不舒服。

这也是在他大学后、在步入社会后,他很少能交到知心朋友的直接原因。他不愿意和几个男人聚在酒桌上,与他们聊女人,聊一些心照不宣的商业信息来换取利益。

他的处世风格是你们来适应我,而不是我去融入你们。当然他也为此付出了代价,但这些代价是他权衡后甘愿承受的。他在工作上有压力,但没焦虑,他基本上就没焦虑过,他也不太明白同龄人的焦虑。他上班认真工作,该加班就加,工作紧张了就去冲浪或打球放松。他喜欢他的那帮球友,打球时痛快,聊天时畅

第三章 对酒当歌

快,特别是聚在一起骂哪个球队的时候。

如果说他有过焦虑,那应该是在高三复读那一年。那一年他整宿整宿睡不好觉,经常在凌晨一两点骑着单车满大街晃。复读那一年他用尽了洪荒之力,可结果更不如意,撞到南墙后他就回头了。他接受了这个世界上就是有你如何努力也做不到的事情。

他犹豫着要不要提小春的事,他是几个人中唯一目睹事故场面的人,至今他偶尔做梦也会梦到这个场景。但那实在太难以直视了,他还没能力平心静气地描述那个场景。最终他没说,也不想说。他五指并拢理了下头发,问万清:"我是不是该剪头发了?"

万清看了他一眼:"不该。"

他又把头发捋顺,问万清:"我帅吗?"

万清认真看他,竖起大拇指:"帅呆了!"

张澍烦了,说周景明:"你干吗呀,我们聊正事呢。"

万清安抚他,轻声说:"你先订个酒店。"说完去继续聊了。

周景明在手机上订酒店,万清父母从乡下回来了,如今他们俩成野鸳鸯了,一到深夜就无处可去。他挑了间高级奢华大床房,问万清:"这间?"

万清看床上那对用浴巾叠的撒满了月季花瓣的白天鹅,朝他脸上亲了一口,说:"我喜欢这对天鹅。"

张澍怒了:"啥意思啊你们?"万清朝她嘘声:"小声点,还有别的客人呢。"

一块儿聚本来就是喝酒扯闲篇,扯哪儿是哪儿,奈何张澍一喝多就变成了话痨,没完没了。万清挪了下坐得难受的屁股,故意打了个哈欠,问周景明:"几点了?"

周景明大声回答:"十二点了!"

"哟,可不早了,该散了。"万清接话。

哪想江明珠瞪着大大的眼,说:"早着呢,以前咱们都喝到一两点。"

万清怀疑她就是故意的,说:"你是不是又瘦了?眼珠更往外凸了。"

江明珠一直都在听她们说,基本上就没怎么接话。不是她不想接,是她忽然发现她的表达能力退化了。她沉默太久了,一些内心感受不知从何说起。这十年来除了周景明来看她,她几乎没有同龄的朋友,在家跟奶奶和芃芃有事才说话,如无必要不开口。

她是急于融入大家的,渴望能有共同话题,现在她下载了各种社交软件,每天的新闻和社会热点她都关注了。她听到万清和张澍推心置腹地聊,她很想参与,可总是犹豫不决,她还是更愿意听她们聊。她家里的那些破事要怎么说?她自己都一塌糊涂。今天父亲转了她几千块钱,要她转交给奶奶买衣服。她没收,也没回复,这件事她一直挂在心头。

她知道不能以这种态度面对父母,但她又不知道要怎么面对,甚至她都不知道怎么处理自己才会满意。她感觉一切都乱糟糟的,对父母过于恶劣她会懊悔,原谅他们她又做不到。悲剧是谁酿成的?是父母过错更大,还是自己识人不清过错更大?

她犹豫着还是说了,只简单说了父亲给她转钱让她交给奶奶的事。万清建议:"收了吧,奶奶看到这钱会更欣慰些。"

周景明跟张澍也附和:"别的先不管,先把钱收了给奶奶吧。"

江明珠"哦"了一声,当下就打开微信收了钱。

之后就转移了话题。江明珠不主动提，她们绝不过问她的家事。她们也不知道该怎么办，以她们的人生经验，还不足以去指导别人的人生。教高中生刷题是她们强项，教初入职场的菜鸟怎么开展工作也可以，甚至在工作上与甲方据理力争都没问题，可面对原生家庭这么大的事，他们也手忙脚乱。

他们也不懂该怎么与原生家庭和解，原谅并不合格的父母，拥抱并不如意的人生。他们在这条路上也跟跟跄跄、鼻青脸肿，也要花好大的力气才不至于灰头土脸。

11

万清的父母从乡下回来半个月了,为了万清那点事儿。张孝和也来家里坐了,也是为了俩孩子的事儿。

饭桌上,长辈们相谈甚欢,孩子们的事嘛,让他们自己拿主意吧。可事后下了饭桌,他们就变了另一副嘴脸,特别是万清父亲,百般挑理。

老万邀请周景明来家里喝茶,人来了,他问人家喝普洱还是红茶。周景明说喝红茶,他拿出一盒毛尖说,这是别人送他的顶级的信阳毛尖,特别珍贵,说完把毛尖小心翼翼地放好,拿出一桶红茶,捏了撮碎末子出来泡。

万清翻了个白眼,去厨房找母亲,她还什么都没说,母亲倒先压着声说了:"也三十出头的人了,一点人情世故都不懂,哪有空着手上门的?"

万清说:"我回回去他家也空手。"

"他是准女婿上门,能一样吗?"母亲说,"你爸又好面子,他心里能舒坦吗?再说了,他不懂礼数他妈能不懂?"

万清的头都要大了:"他也忙得要死,我爸一个微信他就来了。"

"这么忙娶啥媳妇?"

话不投机,别说了。万清转身出了厨房。

第三章　对酒当歌

但饭桌上她妈又周到得不行，拿公筷给周景明频频夹菜，还全都是他爱吃的，一边夹着还一脸慈爱地夸着"才多久没见就这么高了""眼睛好看鼻梁也好看"，言辞间充满了对准女婿的喜爱。

……

等晚上他们在卫生间洗漱，万清清楚地听见一段对话，大意是一个先给下马威，一个再往上捧。往上捧的那个说："你也适可而止，别给吓跑了，你闺女那性格能谈个对象也不容易。"

那天周景明离开后，万清收到了他的微信：我今天不应该空手来。

她回：没错。

周景明问：你爸妈喜欢什么？

她回：高雅的，彰显品位的。

字画？瓷器？周景明拿不准。

她回：我爸对各大窑口如数家珍，他看上的太费钱。紧接着又发了一条：字画不入他心坎，他也就看个热闹。买烟和手串吧，方便他随身携带跟我那几位姨父炫耀。

周景明犹豫：这不高雅吧？

她回：别废话，照我说的办。

周景明编辑道：想说我买不起就说，还"太费钱"。

……

快中午了，万清坐在沙发上啃玉米，啃一口掉几粒。老万在一旁摆弄他的盆栽——一盆日本红枫——万清去年在网上买给他的，红枫二十五块，搭配了个禅意十足的盆，一共六十八块。老万每回直播都要露出这盆红枫，去乡下带着它，回来也带着它。

他又拍了照发朋友圈，大家都看疲劳了，没几个人给他点赞。他刷着手机朝旁边忙活的妻子说："小明这孩子哪儿都好，就是钝了点，不机灵。"

万清母亲倒不在意："他自小就这样，总比油头巴脑的好。"

父亲不认同："这种人吃不开，不会来事儿。"

万清不啃玉米了，说她爸："爸，以后直播普法你别再显摆这盆日本红枫了。"接着又给周景明发微信：你有个女婿的姿态行吗？看见老岳丈的朋友圈不能点个赞？发完把手机扔到了一边。这一家子真是够了。

万清母亲从卫生间出来，问她："你不是大半个月前才来例假，怎么又来了？"

万清有些烦："哪止大半个月啊？都二十三天了。"

万清母亲不再提了，一提这事娘儿俩都烦，她也懒得煮午饭了，说："收拾收拾，咱们一家去吃火锅。"

万清有些困倦，一来例假就困倦，她强打精神回里屋换衣服："我想吃川锅。"

她爸喊着："我想吃京锅。"

她母亲头大，向老万嘘声示意里屋，万清现在正找事儿，她想吃啥就吃啥。

一家人去商场吃火锅，老万边走边打量行人，看见个胖女孩儿忙扯扯妻子说，她得有一百七十斤，全身肉都是晃的。

万清说："人家就算二百斤碍你啥事了？"

"我就是说说。"老万不满。

她母亲没胃口了，只要他们全家出来逛街，没一回和谐的。

第三章　对酒当歌

她微微有些生气了，朝着丈夫说："就你话多，明知道不招她待见，还爱往她身边凑。"

万清说："我怎么了？"说完这一家人看见周景明母亲迎面过来，他们默契地拐去了旁边的首饰店。万清母亲趴在展柜上认真地看金手镯，看上哪个就让人拿出来试戴。

老万悄声说："以前没觉着，现在要成亲家了怪不得劲的。"

万清附和："没错。以前能大大方方去她家，现在觉得怪不得劲的。"

老万问："她没看见咱们吧？"

万清说："应该没有，他妈有点老花眼。"

父女俩跟做贼似的，背着身站在那儿一面看金饰一面嘀咕。万清母亲戴着金手镯喊老万，问他好不好看。

老万嫌手镯是空心的，指着个实心的要她试戴。万清抱臂站在一侧说"空心那款更别致"，她母亲戴着实心的问"多少钱一克？"导购说了个价，老万说"比五一的时候便宜了二十块钱呢"。她母亲说"那买了？"老万财大气粗："买买买。"

她母亲犹犹豫豫："算了，等回头更便宜了再买，家里都有两三条了。"

"家里的都是手链，都没这个手镯气派，回头闺女结婚了戴上多好看。"老万说。

好，金手镯愉快地买了，就在万清在网上搜同款的时候。

开完小票老万想到闺女了，回头对她说："你也挑个……"他眼睛扫了一圈柜台，指着耳钉说："挑个耳钉吧。"

她母亲附和："挑个耳钉吧。将来我这手镯都是你的。"

老万说:"你妈都替你先戴着,将来都是你的。"

万清摆摆手:"我不要。"

老万付完钱去开发票,又闹了幺蛾子。如果要发票就不能享受最优折扣。这事都轮不到万清出面,老万舌战群雄,表演欲极旺盛,恨不得让万清给他现场直播,多好的普法素材!

等老万拿着发票出来,万清母亲挽上他的胳膊,两个人在前头边走边说。一行人经过一家女装店,万清母亲看见模特身上的红色羊绒大衣,回头问万清:"你试试那件羊绒大衣?"

万清细看了两眼:"我不喜欢那款式。"

她母亲说:"算了,你肤色没那么亮,五官也不突出,压不住这颜色。"

万清彻底没了胃口,站在原地懒得动了。

他们夫妻俩走到直梯前了,老万按电梯,她母亲喊她:"电梯快下来了。"

万清抬脚跟上,抱臂站在那儿问:"我长得不好看随谁呀?"

"谁说你不好看?"老万自豪地说,"我觉得我闺女天下第一好看。"

她母亲笑道:"一窝老鼠不嫌臊了。"

万清问她:"妈,你明知道我不喜欢听这样的话,你为什么非要说?"

她母亲说:"看你那样儿,我不是开玩笑吗?"

万清不说话了。

老万严肃道:"你下回别开玩笑了,明知道闺女不爱听。"说完他自己先绷不住笑了。

她母亲也笑:"看她那小气样儿,逗她两句怎么了?那鼻梁矮还不能让人说了?"

万清认真地说:"我不想听你说,谁说我都不在意,但我就是不想听家人说。"

她母亲收了笑,望着比自己还高半个头的女儿,明白她是在很郑重地表达,她第一反应不是下不来台和没面子,而是给了她一个成年人应有的尊重,说:"那妈下回不说了。"

往常万清来周景明家没有任何心理负担,这两回不是很得劲儿,特别是上回母亲说他们年轻人没礼数、不懂人情世故后。这晚她上门拎了二十八件套的餐具。这套餐具非常清雅别致,她自己家都不舍得买,她觉得老房子配不上这套餐具。

周母接过后大大咧咧地放在那儿,说:"来就来,买东西干啥。"隔天早饭桌上,周母正吃着饭,看见磕破了小豁口的盘子,后知后觉地试探周景明:"这盘子下回别用了,都豁口了。"

周景明烧好菜装盘时也没在意,附和道:"是不能用了。"

周母说:"洗盘子会划伤手。"

周景明说:"待客也不礼貌。"

周母懂了,撇撇嘴,心想,谁家准儿媳妇上门平白无故地拎一套餐具?她是嫌我买的餐具不上档次?讽刺我不懂待客之道?就她是上海人?就她多念了几年书?周母心里不痛快了,饭后的碗也懒得洗了,她非要拆开那套餐具看看,看能高档到哪儿去,不就是盛稀饭装菜的碗碟吗?

她拆开了,一件件地拿出来时也没看出个花儿来。等精致的饭碗、平盘、汤盘、鱼盘、双耳汤碗等等大小碗碟筷子汤勺都拿出来时，她第一反应是自家的餐桌配不上这套餐具。

往常她在商场也看见过餐具套件，她嫌太琐碎了，光碗都眼花缭乱，什么装米的装面的装汤的，吃一顿饭光洗碗都要累死个人。但今天，她看着眼前的这套餐具，怎么觉着……怪别致的。

她爱不释手地抚摸着，觉得自己以前的日子可真粗糙，人真的有不同活法啊！有钱有精致的活法，没钱有粗糙的活法。这不便宜吧？想着她就拍照在网上搜，一看，呦呵，她再没话说了。

她慢慢把厨房那些用了十年八年的不锈钢盆收了，那些用旧了的碗和盘子也都收了，收着收着就红了眼梢，默默地坐在那儿开始垂泪，因为她忽然想到了自己少女时的梦——十五六岁的她坐在父亲的运煤车里望着远方时，总想着古时候的公主们，能吃好的穿好的，还有丫鬟伺候着，多有福气啊。

一晃眼，她竟已经年过半百。从前日子那么难挨她都没觉得苦，今天日子更好了，她干半辈子小生意都攒那么些钱了，可怎么就……就学不会享受呢？

真是一辈子劳碌命啊。

周景明这段日子过得很辛苦。工作日忙工作，周末白天就在家出装修设计图，傍晚约着球友们打篮球。他跟万清就没见上几面，上一回是他接到微信去了万清家，陪准岳父喝茶聊天，聊了两个小时的钓鱼技巧，尤其深入地探讨了用什么口味的鱼饵能钓到多大个头的鱼。

吃完午饭他去了万清的房间，万清躺在那儿酝酿着睡意，周景明规矩地端坐在床沿，两人聊电影，从《沙丘》聊到《第一炉香》。她让个位置让他躺那儿,他心有忌惮地说坐着也能聊,才说完这话他的准岳父敲门了,接着礼貌地推开门,探个头问:"你妈问你们吃水果吗?"

万清说:"不吃。"

万清父亲瞪她:"你躺那儿像个样子吗?"

万清坐起来,规规矩矩地坐好。

等万清父亲关门离开了,万清和周景明说:"你去把门反锁了。"

"不好吧?"周景明可不敢。

万清说到了行为艺术之母,建议两人对视,看谁先移开眼睛。他们才对视了一分钟,万清望着他的眉眼,猝不及防地赞美:"你是我见过的男人里最有余味的。"

周景明笑了,不跟她对视了,问她:"余味是什么?"

万清问:"你读过文学作品吗?"

周景明摇头:"没读过,我是文盲。"

万清望着他的眼睛,说:"一部优秀的文学作品,一定是意蕴悠长的。不在于作者写出了什么,而在于隐藏了什么。初读不见得多惊艳,但读完后久久不忘。"

周景明没和她对视,也没作声。

万清也没再说话,好像再真诚的情话,这会儿都显得多余。

周景明轻声问:"你爸妈不回乡下了?"

万清柔声回:"我催催?"

周景明认真地说:"我想你了。"

万清说:"我也是。"

周景明活动着腰:"坐得难受。"

万清躺好，让了个位置说："咱俩午休会儿。"

周景明正要躺下，敲门声适时地来了，他准岳父端来了一大盘水果，暗中观察两人后，果断扯起他的胳膊说："走走走，叔叔给你普个法。"

12

　　双十一都过了,万清父母依然没有回乡下的意思。尽管老万每天念叨着钓鱼啊板蓝根啊,可还是没有动身。万清给老万换了新的钓鱼竿,他想要的酷酷的、美国牛仔式的帽子,牛仔衣、大头短靴也全都置办了。

　　即使这样,每天晚上十点后他的电话还是催命似的打给万清:夜深了,该回家了。

　　万清自从送了周景明家一套餐具后,就去过周家一回。她不太敢去了,她觉得她那套餐具送错了。周景明家里的桌布换了,沙发巾换了,各种小摆件全换了。那一回去,万清碰见周母在化妆,周母化完妆拿着香水朝空中一喷,身子在香水中轻轻一过,换上双小跟皮鞋就去驾校练车了。

　　万清后来跟张澍说这事,张澍说:"你怎么能送餐具呢?多不合适啊,咱们还频频取笑他们家餐具来着。"张澍举例说,她前婆婆老爱在饭桌上给她夹菜,她不爱吃就把菜偷偷给她前夫,有一回被她前婆婆看见,对方当即就拉下了脸。

　　万清心里更没底了,问:阿姨会不会觉得我嫌弃她土?

　　张澍回:会有一点吧?不然她为什么把家里重新布置了?

　　万清想想,又疑惑:可周景明说阿姨很喜欢我送她的餐具,每回洗碗她都轻拿轻放。

张澍也百思不得其解，干脆说：别想了。我感觉阿姨不是那种多心的人。紧接着回：而且你也确实嫌弃她土，哈哈哈哈。

万清回她：滚蛋。

张澍言归正传：你想好了，真要跟周领证了？

万清回复：有什么好想的？

张澍犹犹豫豫，有些话不知当讲不当讲。万清看界面一直显示"对方正在输入……"，直接回：有话直说。

张澍索性直白地说：总感觉你更在意他，他呢，就漫不经心的。

万清诧异：你这么觉得？

张澍编辑道：每回咱们聚，都是你关心和照顾他多一点。接着又认真地回：我建议再缓缓，你们明年办婚礼前再领证也不晚。

万清引用她上一句：我照顾他更多又怎么样呢？

张澍有点愣，一时语塞，没太想明白。

万清坐在沙发上，五分钟前她才从对门邻居家回来。对门奶奶找人上门维修洗衣机，对方张口三百块，奶奶不修了，她听见自告奋勇前去维修。不但修了洗衣机，还帮着把电饭锅也给修了。修完回来才坐下就收到了张澍的微信。

张澍是听到信儿说她要领证了，特意来证实。

母亲在厨房里煲汤，父亲在书房里直播，万清坐在那儿回着张澍的微信：你觉得我付出多是因为你只看见了我的付出，而没看见我获得的能量和满足。

之后万清慢慢地解释：我们俩不计较那么多的，具体他爱我几分，我爱他几分，无所谓的。甚至我理想的他爱我五分就够了，剩下那五分他去发展自我，去爱他的朋友，爱生活，爱别的什么都好，他可以有一个属于我之外的小宇宙。我也是，我也同样爱他五分，溢出来的我去探索别的。

张澍有些惊讶：爱欲是能控制的吗？

万清回：我也在尝试。紧接着又发了一条：目前我们俩就是这么相处的，我们彼此都很舒适。我没办法接受一个男人用尽力气爱我，那很窒息。再补充道：不只是男人，包括我爸妈，我接受不了他们的生活里只有我。

张澍了然，回复她：我也不爱那样的男人。

万清想到了什么，和张澍说：以前我老觉得我妈可怜，老想救她于水火，这些天发现我才是小丑。

张澍爆笑：哈哈哈，发生什么了？

万清说：一言难尽。我老觉得我爸妈的婚姻不幸福，但他们好着呢。

张澍也要忙别的了，回她：领证了说一声，我们一起庆祝庆祝。紧接着发来一条：爱你哟。

万清回复：确认了时间跟你们说。爱你。

和张澍聊完，万清久久地坐在那儿，偏头望着阳台上的一抹秋阳。她养的一盆迷迭香开花了，紫色的小小的花在秋阳里显得特别努力和耀眼。她听见母亲在厨房不知跟谁打电话，说深秋快过了，马上要入冬了，让对方多注意身体。

之后她起身去了厨房，从背后虚抱了下她妈，说着："妈，商量个事儿呗？"

她妈觉得好笑:"真是新鲜了。"

万清说:"你们去舅舅那儿呗。"

她妈说:"嫌我们碍事了?"

万清用手指比画着:"有那么一丢丢。"

她妈都想拿锅铲打她:"也不嫌臊。"

她满脸通红地说:"我们都在备孕啦,老开钟点房很贵……"没说完就跑了出来,她妈在身后骂她。

没多久她去厨房帮着打下手,不再提这事儿。她妈看了她一眼,说:"要么你们先去新房住?"

她掰着西兰花说:"不用,我开玩笑的。"

新房老万找人算过了,乔迁吉日在腊月。他们家也不着急搬。

她们娘儿俩在这儿小声说话,老万气呼呼地过来了,还是他的连襟们,总是在他直播后阴阳怪气。他把整个事情经过说了,媳妇给他顺着气,也跟着一块儿骂。

万清劝他:"咱不和他们计较。"

"嘻,就是,我闺女说得对!"老万心里舒坦了。

老万问她:"闺女,他们问我贤婿是何职位。"

万清头一瞥:"回他们,他是C什么O。"

"C什么O?这职位听着就高不可攀!"老万很满意。

"没错。让他们猜去。"万清教他,"你胡乱泄露几句,说你的贤婿曾在杭州的什么爸爸妈妈的企业任职。"

"哇——"老万声儿都变了。

她妈快恶心死他们了,在厨房骂他们爷儿俩。

万清想到什么,嘱咐老万:"爹,你这话在姨父们的小群里说，别在大群里殃及无辜。"

老万回："我懂的，放心。"

滑板课结束都晚上八点了，万清背着滑板顺着人行道步行回家。这一段时间父母在家，她傍晚出来散步少，都是趁上滑板课的时候步行去步行回，全程二三公里，独自步行半个小时时间刚好。

跟父母住久了也挺烦的。她穿了一条弹力裤准备出门，她爸说了一句："你换条裤子去，不像个样子。"她妈跟着也说了一句："屁股兜得太紧了，一点不雅观。"她烦得回屋套了件大卫衣，刚好能盖住屁股。

上课的时候万清觉得热，出来冷风一吹不自觉就缩了脖子。刚意识到这点她就立刻伸直脖子了，她妈说她好些年了，不要缩脖子，女孩子缩脖子很难看，任何时候都要仪态大方。万清一面慢慢回家，一面看车流，前些天也是刚下课的时候，步行回来的路上遇见了周景明，他降下车窗问她冷不冷。她摆摆手："你快回去吃晚饭吧。"

她拐个弯上了主路，对面的商场搞十周年庆典，广场的舞台前围着一拨人。万清本能地绕开，她觉得她快窒息了，只要看见大规模的人群，第一反应就是躲开，看着头疼。

万清走着走着，看见前方有交警查酒驾，她伸着头在里面仔细找，随后掏出手机拍了一张照片发给张澍。就在这时看到两个小时前周景明和没事人一样发的微信——他把一张摇椅改造成了"洗发椅"，下面配了一段文字：来我家吧，给你洗头发。

万清最讨厌的就是洗头发，又是洗又是护，麻烦死了，而且每回洗完，头发都成团成团往下掉，她头顶那一块都快秃了。她也懒得在家洗，在上海的时候常年去养发馆洗，这里的养发馆嘛，能让她洗顺心的很少。

给了台阶她就下，回复：刚才在上滑板课，手机静音了。

周景明发来一条：我妈去串亲戚了，明天回。

万清给母亲发微信：我今晚不回了哈。

她妈都懒得理她，半天才回复：你们去远远的，别让我听见闲话。

万清和母亲说好话：你劝劝我爸，我念中学他都没这么管我。

她妈回：你也差不多行了，你念中学那会儿他也没空管你。紧接着发来：我说你宿张澍家了。

十几分钟后，万清到了周景明家。她先找了一件周景明的毛衣，她身上的连帽卫衣洗头碍事儿。万清当着他面反手就把卫衣脱了，然后换上他的毛衣，躺在"洗发椅"上。

周景明挽了袖口，拿着气垫梳蹲那儿先把她的头发一点点梳顺，边梳边问她："疼吗？"

她说："不疼。"

周景明梳着问："几天没洗了？"

"油了？"万清问，"我打算明天洗来着。"

周景明漫不经心地答道："有点油了。"

万清闭了眼，享受着他的贴心服务。

周景明帮她梳好头发，接着端来盆温水，先浸湿发尾，然后舀着水把她头皮浇湿，同时问她："水温怎么样？"

第三章 对酒当歌

"嗯，很舒适。"

周景明按压出起泡器里的洗发水，先由上至下地轻揉头发，之后指腹停留在头皮按摩。他专注于一件事的时候特别认真，指腹先从她后颈开始画圈按摩，接着慢慢地向上游弋，使一双手能够包裹住她头，然后五指并拢紧贴头皮，做伸缩状地一点点按摩。头上的穴位不同，能承受的力道也不同。他控制着力度，仔细观察她的表情，哪一下手重了，哪一下手轻了，无须她说，他即刻就能做出相应调整。

洗护吹全套做完快一个小时了，之后周景明开始收拾。万清没动，就站在那儿一面看着他收拾，一面说些琐碎的事。她没问气垫梳和起泡器是不是特意买的，也没问他这套手法在哪儿学的。她觉得她要说些别的。

她词不达意地说了很多。一个人想要诚实太难了，可恰恰就在不久前，她立志于做一个"诚实的人"。她揉揉脸还是把三天前的事拎出来说了。

三天前她和周景明吵架了，也不是大吵，一些心思没法拿出来大吵，就是不体面，就是难以启齿，就是无论如何也吵不赢。

自小长大的玩伴，不说玩伴，更文艺一点的说法叫"青梅竹马"。真的有青梅竹马在经历了分分合合、久别重逢后还能心无芥蒂吗？

真的有之死靡它、海枯石烂的爱情吗？

别的青梅竹马她不知道，但她和周景明多少有些芥蒂。他们呈现在人前的感情是默契，是历久弥新，他们是檀郎谢女。都没错，这些都对，不然他们也不会谈婚论嫁。

但这不是全部。

全部就是他们也会闹情绪，会置气，会争吵。

三天前的争吵是在刚交钥匙的毛坯房里，周景明带着她一面看，一面规划房间的装修，说着说着，两人发生了争执。

万清以前某些方面独断专行，但她在和前男友的关系上一直是被动的，直到分手前她都没太意识到。她只是感觉她不舒服，但具体说不出哪儿不舒服。

而她对周景明的固有认知是"他能有啥花样"。十五岁那年的探索……她承认，是她先动的嘴。带着这种刻板印象，她在和周景明的关系中一直都是主导方。她在周景明面前天然地带着股大姐大气势——闪开，让我来，我不下地狱谁下地狱？

而周景明正是被她这种气势所震慑，他的想法是，尽管只大我三个月，那也是我姐。既然我姐所向披靡，那我就心安理得地往后站。带着这种刻板印象，他觉得他姐不一般，各方面都见多识广。别的都让姐来，无所谓，但并不是所有方面都是这样……

那天，两人相处时她清楚地意识到，周景明身上有别人的印记，往常她也有过诸如此类的瞬间，不至于致命，也不是硌硬，就是一股挥之不去的伤感。

他们身上有太多别人的印记，这是改变不了的事实，改变不了就要接受。这也是他们正在努力做的事情。可还是那句话，"知道"跟"做到"天差地别。明明知道不该有情绪，但发生的那一刻就是控制不住，这也是此刻万清会提到这件事的原因。

万清先跟周景明道歉，讲了那天她为什么有情绪。那天的他跟她印象里的周景明差太多，让她一时有些错愕。万清说这些的时候也没有想象中的那么难以启齿，就站在那儿淡淡地跟他说了。

她想要好好珍惜两人的关系，她想要大步地朝前走，她不想被那些已经发生过的事情牵绊。她想要周景明也如此，所以她时刻紧紧拉着他……

13

这天晚上,张澍和母亲来洗浴会所了,洗洗桑拿,做个水疗,吃吃自助餐,这是独属于母女俩的约会。张澍还和张孝和卖萌自拍发了朋友圈,因为点赞的人少,她特意在群里问:你们算什么发小?不能给我点个赞吗?

江明珠忙,看不见;万清和周景明也忙,没空看手机。

母女俩做完水疗,拿了些海鲜和水果坐在用餐区吃,边吃边聊些琐碎的日常,比如张孝和婚后同丈夫住在乡下,他们开垦了一大块菜地,种了些果蔬,还养了一条瘸腿的黑狗。她也想养些鸡鸭,宰吃的时候方便,但她受不了鸡屎味。

张澍关心她,问她有没有和陈叔叔闹矛盾。

"肯定有不愉快呀,如果出现矛盾,解决就行了,这也不是多大的事儿。"张孝和说。

之后两人聊到了儿童福利院,前一段时间她们又去了,目前适合她们领养的孩子有两个:一个四岁,有先天性听力障碍,且情况较严重,基本没有手术恢复的可能;一个一岁多,有唇腭裂,这个通过手术是可以修复的。其他孩子张孝和就不建议领养了。

张孝和更倾向于领养有唇腭裂的那个孩子,孩子年龄小,未来做手术能完全修复。但张澍显然更倾向于有听力障碍的那个女孩，回来的路上，她说那个女孩让她想到了小春，她神神道道地说跟女孩对视的那一眼，有一种特别亲昵的熟悉感。

张孝和当时没有多说，直到今天才再次提起这件事。她也表达了自己的意见——如果领养的话还是建议领养那个唇腭裂的孩子，或者再等一两年，遇上合适的再说，这事儿也是需要缘分的。

张澍大口地吃着水果，也不知道母亲的话触碰了她的哪条神经，她说："你要是能和陈叔叔再生一个……"

张孝和抬手轻轻打她。

"咋了，又不犯法，"接着，张澍擤了下鼻涕，认真地问母亲，"你们是不是不需要计生用品了？"

张孝和剥着手里的白灼虾，剥好放到张澍的碟子里，说："不需要了。"

张澍揉揉眼皮，埋头吃虾，边吃边说："你们一个个都陆续结婚，我心里就更紧迫了。"

张孝和望着她红扑扑的脸庞，柔声说："你在妈妈心里始终排第一，我始终都最爱你。"

张澍眼中闪着泪花，笑着说她："我才不信，你跟陈叔叔肯定也这么说。"

张孝和说："我才不跟他说这些话。"

张澍心里可美了，噘着嘴说："你说你最爱我，可你还是抛弃我跟他结婚了。"

张孝和大笑，笑着看一眼周围，轻声说："如果你们俩同时掉水里，我毋庸置疑是救你呀。"

张澍摇头："喊，谁知道呢。"

张孝和看她，发自内心地夸奖道："我女儿怎么这么好看呢，娇娇润润的，哪哪儿都好看。"

"我也觉得我好看。"张澍笑嘻嘻地捧着脸，"我觉得我们四个人里我最好看。"

张孝和附和："我也这么觉得。"

说着有一股奶油香飘来，张孝和朝着自助取餐台看，催张澍："快帮我取一个刚出炉的芝士麻薯包。"

张澍麻利地起身："你不是减肥吗？"

"今天减肥就亏了。"

张澍刚夹了一个麻薯包，一抬头，一愣。你猜她看见谁了——去串亲戚的周母！她穿着统一的粉底金花的浴衣，手里拿着一个托盘，里面放了水果和蛋挞。

张澍左右张望，没见到周景明，她上前打招呼，两人很是激动，在这儿都能碰上。

之后自然是三个人一桌，张孝和掩饰了惊讶，问她是不是自己来的。

周母大气地回："对啊，我整天打这儿过又认门。"紧接就问，"你们花多少钱买的票啊？"

张孝和说："别人送了两张。"

"那怪好。"周母说，"我不是整天看视频做自驾攻略嘛，那天就刷到这个会所的推广了，我才花了一半的票价。"

张澍吃惊："这么便宜？"

第三章 对酒当歌

"我也觉得划算。"周母显然很高兴,"我也是头一回来这种好地方。"说完意识到自己嗓门大了,学着张孝和压低了些声音。

张澍忍住笑,问她:"阿姨,我给你打杯温水吧?"

"好啊,我早就渴了,一直没找到打水的地方。"她四五点就来了,先好好洗洗蒸了个桑拿,然后吃点东西就躺下睡了。这是渴醒了上来找水喝。

她喝完水看了一圈,说年轻人可真会享受。她看见一个采耳的,问张孝和:"那个包含在票价里吗?"

张孝和说没有,又贴心地给她介绍了各个项目的费用,以及哪个值得体验。她听完也要去做水疗,张澍先去帮她预约,在回来的路上收到了万清母亲的微信语音,她惊讶地接了起来。

那头出声:"张澍啊,我是你叔。"

"啊,叔啊?"张澍更诧异了,看了张孝和一眼。

老万问道:"清的手机是没电了?我怎么联系不上她啊?"

"啊,万清……"张澍脑袋转得飞快,"叔,我们今晚来会所聚了,万清这会儿在包房做水疗呢,有急事我现在跑下楼喊她。"

"没事没事。"老万忙说,"你让她一会儿给我回个电话,我问她点要紧事。"

张澍挂了语音坐下,空气至少静止了一分钟。万清此刻在哪儿不言而喻,周母为什么在这儿也不言而喻。

但周母没觉得怎么样,她面不改色地吃蛋挞,她确实是昨天刷短视频买的票,也顺水推舟给年轻人腾个地方。她儿子这两天有心事,她猜两人是不是吵架了。她不问,问了儿子也不跟她说。

周母最烦她儿子这一点,像他爹——不说别人能懂?

　　周母又想到了她的驾校教练,又时髦又壮实,一看就像个命长的,而且嘴也甜。她前一段时间花一百八十块在直播间买了个口红,那个好看的主播喊着:"我的妈呀!这颜色也太好看了吧,买它买它买它……"

　　她一冲动就买了,买回来嫌颜色太俏,她涂上觉得难为情,但昨天还是拿出来涂了,太贵了,不涂就浪费了。下午去练车的时候,教练多看了她好几眼,打趣道:"蜡梅不是雪天才开吗?今年咋提前开我车上了?"

　　张孝和打断了周母的思绪,问了她些自驾游的事——打算几月走,线路怎么规划。原本两人就是闲聊,但周母说得头头是道,一听就是做过严谨规划的。为这事周母还回了趟娘家,问了她常年跑长途运输快八十岁的老爹。她计划明年四五月走,本来万清父母也要去,但两家人变亲家后都嫌不得劲,他们两口子就不去了。

　　他们两口子不去了,张孝和倒是动心了,但她没盲目提。她自己去最合适,跟周母住宿方便嘛。但她内心还希望丈夫也能一起去,他能当司机是一方面,另一方面也相对安全些。那么偏远,那么些天,她们的年龄也不小了,安全是首先要考虑的。但丈夫同去的话,周母会很尴尬,出去玩嘛,心里舒坦最重要。

　　张澍见她们聊得投机,远远地坐去了人少的角落,先是联系上周景明要他告诉万清她爸喊她回个电话,然后双手托着腮无所事事地发呆,看看用餐区的人们,望望休闲区的人们,再打量打量忙碌的工作人员。

她喜欢这样无所事事，也羡慕万清那样，累了就停下来充电，调整自己。可她没魄力，她就怕停下来调整完再次上路，路也许就消失了。有时候一些情绪说不上来，羡慕那些逆流而上的人，羡慕那些潇洒独立的人，可她又不愿意成为那样的人。

这句话很矛盾——我羡慕她但我不想成为她。

她低头抠指甲上的水钻。抠了吧，反正明天上班也会被领导说。她就是这样的人，明知道工作期间不允许美甲，她也会在周五的晚上做个美美的指甲，在周日的晚上卸掉。朋友们都说过她，两天就要卸掉，何必呢？

可这才是她，她就是这样的人。她们认为两天就要卸掉何必，所以那是她们呀。

张澍抠不掉，算了，还是回家用工具吧。她衣帽间有个美甲箱，她只要兴致来了，能花一两个小时坐那儿美甲。她的时间就是垃圾时间，就是用来浪费的。她周末除了聚餐就是录播客、追综艺、发呆、逛花卉市场……都是些毫无意义的消遣。她没万清那么精细的规划，万清的一天就是一天，除了睡午觉，不是学习这个就是学习那个，把时间填得满满当当的。

张澍托着腮准备继续发呆，忽然看见有人端了盘牡蛎，她立马伸着头看取餐台，迅速起身过去夹了两盘，一盘给母亲她们，一盘自己吃。她来会所前特意拿了个小柠檬，此刻戳开，把里面的汁均匀地淋在牡蛎上。

她和母亲最爱清蒸牡蛎，无须任何复杂佐料，挤点柠檬汁即可。

此刻的江明珠已经忙完了,坐那儿喝着啤酒听着张澍的播客。三罐啤酒喝完,播客也播完了。接着她如往常般拍了照片到群里。张澍迅速回复:天冷少喝冰的。

江明珠回:不冷。

都十度左右了还不冷,张澍嘴上没说,继续编辑道:这几天不忙?我看你十点多就结束了。

江明珠回:天太冷,十点以后就没啥人了。

……

张澍拍了照片发到群里,她们刚吃完牡蛎,准备再找个人搭一桌麻将。江明珠看见周景明母亲,问张澍:你们都去会所了?

张澍回:没。我跟我妈在会所碰见阿姨的。

江明珠回:哦,我以为周小明带阿姨去的。紧接着问:那周小明呢?

张澍阴阳怪气地回:你猜?

江明珠懂了,问她:万清去小明家了?

张澍轻飘飘地回:嗐。

啥都没说,啥都说尽了。

店里就一桌客人了,小豪做了一大份炒面四五个人围坐在那儿吃。江明珠也饿了,摘了无线耳机爱惜地装好坐过去吃。这对耳机是前一阵万清送她的,说干活的时候戴着方便。她前一阵换了新手机,原先的手机用四五年了。

她最近一段时间变得不一样了,怎么说,总感觉有那么点"自我膨胀"(周景明的原话)。她先把她的一头金发染黑了,衣服也好好穿了,很少再把短袖的袖筒撸到肩膀——也许是天冷穿长袖不好往上撸了。但总之她就是不一样了。

张澍表弟的车也过户给她了，尽管不是她心仪的宝马X6，但也不差，远比她的破面包车强。

过完户那天她先围着车转了一圈，又坐上去感受了会儿，总感觉差那么点意思。周景明多了句嘴，问要不换套内饰。对！她不只要换内饰，她还要把车身喷成金色的！她学着万清的样子抱臂站在那儿，跟周景明形容着她要什么金色。她不好说想要土豪金，她委婉地自创了个名词——"迪拜金"。

懂否？

周景明也站在那儿，咬着嘴唇上干裂的嘴皮，一声没吭。

迪拜金自然是没喷成，但做了保养，换了内饰。一开始奶奶不同意换车，还念叨了她几句，但下楼看见车的那一刻，奶奶觉得换了也不错，我孙女能花就能赚！

而且怎么形容呢，自从换了车后，奶奶无形中好像更有底气，更爱出门，也更爱串门了。才回来那一阵，她不爱上街，就算上街大家聚一起聊天也没人关注她说什么。以前可不这样，以前他们家得势的时候，街坊聊天不说以奶奶为中心吧，至少她说话会有人听！绝不会受冷落和被人忽视。

可自从换了车后，奶奶上街聊天就不一样了，她说话的声音都大了几分。而且大家也开始纷纷夸她的孙女了，是真心实意地夸：咋那么大本事呢？年纪轻轻有房有车又有事业。烧烤店生意那么好，那钱可是天天进账啊！

奶奶这下可得意了，心里真舒畅了，剁饺子馅买的肉全是前腿肉，不像以前，买的肉都是边边角角。她也买新衣了，从里到外都是新衣，这钱是她儿子给的，新衣是孙女领着她买的。也直到这一刻她的心才真真正正地踏实了，日子终于顺了，将来真的哪一天睡过去了，她也了无遗憾了。

14

一入深秋，两三场雨后气温降得很快。昨晚睡觉前最低温五六摄氏度，今天最高温也才五六摄氏度。

周景明七点就醒了，他拉开窗帘朝外看了一眼，地面湿漉漉的。万清也醒了，睡眼惺忪地问他："下雨了？"

他轻声说："嗯，估计是凌晨下的。"

万清又往被窝里缩了缩，真暖和，明明她喜欢夏天，可冬天的幸福感却最强烈。

周景明在那儿扒衣柜，他怕冷，他犹豫着是穿秋衣秋裤，还是直接穿保暖衣。他拿出了秋衣和秋裤，前天才洗完晒过，用柔顺剂泡过非常柔软。

万清躺那儿静静地看着他，他穿好后套了睡袍去洗漱，洗了十来分钟过来说："我妈说她下午直接去练车了，你多睡一会儿。"

万清柔声问："你中午回来吃饭吗？"

周景明说："你中午在我就回来。"

万清答应："你回来吧。"

"好。"周景明问她，"要给你准备早餐吗？"

"不用，我一会儿起了自己弄。"

他去厨房简单弄了早餐，吃完漱漱口，回来卧室脱了睡袍，把秋裤的裤脚先往上挽两圈，之后才套西裤。

万清问他："挽两圈干吗？"

他说："跷腿坐的时候露出秋裤不好看。"

他继续套了毛衣，穿上羊绒外套，又把万清送他的那块手表戴上，穿戴整齐后看她："那我上班了？"

万清说："去吧。"

他拎上一个袋子，拿了车钥匙准备出门，顿了顿又折回来说："我去上班了。"

万清笑他："去吧。"

周景明手扶着门框，想说什么还是没能说出来，只得再次说："我去上班了。"

万清反问："需要我给你一个拥抱？"

"喊。"周景明笑出声，转身愉快地去上班了。

他还要先绕去洗浴会所，把羽绒服寄存在前台，方便母亲出来穿。他以为母亲真去串亲戚了，昨晚睡前他和万清的手机都是飞行模式，今早刷牙的时候看了一眼，母亲凌晨三点给他发微信：儿啊，天气预报说大降温，你上班的时候把我的羽绒服捎到洗浴会所的前台。紧接着补充道：我新买的那款深灰色的，再拿条枣红的围巾。别拿错了。

他回过去问：这么晚了都没睡？

周母：我都没来过这种好地方，吃吃喝喝搓搓麻将，一晚上还赢了二百块。紧接着回：我中午直接在这儿吃饱了去驾校，别操心我。

第三章　对酒当歌

万清几乎没睡过懒觉，一二十年了，她没有睡懒觉的习惯。她爸妈也从不睡懒觉，特别是她爸，从小就身体力行地给她灌输"一日之计在于晨"。

哪怕被窝再舒坦，超过八点不起她就很难自洽。所以周景明上班出门没多久她就起来了。她先伸个大大的懒腰，这一伸不打紧，小腿抽筋了，足足疼了她五分钟。

万清穿着周景明的睡袍先上个卫生间，接着转去客厅和厨房，随后又去了院里。昨晚下了小雨，这会儿太阳出来了，邻居的猫卧在梧桐叶大的太阳地里，微眯着眼。真冷，她打了个哆嗦，没有麻溜回屋，而是双手揣进睡袍的袖筒里，夹着肩膀去看角落的那些花儿。

她夏天送的蔷薇花叶子快掉秃了，但枝干很强壮，上面的刺很凶，一看就是精心养护着的；她送的粉色和紫色的秋菊开得正盛，应景又好看。万清琢磨着要不要再送盆冬菊，菊花寓意好——情操高尚、高雅纯洁、隐逸超脱。也不晓得他能不能透过现象看本质，明白她的秉性正如那傲菊一般。当她目光移到另外两盆一白一黄的菊花时，她撸起袖子动手把它们搬得远远的。周景明他妈一看就不懂花卉，家里怎么能养白菊？

她打着喷嚏回屋了，洗漱后去厨房简单弄了点吃的，坐在那儿慢条斯理地吃。吃完把周景明的衣柜整理了，什么颜色的毛衣搭什么款式的外套、配什么样的裤子，都一整套一整套地搭好。他秋冬衣服不多，左右也才搭配了三四套。有两件外套有折痕，她又拿去熨烫。

之后拉开抽屉想帮着整理内衣和袜子，里面很规整，内衣裤都码得整整齐齐，袜子也一双双卷好。抽屉最里面放着两包卫生巾，是她用惯的牌子。她望着那些卫生巾，想到一个月前两人的吵架就是因为他没买来这个牌子的卫生巾。她当时突然来例假急用，他买了其他牌子的卫生巾，就这么简单的小事儿。

她也想到上回周景明发脾气，那天都晚上十一点了，她说饿了，周景明去厨房煎了牛排，煎好后一直喊她，她忘了自己当时磨蹭什么来着，等十几分钟后她还没过去吃，他一气之下把牛排倒进垃圾桶了。

她当时好气，晚过来十几分钟怎么了？周景明不搭理她，都快半个小时了，他又把牛排从垃圾桶里捡出来，洗洗喂了街坊的狗。事后他才说，最烦精心做好饭菜，没人第一时间来吃。他振振有词：有些饭就出锅那几分钟最好吃，之后就没那味儿了。

她当时又觉得好笑，自从重逢后，周景明的情绪一直非常稳定，很少有失控的时候，情绪基本没有太大起伏。一个人情绪过于稳定，不是长期训练的结果，就是长期压抑的结果。这种性格适用于工作，但在和家人朋友相处时就会显得有些淡漠。

万清不喜欢这样。她希望周景明在她面前能够全身心地舒展，能够有明确的情绪表达，喜欢什么不喜欢什么直接说，刻意压制和绕着弯的表达都让她感到不适。牛排也很贵好吧，喂狗了不心疼？

她莫名就想到了周景明的父亲，张澍说从没见过周景明的父母吵架，那是因为，他爸老闷声不吭，他妈无论问多少句，他爸就一副"所有错在我，但我一句也不解释"的样子。包括早年他因为操作失误丢了工作，直到周景明念大学后他才说，当年的失

第三章 对酒当歌

误是他的领导让他这么操作的,是他的男人气概让他承担了所有惩罚。

荒谬至极。

她可不敢说"你性格真像你爸,你家人都这样"这种丧失理性的话,周景明的底线她大致还是了解的。可今天看到这些备用的卫生巾,她觉得更深入地了解他,真的需要巨大的耐心。

有时候真的很想骂他,让人着急又怜惜。

想着想着,她就认真地给周景明发微信:好好珍惜我吧,错过我你就孤独终老了。

周景明回:为什么诅咒我?

她编辑道:这个世界上只有我会耐心地去了解你,温柔地对待你。发完觉得自己真是普度众生的观世音,接着就在只有她们仨的微信群说了事情始末。

不多时张澍回复:你挺自恋的。没开玩笑。

万清疑惑:我哪儿自恋了?

张澍回:这种情况你不应该感动周小明的用心?但你思路清奇地认为你是观世音?

万清愕然:这件事使我更深入地了解了他,他难道不该珍惜我?

张澍回:你这逻辑相当于你把一个人打伤住院,那人因此查出是癌症晚期,你觉得功德在你?

万清回复:没错啊,他能有机会跟家人告别,不就是因为我打了他一顿?

张澍问:你功德一件?

万清回复：对呀。

张澍被万清的理直气壮整蒙了，她抱住头，怀疑是不是自己的价值观有问题。她@江明珠，也不管她这会儿是不是在补觉。半天江明珠回：万清没错，她能打人绝对是有原因的！那人查出癌症晚期就应该对万清感恩戴德！

万清回：没错，还是明珠了解我！

江明珠躺在被窝里，心里甜丝丝的，回复万清：一直都是我更了解你。

张澍开始怀疑人生了，正要说江明珠是个狗腿子，看见领导来了，立刻收了手机。

江明珠也睡不着了，爬起来洗漱，打算去街上给江芃芃买画笔颜料和橡皮圈等小物件。芃芃嚷很久了，奶奶不懂要买什么颜料，她是一直不得空。

万清先把周景明家简单收拾了，然后把被子抱出来晒，晒被子的时候被太阳照着暖和极了，她仰头觑着眼看太阳，她此刻什么都不想干，她只想被阳光普照。

她坐在太阳地儿把头发散开全拨前面，抓抓蓬松稀疏的头发，什么也不干，专门晒太阳。她希望阳光能够透过她的皮囊，把身体的角角落落都照得亮亮堂堂。

江明珠逛街的经验少，特别是商业街和文化街这种。她更愿意逛超市，方便，一站式购物。她九点半到文化街才发现大多店铺都没开门，她找个太阳地儿站在那儿，愣是等到十点陆续开门了才去买。这么冷的天，江明珠外面只穿了一件牛仔外套，你也不懂她是什么体质，十四五摄氏度时她这么穿，四五摄氏度她还是这么穿。

买完画笔和颜料,她去了附近的步行街买橡皮圈,这条街早就改造过了,商铺门头都换了几茬,完全看不出十几年前的模样。江明珠压根就没在意,闷头就逛——赶紧买,买回去得了。烧烤店后厨的排烟系统出问题了,她还约了人中午去检查。

她逛着逛着,看到一家饰品店很眼熟,怎么这么眼熟?忽然间,她像是被击中了,顿时站在原地不知所措。她望了一圈逛街的人群,好像忘记来买什么了,转身回了车位。

她想到小春了。以前的那些记忆全部被唤醒了。她以为她早就忘记小春了,她也确实有几年没想到她了。

她上了车先找出烟,准备抽的时候怕车里残留烟灰被奶奶说,索性下来站在旁边的风口抽。她没意识到那是风口,只觉得今天怎么这么冷,她都快冻僵了,夹烟的手指不停地战抖。

她抽完烟一脚踩灭烟头,吸吸冻出来的清鼻涕,又扯着袖口擦了下,裹好牛仔衣顶着风又去了那家饰品店。她先在店里瞎逛了十几分钟,看看这摸摸那,之后挑了些橡皮圈和发夹去结账。对方问她有没有会员,她愣愣地说我十几年前办过会员,对方问:"那你更新过吗?"

江明珠像是听到了一个很新鲜的词汇,问道:"更新?"

对方说:"是的,老会员卡要更新过才能使用。"

江明珠摇摇头,手指朝着那些饰品展柜比画,喃喃地说,她以前经常来的。她们六个人,有一个还戴着人工耳蜗……

对方听不太懂她在说什么,但礼貌地问她:"那你们现在还好吗?"

江明珠愣了愣，又如梦初醒地说："戴人工耳蜗的那个人死了。"

她从饰品店出来不想回家，她想见她的朋友们。周景明和张澍上班了，她问万清在哪儿，万清正在惬意地晒太阳，想到前一段说好要给江明珠修眉毛，随手回她：来吧。顺便去我家把化妆箱拿来，修眉工具都在里头。

江明珠想都没想，直接去了万清家。从车里下来的时候遇见了老万，老万拎个保温杯，两人目光对视的那一刻都愣怔了，江明珠忘了要喊啥，老万半天才反应过来，忙招呼道："明珠来了。"

他们都十年没见过了，这猛一见面还不敢相认。老万看她上了单元楼，这才回过身细细打量她车，这车……他先呷了口茶，心中五味杂陈：看来这丫头混得不错。前些日听说她东区有住宅也有商铺，没记错的话她大学都没念完吧？

江明珠"腾腾腾"上了楼，这才意识到自己有点莽撞，她也不管了，来都来了。

万清在周景明家晒得昏昏欲睡，江明珠拎着她的化妆箱来了。她诧异："你去我家了？"

江明珠说："不是你让我去拿化妆箱的？"

我是开玩笑的呀！这话万清没有说出口，万清看着她认真的表情也不敢说，忙打哈哈："我爸妈都在家吧？"

江明珠说："都在，你爸还问你来着。"

万清问："我爸问我啥了？"

"他问你在我家睡得好吧？我说你睡得很好。"

万清要昏倒了，昨晚她跟她爸说的是她住在张澍家了。

第三章 对酒当歌

江明珠搬个板凳坐在她面前，酝酿着想说些什么，尽管她也不知道从何说起。万清从化妆箱依次拿出眉刷、眉笔、眉刀，然后手捏着她的下巴把脸摆正，看她更适合什么眉形。

江明珠的眉毛都长荒了，眉峰也看不出在哪儿，来来回回光眉形就画了半个小时。万清用酒精擦着刀片问："脖子仰得酸不酸？"

江明珠摇头："不酸。"

确实不酸，至少她没感受到脖子酸，倒是血液里有一股酸酸胀胀麻麻的东西在来回涌动，特别是当万清的双手摸着她的眉骨，鼻息呼到她脸上时，她有股形容不出来的暖洋洋的感觉。

太暖了，这种暖意把她一个小时前在步行街口感受到的彻骨的寒意驱散了。

她很久都没有这样的感受了，甚至她记忆里只有钝钝的痛和麻，别的感受不知道是她忘记了还是就从没有过。读书时老师说"人生百味"，至今她都茫然，除了苦，那九十九味是什么？还是这一味就压过了那九十九味？

她从没有思考过这些问题，也不会思考这些问题，太复杂深奥，她不愿自寻烦恼。读书时遇到难题就囫囵吞枣，弄不懂就弄不懂，她也没觉得弄懂了会怎么样。

正像此刻，她本想告诉万清自己一个小时前的感受，但没必要了，那股情绪已经被抚平、被驱散了。

她闭着眼让万清给她刮眉，听见万清问她："中午想吃什么？"

她想不到有什么想吃的，只能说："我都可以。"

"你爱吃米还是爱吃面？"万清柔声问。

"面。"她说。

"你爱吃汤面、捞面、还是拌面？"

"捞面。"她说。

"好，中午就吃捞面。"

15

下午三四点，万清正想着怎么不着痕迹地回家，然后母亲就发来了微信，让她直接去某个澡堂子。

澡堂子……她表示这天儿不算冷，她能在家洗。她妈让她别废话了，快点来。

澡堂子雾气重，谁也认不出谁，去就去吧。

到了澡堂子，万清环着双臂在雾气里找妈，她妈扯了她一把，示意旁边提前给她占好的淋浴头。万清戴着浴帽背对着她冲身子，刚舒展地洗了三分钟，她妈喊她去蒸桑拿。

万清不情愿地跟着去了，正好桑拿房就她们娘儿俩，母亲打量她一眼，一副懒得跟她多说话的表情，但又控制不住地说了。一来昨晚事情败露，她爸通过周母在会所拍的小视频推断出，她昨晚宿在周景明家。母亲交代万清等会儿到家了顺着她爸点，别整天这看不惯，那看不惯，"以前你话语权大是因为你赚钱多，如今你爸退休金最高"，言外之意——"就算为了让你爸多领几年退休金，你也要顺着他点"；二来母亲找人重算了算，打算一个星期后迁新居，让她和周景明领证了先在老房子住。

万清乖巧点头，她感觉她妈已经耐着性子很给她脸了。照往常哪会这么客气地说话。自从上回逛商场她明确表达了自己的态度后,她妈的言行已经很收着了。尽管她妈刚刚多看了两眼她的大腿,但也只是看。往常她妈没少说她大腿粗胯宽,穿牛仔裤不好看。

娘儿俩在桑拿房嘀嘀咕咕,出来又是搓澡又是推背又是敷面膜,等流程结束到家都六七点了。老万把晚饭都快煮好了,嘴里反复唱着:"一条大河波浪宽,风吹稻花香两岸。"

他就这两句唱得最好,多一句都不行。

万清放了浴篮,换着棉拖鞋没事人一样地问:"爸,这'一条大河'指的哪条河?"

老万没理她,埋怨妻子洗个澡都能洗三四个小时。妻子说人多呀,全是洗澡的人,搓澡都要排队。

万清拿手机查"一条大河"里的大河到底是哪条河。她查着说:"爸,这条大河指的是长江。"

老万回她:"我比你清楚。"

"作词人是乔羽,《让我们荡起双桨》和《难忘今宵》都是他的词。"万清看乔羽的词条,"他一山东人为啥写个《人说山西好风光》?山东的风光不好吗?"

老万瞥她一眼:"这是一部电影的插曲,故事发生在山西。"

万清看到乔老先生的年龄,立刻敬重了起来,也想到了自己去逝多年的爷爷,看向老万:"爸,我想爷爷了。"

老万立刻也想到他爹了,想到这两年清明节都没去扫墓,也内疚地说:"我也想你爷爷了。"

老万拿出那半瓶珍藏的酒闻闻,自打从小舅子家回来,少了个酒友,多了份孤单。万清撸起袖子,朝着一脸失意的父亲说:

第三章 对酒当歌

"爸,我陪你喝两杯。"

老万先看一眼妻子,说道:"这不好吧?"

万清看向她妈:"妈,我跟我爸喝两杯。"

她妈转身去了厨房,不跟他们爷儿俩坐一桌。

老万原本还生她留宿在周家的气,被她用爷爷奶奶一搅和全忘了。两杯酒下肚他又想起来了,可他又不好直说,于是顾左右而言他:"我……我……我上午见着明……明珠了。"

万清佯装听不懂,跟他碰杯,问道:"明珠怎么了?"

老万也是人精,跟人打了几十年交道了,看出闺女不爱听就作罢了。他先抿了口酒,心里那股不得劲又抑制不住地上来了,他提到了自家的车,都十三四年了,也想换辆像样的。

万清说:"你换啊。"

他说到了周景明和张澍的车,再看看江明珠新换的车,他只是觉得自家闺女也应该买辆适合她身份的车。

万清听出来了,他也不是真正地想换辆好车,他是借机抒发一下这些年的不得志。别人退休前都做到局长厅长,只有他还是个县处级。

万清明白他的意思,只能耐着性子听他说。她给予不了安慰,也无力安慰。

母亲来来回回地经过餐桌,一会儿从袋子里掏出洗澡换下的脏衣服丢进洗衣机,一会儿从洗衣机拿出衣服晾,抖着衣服晾的间隙也能接话:"你知足吧,听说明珠爸去山东种菜了。官越大诱惑就越大。"

老万说:"我也想被诱惑诱惑。"

万清一回头,看见丢在沙发上已经被洗好的心爱的毛衣,她揉了揉脸,尽量平心静气地说:"谢谢你啊妈,以后我的衣服我自己洗。"

她妈听出了不对劲,问她:"怎么感觉你阴阳怪气的?"

老万不想听她们娘儿俩的琐事,举杯同万清碰,话题又扯到了他爹。他愧对他爹,他没让他爹活着的时候享清福。

万清觉得老万这是在敲打她。她问:"爸,你是觉得咱们一家不和谐不幸福吗?"

她妈在那儿抖着毛衣明白了,睁着眼说瞎话:"你毛衣我可是装网兜里洗的。"

"有些面料我得送干洗店洗,不能机洗。"万清强调。

"二三百块的毛衣有干洗的价值吗?"

"我这毛衣原价是八九百的。"

"这品牌价格虚高,下回别买了。"

万清都要被绕晕了,说道:"我主要嫌洗衣机脏,整天洗你们袜子。"

"谁家洗衣机不洗袜子啊?"她妈振振有词,"袜子天天换又不脏。"

老万斟了一杯酒,用杯子震了下桌面,这举动没震慑到任何人,还把杯子里的酒弄洒了。这可是他的珍藏啊,他左右看了两眼,嘴贴着桌面迅速把酒给吸了。

万清还在说:"别抖了,再抖毛衣就变形了。"

她妈把毛衣扔沙发上:"自己晾去吧。"

万清过去晾着问:"爸,我网上给你买的运动鞋你收到了吗?"

第三章 对酒当歌

"收到了收到了。"老万说,"我试了,很合脚。"

万清说:"你穿上我拍个照,好评返二十块红包。"

老万嫌她麻烦,忙着喝酒:"改天吧。"

她妈又拿着手机从里屋出来了,问万清:"街上芳姨问你会不会修电热水器。"

万清拒绝:"这我可不会。我只会修小家电。"

老万喊着:"电热水器是能乱修的?万一触电了怎么办?"

万清觉得脑仁疼,她从鞋柜扒出给老万买的运动鞋,自己穿上拍了照,洋洋洒洒写了五十字好评。

老万一个人喝酒孤单啊,低声下气地喊着:"闺女,陪爹再喝一杯吧。"

万清评价完坐回去接着喝,看见群里张澍发了图片,她和周景明在她家喝咖啡。万清也没多问,给老万斟了酒陪他喝。她喝得少,就嘴皮沾了沾。她跟周景明这一个月都没避孕,也不晓得能不能顺利怀孕。

周景明下班顺路去了张澍家,拿给张孝和一些东西。他妈交代他拿的,媒人嘛,礼数要周全的。因为总遇不到张孝和,他只能把东西拿给张澍,也顺便把半个月前去北京出差逛跳蚤市场买的钢笔拿给她。他记得张澍是很喜欢收藏钢笔的。

张澍看到精美包装过的钢笔开心极了,这是今天最惊喜最开心的事了!钢笔不值什么钱,是他们这些年的情意。张澍没让周景明空腹回,给他煮了杯咖啡。

周景明打量她房子的格局,张澍在厨房煎着三文鱼说:"你随意看,比你们的少了一间卧室。"

周景明只看了公共区域，也不方便看卧室。张澍煎好鱼又拉着他看了一圈，她原先是四房，如今隔了一间做衣帽间和休闲室，周景明别的没评价，只说书房可真大！

张澍笑着说："我最大的房间就是书房了。"

周景明问她："怎么不作主卧？"

张澍把咖啡递给他："我不喜欢卧室太大。"

周景明喝着咖啡又问了她装修的价格，张澍也不清楚，因为装修是她父亲帮着做的。这房子去年才装修，正好是她爹手里最阔绰的时候。她爹又极爱面子，就把装修全包了。她看向周景明："你回头缺钱我手里有啊。"

周景明说："我先问问，以便心里有个数。"

张澍回厨房端了三文鱼出来："别光站着呀，知道你控制饮食，别的我也不会做。"

周景明在餐椅上坐下，慢慢地吃着三文鱼。

张澍手托着腮看他，想到她们年少无知时对他犯下的种种"罪恶"，内心升腾起了几分愧疚。以往说对不住他不过是说说而已，这回是发自真心的。她心慢慢地静下来，沉默着，斟酌着，有些事想听听他的意见。

她说了跟张孝和去福利院的事，说了那个有听力障碍的女孩，还说她前天做梦梦见小春了。周景明放下筷子听她说，之后沉默了得有三分钟，才问她："你是因为她像小春才想领养她，还是发自内心地喜欢她？"

张澍纠结了几天的也是这个问题，她如实地说："都有。"

"你问万清了吗？"

"万清的意思更偏向我妈的意思，回头遇上合适的再说。"张澍说，"感觉责任太大了，她也不好说什么。"

"我也觉得责任太大了。"周景明坦承。

张澍换个角度问："如果换你你会领养吗？"

"大概率会吧。"周景明想想说，"换万清她大概率也会。"

"她绝对会的。"张澍徐徐地说，"但我缺乏她的勇气和信心。"

周景明交叠着腿坐在那儿，脚踝露出万清给他买的日落黄的袜子。他自己爱买驼色卡其色棕色的，因为这些袜子搭他的西裤会显得沉稳儒雅。

他思忖了会儿，轻声说："勇气和信心不是凭空想象出来的，是在解决困难时一点点激发出来的。"

张澍问他："你觉得我有能力照顾好她？"

"你当然有这个能力，万清和孝和姨也相信你有这个能力，只是未来的事不可预知……"他想到他和万清也在备孕，没再多说了。他把盘子里那半块三文鱼吃完，才郑重地说："如果你领养的话，将来你和孩子有需要随时联系我。"

张澍心里畅快了不少，说："有你这句话就够了。"之后她穿上外套，一面送周景明下楼，一面去小区外买糖葫芦。她们这一片有家糖葫芦特别好吃。

两人从楼道里出来，张澍感到幸福又安心，吹着冷冷的风紧紧地裹着外套，发自肺腑地说："有你们可真好。"

周景明笑笑，他也这样觉得。

张澍说："回头我从我爸那儿给你拿一盒茶叶，让你春节孝敬你老丈人。"

周景明应声:"我等着。"

两人并肩,缓缓朝小区外的糖葫芦店走去,路上闲聊,张澍说他和万清的变化很大,从没想过以他们俩的性格最后真能在一块儿;又玩笑地说总感觉他以前在万清面前不够自信。

周景明一面走,一面给万清发微信,问她是吃山楂的还是山药豆的糖葫芦。他听到张澍的话合了手机说,自己如今在万清面前也没那么自信。

张澍诧异:"怎么可能呢?万清那么关心你,又是买衣服,又是买手表。哪像我,只配喝她积分兑换的星巴克。"张澍对这件事耿耿于怀,打算记一辈子。

周景明也不知道怎么说,他和万清的关系看似是万清更需要他,实则是他更需要万清。感情里的事没有逻辑可言,也掰扯不清。他如今的不自信就在于,他也不清楚自己哪里吸引万清。但他又十分笃定,如今的他之于万清是有魅力的。

少年时,他清楚万清喜欢什么类型的。她自己亲口说过,她喜欢才华横溢、风度翩翩、成熟稳重的……总之,都不是同龄的小毛孩儿能达到的境界。大学时他也拙劣地模仿过,除了能做到成熟稳重,别的都有股"小孩偷穿大人衣服"的别扭感。他自己都感觉自己面目全非。

步入社会后他才一点点地了解自己,重塑自己。这个过程很艰难,但不复杂,只做自己认同和能自洽的事就够了。

现阶段的他是最舒适的,也算最满意的自己。如果给自己打分的话,他至少能打个七八分。至于自身的魅力在哪儿,没那么重要了,他只要能吸引到万清,和她好好享受这段关系就够了;

第三章 对酒当歌

至于不自信，有些不自信也好，能时时提防自己过度沉溺在这段关系里而忘乎所以。

这些话他只是心里想，没跟张澍说。张澍的步伐显然轻快了，顶头风太难受了，她侧着身子走。他莫名就想到了万清买给他的情侣袜，粉白相间毛茸茸的，在室内配拖鞋穿肯定很暖和。

顶头风把他的脸都快吹僵了，他想到件很重要的事，双手揉揉脸，背着风给万清发微信：我要变丑了你会嫌弃我吗？

万清看了眼喝到飘飘然的老万，摸过手机在桌底下回他：多丑？

他回：五官扭曲？

万清回：五官能扭曲到哪儿？鼻子跟眼还能换个位置？

他回：嘴歪眼斜？

万清认真想想，回他：那不好吧？我就是贪你美色。

周景明不再回微信了，腾出手牢牢地护住脸。

万清又回他了：张澍跟你聊她领养孩子的事了？孝和姨前天联系我了，让我们尽量保持中立。

晚了，张澍好像想通了什么。她已经跑到卖糖葫芦的那儿了，朝着发微信的周景明喊：万清是不是吃山药豆啊？

周景明快步走过去，双手撑在膝头看柜台，看半天挑了一串个头最大的山药豆，和一串他老丈人要吃的山楂。

张澍则是挑了一串个头最大的草莓和一串个头最大的山楂，别的她决定不了，但此刻她就要柜台里最好最大个儿的。一串她自己吃，一串她拿去烧烤店给明珠吃。

她还是爱跟明珠聊天，爽快，傍晚前她跟明珠说了这事儿，明珠说:"你领养呀,我支持你!"明珠说能传授她些育儿经验。

你能有什么育儿经验呀?但这话她不敢说。

她拿着糖葫芦开车去了烧烤店,一直等江明珠不忙了,两个人才坐那儿小酌。先是拿万清和周景明的八卦开场,两个人聊得津津有味,聊到兴起开始站队,张澍说回头两个人要是掰了,她是站万清的;江明珠犹犹豫豫,她是要站周景明的。不说别的,她最艰难的那些年都是周景明帮她,无论如何她都会站周景明的。

两个人碰杯,不说了,以后有事没事多烧烧香。

周景明拿着糖葫芦去了万清家,万清给他发微信:你来陪陪你岳父吧,我顶不住了。进门就听见他那岳父在点评她们几个:"张澍那个脸盘啊,一看就会风调雨顺国泰民安,我要是有个儿子,绝对要让他娶回家镇宅子……"

他脱了外套递给万清,挽着袖口坐那儿喊了声:"爸。"

老万一激灵,眼睛都直了,招呼他:"贤婿来了!"全然忘了两个小时前还骂他是周结巴。

第三章　对酒当歌

16

太阳晒得头皮暖烘烘的，万清顺手解开头发，把它们抓得蓬松。这一阵周景明给她洗头按摩，头发也不怎么掉了。手机里来了条短信，提示她来自上海的快递正在派送中了。她从上海回来时把房子借租给了前同事，前两天她麻烦对方帮着把行李收拾好寄了回来。至于屋里添置的那些小家电，她全送给同事了。

自从她确定不再回去后，从前关系要好的同事和朋友都陆续来问她是怎么想的。她也不多解释，如人饮水，冷暖自知，说她失败她也不在乎。都是被命运和生活推着走的人，谁也成不了真正的赢家。结婚也好，不结婚也好，奋斗在一线的也好，退守三五线的也好，哪一种选择都有得有失，有利有弊。既然哪一条道路都荆棘丛生，都要踏浪而行，那就选择当下最想要和最能抓得住的。

别看她现在和没事人一样，昨天晚上她还在被窝里哭，也不知道哭些什么。

也许是在向少女时的自己求宽恕，宽恕自己的无能为力与平庸？

她也快成她们这一片的名人了，也不知道是谁先传出去的，老万家那丫头啥都能修。家里有壮年男子的倒还好，主要是那些老年人，家里这儿坏了那儿坏了就喊万清帮忙修。你说零七碎八的小家电修修没问题，装个组合柜也没问题，那天居然被赶鸭子上架，让她修马桶。知道的夸她能文能武，不知道的还以为她是哪家的修理工。

她对自己目前的状态还算满意，没有消极地躺平，也没有踊跃地跟着"卷"。以前她是随大溜的人，无论择校选专业还是找工作，她都选回报率最高的。如今，这大溜随不下去了，她要抽身听凭自己的内心走。

抽身要去哪儿，是否会伤筋动骨，是否会被汹涌的人潮撞倒？不清楚，她心里也没谱，但她并不为此感到焦虑。

尽量步履不停，向心而行吧。

张澍约着大家中午聚，发了一家烤鱼店的链接到群里，用三百字阐述这家的烤鱼有多么多么好吃。她约了两点，说这个点能避开就餐高峰。实则是她还没起床。

万清不爱吃鱼，但冲她的三百字点评就回了一句：*我没问题*。张澍是文学系的，她的文学功力全用来评价吃的了。

江明珠领着芃芃来商场买羽绒服，看见便回了个：*我请客*。如今只要出来聚餐，她习惯性地第一个买单。偶尔张澍嫌不得劲还跟她抢；万清是"你们爱抢抢吧，我跟着混食就行了"；周景明则是掩着嘴剔牙，等姐姐们买完单跟着走就行了。

周景明点开张澍推荐的那家烤鱼店，再看万清的回复，十分钟后才回：*我中午忙*。

张澍回：*那你忙吧，我们仨聚*。

第三章 对酒当歌

万清@他：你不是中午就忙完了？

周景明原本想私聊万清，没留意发到了群里：这家烤鱼店我给你推荐了三回，你说你不爱吃鱼。

张澍看见猛地一愣，受宠若惊，本能地@万清：天呐，我在你心里的地位这么高？

等万清过了一会儿再去群里看，那条已经被周景明撤回了。但张澍不管，她把周景明的话原原本本复述了一遍，还追问万清：我是不是品位更高？

万清@周景明：你推荐的是这家？

周景明没说话。

江明珠这个爱管闲事的，辛辛苦苦翻出一个月前的聊天记录，那天是立冬，群里约着吃饭，周景明就推荐了这家烤鱼店，但被她们全票否决了。

万清确实没在意，回复周景明：我都忘了。

张澍发来：我是半个月前跟同事去过，那鱼骨头真酥。

江明珠也发了一条：奶奶和芃芃爱吃鱼。

张澍跟江明珠来来回回了好几条，才感觉有些不对劲，@万清：周小明不会生气了吧？

江明珠问：生什么气？

张澍回：生万清不重视他的气，哈哈哈哈。

江明珠不解：这有什么好生气的？

张澍还@周景明：你不会真生气了吧？

周景明一直没回消息。他没回群信息，也没回万清的消息。

张澍笃定他就是生气了，回了串：哈哈哈哈哈。

没多大工夫,江明珠正在那儿抽烟提神呢,见群里少了一个人,诧异:周小明退群了?紧接着私聊周景明:你是不是点错了?

张澍明白惹事了,怪没趣儿的,夹着尾巴不再吭声。

万清已经生气了,一句话也没在群里说,自省去吧你们。

张澍大概明白自己哪句话错了,觉得只是开玩笑,谁知道周小明会退群。张澍会反省,江明珠可不会,她忙着确认时间是不是两点。她还有一堆别的事呢。

这一段时间烧烤店过了十二点就关门了,天气太冷,出来吃烧烤的少了。江明珠昨晚到家洗漱完,两点就上床了,睡前习惯性地听播客。她在一期文学播客里,无意间听到了一段醍醐灌顶直击灵魂的话,作者是苏珊·桑……桑什么格,反正她当时就拿笔记了下来:"人生艰难,人咬紧牙关的时候,很难开口说话……"

听到这段话,她的灵魂受到了强烈的撞击,她终于明白那些年自己为什么不想说话、不愿说话。

由于情绪过于亢奋,她一整晚都没睡,大清早奶奶又在打豆浆。她索性起床,一面听播客,一面大扫除。奶奶说她犯神经,挎着篮子去菜市场了,这一去就是俩小时,奶奶回来后,江明珠带着江芃芃逛商场买衣服。江芃芃长个儿很快,去年的羽绒服今年已经套不了毛衣了。她还爱穿收腰的,那种孩子气的不穿,江芃芃穿衣服很挑剔的。

才逛了一个小时,江明珠就哈欠连连,正好江芃芃也想玩陶艺,母女俩一拍即合,一个在三楼儿童区的陶艺馆玩,一个在商

第三章 对酒当歌

场外抽烟提神,正好在群里敲定吃饭的时间。

但怎么就一根烟工夫,周景明退群了,约好的烤鱼也泡汤了。张澍私聊她说,他们俩不会来吃了。她也弄不懂,便回复张澍:那苋苋咱仨吃。

抽完两根烟回到楼上的陶艺馆,女儿正系着围裙,双手捧着泥巴在拉坯机上做泥坯。她静静地看着,想到这些年的坎坷她咽下了,她无话可说,此刻,她明明白白地感受到此刻的自己,自己的生命前所未有的饱满和充实。

她也不知怎么混进了陶艺馆对面的室内游乐园,她泡在小孩堆里爬上去滑滑梯,这还不过瘾,她又从高处往海洋球里跳。当那些五彩斑斓的海洋球把她整个人都淹没了,她眼睛湿润了,仿佛听见从遥远的地方传来迫切又欢快的呼唤:明珠啊——江明珠——

万清回家没见着父母,因为他们去超市囤货了。周景明也没回她的微信,群里和私信都没回。她在家忙到午饭点直接去了周景明的公司。她沿着街步行去,骑电瓶车太冷了,开车太堵了。

路上,她远远地就看见了她爸,走路的姿势和那秃瓢儿的辨识度太高了。她爸显然也认出她了,朝着妻子说:"你看闺女来接咱了。"

双方碰头,万清说要去前面办点事。她爹把手里的粮油统统放下,接过她妈手里的袋子,扯着新买的羽绒服兴致勃勃地对万清说:"我给你妈买的,猜多少钱?"

万清兴趣不大，她妈年年都买这种中长款，也没看出哪儿好看。而且这是在大街上，当街打开让她猜，她估摸着说："最多三千。"

她爹白她一眼："这可是波司登！波司登！"

万清被震住了，呆呆地问："八千？"

"多少钱不重要，重要的是你妈喜欢！"

万清立刻想到了自己目前的家庭地位，带着些许谄媚地说："我妈穿真好看，小仙女似的。"

老万这才从袋子里拿出串山药豆的糖葫芦，安抚她："你妈那羽绒服穿不坏，回头都给你穿。"

万清接过糖葫芦说道："谢谢啊爸。"

她爸很满意，又拎起大兜小兜的东西携妻回家了。

万清到周景明公司楼下也没上去，找到周景明的车站在那儿吃糖葫芦。十几分钟后，周景明下来了，见着车旁的人轻声问："干吗？"

万清说："吃午饭呀。"

周景明说："我不饿。"

万清看他润润的嘴唇，柔声问："涂唇膏了？"

"嗯。"

周景明抿了抿嘴唇，前一段时间他嘴唇干，万清给了他一支男士润唇膏。

万清单手环过他的腰，望着他问："想吃什么？"

周景明伸手揽上她肩，大步朝着几百米外的商场走去，他推荐的那家烤鱼店就在那儿。路上看见个抓了一把彩色气球绳子的小贩，指给万清要她看。

万清仰头看彩色气球，又偏头看看他，朝着他脸上亲了一口。

周景明的开心藏都藏不住，揽着她肩膀的胳膊更加用力了，他另一只手揣进西裤口袋，两人步伐昂扬地朝前走去。

尾声

尾 声

进入冬月没几天，万清和周景明就领证了。她父母迁去了新居，他们俩准备先住到万清家老房子。

万清可不愿跟周母住一块儿，她都不愿跟亲妈住一块儿，更何况是婆婆了。正好，她婆婆也不愿意跟他们住一块儿，谁也别碍着谁。

迁入新居的前几天老万没给万清好脸色，别人是有了媳妇忘了娘，他家是有了女婿赶走爹。她妈也阴阳怪气的，总说"住着你爹的房子，也没见你说几句好听话"。

万清也觉得不大合适，那天她深深地凝视着老万说，他永远都是自己心中无可替代和最伟大的男人。原本她是想安慰老万，但说着说着竟被自己感动得掉了两滴泪。

老万也很伤感，难得动情地背过身落泪。往事历历在目，昨天还在书房写作业，今天就要嫁作他人妇了。老万这人怎么说呢，很难用简单的三两句话评价，他能在茶桌上跟你扯出"各美其美，美人之美，美美与共，天下大同"的话，也能在酒桌上发表一些"优胜劣汰，适者生存"之类的言论。

从前万清觉得老万没错，社会就是这样，自古以来就是成王败寇，弱肉强食。但现在她不认同了，适者生存，也可以简单地理解为在不同的时代，寻求和开拓适合自己的道路。人受教育的意义和目的,就是为了创造和拥有更多的可能性。

犹如此刻的张澍,穿着新买的羊绒大衣,慢慢地在街巷中找一家花室,给万清包扎一束鲜花。万清和周景明三天前就领结婚证了,明天中午他们约在万清家庆祝。她下班闲着没事儿,提前到花室来预订。

本来她在哪家花店买花都行,但前两天她们逛街,万清见一对小情侣抱了捧花,里面有一枝鹤望兰,她说她喜欢鹤望兰。别的花还好,鹤望兰不常见,张澍找了三四家花店才找到,然后她给周景明发微信,告诉他花已经包好了,别买重了。

说到周景明,他如今的身份不同以往了,不是从前那样你想挤对就能挤对的。如今,他首先是万清的小娇夫,其次才是她们的发小。你要不知轻重让他下不来台,他不会理你,万清可会。

从花室出来天都黑了,张澍手里拿了一小把老板娘送她的干雏菊,她嫌拿着冻手,把它插躺在背包里只露出了一捧头。好冷啊,张澍把围巾往上扯了扯,微微一低头就能闻到股衣物护理剂的淡淡清香,加之今天又穿了新买的羊绒大衣,心里无端快乐许多,是那种冒着小泡泡的快乐。

也没发生什么大事,但就是挺开心的。她快乐地走在人潮中东张西望,同一个个陌生人擦肩而过,不小心被撞一下也没关系。

她忽然看到一家新开的日式小酒馆!她可太喜欢了,下班后一个人坐那儿喝酒吃串儿发呆,多好呀。

她美美地坐了下来,先点了清酒,然后要了梅子秋刀鱼、烤香菇、烤鸡颈肉串、烤鳐鱼翅、豆腐汤……点好后,她把双手放在膝盖上,一边期待着餐一一上齐,一边细细打量店里的陈设和

尾 声

可爱摆件。待餐上齐后又举着手机拍照,随后一边慢慢吃,一边修图发朋友圈。

发出去才十分钟,就收到万清和周景明的评论和点赞。

吃吃喝喝一个小时过去了,她先托着腮发了三分钟的呆,随后拿出手机给儿童房买了一套粉粉的床品。她前一段时间腾了间儿童房出来,等房间刷的乳胶漆味散了就去福利院接孩子。买好床品后她又随手点开播客,有一位听友发了长长的评论,说她的声音有多么地治愈。

呀!她心情更美了!

之后她系好围巾背上包,身上带着那么一点点甘甜的酒香出了小酒馆。外面更冷了,但没关系,想到明天要去万清家聚餐,想到明天要录制播客,想到和母亲约好了要去美术馆看一场展览,想到昨天才学会的瑜伽动作头肘倒立,想到那个精心布置的儿童房,想到那些在路上令人期待的快递……她就很开心。

明天,怎么会有那么多的好事要发生呢?真是有无尽的期待和无限的快乐呀!

她也没喝多少酒,怎么隐隐有些亢奋呢?她看见一家商场前有棵巨大的圣诞树,树旁有两个圣诞老人在给孩子们派送小礼物,她笑着过去也想领一份……哎,那不是那谁吗?那谁,她止了步,本能地理理被风吹乱的头发,她心里小鹿乱撞,要不要过去加个微信?兴许是喝了些酒,胆子壮,她从包里拿出了那一把干雏菊,缓慢又急促地朝着商场前穿着便衣的那位交警走去,可仅仅走了几步,仅仅几步她就愣在原地——

她就知道会这样。

这样的男人怎么可能会没结婚，没有妻子和孩子呢？

她拿着那捧花失落地往回走，走着走着就轻轻地笑了。她随手放下了手里的花，由衷地说了句："谢谢，祝你好运。"

市区的餐厅哪一家都吃得够够的了，也没别的地方可聚了，商量着去省城吧，又嫌麻烦，还是安生在家待着吧。万清和周景明的厨艺都一般，但好在那两人也不挑嘴，聚一块儿喝酒聊天就好了，吃什么没那么重要。

以前他们都习惯晚上聚，自从江明珠回来后就改到了中午，聚完不影响她下午去烧烤店。这回自然也是，约在了周六这天中午在家里聚。

张澍早早就来了，抱着那一捧包扎别致的有鹤望兰的花，她先拥抱了万清，再拥抱周景明，交代他俩一个要守好女德，一个要守好男德，说完仰头哈哈笑。

江明珠是饭点来的，她个憨憨冻得鼻头都红了，嘴里还嚷嚷着"我不冷啊"。她最烦冬天别人觉得她冷，这个要她添衣，那个也要她添衣。

周景明问她怎么不带芃芃来。她说："咱们聊天呢，孩子跟着碍事儿。"实则是她不敢带了，那个丫头太早熟了，把他们四个人的故事写成了一段狗血的四角恋。

西餐上桌，四个人落座，先碰了杯说了些祝福的话，开始一面吃牛排，一面聊天。张澍缓缓地讲着她看见那个交警一家三口时的情景，她讲得很细腻，从她见到时的惊愕，到最后的释然，都一一讲了出来。万清没过多安慰她，只要她单身的时候好好享

尾 声

受单身,爱情来的时候全情投入就够了。

江明珠这个反矫达人听不懂她们在说什么,她只想说:人这一生必须要有伴侣吗?她用不惯刀叉,索性用筷子夹着牛排吃。她饿死了,从起床到现在都没吃东西。周景明见她盘子里的牛排没了,问她:"给你煮碗小馄饨?"

江明珠也不客气:"行。"

周景明去冰箱拿馄饨,万清的目光随着他,告诉他虾米在哪儿。周景明说:"你们聊吧,我知道。"

万清一面听着厨房的动静,一面和张澍聊天。周景明早上蒸蛋时把手烫了,她听见厨房有水声,交代他:"伤口别沾水了。"

周景明回她:"知道了。"

江明珠的烟瘾犯了,托着烟灰缸去阳台上抽。她夹烟的手指甲的颜色是跟她气质很违和的水粉色,前几天张澍给她涂的,说她适合这个色。乍看挺违和,看久了也就适应了。她这一段时间抽烟少了,以往一天少说三五根,现在最多两根。她是高兴了抽,烦心了也抽。但此刻她是高兴的,她站在阳台上能看见餐桌前聊天的万清和张澍,也能看见厨房里煮馄饨的周景明。她感到了一种完满,是从没想过的完满。

她垂头看万清养的那些花,落叶的落叶,秃秆的秃秆,生命力最旺盛的是那盆她曾踹翻的仙人掌,普普通通的绿色的仙人掌。

餐桌前的张澍正跟万清聊着,微微偏头朝厨房的周景明说:"你妈是不是谈恋爱了呀?我前几天逛街见她跟一个时髦的老头在喝咖啡。"

周景明说:"我不清楚。"

"我直觉没错。"张澍说,"你妈以前都敞开了笑,那天她抿着嘴笑。"

周景明不在意:"谈就谈吧。她开心就好。"接着出来问阳台上的人:"你馄饨放香菜吗?"

江明珠大声说:"多放点儿!"

张澍看她那傻样儿,问她:"你站阳台上吃风吗?"

万清起身去了厨房,周景明回头看了她一眼,笑了笑继续切香菜。万清问他:"笑什么?"

他笑而不语。

万清掀开锅盖,把馄饨轻轻地丢进沸腾的水中,转身无意看见他无名指上的同款婚戒,也莫名笑了笑。周景明问她:"笑什么?"

她也笑而不语。

张澍的声音适时地传来,起哄着要他们俩喝花式交杯酒。万清从厨房出来应声:"行,怎么花式都行。"

江明珠回到客厅,从自己的包里拿出一份礼物给万清,礼物盒上的紫色蝴蝶结都褪色了。万清问是什么。江明珠说这是万清高中去西藏那年她买的礼物,没两天小春出事了,她也没送出来。

万清笑笑,朝她说了句谢谢,然后温柔地拆开。

江明珠就站在那儿,看着她一点点地拆礼物,她还隐隐能回忆起当时买礼物的心情。

张澍脑洞大开,说:"这个礼物被打开的同时我们会不会穿越回那一天?"

哪一天?

如果时空真的能穿越的话,真的能穿越的话……

尾　声

　　前面几个人跑得很快，跑着去网吧占位置。她们人多，去晚了很难找到挨着的几台机器。万清、江明珠、张澍跑着跑着止了步，三个人互看一眼，转身回去接落在后面的周景春，告诉她，不要跑，她们以后都会耐心等她的。

图书在版编目（CIP）数据

重遇旧时光 / 李尾著. —成都：天地出版社，2024.7
ISBN 978-7-5455-8315-1

Ⅰ.①重… Ⅱ.①李… Ⅲ.①长篇小说—中国—当代 Ⅳ.①I247.5

中国国家版本馆CIP数据核字（2024）第075243号

CHONGYU JIU SHIGUANG
重遇旧时光

出 品 人	陈小雨　杨　政
著　者	李　尾
责任编辑	张诗尧
责任校对	马志侠
封面设计	白砚川
责任印制	王学锋

出版发行	天地出版社 （成都市锦江区三色路238号　邮政编码：610023） （北京市方庄芳群园3区3号　邮政编码：100078）
网　　址	http://www.tiandiph.com
电子邮箱	tianditg@163.com
经　　销	新华文轩出版传媒股份有限公司
印　　刷	北京文昌阁彩色印刷有限责任公司
版　　次	2024年7月第1版
印　　次	2024年7月第1次印刷
开　　本	880mm×1230mm　1/32
印　　张	14.5
字　　数	338千字
定　　价	59.80元
书　　号	ISBN 978-7-5455-8315-1

版权所有◆违者必究

咨询电话：(028) 86361282（总编室）
购书热线：(010) 67693207（营销中心）

如有印装错误，请与本社联系调换

用声音刻文学，分享人类的理解

天喜文化